AF608775

Ryders Rhapsodie ist ein fiktives Werk. Namen, Charaktere, Orte und Geschehnisse wurden erfunden. Jegliche Ähnlichkeit mit wirklichen Orten, Ereignissen, oder Personen, lebend oder verstorben, sind zufällig.

Deutsche Erstausgabe
Die Amerikanische Originalausgabe erschien 2022 unter dem Titel *Ryder's Storm.*

Lektorat: Birgit Oikonomou
Cover design: Leah Kaye Suttle
Cover Fotos: Shutterstock
Autorenfoto: ©Marti Corn Photography

MEHR VON TINA FOLSOM

Samsons Sterbliche Geliebte (Scanguards Vampire – Buch 1)
Amaurys Hitzköpfige Rebellin (Scanguards Vampire – Buch 2)
Gabriels Gefährtin (Scanguards Vampire – Buch 3)
Yvettes Verzauberung (Scanguards Vampire – Buch 4)
Zanes Erlösung (Scanguards Vampire – Buch 5)
Quinns Unendliche Liebe (Scanguards Vampire – Buch 6)
Olivers Versuchung (Scanguards Vampire – Buch 7)
Thomas' Entscheidung (Scanguards Vampire – Buch 8)
Ewiger Biss (Scanguards Vampire – Novelle 8 1/2)
Cains Geheimnis (Scanguards Vampire – Buch 9)
Luthers Rückkehr (Scanguards Vampire – Buch 10)
Brennender Wunsch (Novelle)
Blakes Versprechen (Scanguards Vampire – Buch 11)
Schicksalhafter Bund (Scanguards Vampire – Novelle 11 1/2)
Johns Sehnsucht (Scanguards Vampire – Buch 12)
Ryders Rhapsodie (Scanguards Vampire – Buch 13)

Geliebter Unsichtbarer (Hüter der Nacht – Buch 1)
Entfesselter Bodyguard (Hüter der Nacht – Buch 2)
Vertrauter Hexer (Hüter der Nacht – Buch 3)
Verbotener Beschützer (Hüter der Nacht – Buch 4)
Verlockender Unsterblicher (Hüter der Nacht – Buch 5)
Übersinnlicher Retter (Hüter der Nacht – Buch 6)
Unwiderstehlicher Dämon (Hüter der Nacht – Buch 7)

Ace – Auf der Flucht (Codename Stargate – Band 1)
Fox – Unter Feinden (Codename Stargate – Band 2)
Yankee – Untergetaucht (Codename Stargate – Band 3)
Tiger – Auf der Lauer (Codename Stargate – Band 4)

Ein Grieche für alle Fälle (Jenseits des Olymps – Buch 1)
Ein Grieche zum Heiraten (Jenseits des Olymps – Buch 2)
Ein Grieche im 7. Himmel (Jenseits des Olymps – Buch 3
Ein Grieche für immer (Jenseits des Olymps - Buch 4)

Der Clan der Vampire (Venedig 1 – 5)

Begleiterin für eine Nacht (Der Club der Ewigen Junggesellen – Buch 1)
Begleiterin für tausend Nächte (Der Club der Ewigen Junggesellen – Buch 2)
Begleiterin für alle Zeit (Der Club der Ewigen Junggesellen – Buch 3)
Eine unvergessliche Nacht (Der Club der Ewigen Junggesellen – Buch 4)
Eine langsame Verführung (Der Club der Ewigen Junggesellen – Buch 5)
Eine hemmungslose Berührung (Der Club der Ewigen Junggesellen – Buch 6)

RYDERS RHAPSODIE

SCANGUARDS VAMPIRE – BAND 13
SCANGUARDS HYBRIDEN – BAND 1

TINA FOLSOM

AN ALL MEINE WUNDERVOLLEN LESER*INNEN

Danke dafür, dass ihr meine Arbeit unterstützt und mir somit erlaubt, euch mit den fiktiven Welten, die ich erschaffe, zu unterhalten.

Dies ist wahrlich der beste Beruf in der ganzen Welt!

Tina Folsom

1

Ryder trat aus der Dusche und trocknete sich ab. Er hatte gut geschlafen und war zwei Stunden vor Sonnenuntergang aufgewacht. Seine Eltern, Gabriel und Maya Giles, schliefen noch. Als Vampire mussten sie das Tageslicht meiden, aber Ryder und seine jüngeren Geschwister, der 29-jährige Ethan und die 27-jährige Vanessa, waren Hybriden und hatten einen entscheidenden Vorteil: Die Sonnenstrahlen konnten ihnen nichts anhaben.

In den meisten anderen Dingen waren sie wie ihre Eltern. Silber konnte sie verbrennen; das Trinken von menschlichem Blut machte sie stark, obwohl Hybriden auch menschliche Nahrung zu sich nahmen; sie blieben für immer jung und nur wenige Dinge konnten sie töten: Silberkugeln und ein Holzpfahl durchs Herz.

Ryder stand vor dem Ganzkörperspiegel in seinem Zimmer. Im Gegensatz zu einem vollblütigen Vampir hatte ein Hybride ein Spiegelbild. Ryder wandte den Blick ab. Er wusste, was er sehen würde. Ja, er hatte einen muskulösen Körper und ein attraktives Gesicht – seine Mutter sagte es ihm immer wieder, und er wusste, dass er die Blicke vieler Frauen auf sich zog –, aber es gab einen Teil seines Körpers, den er weder gern herzeigte noch selbst sehen wollte.

Genauso wie Ethan war er damit aufgewachsen. Ihr Vater hatte ihnen früh in ihrer Kindheit gesagt, sie sollten sich nicht für das Körperteil schämen, das sie von ihm geerbt hatten. Ryder wusste, dass die wie eine Geschwulst aussehende Masse aus Fleisch und Haut, die etwas mehr als zwei Zentimeter über seinem Schwanz aus seinem Bauch ragte, sich eines Tages verändern würde. Sie würde zu einem voll funktionsfähigen zweiten Glied werden. Als er und Ethan gefragt hatten, wann diese Verwandlung eintreten würde, hatte ihr Vater ihrer Mutter ein liebevolles Lächeln zugeworfen.

„Wenn ihr euren Gefährtinnen begegnet, werden sich eure Körper verändern, und der Satyr in euch wird an die Oberfläche kommen und euch vollkommen machen.“

„Du sagst immer, dass es nicht viele Satyrn auf dieser Welt gibt“, hatte Ryder gefragt. „Was geschieht, wenn meine Gefährtin gar nicht hier wohnt? Was, wenn sie in Europa oder Australien oder Afrika lebt und ich ihr nie über den Weg laufe?“

„Deine Gefährtin muss kein Satyr sein. Sie kann ein Mensch, eine Hexe oder sogar eine Vampirin sein. Es spielt keine Rolle.“

„Und wie und wann bekomme ich meinen zweiten Schwanz?“, war Ethan herausgeplatzt.

„Kurz nachdem du zum ersten Mal mit ihr geschlafen hast.“

Ryder wurde sofort klar, was das bedeutete. Seine zukünftige Gefährtin würde die Missbildung sehen und zustimmen müssen, trotz der Hässlichkeit mit ihm zu schlafen. Es erinnerte ihn an das Grimm-Märchen *Der Froschkönig*, in dem die Prinzessin einen hässlichen Frosch küssen musste, der sich dann in einen attraktiven jungen Prinzen verwandelte.

Während Ryder noch über das Märchen nachdachte und sich fragte, was eine Frau dazu bringen würde, einen Frosch zu küssen, hatte sein Vater beruhigend hinzugefügt: „Eure Mutter hat mich akzeptiert, und ich bin nur halb so attraktiv wie ihr beide. Ihr seid beide gut aussehend und dafür könnt ihr eurer Mutter danken. Ihr werdet nie über die Art von Hürden springen müssen wie ich.“

Sein Vater hatte ihnen seine linke Gesichtshälfte zugewandt, um seine Aussage zu unterstreichen. Eine böse aussehende Narbe lief von seinem linken Augenwinkel bis hinunter zu seinem Kinn. Seine erste Frau hatte sie ihm in ihrer Hochzeitsnacht verpasst, weil sie glaubte, er sei der leibhaftige Teufel. Die Narbe hatte sich lange vor seiner Verwandlung zum Vampir gebildet und war daher dauerhaft. Gabriel Giles hatte sich über hundertfünfzig Jahre lang für hässlich und nicht der Liebe wert gehalten. Bis er Maya kennengelernt und deren Liebe gewonnen hatte.

Ryder schüttelte den Kopf. Sein Vater war trotz der Narbe ein attraktiver Mann oder vielleicht gerade deswegen. Und es gab keinen Zweifel, dass Ryders Mutter ihn zutiefst und bedingungslos liebte. Aber seine Mutter war eine außergewöhnliche Frau, die selbst unüberwindliche Hindernisse überwunden hatte. Was, wenn Ryders zukünftige Partnerin nicht so stark und tolerant war wie seine Mutter? Was, wenn sie ihn nur einmal ansah und dann flüchtete? Was dann?

Ryder schüttelte den Gedanken ab und zog den Reißverschluss seiner tiefsitzenden Hose hoch. Er verspürte Hunger und ging zu dem winzigen

Kühlschrank neben der bequemen Couch in seinem übergroßen Zimmer, das eher einer Suite als nur einem Schlafzimmer glich. Im Kühlschrank befanden sich mehrere kleine Fläschchen mit frischem Blut, alle mit AB+ gekennzeichnet, seiner Lieblingsblutgruppe. Er nahm eine Flasche, schraubte den Deckel ab und trank die viskose Flüssigkeit. Sie beschichtete seine Kehle. Als Reaktion darauf senkten sich seine Fangzähne und seine Fingernägel verwandelten sich in scharfe Widerhaken. Er genoss diesen Moment, in dem seine vampirische Seite die Oberhand gewann und ihn daran erinnerte, dass er kein Mensch war. Ryder spürte, wie seine Zellen sich mit Kraft füllten, seine Sinne sich schärften und sein Geist sich fokussierte.

Er war ein mächtiges übernatürliches Geschöpf. Aber mit dieser Macht ging eine Verantwortung einher. Er hatte seinem Vater und allen bei Scanguards, der Sicherheitsfirma, für die seine gesamte Familie arbeitete, einen Eid geschworen, dass er diese Macht niemals dazu einsetzen würde, einem Unschuldigen Schaden zuzufügen. Alle Vampire sowie alle übernatürlichen Wesen, die für Samson Woodford, den mächtigen Vampir an der Spitze von Scanguards, arbeiteten, hatten denselben Eid abgelegt. Und alle waren entschlossen, ihn einzuhalten.

In letzter Zeit passierte es häufiger, dass Ryder kurz nach dem Aufstehen nach Blut dürstete, so wie es einem Vollblutvampir ging. Nicht alle Hybriden wie er und seine Geschwister oder die Söhne und Töchter von Samson und den anderen Vampiren, die bei ihm angestellt waren, erlebten zur gleichen Zeit in ihrem Leben die gleiche Art von Blutdurst. Der Durst war so individuell wie der Charakter einer Person. Ryder hatte immer geglaubt, dass er über solch ein Grundbedürfnis erhaben sei, aber es schien, dass er in seinem Kern genauso ein Vampir wie ein Satyr war. Zwei starke Bedürfnisse, das eine nach Blut, das andere nach Sex, würden eines Tages aufeinanderprallen. Wenn das geschah, musste er all seine Selbstbeherrschung aufbringen, um niemanden um ihn herum zu verletzen, denn sobald er seiner Gefährtin begegnete, würde er das dringende Bedürfnis, sich mit ihr zu paaren, verspüren, doch sich zügeln müssen, bis sie bereit war, ihn zu akzeptieren. Aber er konnte nicht wissen, wann das geschehen würde, morgen oder in hundert Jahren.

Ryder ging zurück zu seinem Schrank und wählte ein legeres Hemd. Er schlüpfte gerade hinein, als die Tür aufging.

„Hey Ryder, kann ich mir deine braune Lederjacke ausleihen?“

Sein jüngerer Bruder stürmte ohne anzuklopfen oder jegliche Entschuldigung dafür, dass er einfach hereinplatzte, in den Raum. Ethan kannte keine Grenzen, hatte kein Gefühl für persönlichen Freiraum. Das machte nichts, denn sie waren Brüder und würden füreinander töten, wenn es darauf ankäme. Das bedeutete allerdings nicht, dass Ryder sich nicht gelegentlich über ihn ärgerte.

„Warum fragst du überhaupt, wenn du sie sowieso nimmst, sobald ich das Haus verlasse?"

„Du bist der Beste", sagte Ethan und öffnete den Schrank. Er griff nach der besagten Jacke. „Willst du heute Abend mit mir ausgehen? Heute hast du doch frei, oder?"

„Ja. Und nein, ich will nicht ausgehen."

„Du weißt nicht einmal, wohin ich gehe." Ethan zog die Lederjacke an und bewunderte sich im Spiegel.

„Lass mich raten: in einen Nachtclub."

„Nicht nur in irgendeinen beliebigen Nachtclub. Es ist Damenabend im Mezzanine. Da wird es heute zugehen!" Ethan grinste von einem Ohr zum anderen.

Er war nicht nur gut aussehend, er besaß zudem jugendlichen Charme. Jemand, der ihn nicht kannte, würde nie vermuten, dass er wie ein Raubtier war, ein Vampirhybride mit einem unstillbaren Appetit auf Sex und Blut. Als Ethan in die Pubertät gekommen war, war er unruhig geworden und hatte eine Eroberung nach der anderen gemacht, mit jedem Mädchen geschlafen, das ihn haben wollte. Ryder hingegen hatte diese rebellische Teenagerphase nie durchgemacht, und sein Appetit auf Sex war auch nicht so ausgeprägt wie der seines Bruders. Er hatte sich stets unter Kontrolle und verlor nie die Beherrschung.

Ryder verdrehte die Augen und knöpfte gelassen sein Hemd zu. „Ich habe vor, bei *Carlito's* in North Beach etwas zu essen und dann zu lesen. Baldaccis neuester Thriller ist gerade erschienen …"

„Oh mein Gott", sagte Ethan mit Abscheu in der Stimme. „Du klingst wie ein alter College-Professor. Niemand würde jemals vermuten, dass du einer der besten Bodyguards bei Scanguards bist." Er schüttelte den Kopf. „Du willst an deinem freien Abend wirklich lesen? Bist du dir sicher? Du klingst, als wärst du Jahrzehnte älter als ich und nicht nur ein Jahr."

„Das hat nichts mit dem Alter zu tun", sagte Ryder.

„Komm schon, sei nicht so langweilig. Willst du nicht eine flachlegen?“

„Ich bin nicht wie du.“

Das stimmte. Während Ethan impulsiv und sorglos war, war Ryder nachdenklich und verantwortungsbewusst, genau wie von einem älteren Bruder erwartet wurde.

„Du kannst mir nicht sagen, dass dein Sexualtrieb nicht so hoch ist wie meiner. Du bist dreißig, siehst anständig aus“ – darauf reagierte Ryder mit einem Schnauben – „und kannst ficken, wen du willst. Warum gehst du nicht jeden Abend mit einem anderen Mädchen ins Bett?“

Ryder packte seinen Bruder am Revers seiner Jacke und drückte ihn an die Wand. „Weil ich …“ Er holte tief Luft und unterdrückte die Wut, die in ihm aufwallte. „… weil ich nicht jedes Mädchen in San Francisco … dem aussetzen möchte … du weißt schon, was ich meine.“

Er ließ seinen Bruder los und trat einen Schritt zurück. Er bereute seinen plötzlichen Ausbruch bereits. Es war nicht seine Art, handgreiflich zu werden.

„Du zahlst also lieber für das Vergnügen?“, stieß Ethan hervor.

Ryders Augen weiteten sich.

„Oh bitte! Als ob du jemanden täuschen könntest. Ich weiß, dass du schon seit Jahren zu Vera gehst.“

Er war verblüfft, dass sein Bruder wusste, dass er Veras Club, ein gehobenes Bordell, das von einer Vampirin geführt wurde, aufsuchte. Ihre Mädchen waren freundlich und sahen über die Tatsache hinweg, dass Ryder eine hässliche Missbildung aufwies. Dort fühlte er sich wohl, denn keine der Frauen sah ihn je angewidert an. Sie halfen ihm, seine Lust zu stillen. Aber wenn er ehrlich war, hatte er bei keiner je ein echtes Hochgefühl verspürt, obwohl Veras Mädchen alle schön waren und in allen Arten der fleischlichen Kunst versiert. Seine Höhepunkte stillten sein Bedürfnis vorübergehend, aber er hatte nach dem Sex noch nie die Art von Befriedigung verspürt, von der er seine Freunde sprechen hörte.

„Das geht dich nichts an“, sagte Ryder und wandte sich ab.

„Komm schon, Bruderherz, sei nicht so. Ehrlich gesagt ist es den meisten Mädchen, mit denen ich schlafe, wirklich egal, wie ich aussehe, solange sie bekommen, was sie wollen. Hey, manche finden es sogar cool. Und wenn mich ein Mädchen wirklich abweist, dann wende ich einfach Gedankenkontrolle an, damit sie sich nicht erinnern kann, was sie gesehen hat. Außerdem sind die meisten Mädchen im Club ohnehin schon halb betrunken."

Ryder schnaubte. „Glaubst du wirklich, mit Mädchen zu schlafen, die zu betrunken sind, um zu wissen, was sie tun, wäre besser, als mit Prostituierten zu schlafen?"

„Glaub mir, ich sorge dafür, dass sie ihren Spaß haben. Ich bin kein egoistischer Liebhaber", behauptete Ethan. „Außerdem sind meine Chancen größer, meine Gefährtin zu finden, wenn ich mit mehr Frauen schlafe, richtig?"

Ryder musste den Optimismus seines Bruders trotz seiner fragwürdigen Methoden bewundern. Seine eigene Ethik untersagte ihm, ein Mädchen auszunutzen, egal ob sie halb betrunken war oder nicht. „Das bedeutet wohl, dass du es kaum erwarten kannst, bis du endlich zwei Schwänze hast. Schön für dich."

Ein Glucksen von der Tür ließ Ryder seinen Kopf dorthin wenden. Vanessa stand im Türrahmen und kicherte. Sie war so schön wie ihre Mutter, mit langen dunklen Haaren und ausdrucksstarken Augen. Und obwohl sie die jüngste der Geschwister war, wirkte sie reifer als ihre Brüder. Es stimmte wohl, dass Mädchen schneller erwachsen wurden.

„Männer! Zumindest bekommt ihr etwas davon, wenn ihr eure Gefährtinnen findet, während ich mindestens viermal im Jahr läufig bin. Hört ihr mich ständig meckern?"

Sie betrat den Raum und sah Ryder an. Dann schüttelte sie den Kopf. „Der Knopf ist locker. Und das Hemd steht dir sowieso nicht. Warum ziehst du nicht das Leinenhemd an?"

Ryder atmete tief ein. „Ich gehe nirgendwo hin, also spielt es keine Rolle."

„Zieh es aus", beharrte sie und holte ein anderes Hemd aus seinem Schrank.

Ryder zögerte. „Na gut. Ich werde mich umziehen. Wenn ihr beide mein Zimmer verlasst."

Ethan und Vanessa tauschten einen Blick aus.

„Jetzt sofort", fügte er hinzu.

„Du bist ein hoffnungsloser Fall", sagte Vanessa.

Ryder nahm ihr das Hemd aus der Hand und zerzauste ihr Haar. „Danke, Nessie. Jetzt verschwinde, bevor ich die Geduld verliere."

„Ja, das will ich sehen", scherzte Vanessa.

„Nein, willst du nicht."

Vanessa sah Ethan an. „Ich wette, er zerknittert während des Sex nicht einmal die Laken."

„Super, Nessie", sagte Ethan lachend.

„Ihr wisst, dass ich hier stehe und kein Problem mit meinem Gehör habe, oder?", fragte Ryder.

„Dann solltest du einen gut gemeinten Rat annehmen", sagte Ethan. „Tob dich ab und zu mal aus oder der Besenstiel, der in deinem Arsch steckt, bleibt dir noch auf Dauer."

2

Scarlet war in der Küche, als sie das Klingeln ihres Handys hörte. Ihr Vater, Brandon King, rief sie über FaceTime an. Sie klickte auf *Akzeptieren.*

„Hallo Dad!"

Sein attraktives Gesicht war einen Moment lang verpixelt, bevor es schärfer wurde. „Hey, Honey, wie geht's?" Seine Stimme war ein tiefer Bariton, und er lächelte sie herzlich an. Er hatte etwas Jugendliches an sich, obwohl er fünfundfünfzig Jahre alt war und graue Strähnen in seinem dunklen Haar hatte.

„Ich habe den ganzen Tag an meiner Doktorarbeit gearbeitet. Jetzt bin ich erschlagen."

„Und deine Gesundheit? Irgendwelche Episoden?"

„Mir geht es gut, Dad. Wie geht es deinem Knöchel?"

„Er heilt, keine Sorge."

„Ich kann immer noch nicht glauben, dass du im Badezimmer ausgerutscht bist. Wie ist das überhaupt passiert?" Schließlich war ihr Vater kein alter Mann oder Invalide. Tatsächlich spielte er regelmäßig Tennis und war in Form.

„Ich bin einfach auf etwas Nassem ausgerutscht. Etwas Shampoo muss aus der Flasche auf den Boden getropft sein. Du weißt ja, wie viele Shampoos und Lotionen Claudia hat. Nächstes Mal passe ich besser auf. Also, wie läuft dein Studium?"

„Ich komme gut voran. Es hält mich auf Trab."

Scarlet war im vergangenen Herbst an die San Francisco University gewechselt und in das viktorianische Haus ihres Vaters in Pacific Heights gezogen, anstatt in der Villa in Palo Alto zu bleiben, wo sie gewohnt hatte, während sie ihren Abschluss an der Stanford University gemacht hatte. Nicht nur wollte sie an der etwas kleineren Privatuniversität in San Francisco promovieren, sondern auch unabhängig sein und ihrem Vater und ihrer Stiefmutter Claudia etwas Privatsphäre gönnen.

Claudia, die ihr Vater sechs Jahre zuvor geheiratet hatte, lange nachdem Scarlets Mutter im Alter von vierzig Jahren an einem unerwarteten Herzinfarkt gestorben war, war eine wundervolle Frau, auch wenn Scarlet anfangs gedacht hatte, sie sei viel zu jung für ihren Vater. Trotz des Altersunterschieds von achtzehn Jahren – Claudia war siebenunddreißig – schienen sie glücklich miteinander zu sein. Scarlet hatte erwartet, dass sie überglücklich sein würden, als sie bekannt gegeben hatte, dass sie nach San Francisco ziehen würde. Im Gegenteil. Beide hatten protestiert und wollten, dass sie mit ihnen weiterhin in Palo Alto lebte.

Aber sie hatte sich durchgesetzt. Immerhin war sie vierundzwanzig und erwachsen. Trotzdem hatte ihr Vater nur widerwillig zugestimmt. Und unter einer Bedingung.

„Wie läuft's mit dem neuen Bodyguard? Magst du ihn lieber als den vorherigen?“

Scarlet machte sich nicht einmal die Mühe, ihr Augenrollen zu verbergen. „Er nervt und hängt an mir wie ein schlechtes Outfit.“

Ihr Vater gluckste leise. „Das ist sein Job. Er muss dich beschützen.“

„Wirklich, Dad? Habe ich dir nicht bewiesen, dass ich auf mich selbst aufpassen kann und keinen Babysitter brauche? Claudia muss nicht nach den gleichen Regeln leben wie ich!“

„Weil Claudia zugestimmt hat, eine Waffe im Haus zu haben, damit sie sich verteidigen kann, wenn ich geschäftlich unterwegs bin“, entgegnete er.

„Und ich habe den Selbstverteidigungskurs abgelegt, genau wie du es von mir verlangt hast, und ich lerne sogar Karate, damit ich mich verteidigen kann, wenn ich angegriffen werde. Aber ich will keine Waffe im Haus haben. Statistiken besagen, dass Leute bei Einbrüchen überwiegend mit ihrer eigenen Waffe getötet werden.“

„Statistiken interessieren mich nicht. Mir liegt deine Sicherheit am Herzen.“

„Ich brauche wirklich keinen ständigen Schatten. Ehrlich gesagt ist es demütigend, überall mit einem Leibwächter im Schlepptau aufzutauchen. Alle sehen mich seltsam an.“

Und es machte es schwierig, die anderen Studenten auf dem Campus wirklich kennenzulernen. Sie nahmen alle an, dass sie distanziert war oder meinte, sie wäre etwas Besseres und wollte sich nicht unter den Pöbel mischen.

„Liebling, du weißt, dass wir eine Abmachung hatten. Außerdem ist Scanguards das beste Sicherheitsunternehmen im ganzen Land. Sie haben die besten Leute.“

Scarlet schnaubte. „Ich sage ja nicht, dass die Bodyguards, die Scanguards zur Verfügung stellt, schlecht sind. Sie sind einfach nichts für mich. Ich brauche –“

„Scarlet, bitte! Du hast bereits vier der Leibwächter abgelehnt. Und jetzt wurde dir der Sohn des Besitzers zugeteilt. Glaub mir, nachdem du jeden deiner bisherigen Bodyguards vergrault hast, ist es ein Wunder, dass sie den Vertrag noch nicht gekündigt haben.“

„Ich habe niemanden vergrault“, brachte sie heraus.

Ihr Vater verzog das Gesicht, um ihr zu zeigen, dass er ihr nicht glaubte. „Letzten Monat hat mich Samson Woodford persönlich angerufen, um mir zu versichern, dass du den besten Schutz bekommst, den sie dir stellen können. Das ist alles, was ich für dich will: Sicherheit. Ich kann dich nicht auch noch verlieren. Es würde mir das Herz brechen.“

Sie hasste es, wenn ihr Vater an ihre Gefühle appellierte und sie an ihren gemeinsamen Verlust erinnerte. Sie trauerte auch noch. Sie hatte ihren Halbbruder geliebt und sein Tod war für sie alle ein Schock gewesen. Scarlet sah ihren Vater einen Moment lang schweigend an. Er tat es nicht, um sie zu kontrollieren, er tat es, um sie zu beschützen, denn wenn er sie auch noch verlieren würde, würde es ihn zerstören. Davon würde er sich nie erholen, nicht einmal mit Claudia an seiner Seite.

„Es tut mir leid, Dad. Ich verstehe.“ Sie zwang sich zu einem Lächeln, obwohl sie schon wieder eine Diskussion mit ihm verloren hatte. Kein Wunder, dass ihr Vater ein erfolgreicher Geschäftsmann war. Er bekam immer, was er wollte. „Wann kommst du in die Stadt?“

„Nicht in den nächsten Tagen. Ich muss morgen geschäftlich nach Phoenix fliegen. Aber vielleicht kommt Claudia morgen in der Stadt vorbei. Sie hat einige Dinge in San Francisco zu erledigen.“

„Oh, sie fliegt nicht mit dir nach Phoenix?“

„Nein, du weißt doch, dass sie die Wüstenhitze hasst. Aber ich werde nicht lange weg sein. Versprochen.“

„Ich vermisse dich“, sagte sie. Es war die Wahrheit. Sie und ihr Vater standen sich schon immer nahe.

„Ich vermisse dich auch, Honey. Kopf hoch! Ich habe gehört, dass Grayson Woodford ein gut aussehender junger Mann ist.“

Ihr Vater lag nicht falsch. „Glaub mir, er hat die Arroganz, die zu seinem Aussehen passt.“

„Mach ihm nur nicht das Leben zur Hölle, okay?“

„Okay, Dad. Guten Flug."

„Tschüss, Honey."

Scarlet beendete das Gespräch und hörte ein Geräusch von der Tür. Erschrocken wirbelte sie herum und sah Grayson mit gerunzelter Stirn dort stehen.

Er war gut aussehend, das musste sie ihm lassen. Groß, dunkles Haar, fitter Körper. Er hatte wahrscheinlich jede Menge Frauen, die ihn umschwärmten, wo immer er auch auftauchte. Aber Scarlet mochte ihn nicht. Schließlich war er ihr Gefängniswärter und er war eingebildet. Der Erbe des Scanguards-Imperiums war eindeutig verwöhnt. Sie hatte sich über Scanguards erkundigt, bevor ihr Vater die Firma engagiert hatte. Leider hatte sie nichts gefunden, was sie in den Augen ihres Vaters oder in ihren eigenen disqualifizieren würde. Es war ein sehr gut geführter Betrieb mit begeisterten Bewertungen von früheren und aktuellen Kunden.

Trotzdem mochte Scarlet die Idee, einen Bodyguard zu haben, nicht, und Grayson schon gar nicht. Er konnte nicht viel älter sein als sie. Wie viel Erfahrung konnte er in diesem Alter wirklich haben? Er kam ihr nicht wie jemand vor, der seine Tage und Nächte damit verbrachte, zu trainieren, um der Beste auf seinem Gebiet zu werden. Offensichtlich hatte er diesen Auftrag, bei dem er die ruhige Kugel schieben konnte, bekommen, weil er der Sohn des Besitzers war.

„Du denkst also, ich bin arrogant", sagte Grayson, während er sie ansah.

Sein Blick besagte, dass ihm nicht gefiel, was er sah. Es störte sie nicht. Sie trug ihr langes Haar gerne in einem effizienten Pferdeschwanz, mochte die Freizeitkleidung, die abgetragenen Jeans und den übergroßen Pullover, der ihre Kurven verbarg. Ihre Kleidung gab ihr ein sicheres Gefühl, weil sie sich dahinter verstecken konnte, genauso wie sie sich hinter einer Brille mit Metallrand versteckte, die sie älter aussehen ließ, obwohl sie sie nicht brauchte. Ihr Sehvermögen war perfekt. Genau wie ihre Kleidung gehörte auch die Brille zu ihrem Image: der Bücherwurm und die Doktorandin, die sich nur auf ihr Studium konzentrierte und sich nicht für Männer interessierte.

Leider war in den letzten Jahren ein sexuelles Bedürfnis in ihr erwacht, das sie nicht mehr leugnen konnte. Hin und wieder musste sie die Fassade des zurückhaltenden Mädchens hinter sich lassen und sich nehmen, was sie brauchte, damit sie sich wieder besser fühlen konnte. Sie konnte sich die fleischlichen Freuden, die ihr Körper von Zeit zu Zeit verlangte, nicht versagen. Sie konnte sie nur eine Zeit lang unterdrücken, bevor sie die Kontrolle über ihre Handlungen verlor und tat, was sie tun musste, um Frieden zu finden, wenn auch nur für eine kurze Weile.

„War das eine Frage?“, erwiderte Scarlet.

Er hob eine Augenbraue. „Ich muss mich nicht unterhalten.“

„Dann eben nicht.“ Sie sah auf die Uhr an der Küchenwand. „Mein Take-out von *Tomaso's* dürfte fertig sein. Lass uns gehen.“ Sie griff nach ihrer Handtasche. Es war ihre größte, groß genug, um die Dinge darin unterzubringen, die sie für heute Nacht brauchte.

„Du isst so spät noch? Ich dachte, du hättest schon zu Abend gegessen.“

„Tja, die Arbeit an meiner Dissertation verbrennt viele Kalorien. Ich brauche was zu essen. Und da ich nicht kochen will, muss ich mir was holen. Und bevor du fragst, nein, sie liefern nicht. Sie haben zu wenige Fahrer. Wenn du mich nicht fahren willst, dann fahre ich selbst.“ Sie wusste bereits, was er antworten würde, bevor er den Mund aufmachte.

Grayson funkelte sie an. „Netter Versuch. Kommt nicht infrage. Ich fahre dich.“

„Danke“, sagte sie und schenkte ihm ein übermäßig süßes Lächeln, weil sie wusste, dass es ihn anpisste. Es war überaus befriedigend, Grayson zu verärgern.

Graysons Audi TT war in der Einfahrt geparkt. Sie sprangen hinein, und Grayson fuhr wortlos davon. Scarlet sank in den Ledersitz zurück. Ihr war heiß unter ihrem dicken Pullover und sie griff nach dem Knopf, um die Klimaanlage einzuschalten.

Bevor sie ihn berühren und auf kühler stellen konnte, bellte Grayson sie an: „Fass die Armaturen nicht an. Ich mache das schon.“

„Dann dreh endlich die Heizung ab.“

„Die Heizung ist nicht an. Hier ist eine angenehme Temperatur von zwanzig Grad.“

„Angenehm für dich vielleicht. Aber mir ist heiß, also schalte die Klimaanlage ein.“

„Dir kann nicht heiß sein.“

Sie warf ihm einen genervten Blick zu. „Und woher willst du das wissen?“

„Na gut, ich schalte die Klimaanlage an“, sagte Grayson mit einem Knurren in der Stimme. Er drehte am Temperaturregler.

Sie konnte nicht anders als hinzuzufügen: „Na, war das so schwer?“

Grayson hatte den gesunden Menschenverstand, nicht zu antworten. Sie war nicht sauer auf ihn, nicht wirklich. Vielmehr war sie sauer auf das Los, das sie gezogen hatte. Sie war kurz davor zu explodieren. Es war wie Prämenstruelles Syndrom mal einhundert. Sie wusste, dass einige ihrer Freundinnen vom College gelegentlich PMS-Symptome hatten, aber Scarlet bekam immer eine volle Wucht davon ab. Und wenn es passierte, musste sie das Haus verlassen, sonst würde sie die Wände hochklettern. Lagerkoller nannte sie es. Episoden nannte ihr Vater es.

Als sie *Tomaso's* in der Mission erreichten, gab es in der Nähe keinen Parkplatz. In der Gegend, die für ihre großartigen Restaurants und Bars bekannt war, herrschte reger Verkehr. Sogar an einem Abend unter der Woche war hier die Hölle los. Damit hatte Scarlet gerechnet.

Grayson fuhr zweimal um denselben Block herum, aber er konnte nirgendwo parken.

„Komm schon, Grayson, park einfach in zweiter Reihe und lass mich rausspringen oder mein Essen wird kalt“, sagte sie.

„Auf keinen Fall. Ich bin nicht so dumm, dich ins Restaurant reingehen zu lassen, damit du durch den Hinterausgang rauslaufen und mich abhängen kannst.“

Scarlet warf ihm einen erbosten Blick zu. „Dann gehst du rein und holst das Essen, und ich bleibe im Auto.“

Grayson verzog das Gesicht, bevor er das Auto schließlich vor dem Eingang des Restaurants anhielt und in zweiter Reihe parkte. „Gut, aber ich nehme den Autoschlüssel mit.“

Scarlet verdrehte ihre Augen. „Als ob ich dein kostbares Auto fahren möchte.“

Wütend stellte Grayson den Motor ab und stieg aus. Sie sah ihm nach, als er um das Auto herum rannte und ins Restaurant stürmte. Sie konnte von ihrem Standort aus sehen, dass die Hostess mit mehreren Kunden zu tun hatte und Grayson bestimmt ein oder zwei Minuten warten müsste. Es war genug Zeit, um zu tun, was sie tun musste.

Sobald Grayson im Restaurant war, sprang Scarlet aus dem Auto und eilte zur Kreuzung, wo eine Menge Partygänger darauf warteten, dass die

Fußgängerampel das Gehsignal gab. Sie drängte sich schnell hindurch, sodass sie mittendrin landete, von allen Seiten von Menschen umgeben.

Als die Ampel umschaltete, überquerte sie mit den anderen jungen Leuten um sich herum die Straße und eilte zum Eingang der U-Bahn-Station. Sie rannte die Treppe hinunter und zog bereits ihre Monatskarte heraus, damit sie durch die Drehkreuze gehen konnte. Sie hörte eine U-Bahn kommen und hoffte, dass diese in die richtige Richtung fuhr. Augenblicke später erreichte sie den Bahnsteig und blickte auf die Anzeige.

Sie hatte Glück. Der Zug fuhr Richtung Innenstadt. Er war gerammelt voll, aber sie schaffte es, einzusteigen. Sie warf einen Blick über ihre Schulter, ihr Herz wild schlagend, besorgt, dass Grayson ihre List durchschaut hatte und ihr auf den Fersen war. Aber sie sah ihn nicht. Sie hatte ihn erfolgreich abgeschüttelt wie eine lästige Erkältung.

Scarlet stieß einen Seufzer der Erleichterung aus. Es war ihr egal, ob Grayson deswegen Ärger bekam oder ob er es ihrem Vater erzählte. Ihr Körper hatte mittlerweile so viel aufgestaute Energie, dass sie etwas dagegen unternehmen musste. Sie konnte es kaum erwarten, bis der Zug endlich an der Station hielt, die ihrem Ziel am nächsten war. Als sie wieder über der Erde war, ging sie zwei Blocks weiter. Dort gab es eine Bar, in der sie schon einmal gewesen war. Es gab keine Hostess und keinen Türsteher, was es zum idealen Ort machte, unbemerkt hineinzuschlüpfen und sich umzuziehen.

Scarlet ging zu den Toiletten. Zwei Mädchen wuschen sich die Hände, aber die drei Kabinen waren leer. Scarlet wählte die größte, trat hinein und schloss die Tür hinter sich ab. Schnell entledigte sie sich ihres Pullovers. Darunter trug sie ein schwarzes Bustier, das ihre Brüste fest umschloss. Sie zog ihre langen schwarzen Stiefel aus, ein unverzichtbares Kleidungsstück für das notorisch kühle Wetter, das das ganze Jahr über in San Francisco herrschte, und wand sich aus ihrer Jeans. Zuhause hatte sie einen kurzen Rock in ihre Handtasche gestopft. Jetzt zog sie diesen heraus und schlüpfte hinein, dann zog sie ihre Stiefel wieder an. Sie faltete ihre Jeans und ihren Pullover zusammen und drückte beides in eine Plastiktüte, die sie mitgebracht hatte. Als sie die Kabine verließ, waren die beiden Frauen verschwunden. Scarlet stopfte die Plastiktüte mit ihrer Kleidung in eine Kommode, die zusätzliches Toilettenpapier enthielt. Mit etwas Glück würde die Plastiktasche noch da sein, wenn sie später zurückkam. Wenn nicht, war es ihr egal. Sie mochte diesen Pullover ohnehin nicht sonderlich und sie hatte jede Menge Jeans.

Scarlet blieb vor dem Spiegel stehen und löste ihren Pferdeschwanz. Sie schüttelte ihre schwarzen Locken aus, nahm dann ihre Brille ab und steckte sie in ihre Handtasche. Sie trug nur wenig Make-up auf, gerade genug, um ihre blauen Augen und ihre langen schwarzen Wimpern zu betonen. Ihre Lippen waren auch ohne Lippenstift tiefrot.

Als sie in den Ganzkörperspiegel schaute, sah sie nicht die Doktorandin, deren Nase in den Büchern steckte. Nein, das Spiegelbild war das einer Verführerin, die ihre Kurven zur Schau stellte, einer Frau mit einem unstillbaren sexuellen Verlangen, das für jeden sichtbar war, der sich die Mühe machte, hinzusehen. Jetzt brauchte sie nur noch den richtigen Mann, um den Hunger nach körperlicher Berührung zu stillen, der von Minute zu Minute unerträglicher wurde.

Es war an der Zeit, in den Nachtclubs Dampf abzulassen.

3

Ryder aß bei *Carlito's* in North Beach zu Abend. Obwohl er sich zuvor mit Blut gesättigt hatte, genoss er das menschliche Essen, das das italienische Restaurant servierte. Die Auswahl an Speisen in San Francisco war endlos und in den letzten Jahren war er in fast jedem Restaurant gewesen, in dem es gutes Essen gab. Wenn es um Blut ging, hatte er jedoch einen absoluten Favoriten: AB positiv. Jede Blutgruppe schmeckte etwas anders. Er hatte festgestellt, dass AB positiv ihm die richtige Mischung aus süß und würzig gab, um seinen Durst zu stillen.

Meistens trank er abgefülltes Blut, das Scanguards über eine medizinische Firma beschaffte und kostenlos an ihre Mitarbeiter verteilte. Viele der von Scanguards beschäftigten Vampire schätzten diesen Service. Doch Samson, der Gründer und CEO von Scanguards, urteilte nicht. Wenn ein Vampir es vorzog, direkt von einem Menschen zu trinken, hielt er ihn nicht davon ab. Er hatte nur eine Regel: Kein Mensch durfte dabei zu Schaden kommen.

Ryder trank gelegentlich von den Frauen, die bei Vera angestellt waren. Einige von ihnen waren Menschen, andere Vampire, aber alle waren diskret und loyal zu Vera. Die sterblichen Frauen wussten von den Vampiren in ihrer Mitte, bewahrten jedoch deren Geheimnis. Genauso wie Ryders.

Nach seinem Abendessen bei *Carlito's* spazierte Ryder durch North Beach und machte sich auf den Weg den Hügel hinauf nach Nob Hill, wo sich Veras exklusiver Club befand. An der unscheinbaren Tür des stattlichen Eckhauses klingelte er und meldete sich über die Gegensprechanlage an. Jemand betätigte den Türöffner und ließ ihn ins Gebäude. Drinnen sah es aus wie in einer eleganten Hotellobby. Aus Lautsprechern an der Decke rieselte leise Musik, und der üppige Teppich unter seinen Füßen schluckte das Geräusch seiner Schritte.

Vera, die Vampirin, die das Etablissement leitete, kam lächelnd auf ihn zu. Sie war eine zierliche, umwerfend aussehende Asiatin, die Scanguards in den vergangenen Jahren in mehreren Fällen assistiert hatte. „Ryder, es ist schon eine Weile her.“ Sie umarmte ihn.

„In der Arbeit war viel los“, sagte er entschuldigend, obwohl das nicht der Grund war, warum er seit fast einem Monat nicht mehr hier gewesen war. Er hatte sehen wollen, wie lange er seine sexuellen Bedürfnisse unterdrücken konnte. Anscheinend war ein Monat sein Limit.

Vera ließ ihn los und seufzte. „Es tut mir so leid, Ryder, aber keines der Mädchen ist verfügbar. Ein großer Kongress findet gerade statt und alle Mädchen sind heute Abend dreifach gebucht. Und du weißt ja, dass ich es nicht mag, wenn sie mehr als drei Buchungen pro Nacht annehmen.“

„Oh, das verstehe ich“, sagte Ryder schnell, obwohl er enttäuscht war. Aber er kannte Vera gut genug, um zu wissen, dass ihre erste Priorität die Frauen waren, die für sie arbeiteten. Sie wurden gut behandelt und noch besser bezahlt. Keine von ihnen wurde gezwungen, etwas zu tun, das sie nicht wollte.

„Ich hätte vorher anrufen sollen. Mein Fehler.“

Vera drückte seine Hand. „Die Kunden werden in zwei Tagen wieder weg sein. Warum kommst du dann nicht wieder? Und dann kannst du dir aussuchen, wen du willst.“

„Perfekt“, sagte Ryder und zwang sich zu einem Lächeln, um seine Enttäuschung zu verbergen. „Einen schönen Abend noch, Vera.“

Als er die Tür hinter sich schloss und draußen in der kühlen Nacht stand, blickte er den Hügel hinunter. Die Lichter funkelten. Er liebte die Aussicht von hier oben, wo er ganz San Francisco sehen konnte. Er war nicht in der Stimmung, nach Hause zu gehen und seine eigene Hand zu benutzen, um die Befriedigung zu erlangen, nach der ihm verlangte. Heute Nacht musste er eine Frau finden, die bereit war, seine Lust zu stillen.

„Ich schätze, ich gehe doch in den Club“, murmelte er vor sich hin und hielt ein Taxi an, das ihn zu einem Nachtclub bringen würde, der heute Abend vor Frauen nur so wimmelte.

„Das Mezzanine in SOMA, bitte“, sagte er dem Taxifahrer und machte es sich für die kurze Fahrt bequem.

Das Mezzanine war ein Nachtclub, den es schon seit mehreren Jahrzehnten gab. Amaury, einer der Direktoren von Scanguards, war schon seit langer Zeit Miteigentümer des Clubs. Als Damian, einer seiner Zwillingssöhne, Interesse an dem Club gezeigt hatte, hatte er ihm die

Leitung übergeben und dafür gesorgt, dass Samson die andere Hälfte des Clubs für seinen Sohn Patrick kaufte. Jetzt leiteten Damian und Patrick, beide Vampirhybriden, den Club nebenbei, während sie immer noch als Bodyguards für Scanguards arbeiteten.

Sie hatten den Club umfassend umgestaltet und er war zu einem Hotspot im Nachtleben von San Francisco geworden. Die Türsteher waren Vampire und sorgten dafür, dass die Klientel stilvoll blieb. Jeder, der im Nachtclub irgendeine Art von Gewalt an den Tag legte, wurde umgehend entfernt und bekam lebenslanges Zutrittsverbot.

Ryder zeigte dem Türsteher seinen Scanguards-Ausweis und dieser ließ ihn passieren, vorbei an der Warteschlange, die sich fast über einen halben Block erstreckte. Drinnen dröhnte Musik und Lichter blitzten im Rhythmus der Musik auf. Die Tanzfläche war voll und die Menge schien sich synchron wie ein Vogelschwarm zu bewegen. Ryder ließ seinen Blick schweifen. Er konnte weder seinen Bruder noch sonst jemanden, den er kannte, sehen. Er betrachtete das als gutes Zeichen. Ihm gefiel die Vorstellung nicht, dass Ethan ihm dabei zusah, wie er versuchte, eine junge Frau aufzureißen. Er war in dieser Sache etwas außer Übung.

Ryder schritt die Treppe hinunter, die zur Tanzfläche führte, und bahnte sich seinen Weg durch die Menge tanzender Frauen und Männer, um zur Bar zu gelangen. Es war nicht so einfach, wie es sich anhörte. Es gab definitiv einen Überfluss an Frauen und einen Mangel an Männern. Jede zweite Frau, an der er vorbeikam, griff nach ihm und versuchte, ihn mit klaren Absichten zu sich zu ziehen. Wenn er gewollt hätte, hätte er frei wählen können. Aber aus irgendeinem Grund reizte ihn keine dieser Frauen.

Trotz der knappen Outfits, der perfekten Make-ups und der unverwechselbaren Angebote war er nicht einmal annähernd hart, obwohl er beim Eintreten in Veras Etablissement sofort zum Sex bereit gewesen war. Aber in einem Nachtclub mit einer ganzen Armee sexhungriger Frauen sah er keine einzige Frau, die er anfassen wollte.

Vielleicht war ein Drink angebracht, obwohl Alkohol einem Vampir sehr wenig ausmachte. Es würde mehrere Liter hochprozentigen Alkohols bedürfen, um einen Vampir auch nur beschwipst zu machen. Aber vielleicht würde er sich mit einem Drink in der Hand hier wohler fühlen. Es dauerte eine Weile, bis er die Bar erreichte, wo die drei Barkeeper von

Bestellungen überwältigt wurden. Ryder ließ seinen Blick schweifen, während er darauf wartete, an die Reihe zu kommen.

Als ihn jemand mit dem Ellbogen in die Seite stieß, wirbelte Ryder herum, bereit, der Person eine zu verpassen. Stattdessen stolperte eine Frau mit langen schwarzen Locken mit dem Rücken zu ihm gewandt gegen ihn und nur Ryders vampirschnelle Reaktion rettete sie beide davor, zu Boden zu stürzen. Er packte die Frau unter den Achseln, um sie wieder auf die Beine zu stellen, und erkannte nun den Grund, warum sie das Gleichgewicht verloren hatte. Ein ziemlich betrunkener Surfer-Typ versuchte, sie zu packen und sie zu zwingen, mit ihm zu tanzen. Ryder ließ das Mädchen los und trat an ihr vorbei, um den Kerl zu konfrontieren.

„Sie will nicht mit dir tanzen. Also verpiss dich!", knurrte Ryder und spürte, wie sich seine Fangzähne verlängerten. Seine Augen blitzten wahrscheinlich schon rot auf, aber im Club machte er sich keine Sorgen darüber, dass seine vampirische Seite zum Vorschein kam. Eine Fülle von farbigen Lichtern im Club könnte seine roten Augen leicht als Spiegelbild erklären.

Der Surfer-Typ zog sich mit einem fassungslosen Gesichtsausdruck zurück. Ryder sah ihm nach und wandte sich dann wieder der jungen Frau zu, um zu sehen, ob es ihr gut ging.

Die Frage lag bereits auf seinen Lippen, aber Ryder erstarrte, unfähig ein einziges Wort herauszubringen. Das Mädchen stand einfach nur da und sah ihn direkt an. Lange schwarze Haare umrahmten ihr herzförmiges Gesicht. Ihre Augen waren ein atemberaubendes Blau und ihre Wimpern dicht und lang. Ihre Wangen waren gerötet und ihre Lippen rot und prall. Sie trug einen kurzen schwarzen Rock und ein Bustier, das mehr enthüllte, als es verbarg und ihre Taille entblößte. Ihre Brüste waren klein und ihre Haut cremig und makellos. Instinktiv wanderte sein Blick zu ihrem Hals, wo ihre Halsschlagader pulsierte, als würde sie ihm eine geheime Nachricht im Morsecode senden.

Ryders Schwanz wurde innerhalb einer Sekunde hart. Er konnte nicht sagen, wie alt das Mädchen war, aber er wusste, dass sie über einundzwanzig sein musste, sonst wäre sie an der Tür abgewiesen worden. Das war beruhigend, denn was er von ihr wollte, war definitiv … ja, ganz bestimmt nichts für eine minderjährige Jungfrau.

„Hi", sagte er, seine Kehle so trocken wie Sandpapier. „Ich bin Ryder."

Sie leckte sich über die Lippen und trat einen Schritt näher. Ihre Körper waren jetzt nur noch ein oder zwei Zentimeter voneinander entfernt. Sie hob ihr Gesicht zu ihm und holte tief Luft und zog somit seinen Blick auf ihr Dekolleté, als dieses sich mit ihrem Atem hob.

Verdammt! Er konnte nicht wegsehen. Konnte nicht zurücktreten. Ohne einen bewussten Gedanken legte er seinen Arm um ihre Taille und zog sie an sich, drückte sie an seinen Körper.

Ihre Lippen öffneten sich und ein Atemzug kam aus ihrer Lunge, aber sie befreite sich nicht von ihm. Stattdessen presste sie ihr Becken an seines. Er spürte, wie ihr Bauch an seine Erektion rieb, während sie ihm in die Augen sah.

„Wie heißt du?"

„Sara", sagte sie. „Tanz mit mir."

Sara schlang ihre Arme um ihn und legte eine Hand auf seinen Hintern, als sie anfingen, sich im Rhythmus der Musik zu bewegen. Was sie taten, konnte man kaum als Tanzen bezeichnen, denn sie bewegten sich nicht von ihrem Platz in der Nähe der Bar, ihre Füße blieben fest auf dem Boden, nur ihre Körper wanden sich. Mit jeder Sekunde, in der Sara sich an ihn rieb, sich seiner Erregung vollkommen bewusst, schlug Ryders Herz schneller. Er neigte seinen Kopf zu ihrem Hals und atmete den Duft ihrer Haut ein.

„Lass mich dich spüren", murmelte sie ihm ins Ohr.

Er ließ eine Hand auf ihren Hintern gleiten und drückte eine Backe, zog sie fester gegen seinen ungestümen Schwanz. „Ist es das, was du willst?", sagte er. „Meinen Schwanz?"

Bei diesem Wort stöhnte sie auf und Ryder konnte nicht anders und schob ein Bein zwischen ihre Schenkel.

„Das ist es", sagte sie und klammerte sich an ihn, als sie anfing, seinen Oberschenkel zu reiten.

Verdammt! Was geschah hier? Er hatte ihr nicht mehr als seinen Namen genannt, und schon fickten sie praktisch. Doch er konnte sich nicht zurückhalten, fand nicht den Anstand, von ihr abzulassen. Er fühlte sich unwillkürlich zu ihr hingezogen. Sie war vermutlich betrunken, oder warum sonst würde sie ihm erlauben, sie so zu berühren? Seine gute Erziehung und Manieren diktierten ihm, diesen Wahnsinn zu stoppen, aber anscheinend hatte er seine Erziehung und Manieren an der Tür abgelegt.

Ryder spürte, wie Saras Brüste gegen seine Brust drückten, und er liebte das Gefühl, wie sie sich an seine harten Muskeln schmiegten. Er hob seinen Kopf von ihrem verführerischen Hals und begegnete ihrem Blick. Ihre Augen waren geweitet, ihr Atem abgehackt und ihre Lippen einladend.

Er eroberte ihren Mund und nahm ihren Duft in sich auf. Sie küsste ihn, ohne zu zögern, zurück und erlaubte ihm, sie mit seiner Zunge zu erkunden, während er seine Hände benutzte, um ihre Hüften zu führen, damit sie mit erhöhtem Tempo auf seinem Oberschenkel reiten konnte.

Plötzlich fühlte er, wie sie in seinen Armen erschauerte und erkannte, dass sie ihren Höhepunkt erreicht hatte. Er löste seine Lippen von ihren und starrte sie fassungslos an. Ihre blauen Augen waren jetzt noch schöner, und in ihnen sah er rohes Verlangen und ungezügelte Lust.

„Du musst mich nehmen …“ Sie strich mit ihrer Handfläche über seine Erektion.

Er presste die Kiefer zusammen, um zu verhindern, dass er hier in der Öffentlichkeit kam.

„Bitte“, flehte sie.

Ihre Bitte sandte einen Speer aus Feuer in seine Eier. Wenn er sie nicht sofort woanders hinbrachte, würde er sie gegen die Bar drücken und sie hier ficken. Und das konnte er nicht geschehen lassen. Nicht in der Öffentlichkeit. Das hätte für beide verheerende Folgen.

„Ich weiß, wo wir allein sein können.“

4

Scarlet folgte Ryder, ihre Hand in seiner, als er sich einen Weg durch die Menge zu einem anderen Teil des Clubs bahnte. Sie hatte ihm einen falschen Namen gegeben. Das tat sie immer, wenn sie auf anonymen Sex aus war. In gewisser Weise half es ihr, sich von der Person zu distanzieren, in die sie sich verwandelte, wenn ihre sexuellen Triebe sie überwältigten.

Ryder ging in den Korridor, der zu den Toiletten führte, aber er marschierte an ihnen vorbei und drückte kurz danach eine Tür mit der Aufschrift *Nur für Angestellte* auf und ging hindurch. Der Gang führte dahinter weiter und bei der nächsten Tür rechts blieb er stehen. Er öffnete sie, spähte in den Raum und führte sie dann hinein. Er schloss die Tür hinter ihnen und legte den Riegel um.

Es war schummrig und soweit Scarlet sehen konnte, war dies eine Art Lagerraum. Es gab aufeinander gestellte Tische und Stühle, ein paar Sessel sowie Trennwände und andere Möbel. Es war ihr egal, wo sie war. Sie hatte einen Orgasmus gehabt, während sie sich an Ryders Bein gerieben hatte. Das war ihr noch nie zuvor passiert. Aber heute Nacht war alles anders. Mehrere Männer hatten sie im Club angesprochen, aber trotz ihrer Begierde nach Sex hatte sie alle abgewiesen. Keiner hatte sie auch nur im Geringsten erregt.

Aber in dem Moment, als Ryder ihren Sturz verhindert und sie berührt hatte, um sie zu stützen, hatte sie es gespürt. Ihr Körper reagierte sofort auf ihn, noch bevor er sich zu ihr umgedreht hatte, um sein Gesicht zu sehen. Und als sie ihn ansah, erwachte jede Zelle ihres Körpers und alles Weibliche in ihr reagierte auf ihn. Er war perfekt. Er würde ihr geben können, was sie brauchte.

Ryder war groß und gut aussehend. Sein Haar war hellbraun, seine Augen ein sattes Schokoladenbraun, seine Haut ein heller Oliventon. Er sah schlank aus, obwohl sich seine Muskeln unter seinem Hemd abzeichneten. Sein Blick strahlte eine Anziehungskraft aus, von der sie sich nicht losreißen konnte. Als wäre er ein Magnet und sie ein bloßer Metallnagel.

„Sara“, murmelte er an ihren Lippen. „Sag mir, was du willst.“

Sie atmete aus. „Deinen Schwanz in mir.“

„Gut, denn das will ich auch.“ Er drückte sie mit dem Rücken gegen die Wand und zog ihr Bustier nach unten, bis ihre Brüste oben heraussprangen. „Ich bin noch nie jemandem wie dir begegnet.“

Sein hungriger Mund berührte ihre Haut und er küsste ihre empfindlichen Nippel. Ihre Klitoris begann wieder zu kribbeln, immer noch empfindlich von ihrem Orgasmus. Sie ergriff Ryders Hemd und zog es aus seiner Hose, damit sie ihre Hände auf seine nackte Haut legen konnte. Sie fühlte sich so heiß an wie ihre eigene.

„Du hast mich so heftig kommen lassen“, flüsterte sie und genoss das Gefühl, wie seine Zunge ihre Brüste leckte, während seine Hand unter ihren Rock und zwischen ihre Schenkel glitt, wo ihr Höschen bereits von ihren eigenen Säften durchtränkt war.

„Willst du nochmal kommen?“, fragte er und schob ihr Höschen bereits beiseite, um mit seinen Fingern über ihre Spalte zu reiben, seine Tat kühn, jedoch höchst willkommen.

Seine Berührung war elektrisierend und sie schloss die Augen und ließ sich in den Armen dieses Fremden, der zu wissen schien, was sie brauchte, gehen.

„Du weinst ja schon für mich. Das gefällt mir“, krächzte Ryder. „Wenn du dieses Mal kommst, tu mir einen Gefallen und sag meinen Namen.“

„Ja.“

Das Wort hatte ihre Lippen noch nicht verlassen, als er seinen Finger in sie schob. Angesichts der unerwarteten Invasion schnappte Scarlet nach Luft. Sie liebte es, wie sein Finger sie erkundete, doch es war nicht genug.

„Ryder, ich will deinen Schwanz.“

Unerwartet lachte er leise. „Du bekommst meinen Schwanz, mach dir keine Sorgen, Baby. Aber zuerst möchte ich, dass du nochmal kommst. Kannst du das für mich tun?“ Er pumpte langsam seinen Finger in sie hinein und fügte dann einen zweiten hinzu.

„Oh, oh, das ist besser … ja …“ Sie lehnte ihren Kopf zurück gegen die Wand und genoss die Fülle in ihrem intimen Kanal.

Ryder stieß immer wieder zu und jedes Mal, wenn seine Finger so tief wie möglich in sie pumpten, strich er mit seinem Daumen über ihre

Klitoris und entlockte ihr ein Stöhnen. Ihre Knie fühlten sich weich an, und wenn er so weitermachte, würde sie sicher zusammenbrechen.

Er hob seinen Kopf von ihren Brüsten und sah ihr in die Augen. „Das gefällt dir, nicht wahr?"

„Ja." Mehr, als er wissen konnte.

„Sag meinen Namen."

„Ryder, du fühlst dich gut an. Ich kann es kaum erwarten, deinen Schwanz dort zu spüren, wo deine Finger jetzt sind." Wenn er sie allein mit seinen Fingern zu solcher Ekstase treiben konnte, wie würde sie sich mit seinem Schwanz in ihr fühlen? Endlich würde sie bekommen, was sie brauchte. Ryder würde ihren Hunger nach kompromisslosem Sex stillen.

„Fick mich härter", verlangte sie. „Ryder."

Er tat, was sie ihm befahl, stieß seine Finger tiefer und fester in sie hinein, während sein Daumen ihre Klitoris mit solcher Geschicklichkeit bearbeitete, dass sie nur noch Sekunden von einem weiteren Höhepunkt entfernt war.

„Ja, ja, Ryder, ja!"

Sie schauderte. Ihre Muskeln verkrampften sich um seine Finger, als sie kam. Die Wellen erschütterten ihren Körper, als hätte eine Explosion sie von den Füßen gerissen. Ryder zog seine Finger nicht heraus. Er ließ seinen Daumen auf ihrer Klitoris und gerade, als sie dachte, ihr Orgasmus würde verklingen, zupfte er noch einmal wie ein talentierter Musiker ihre Klitoris und entzündete sie erneut.

Sie begegnete seinem Blick und sah männliche Befriedigung in seinen tiefbraunen Augen, die jetzt fast wie geschmolzene Lava aussahen, mit einem roten Farbton um seine Iris, als würde ein Feuer darin brennen.

„Willst du immer noch meinen Schwanz?", fragte er und seine Stimme drang in jede Zelle ihres Körpers und hallte dort wider.

„Ja, ich brauche deinen Schwanz. Bitte." Sie machte ihm nichts vor. Trotz der welterschütternden Orgasmen, die er ihr beschert hatte, brauchte sie mehr. Fast so, als würde jeder Höhepunkt ihren Hunger noch mehr schüren.

„Gut, denn jetzt bist du reif", sagte er und zog seine Finger aus ihr.

~ ~ ~

Ryder konnte keine Sekunde länger warten. Er schob Saras Rock bis zu ihren Hüften hoch und zog ihr das Höschen bis zu ihren Knien hinab, bevor er sie herumdrehte und sie über einen der Sessel beugte, sodass ihr hübscher Hintern ihm zugewandt war. Ungeduldig öffnete er seine Hose und schob sie sowie seine Boxershorts hinab. Sein Schwanz war härter als je zuvor und die Geschwulst darüber schien zu pulsieren. Aber in dieser Position würde Sara sie nicht sehen müssen. Er machte sich nicht die Mühe, ein Kondom zu benutzen. Vampire hatten keine Krankheiten und konnten sich weder mit einer Geschlechtskrankheit infizieren noch jemand anderen anstecken. Auch eine ungewollte Schwangerschaft war ausgeschlossen. Nur blutsgebundene Vampire konnten ihre Gefährtin schwängern.

Ryder packte Saras Hüften mit beiden Händen, positionierte sich hinter ihr und stieß seinen Schwanz bis zum Anschlag in ihre durchtränkte Muschi. Das Gefühl, von ihren immer noch pulsierenden Muskeln gepackt zu werden, raubte ihm beinahe die Selbstbeherrschung. Er hatte noch nie etwas so Perfektes verspürt.

„Verdammt, du bist eng."

Sara drehte ihren Kopf, um über ihre Schulter zu schauen. Gut, dass er sein Hemd anbehalten hatte, das seine Missbildung verbarg.

„Fick mich hart. Kannst du das für mich tun, Ryder?" Ihre Augen glitzerten, als wäre sie im Delirium, aber ihre Forderung war klar.

„Nichts erfreut mich mehr, als dich zu ficken, bis du kein Glied mehr bewegen kannst."

Ryder nahm sie hart und spießte sie mit solcher Wucht auf seinen Schwanz, dass er befürchtete, er könnte sie verletzen, aber sie versuchte nicht, sich ihm zu entziehen. Stattdessen verlangte sie mehr, als könnte sie nicht genug von seinem Schwanz, der in sie hämmerte, bekommen. Er hatte es noch nie zuvor gewagt, eine menschliche Frau so hart zu nehmen. Nicht einmal die Vampirfrauen, mit denen er bei Vera zusammen war, hatten ihn so geil gemacht, dass er sein Urbedürfnis, sie zu ficken, als ob sie ihm gehörte, nicht unterdrücken konnte.

Und jede Bewegung, die Sara machte, jedes Stöhnen, das über ihre Lippen rollte, und jeder Stoß, dem sie entgegenkam, trieb ihn näher an den Punkt, an dem es kein Zurück mehr gab. Selbst wenn sie ihn jetzt bat aufzuhören, hätte er nicht die Selbstbeherrschung, einer solchen Aufforderung nachzukommen. Er war nicht mehr Herr seines eigenen

Körpers. Der Vampir und der Satyr in ihm beherrschten ihn jetzt und forderten ihr Recht. Er hatte seine inneren Bestien zu lange unterdrückt. Jetzt waren sie entfesselt und ihren Käfigen entflohen.

Seine Satyrseite bäumte sich auf und verdrängte das Blutbedürfnis des Vampirs. Ryder wusste, was der Satyr wollte. Er war kein Idiot. Er wusste, warum ein Satyr zwei Schwänze hatte. Niemand musste es ihm erklären. Er fühlte es jetzt, fühlte das Bedürfnis, Sara zu ficken, wie ein Satyr seine Frau nahm. Aber sein noch ungeformter zweiter Schwanz war zu einer solchen Tat nicht fähig. Trotzdem wollte der Satyr sie fühlen. Jeden Teil von ihr.

Ryder ließ Saras rechte Hüfte los und strich mit seinem Zeigefinger über die Spalte ihres Pos. Sein Finger war noch feucht von ihren Säften und er konnte der Versuchung nicht länger widerstehen. Mit seiner Fingerspitze rieb er über ihr enges Loch und spürte, wie sie als Reaktion darauf erbebte. Während Ryder seinen Schwanz weiterhin ohne Pause in sie stieß, drückte er mit seinem Finger gegen den engen Ring.

„Sorry, Sara, ich muss …“

Er stieß seinen Finger in ihr verbotenes Loch und wappnete sich auf Widerstand. Aber Sara protestierte nicht, bat ihn nicht, seinen Finger rauszuziehen. Stattdessen rollte ein langes Stöhnen über ihre Lippen.

„Ryder …“

Was sie sagen wollte, kam nicht über ihre Lippen. Ihre Muskeln verkrampften sich um ihn und ihr Orgasmus schlug wie eine gigantische Ozeanwelle über ihn herein und riss ihn mit sich. Er ergoss sich in ihr, bis sie ihm jeden letzten Tropfen entrungen hatte. Währenddessen pumpte er weiterhin mit seinem Finger im gleichen Rhythmus wie mit seinem Schwanz.

Sex mit Sara war das Beste, das ihm je widerfahren war.

5

Scarlet fühlte sich von einer Vielfalt von Empfindungen überflutet, als Ryder sich aus ihr zog. Einen Moment lang konnte sie sich nicht einmal bewegen. Ihr letzter Orgasmus war so stark gewesen, dass sie Sterne vor ihren Augen gesehen hatte. Sie hatte sich noch nie so … so befriedigt gefühlt.

„Ich mach mich kurz in der Toilette sauber. Ich bin gleich wieder da“, sagte Ryder. „Ich bringe dir ein Handtuch.“

Sie sah über ihre Schulter, aber er hatte sich bereits umgedreht und ging zur Tür. Sie wusste es zu schätzen, dass er die Tür nur einen Spalt weit öffnete, um sicherzugehen, dass niemand draußen im Flur stand und in den Raum spähen konnte, bevor er hinausschlüpfte und die Tür hinter sich schloss.

Scarlet richtete sich auf. Ihre Beine fühlten sich an wie Wackelpudding und sie stützte sich am Sessel ab. Sie hatte jede einzelne Sekunde ihrer Begegnung mit Ryder genossen, aber jetzt war alles anders. Ihre Episode, das fast fiebrige Verlangen nach sexueller Befriedigung, war vorüber. Ihre Umgebung brachte sie plötzlich wieder zur Besinnung. Es war, als hätte sie jemand mit einem Eimer Eis übergossen. Sie hatte sich wie eine gewöhnliche Schlampe benommen, einen Fremden angefleht, sie zu ficken, und … und andere Dinge getan. Daran wollte sie gar nicht denken. Was musste er von ihr denken? So hatte sie sich noch nie benommen.

Bei ihren früheren sexuellen Abenteuern hatte sie mit Männern in ihren Autos oder sogar in ihren Wohnungen Sex gehabt, aber nie in einem Abstellraum und schon gar nicht so. Sex mit einem Fremden war noch nie so primitiv, so maßlos und so tabu gewesen. Sie wusste, dass das alles ihr Tun war. Sie hatte Ryder an der Bar praktisch gefickt. Verdammt, sie hatte ihn angefleht, sie zu nehmen. Sie hatte um seinen Schwanz gebettelt. Sicher, er hatte zugestimmt, sie zu ficken. Welcher junge Single würde das nicht? Aber in dem Moment, als er fertig war, hatte er sich davongemacht. Er hatte nicht einmal zurückgeschaut.

Verdammt! Sie musste von hier weg und vergessen, was passiert war.

Scarlet richtete ihre Kleidung wieder zurecht, damit ihr Körper bedeckt war, bevor sie durch die Tür hinausstürmte. Eine Brise wehte durch den Korridor, und sie bemerkte, dass an dessen Ende eine Hintertür offenstand. Sie wandte sich dorthin. Sie war froh, nicht durch den Club zurückgehen zu müssen. Wer wusste schon, wie viele Leute gesehen hatten, wie sie sich in der Öffentlichkeit praktisch an Ryders Schwanz gerieben hatte?

Scarlet eilte hinaus in die Dunkelheit. Wie in Trance kehrte sie zu der Bar zurück, wo sie ihre Klamotten verstaut hatte. Sie hatte Glück. Niemand hatte sie genommen. Nachdem sie sich umgezogen und die Bar verlassen hatte, rief sie einen Uber und ließ sich nach Hause fahren.

Auf dem Rücksitz des Wagens schloss sie die Augen. Aber sie konnte die Ereignisse der letzten Stunde nicht aus ihren Gedanken verdrängen. Es war nicht zu leugnen: Sie hatte den Sex mit Ryder genossen. Verdammt, sie hatte jede einzelne Sekunde davon genossen und jede einzelne Sache, die er getan hatte. Selbst als er an einer Stelle in sie eingedrungen war, wo noch niemand zuvor sie berührt hatte. Das Gefühl seines Fingers in ihr hatte sie mehr als alles andere erregt. Um Himmels willen, war sie verdorben. Wie konnte sie, eine gebildete Frau, so eine ausschweifende Handlung mögen? Nicht nur mögen, nein, lieben.

Scarlet schämte sich jetzt dafür. Sie war froh, dass sie Ryder nicht ihren richtigen Namen genannt hatte, nur für den Fall, dass er an einem anderen Abend in den Club zurückkehrte und nach ihr fragte. Nicht dass sie dachte, dass er das tun würde. Für ihn war sie wahrscheinlich nur ein schneller Fick, eine Schlampe, mit der er Dinge tun konnte, die keine anständige Frau zulassen würde.

Als der Uber sie vor ihrem Haus in Pacific Heights absetzte, gab sie sich ein Versprechen: Wenn sie das nächste Mal den Drang verspürte, sich anonymen Sex in irgendeinem Nachtclub zu suchen, würde sie sich in ihrem Zimmer einsperren und den Schlüssel aus dem Fenster werfen.

Scarlet schloss die Haustür auf, trat ein und ließ die Tür hinter sich einrasten. Sie wollte nach oben ins Badezimmer, da sie eine Dusche brauchte, um die Scham von ihrem Körper zu waschen. Aber sie erreichte die Treppe nicht.

„Schau mal, was die Katze reingeschleppt hat.“

Scarlet wirbelte nach links herum und sah einen dunklen Schatten. Grayson. Es verstand sich ja von selbst, dass er hier auf sie wartete. Er legte den Lichtschalter um. Sie wäre lieber im Dunkeln geblieben. Konnte er es ihr ansehen, dass sie vor weniger als einer Stunde gründlich gefickt worden war? Stand ihr ins Gesicht geschrieben, wie wild sie geworden war und welche Freiheiten sie ihrem Sexualpartner eingeräumt hatte?

„Was willst du?“, fragte sie.

„Du hast mich reingelegt. Du hast kein Essen zum Mitnehmen bestellt. Du hast mich nur dort hingelockt, damit du mir entwischen kannst, während ich damit beschäftigt war, mit der Hostess darüber zu streiten, dass sie deine Bestellung nicht vorbereitet haben.“ Grayson sah aus, als würde jeden Moment Rauch aus seinen Ohren steigen.

„Nun, wenigstens hattest du deinen Spaß.“ Denn Streiten machte ihm sicher Spaß.

„Wo zum Teufel warst du?“

„Das geht dich nichts an. Du arbeitest für mich, nicht umgekehrt.“

„Korrektur: Ich arbeite für deinen Vater.“ Er starrte sie mit zusammengepresstem Kiefer an. „Und wenn ich ihm sage, wo du warst, wird er sicher nicht erfreut sein.“

Scarlet machte einen Schritt auf ihn zu und stemmte ihre Hände in die Hüften, keineswegs von ihm eingeschüchtert. „Erstens hast du keine Ahnung, wo ich war, sonst wärst du dorthin gegangen, um mich zu holen. Aber das hast du nicht gemacht. Also hattest du keine Ahnung, wo ich war. Und ich werde es dir auch nicht sagen. Und zweitens kannst du’s meinem Vater ruhig erzählen. Und wenn du schon dabei bist, erklär ihm auch gleich, wie du, der angeblich beste Bodyguard, den Scanguards hat, es geschafft hat, mich, eine introvertierte 24-jährige Doktorandin, die nur halb so groß ist wie du, aus den Augen zu verlieren. Ich bin sicher, er wird deine Ausrede gerne hören.“

„Du … du …“

Mit Befriedigung stellte sie fest, dass Grayson zum ersten Mal, seit er ihr Bodyguard geworden war, sprachlos war. Leider hielt das nicht lange an.

Grayson hatte schließlich ein Comeback. „Dann denke ich, werde ich mit meinem Vater sprechen. Ich bin sicher, er wird seinen Vertrag mit deinem Vater kündigen. Und du wirst in dieser Stadt niemand anderen zum Schutz anstellen können.“

„Na, mach schon. Ich bin nicht diejenige, die einen Leibwächter will! Und wenn du schon mit deinem Vater sprichst, kannst du ihm auch gleich mitteilen, dass ich in dem Moment, in dem ich fünfundzwanzig werde, auf meinen Treuhandfonds zugreifen kann und dann kann mir niemand mehr vorschreiben, wie ich mein Leben zu leben habe. Also sag ihm, in drei Monaten feuere ich euch sowieso!"

„Der Tag kann nicht früh genug kommen", antwortete Grayson. „Aber ich fürchte, ich werde meine Energie nicht länger an dich verschwenden. Du bist ein verwöhntes, mieses kleines Miststück!"

„Ebenfalls", schoss sie zurück.

Sein Gesicht errötete und die Sehnen in seinem Hals traten hervor. Er griff nach seinem Handy und tippte eine Nummer ein.

„Rufst du Daddy an, weil dich jemand unfair behandelt hat?", fragte sie. „Booohooo!"

Er glotzte sie verärgert an und ein rotes Funkeln leuchtete aus seinen Augen, als würde darin gleich ein Blutgefäß platzen. Aber er antwortete nicht. Stattdessen drehte er ihr den Rücken zu.

„Benjamin, du bist dran. Du musst mich beim Haus der Kings ablösen. Ja, mach schnell. Ich warte draußen auf dich."

Ohne sich umzusehen, öffnete er die Haustür und ging hinaus. Die Tür fiel hinter ihm zu.

„Auf Nimmerwiedersehen!", murmelte sie vor sich hin und ging nach oben.

In ihrem Zimmer zog sie sich aus und betrachtete sich im Spiegel. Sie fühlte sich anders, obwohl sie nicht anders aussah. Zum ersten Mal seit der Pubertät fühlte sie sich – in Ermangelung eines besseren Wortes – vollständig. Ihr Körper summte immer noch vor Vergnügen. Nicht einmal die Scham über ihre Taten konnte dieses Gefühl wegwischen.

Ihr ganzes Leben lang, seit ihre Mutter gestorben war, hatte sie das Gefühl gehabt, nirgendwo hinzuzugehören. Dass sie anders war als ihre Altersgenossinnen. Sie hatte keine Ahnung, woher dieses Gefühl kam, nur dass Ryder ihr heute Nacht das Gefühl gegeben hatte, verstanden zu werden, wenn auch nur für kurze Zeit. Es gab ihr die Hoffnung, dass sie vielleicht eines Tages in der Zukunft das Glück finden würde, nach dem sie sich sehnte, und so normal sein würde wie alle anderen.

6

Grayson parkte seinen Audi auf seinem reservierten Platz im Parkhaus unter dem Scanguards-Hauptquartier im Mission-Viertel und stellte den Motor ab. Er war wütend. Er hatte es satt, sich um Scarlet King zu kümmern. Sie war eine manipulative, verwöhnte, kleine, reiche Göre.

Der Aufzug klingelte, und Grayson stieg ein, zog seinen Scanguards-Ausweis durch den Kartenleser und drückte auf den Knopf für die Chefetage, die sich im obersten Stockwerk befand. Er wartete ungeduldig darauf, dass sich die Türen schlossen.

„Halte die Tür auf!"

Er erkannte die Stimme seiner älteren Schwester und drückte den Knopf, um die Tür sofort zu schließen, nicht in der Stimmung, mit ihr zu sprechen, doch Isabelle war schneller.

„Hey, Grayson", sagte Isabelle, als sie in den Fahrstuhl sprang, kurz bevor sich die Türen schlossen.

Isabelle war nur ein Jahr älter als er und das Ebenbild ihrer Mutter Delilah. Mit zweiunddreißig war sie immer noch Single, obwohl sie schon viele Freunde hatte. Aber wenn es ernst wurde, machte sie immer Schluss. Insofern waren sie sich sehr ähnlich. Auch Grayson wollte so lange wie möglich Junggeselle bleiben, bevor er sich für den Rest seines Lebens an eine Frau band. Ehrlich gesagt fand er die Idee nicht gerade verlockend. Jahrhundertelang mit derselben Frau Sex haben? Worin lag da der Spaß? Er liebte die Abwechslung. Das machte das Leben aufregend. Es würde einer ganz besonderen Frau bedürfen, damit er sein Junggesellenleben aufgab.

„Schon zurück? Ich dachte, du hättest einen Auftrag", sagte Isabelle.

Er zwang sich, höflich zu sein, auch wenn ihm nicht danach war. „Er ist abgeschlossen."

„Oh, super, dann hast du Zeit."

Da er annahm, dass sie ihn wieder mal für eines ihrer vielen Projekte zur Verbesserung des Lebens von Vampiren im Allgemeinen und

Mitgliedern der erweiterten Scanguards-Familie im Besonderen rekrutieren wollte, antwortete er: „Hab ich nicht. Ich habe ein Meeting."

Manchmal konnte er Isabelles dauernde positive Lebenseinstellung nicht ertragen. Wie konnte jemand die ganze Zeit so glücklich und fröhlich sein? Was zum Teufel nahm sie dafür?

„Na, vielleicht könnte ich nach deinem Meeting etwas mit dir besprechen."

Er holte Luft. „Weißt du was, Isa? Was auch immer es ist, es interessiert mich nicht. Ich habe genug um die Ohren."

Sie hob ihre Augenbrauen und musterte ihn von oben bis unten. „Jemand hat heute Abend schlechte Laune."

Er funkelte sie an, bereit, sie anzumotzen, aber dann überlegte er es sich anders. „Vergiss es."

Der Aufzug hielt an und die Türen öffneten sich. Er stürmte hinaus, froh, das Gespräch nicht fortsetzen zu müssen, das unweigerlich zu einem Streit führen würde. Isabelle stritt sich ständig mit ihm, während ihr jüngerer Bruder Patrick mit Mord und Totschlag davonkommen konnte, ohne dass Isabelle ihn je tadelte. Sich mit ihr zu streiten war nie sehr befriedigend, weil sie rational war und viel zu oft gewann. Das machte ihn sauer.

Grayson ging zum Büro seines Vaters und öffnete nach einem flüchtigen Klopfen die Tür. Samson Woodford stand vor dem Fenster und blickte auf die Lichter der Stadt, sein Stellvertreter Gabriel Giles neben ihm.

Beide sahen über die Schultern. Sein Vater sah weniger als zwei Jahrzehnte älter aus als Grayson, obwohl er über zweihundertsechzig Jahre alt war. Er machte eine markante Figur. Groß, schlank, mit dunklem Haar und haselnussbraunen Augen zog er alle Blicke auf sich, ohne ein einziges Wort sagen zu müssen. Ihre Beziehung war nicht ohne Probleme, aber letzten Endes bewunderte Grayson seinen Vater und wollte ihm nacheifern. Doch das war schwieriger getan als gedacht.

„Kann es warten?", fragte Samson. „Gabriel und ich stecken mitten in einer Sache."

Gabriel war einer der engsten und ältesten Freunde seines Vaters. An der Oberfläche sah Gabriel wie ein Schlägertyp aus. Das hatte er der scheußlichen Narbe zu verdanken, die von seinem Auge bis zu seinem Kinn verlief. Aber jeder, der Gabriel kannte, wusste, dass er Scanguards gegenüber äußerst loyal war und seine Familie vor jeglicher Gefahr beschützen würde. Er war ein ehrlicher Mann mit starken Moralvorstellungen. Er würde eine Silberkugel für seine Gefährtin und seine Kinder abfangen. Wenn Grayson es sich recht überlegte, würden das alle blutgebundenen Vampire in Scanguards' Diensten tun.

„Nein, es ist dringend", sagte Grayson. Geduld war noch nie seine Stärke gewesen. Und das gerade jetzt zu ändern, war sowieso unmöglich.

„Ich lasse euch beide reden", sagte Gabriel und machte eine Bewegung in Richtung Tür.

„Nein, bleib", sagte Grayson. „Das kannst du genauso gut hören. Es betrifft unseren Vertrag mit Brandon King."

Samson und Gabriel tauschten einen Blick aus.

„Bitte sag mir, dass du seine Tochter nicht verärgert hast", sagte Samson seufzend.

„Ich habe sie nicht verärgert. Sie hat mich angepisst", begann Grayson. „Weißt du, was sie getan hat?"

„Ich bin sicher, du wirst es uns jeden Moment erzählen", sagte Samson.

„Sie hat mich dazu manipuliert, sie mitzunehmen, um ein Take-out bei *Tomaso's* zu holen. Natürlich gab es davor keinen Parkplatz, also musste ich in zweiter Reihe parken und hineinspringen. Und während ich mit der Hostess streite, weil sie Scarlets Bestellung nicht finden konnte, haut sie einfach ab. Es stellte sich heraus, dass sie kein Essen bei *Tomaso's* bestellt hatte. Sie hat mich dorthin gelockt, weil sie wusste, dass ihr das genug Zeit geben würde, um zu entkommen."

„Du weißt, dass sie nicht deine Gefangene ist, oder?", meinte Samson mit einem leichten Grinsen im Gesicht.

„Ja, aber das heißt nicht, dass sie einfach abhauen kann. Sie war stundenlang weg. Ich habe sie überall gesucht. Und dann kommt sie nach Mitternacht einfach reingeschneit und versucht, sich an mir vorbeizuschleichen. Dieses hinterhältige kleine M–"

„Sag es nicht", warnte Samson.

Gabriel warf Samson einen Blick zu. „Willst du ihm sagen, was da schiefgelaufen ist, oder soll ich das machen?"

„Ich mach's."

Worüber zum Teufel redeten die beiden? „Ich weiß, was schiefgelaufen ist: Scarlet ist eine eigensinnige, manipulative, verwöhnte –"

„Genug!“, sagte Samson mit erhobener Stimme. „Du lässt dich von einer 24-jährigen introvertierten und stillen Doktorandin ausmanövrieren? Hast du gar nichts gelernt? Warum hast du ihr Handy nicht verfolgt, um sie zu finden? Oder hat sie es ausgeschaltet?“

Verdammt! Er hatte nicht einmal nachgesehen, zu verärgert, dass sie das Auto verlassen hatte und verschwunden war. „Ähm …“

„Das hast du nicht gemacht?“ Samson schüttelte den Kopf. „Wo war dein Kopf?“

„War nicht meine Schuld!“, protestierte Grayson. „Jeden Tag hat Scarlet einen anderen Stunt abgezogen, um mich zu verärgern.“

„Und offensichtlich hat es funktioniert“, sagte Gabriel mit einem Seitenblick auf Samson. „Sie hat dich provoziert.“

Grayson ignorierte Gabriels Kommentar. „Und sie ist weder introvertiert noch still! Sie kam zurück und stank nach Sex. Sie will keinen Bodyguard. Wenn sie in drei Monaten fünfundzwanzig wird, wird sie Scanguards sowieso feuern. Das hat sie mir selbst gesagt. Also sage ich, tun wir ihr doch den Gefallen und kündigen den Vertrag von uns aus. Sie ist die Mühe nicht wert.“

Samson atmete tief durch. „Ich wusste nicht, dass du hier der Chef bist.“ Er machte eine Effektpause. „Oh, warte, das bist du nicht. Ich bin immer noch der Boss. Und obwohl du es kaum erwarten kannst, Scanguards so zu führen, wie du willst, hast du noch viel zu lernen.“

Der Tadel schmerzte. Er würde sich von seinem Vater nicht maßregeln lassen, schon gar nicht vor Gabriel. „Ich –“

„Ich rede immer noch“, donnerte Samson. „Wenn du dir die Mühe gemacht hättest, Scarlet Kings Akte zu lesen, wüsstest du, dass wir ihre Schutzmaßnahmen nicht kündigen können.“

„Was soll das heißen? Seit wann haben wir keine Ausstiegsklausel?“, knurrte Grayson.

„Ich habe ihrem Vater mein Wort gegeben“, antwortete Samson. „Scarlet ist labil …“

Grayson schnaubte.

„… sie ist krank. Ihr Vater vermutet, dass sie an der gleichen Krankheit leidet wie ihre verstorbene Mutter. Er macht sich Sorgen um sie, nach dem Tod seines Sohnes sogar noch mehr. Ich habe ihm versprochen, alles in meiner Macht Stehende zu tun, um seine Tochter zu beschützen, damit ihr nichts Schlimmes passiert.“

Verblüfft verdaute Grayson die Neuigkeit. „Was hat sie denn?"

„Das ist vertraulich. Außerdem bist du nicht mehr für sie verantwortlich."

Erleichterung durchflutete Grayson. „Danke, Dad."

„Das mache ich nicht für dich", fauchte Samson. „Das tue ich für Scarlet. Sie braucht jemanden, den sie nicht so leicht an der Nase herumführen kann. Du bist wie ein Stier. Sie wedelt mit einem roten Tuch, und du stürmst darauf zu, ohne nachzudenken. Wir müssen jemanden finden, der einen kühlen Kopf bewahrt."

„Die Zwillinge können das machen. Benjamin ist bereits vertretend in ihrem Sicherheitsteam", sagte Grayson. „Setz ihn einfach als ihren Bodyguard ein und lass Damian die Vertretung übernehmen."

„Damian arbeitet mit Patrick bereits im Mezzanine. Er hat sowieso schon zu viel um die Ohren", sagte Samson kopfschüttelnd. „Und Benjamin hat sich bereits geäußert, dass er lieber an zweiter Stelle steht."

„Oh, *er* hat die Wahl?", spuckte Grayson. „Aber wenn *ich* mich über meinen Auftrag beschwere, werde ich getadelt?"

Im Handumdrehen schnappte sich Samson Grayson am Kragen und drückte ihn gegen die Wand. „Du hast immer noch nicht gelernt, wann du die Klappe halten solltest. Noch ein Wort aus deinem Mund, und ich werde dich für die nächsten zwölf Monate als Babysitter einsetzen. Nicke, wenn du mich verstehst."

Grayson schluckte schwer. Was jeder bei Scanguards als Babysitter-Dienst bezeichnete, war die langweiligste Aufgabe für einen Bodyguard. Niemand meldete sich freiwillig dafür. Jedem graute davor. Es bedeutete, seine Tage in einer exklusiven Kindertagesstätte zu verbringen, um auf die Kinder und Lehrer aufzupassen. Dort passierte nie etwas. Langeweile und das ständige Geschwätz von Vier- und Fünfjährigen würden ihn in den Wahnsinn treiben.

Grayson nickte. Schließlich ließ Samson ihn los.

„Du kannst gehen", sagte Samson.

Grayson drehte sich um und öffnete die Tür.

Auf dem Weg nach draußen hörte er Gabriel sagen: „Ich glaube, ich weiß, wer perfekt dafür geeignet wäre, den Schutz von Scarlet King zu übernehmen."

Grayson ging, nicht einmal neugierig, wer sich von nun an um sie kümmern musste. Solange er es nicht war, war es ihm egal.

7

Scarlet regte sich. Sie brauchte ein paar Sekunden, um ihre Augen zu fokussieren, damit sie die Uhr auf ihrem Nachttisch sehen konnte.

Viertel nach zwölf.

Sie schoss zum Sitzen hoch. Es war schon nach Mittag? Normalerweise schlief sie nie länger als bis sieben Uhr, am Wochenende höchstens bis acht Uhr. Sie war sich vollkommen bewusst, warum ihr Körper die zusätzliche Ruhe benötigt hatte. Sie hatte letzte Nacht nicht nur Lagerkoller, sondern auch umwerfenden Sex mit einem gut aussehenden Fremden gehabt, der sie innerhalb von weniger als einer Stunde dreimal zum Höhepunkt gebracht hatte.

Jeder Moment der vergangenen Nacht spielte sich nochmals vor ihrem geistigen Auge ab. Tatsächlich hatte sie davon geträumt. Von ihm. Von Ryder. Aber das Ende des Traums war immer anders gewesen. In einer Version hatte Ryder sie erneut genommen, dieses Mal mit dem Gesicht zu ihr, und sie waren beide nackt gewesen. In einer anderen lag er auf dem Boden und sie ritt ihn, bis er sie anflehte, ihn kommen zu lassen. In keiner dieser Versionen hatte sie sich geschämt, ihm erlaubt zu haben, Dinge zu tun, die als Tabu galten. Er hatte sie auch nicht so angesehen, als hielte er sie für eine Schlampe. Im Gegenteil, in ihren Träumen hatte Ryder ihr in die Augen geschaut und ihr beteuert, dass er nach jemandem wie ihr suchte, nach einer Frau, die keine Hemmungen hatte, egal, was er wollte.

Aber das waren nur Träume, nicht die Realität. Allerdings war sie heute Morgen bei Tageslicht nicht mehr so beschämt wie am Abend zuvor. Immerhin war Ryder ein bereitwilliger Teilnehmer gewesen, begierig darauf, sie zu erkunden. Und er war ein sehr rücksichtsvoller Liebhaber gewesen. Den meisten Typen, mit denen sie One-Night-Stands hatte, war es egal, ob sie zum Orgasmus kam oder nicht. Ryder hatte dafür gesorgt, dass sie ihr Vergnügen fand, bevor er sein eigenes nahm. Welcher Fremde tat denn so etwas?

War es ein Fehler gewesen zu verschwinden? Vielleicht war er doch in den Lagerraum zurückgekehrt. Das würde sie jetzt nie herausfinden. Mist, sie war total durcheinander! In einem Moment war sie zufrieden, im nächsten beschämt und im übernächsten voller Zweifel. Und sie hatte gedacht, ihre Jugend sei schwierig gewesen. Ihre Probleme hatten sich nur noch vergrößert, seit sie erwachsen geworden war. Zumindest hatte sie als Teenager Trost bei ihren Freundinnen gefunden, die alle die gleichen Probleme hatten wie sie. Sie hatten alle immer an sich selbst gezweifelt, sich immer Sorgen darüber gemacht, was andere von ihnen dachten. Jetzt war sie erwachsen und sehr bald wirklich unabhängig, aber sie war sich nicht sicher, dass diese Unabhängigkeit etwas für sie ändern würde. Tief drinnen war sie immer noch ein unsicheres Mädchen, das nicht wusste, wohin es gehörte.

„Scarlet, bist du zu Hause?"

Scarlet sprang auf. „Claudia?"

Die Tür öffnete sich und ihre Stiefmutter trat ein. Wie immer war sie schick gekleidet. Sie war fast zwanzig Jahre jünger als ihr Vater, und im Alter von siebenunddreißig sah sie umwerfend aus. Ihr blondes Haar reichte ihr bis zu den Schultern und ihre grauen Augen waren von langen Wimpern umrahmt. Sie trug immer ein warmes Lächeln und sprach mit sanfter Stimme. Immer wenn Scarlet Claudia mit ihrem Vater sah, erkannte sie, wie glücklich er war. Sie selbst hatte Claudia von ganzem Herzen akzeptiert und in der Familie willkommen geheißen. Nachdem sie ihre eigene Mutter in jungen Jahren verloren hatte, war es gut, dass es eine andere Frau gab, der sie sich anvertrauen konnte, auch wenn Claudia keine herkömmliche Stiefmutter war. Tatsächlich lagen sie altersmäßig gar nicht so weit auseinander. Nur dreizehn Jahre trennten sie.

„Du bist noch im Bett? Geht es dir gut? Hast du diese Erkältung bekommen, die gerade alle haben?" Claudia trat jetzt mit einem besorgten Gesichtsausdruck näher.

„Nein, nein, mir geht es gut, ehrlich." Scarlet schenkte ihr ein entwaffnendes Lächeln. „Ich bin sehr spät ins Bett gegangen. Ich habe gestern Abend an meiner Doktorarbeit gearbeitet, und als ich aufblickte, war es vier Uhr morgens."

Lügnerin.

„Scarlet, du arbeitest zu schwer. Du musst deine Doktorarbeit nicht überstürzen. Du musst nicht alles in Rekordzeit erledigen. Genieß doch dein Studium und atme ein bisschen durch."

„Das tue ich“, beharrte sie. „Es macht Spaß, an meiner These zu arbeiten.“ Dann wechselte sie das Thema. „Du siehst schön aus. Dieses Outfit steht dir gut. Na ja, an dir sieht alles toll aus.“ Das stimmte. Claudia hatte den Körper eines Models.

Claudia strahlte. „Danke. Ich habe es gekauft, als dein Vater und ich letzten Monat in Santa Barbara waren.“

„Er hat gestern Abend gesagt, dass du heute in die Stadt kommst, um ein paar Besorgungen zu erledigen.“

Claudia zwinkerte verschwörerisch. „Sag es deinem Vater nicht, aber ich kaufe ein Geburtstagsgeschenk für ihn. Er glaubt, ich treffe mich mit den Kollegen aus meiner alten Anwaltskanzlei. Obwohl ich kurz bei den Treuhandanwälten war und dir ein Dokument zur Unterzeichnung mitgebracht habe.“

„Mir?“

„Ja, es ist an der Zeit, dich auf die Übertragung des Trusts vorzubereiten, damit du darauf zugreifen kannst, wenn du fünfundzwanzig wirst.“

„Ich dachte, das geht alles automatisch.“

„Nichts ist automatisch“, sagte Claudia mit einem Glucksen. „Sonst wären die Anwälte nicht in der Lage, ihre Wucherpreise für alle möglichen Dinge in Rechnung zu stellen. Die müssen immer mehr Dokumente erstellen, damit sie ihre Gebühren rechtfertigen können.“

„Tja, dann also noch mehr Papierkram. Ich freue mich aber nicht darauf, noch einen Stapel juristischen Hokuspokus zu lesen.“

„Mach dir deswegen keine Sorgen. Ich habe bereits damit begonnen, alles für dich zu überprüfen, um sicherzustellen, dass alles in Ordnung ist, sodass es keine Verzögerung geben wird. Sieh es als Geburtstagsgeschenk von mir an.“

„Du bist die Beste, Claudia.“

„Gern geschehen.“

„Vermisst du die Arbeit als Anwältin?“

Sie zuckte mit den Schultern. „Ja und nein.“

„Es kann nicht einfach sein, sein Leben für einen Mann komplett zu verändern.“

„Wenn man diese Person liebt, ist es einfach. Ich bin sicher, eines Tages wirst du das selbst herausfinden.“

Scarlet nickte. Aus unerklärlichen Gründen kehrten ihre Gedanken sofort zu Ryder zurück. Wenn sie ihn unter anderen Umständen getroffen hätte und nicht während einer ihrer Lagerkoller-Episoden, wo sie nur an Sex dachte, hätten sie sich vielleicht kennenlernen und eine echte Beziehung aufbauen können.

„Ich zieh mich lieber an. Ich kann nicht den ganzen Tag faulenzen. Ich muss einige meiner Arbeiten noch einmal durchgehen, damit ich bereit bin, wenn ich diese Woche ein Meeting mit meinem Professor habe."

„Ich hoffe, das dauert nicht zu lange, oder?"

„Nein, nur ein oder zwei Stunden. Wieso denn?"

„Nun, mein Neffe kommt diese Woche zu Besuch."

„Dein Neffe?" Scarlet runzelte die Stirn. Dies war das erste Mal, dass sie von einem Neffen hörte. „Ich wusste nicht, dass du einen Neffen hast."

„Na ja", sagte sie seufzend. „Er ist das Kind meiner älteren Schwester."

„Du hast eine Schwester?"

„Ja. Aber wir haben uns schon vor langer Zeit entfremdet. Das ist eine lange Geschichte. Es war genauso meine Schuld wie ihre. Aber ihr Sohn und ich blieben all die Jahre in Kontakt, und ich bat ihn zu Besuch zu kommen. Derek ist ein charmanter junger Mann" – sie beugte sich näher – „und ungebunden. Ich hoffe also, du nimmst dir Zeit, ihm die Sehenswürdigkeiten zu zeigen."

Scarlet ging zum Schrank und drehte Claudia den Rücken zu, um den Unmut, der sich auf ihrem Gesicht ausbreitete, zu verbergen. „Ja, sicher, aber ich weiß nicht, wie viel Zeit ich diese Woche haben werde."

Sie hasste es, wenn jemand versuchte, sie zu verkuppeln. Normalerweise fiel es ihr leicht, alle unerwünschten männlichen Anmachen abzuwehren, aber da Derek mit Claudia verwandt war und sie die Frau, die so gut zu ihr war, nicht verletzen wollte, musste sie schonend mit dem Kerl umgehen.

„Ich glaube, du wirst seine Gesellschaft genießen", sagte Claudia leise. „Kein Druck."

Scarlet nahm eine enge Jeans aus dem Schrank und betrachtete dann die Pullover. „Ist es heute kalt draußen?"

„Der Nebel ist schon weg", sagte Claudia. „Eigentlich ist es ganz schönes Wetter für San Francisco."

„Tja, also ein T-Shirt", sagte Scarlet mit gezwungener Fröhlichkeit und schnappte sich eines vom Stapel. Dann wandte sie sich wieder ihrer Stiefmutter zu und lächelte. „Ich gehe lieber duschen."

Obwohl sie gleich nach ihrer Rückkehr nach Hause geduscht hatte.

„Lass dir nicht zu viel Zeit", sagte Claudia, als sie zur Tür ging. „Dein neuer Bodyguard soll bald kommen."

Scarlet wirbelte herum, ihr Herz hämmerte. „Mein neuer Bodyguard?"

„Ja, Scanguards hat dir jemand anderen zugeteilt."

„Die haben dich angerufen?"

Claudia schüttelte den Kopf. „Nein, sie haben deinen Vater angerufen, kurz bevor er zum Flughafen aufbrach. Er bat mich, den Bodyguard zu treffen, da er keine Zeit hat."

Hatte Grayson seine Drohung wahr gemacht, ihrem Vater zu sagen, dass sie sich davongeschlichen und erst in den frühen Morgenstunden zurückgekommen war?

„Hat er gesagt, warum ich einen neuen Bodyguard bekomme?", fragte Scarlet so beiläufig, als wäre es ihr egal.

„Anscheinend gab es einen Terminkonflikt. Ein anderer Kunde, für den Grayson gearbeitet hat, braucht ihn kurzfristig, also haben sie dir jemand anderen zugewiesen. Schau nicht so besorgt drein. Sie haben deinem Vater versichert, dass der neue genauso qualifiziert und kompetent ist wie deine vorherigen Bodyguards."

Und genauso nervig.

Aber das sagte sie nicht. „Oh gut."

Noch drei Monate und sie würde endlich Entscheidungen darüber treffen können, wie sie ihr Leben führen wollte. Und eines war sicher: Sie würde keinen Bodyguard mehr haben, der ihr wie ein Welpe folgte.

8

Ryder hatte sehr wenig Schlaf bekommen, nachdem er aus dem Nachtclub nach Hause zurückgekehrt war. Sein ganzer Körper summte immer noch von dem atemberaubenden Sex, den er mit Sara hatte. Er hatte gedacht, dass sie es genauso genossen hatte wie er, aber anscheinend hatte er sie falsch eingeschätzt und ihre Fügsamkeit als Zustimmung angesehen, obwohl sie ihn vermutlich nur nicht hatte aufhalten können. Kein Wunder, dass sie bei erster Gelegenheit verschwunden war. Er war zu weit gegangen. Was hatte er sich dabei gedacht, Analsex mit einer Frau zu initiieren, die ihn überhaupt nicht kannte? Verdammt! Wie hatte er diese Sache so schnell so total vermasseln können?

Er war zurück zur Bar und Tanzfläche gegangen, um nach ihr zu suchen, und hatte sogar bei der Damentoilette angehalten, wo er ein Mädchen gebeten hatte, nachzusehen, ob Sara drinnen war. Sie war es nicht. Sie hatte sich in Luft aufgelöst. Enttäuscht und wütend auf sich selbst war er den ganzen Weg von SOMA bis zu seinem Elternhaus in Nob Hill marschiert. Er war froh, dass bei seiner Rückkehr niemand zu Hause war.

Seine Eltern waren bei Scanguards: Gabriel war einer der Direktoren des Unternehmens und Maya betrieb ein kleines medizinisches Zentrum für Vampire und andere übernatürliche Kreaturen auf einer unteren Ebene des Scanguards-Hauptquartiers im Mission-Viertel. Ethan war wahrscheinlich immer noch im Club und Ryder war dankbar, dass er ihm dort nicht begegnet war, sonst hätte sein scharfsinniger jüngerer Bruder keine Probleme gehabt, den Geruch von Sex an ihm wahrzunehmen. Ethan hätte ihn ausgefragt, wer das Mädchen war, und Ryder hatte keine Antwort darauf.

Wo Vanessa um diese Zeit in der Nacht war, war unklar. Bei Scanguards verrichtete sie verschiedene Dinge. Die meiste Zeit verbrachte sie damit, Öffentlichkeitsarbeit zu leisten, durch die Straßen der Stadt zu patrouillieren, um gefährdete Jugendliche sowie Opfer von Verbrechen aufzuspüren. Sie kümmerte sich auch um die Prostituierten der Stadt, um

Scanguards' Hilfe anzubieten, falls sie diese benötigten. Dieser Dienst war Teil der Vereinbarung, die Scanguards vor vielen Jahren mit dem Polizeichef getroffen hatte. Als Gegenleistung, dass Scanguards die Sicherheit der Einwohner der Stadt garantierte, untersuchte die Polizei keine von Vampiren begangenen Verbrechen und erlaubte Scanguards stattdessen, Vampire zu bestrafen, die gegen das Gesetz verstoßen hatten – und sie gegebenenfalls in das Vampirgefängnis am Fuße der Sierra Nevada einzusperren.

Als seine Eltern kurz vor Sonnenaufgang zurückkehrten, informierte sein Vater Ryder über eine neue Aufgabe.

„Grayson wurde von Scarlet Kings Sicherheitseinheit abgezogen."

Ryder grinste. „Also hat er das Handtuch geworfen. Überrascht das jemanden?" Alle hatten Wetten abgelegt, wie lange Grayson es durchhalten würde, bevor er aufgab. „Dieses Mädchen kann unmöglich so schwierig sein."

„Ist sie nicht", stimmte Gabriel zu. „Aber ich glaube, ihre Charaktere passen einfach nicht zueinander. Da kommst du ins Spiel."

„Lass mich raten: Ich werde derjenige sein, der sie beruhigt und ihr etwas Freiraum gibt, während ich sie gleichzeitig im Auge behalte?"

„Du weißt ja, wie's läuft. Ich weiß, dass ich mich auf dich verlassen kann. Du behältst immer einen kühlen Kopf."

Normalerweise stimmte diese Aussage, aber sein Vater wusste nicht, dass Ryder nicht immer so kühl war. Er war alles andere als kühl gewesen, als er mit Sara zusammen war, und das Ergebnis hatte sich als katastrophal herausgestellt. Er hatte sie verschreckt. Vielleicht war es gut, diesen Auftrag zu bekommen. Es würde ihm helfen, seinen inneren Frieden wiederzufinden. Wie schwer konnte es schon sein, eine junge Frau zu bewachen, die in sich gekehrt war und deren Kopf den ganzen Tag in den Büchern steckte? Eine Leichtigkeit.

„Schlaf ein paar Stunden. Du musst Benjamin um ein Uhr ablösen. Er wird dir die Adresse per SMS schicken. Danke, Sohn, ich weiß, dass ich auf dich zählen kann."

Er drückte Ryders Schulter, bevor er in den zweiten Stock hinaufging, wo sich die abgelegene Suite befand, die Ryder und seine Geschwister als das Liebesnest ihrer Eltern betrachteten. Dieses zu betreten war tabu, nicht weil seine Eltern es verlangten, sondern weil niemand – weder Mensch noch Hexe oder Vampir – hineinplatzen wollte, während die eigenen Eltern Sex hatten. Und Ryders Eltern hatten viel Sex.

Gegen Viertel vor eins am Nachmittag sprang Ryder in sein Auto, einen Geländewagen mit speziell getönten Glasscheiben, die alle Arten von UV-Licht blockierten, die einen Vampir verbrennen könnten. Er hatte sich für dieses praktische Fahrzeug entschieden und nicht für einen auffälligen Sportwagen, wie Amaurys Zwillinge Benjamin und Damian ihn fuhren, weil er diejenige Person war, die die meisten Vollblutvampire anriefen, wenn sie in Schwierigkeiten steckten, womit sie die aufgehende Sonne meinten. Er hatte nichts dagegen. Es gehörte zu seinem Job auszuhelfen, wo seine Vollblutvampirkollegen offensichtlich an Grenzen stießen.

Benjamin lehnte an der Motorhaube seines schwarzen Porsches, als Ryder vor dem viktorianischen Haus anhielt, das Brandon King, dem Vater seines neuen Schützlings, gehörte. Ryder parkte hinter ihm und stieg aus.

Benjamin grinste und deutete mit dem Daumen auf das Haus. „Sieht aus, als hättest du dieses Mal den Kürzeren gezogen."

„Und du schuldest mir zwanzig Dollar", erwiderte Ryder gutmütig. „Ich habe dir doch gesagt, dass Grayson es nicht einmal einen ganzen Monat lang aushalten wird."

Benjamin zückte sein Handy und tippte darauf. „Gerade abgeschickt." Er verzog das Gesicht. „Total verzogen."

Ryders Telefon meldete den Erhalt des Geldes. „Wer? Das Mädchen? Oder Grayson?"

„Grayson natürlich. Das Mädchen ist in Ordnung. Nett, ruhig, weißt du, ein Bücherwurm. Sie könnte dir gefallen. Ihr lest wahrscheinlich die gleichen Bücher."

Ryder ignorierte den offensichtlichen Seitenhieb auf seinen Zeitvertreib, den die meisten seiner Hybridkollegen langweilig fanden. „Sonst noch etwas, was ich wissen sollte?"

„Die Stiefmutter ist heute Morgen angekommen. Heiße Braut."

Ryder schüttelte den Kopf. „Ist das dein Ernst? Seit wann stehst du auf MILFs? Sind die dir nicht ein bisschen zu alt?"

„Sie ist kaum einen Tag älter als fünfunddreißig. Claudia könnte meine ganz persönliche Mrs. Robinson sein …" Benjamin wackelte in Groucho-Marx-Manier mit den Augenbrauen.

„Claudia? Du bist mit der Frau unseres Auftraggebers per Du?"

Benjamin grinste und beugte sich vor. „In meinen Augen sind wir auf einer viel intimeren Basis. Die Dinge, die ich mir bereits vorstelle …"

Ryder legte seine Hand auf Benjamins Brust. „Das musst du mir nicht weiter bildlich erklären. Ich habe *Die Reifeprüfung* gesehen."

„Tja, dann weißt du ja, wovon ich rede, aber ich hab sie zuerst gesehen", sagte Benjamin, bevor er in seinen Porsche sprang. „Keine Wilderei, Bro."

„Das würde ich mir nicht träumen lassen." Er stand nicht auf gelangweilte Hausfrauen, die auf Sex mit jungen Kerlen scharf waren.

„Fast vergessen." Benjamin griff in seine Jackentasche und zog einen Schlüssel heraus. „Das ist dein Hausschlüssel. Ich habe meinen eigenen."

„Danke, ich ruf dich an, wenn ich abgelöst werden muss."

„Alles klar." Benjamin schloss die Fahrertür und raste davon.

Ryder überquerte die Straße und blickte an dem beeindruckenden Haus hoch. Wie es aussah, war dieses viktorianische Gebäude von oben bis unten renoviert worden. Keine Kosten waren gescheut worden, um dabei alle historischen Details beizubehalten, die San Franciscos Architektur so prächtig machten.

Da dies sein erster Tag bei diesem Auftrag war, beschloss Ryder, an der Tür zu klingeln, anstatt seinen Schlüssel zu benutzen. Er wollte einen guten ersten Eindruck machen.

Ryder hörte Schritte, die sich näherten. Sein geschultes Ohr erkannte das Klick-Klack von Stöckelschuhen. Die Tür wurde von einer elegant gekleideten blonden Frau geöffnet. Das musste die Stiefmutter sein. Benjamin hatte recht. Sie sah umwerfend und definitiv nicht älter als Mitte bis Ende dreißig aus. Aber nichts regte sich in Ryder. Sie war nicht sein Typ. Nicht einmal annähernd.

„Mrs. King? Ich bin Ryder Giles von Scanguards. Ich wurde beauftragt …"

„… meine liebe Stieftochter zu beschützen. Ja, mein Mann hat mir Bescheid gesagt. Bitte kommen Sie doch herein", sagte sie mit einem warmen Lächeln. „Das Wohnzimmer ist die erste Tür links."

„Danke, Mrs. King."

„Bitte, nennen Sie mich doch Claudia. Mrs. King klingt so alt." Sie lachte. „Scarlet kommt gleich runter. Sie hat heute etwas verschlafen. Sie hat wieder die ganze Nacht studiert. Ich wünschte, sie würde ihren Kopf gelegentlich aus ihren Büchern rausnehmen. Sie ist so ehrgeizig."

Im Wohnzimmer sah sich Ryder um und machte sich mit den Fenstern und allen Türen vertraut, ohne zu auffällig zu wirken. „An einem guten Buch ist nichts auszusetzen, Mrs. …. äh, Claudia.“

„Ich freue mich, dass ich Sie heute persönlich treffen konnte. Der Wechsel zu einem neuen Sicherheitspersonal ist für Scarlet immer schwer. Also bin ich heute Morgen von Palo Alto heraufgefahren.“

„Sie und Ihr Mann leben nicht dauerhaft in der Stadt?“, fragte Ryder höflich.

Sie schüttelte den Kopf. „Brandon – äh, mein Mann – bevorzugt die Halbinsel. Er hasst den Nebel. Aber dieses Haus ist schon seit Jahrzehnten in seiner Familie. Wir kommen gelegentlich hierher, aber er ist geschäftlich viel unterwegs, und wann immer ich kann, begleite ich ihn auf seinen Reisen.“

Ryder hörte das Knarren der Treppe, bevor Claudia ihren Kopf zu dem Geräusch wandte.

„Scarlet“, rief sie in Richtung Flur. „Wir sind im Wohnzimmer.“ Dann flüsterte Claudia ihm zu: „Wenn sie neue Leute kennenlernt, ist sie anfangs immer etwas schüchtern. Machen Sie sich keine Sorgen, sie wird sich schon an Sie gewöhnen.“

Ryder drehte sich zu dem Mädchen um, das das Wohnzimmer betrat. In dem Moment, in dem sich ihre Blicke trafen, erstarrte Ryder.

Wie gelähmt stand sie da, immer noch gut drei Meter von ihm entfernt, bekleidet mit einer Jeans und einem lässigen weißen T-Shirt sowie Turnschuhen. Ihr langes schwarzes Haar war zu einem Pferdeschwanz zusammengebunden und auf ihrer Nase saß eine Brille mit Metallrand. Sie sah aus wie ein bescheidenes, fleißiges Mädchen. Aber er wusste, dass sie das nicht war.

Scarlet war verkleidet. Denn in der vorhergehenden Nacht hatte er die echte Scarlet getroffen. Oder sollte er sie Sara nennen? Denn die Frau, die ihn anstarrte, als wäre er ein Gespenst, war dieselbe Frau, die er im Nachtclub wie ein Wilder gefickt hatte.

9

Scarlet blieb schockiert stehen, als sie Ryder in ihrem Wohnzimmer sah. Wie zum Teufel hatte er sie gefunden? Und was hatte er Claudia erzählt? Und warum hatte er sich überhaupt die Mühe gemacht, nach ihr zu suchen? Wollte er eine Wiederholung dessen, was in der vergangenen Nacht geschehen war? Aber warum trug dann sein hübsches Gesicht einen Ausdruck völliger Überraschung zur Schau?

„Komm herein, Scarlet", schmeichelte Claudia. „Begrüße deinen neuen Bodyguard. Er ersetzt ab heute Grayson."

Ihr neuer Bodyguard? Nein, nein, das konnte nicht wahr sein! Wie war das passiert? Das war nicht fair! Kein Wunder, dass er so schockiert aussah. Er hatte doch nicht nach ihr gesucht. Er war hier, weil er für Scanguards arbeitete. Und sie konnte nichts sagen, um ihn dazu zu bewegen, ihr Zuhause sofort zu verlassen. Jedenfalls nicht vor Claudia. Weder Claudia noch ihr Vater durften jemals erfahren, dass sie unglaublich heißen Sex mit Ryder hatte.

Als Scarlet sich nicht bewegte und Ryder ebenso reglos blieb, fügte Claudia hinzu: „Stimmt etwas nicht?"

„Überhaupt nicht, Mrs. King, äh, Claudia ...", sagte Ryder mit einem unschuldigen Lächeln. „Entschuldigen Sie bitte mein momentanes Schweigen. Es ist nur so, dass ich bei jeder neuen Aufgabe etwas gespannt darauf bin, ob ich den Erwartungen meiner Kunden entspreche und umgekehrt. Aber ich glaube, alle meine Sorgen waren völlig unbegründet."

Was für ein Schauspieler er war! Oh Gott, sogar Scarlet glaubte seiner Aussage, obwohl sie wusste, dass das eine glatte Lüge war.

„Ihre Offenheit ist so erfrischend", sagte Claudia mit einem breiten Lächeln und leckte Ryders Junge-von-nebenan-Charme auf wie eine Katze eine Schüssel Sahne.

Ryder machte einen Schritt auf Scarlet zu und streckte ihr grüßend die Hand entgegen. „Es ist sehr nett, dich kennenzulernen, Scarlet."

Sie war gezwungen, ihm die Hand zu schütteln. Die Wärme seiner Berührung sandte dasselbe Kribbeln durch ihren Körper, das sie gespürt hatte, als er ihre Klitoris berührt und sie zum Höhepunkt gebracht hatte. Der Art nach zu urteilen, wie er ihr in die Augen blickte, wusste er wahrscheinlich, was sie gerade dachte. Sie spürte, wie ihre Wangen sich erhitzten und Verlegenheit ihr das Reden schwer machte.

„Ich freue mich auch, dich kennenzulernen“, sagte Scarlet schließlich, da sie wusste, dass Claudia misstrauisch werden würde, wenn ihr Schweigen noch länger andauerte. Zumindest hatte Ryder den Anstand so zu tun, als kannten sie sich nicht. Dafür war sie dankbar.

So schnell sie konnte, ließ Scarlet seine Hand los.

Claudia sah auf ihre Armbanduhr. „Ach, so spät ist es schon. Ich erledige lieber meine Besorgungen. Scarlet, warum zeigst du Ryder nicht das Haus, damit er sich zurechtfindet? Ich nehme an, Sie haben bereits einen Hausschlüssel, Ryder?“

„Ja, danke. Ich habe Graysons Schlüssel bekommen.“

„Perfekt“, sagte Claudia. „Scarlet, sorge dafür, dass du Ryder deinen Zeitplan mit all deinen Terminen gibst, und vergiss nicht, dass mein Neffe bald zu Besuch kommt. Reservier dir ein bisschen Zeit für ihn. Verplane nicht deine ganze Woche, okay?“

„Okay“, sagte Scarlet.

Claudias Handy pingte und sie sah sich die Nachricht an. „Ich muss los.“

„Wann bist du wieder zurück?“, fragte Scarlet.

„Oh, ich bleibe nicht über Nacht. Ich fahre zurück nach Palo Alto, nachdem ich mit meinem letzten Termin fertig bin. Der Schreiner, der meinen neuen begehbaren Schrank entwirft, kommt morgen ganz früh und ich möchte nicht im morgendlichen Berufsverkehr stecken bleiben.“

„Oh.“ Scarlet wusste nicht, ob sie es begrüßen sollte, dass Claudia nicht über Nacht blieb. Das bedeutete, dass sie das Gespräch, das sie mit Ryder führen musste, nicht unterbrechen würde. Aber es bedeutete auch, dass Claudia nicht hier sein würde, um sie davon abzuhalten, etwas Dummes anzustellen.

„Hat mich sehr gefreut, Sie kennenzulernen, Ryder. Tschüss, Scarlet“, sagte Claudia, bevor sie aus dem Wohnzimmer eilte und das Haus verließ.

Scarlet lauschte darauf, dass sich das Garagentor öffnete. Das Motorengeräusch des Autos hallte einen Moment später aus der Garage unter dem Haus wider und das Auto fuhr heraus. Es schien, als würde

Ryder dasselbe tun, denn auch er schwieg, bis sie sicher sein konnten, dass Claudia weg war.

„Du heißt also nicht Sara, sondern Scarlet“, sagte Ryder schließlich. Sie vernahm keine Verärgerung in seiner Stimme. „Scarlet steht dir besser.“

Sie hob ihr Kinn. „Wusstest du letzte Nacht, dass du mein neuer Bodyguard bist?“

„Glaub mir, wenn ich das gewusst hätte, hätte ich dich nie berührt. Solche Probleme brauche ich in meinem Leben nicht.“

Das ärgerte sie. Er sah sie als ein Problem an? Wie konnte er es nur wagen? Nach dem, was letzte Nacht passiert war, beleidigte er sie jetzt? „Letzte Nacht war eindeutig ein Fehler.“ Sie presste die Worte mit so viel Überzeugung heraus, wie sie aufbringen konnte.

„Ich verstehe.“

Na, das klang, als würde es ihn verärgern, dass sie es zuerst gesagt hatte. „Tja, dann sind wir uns ja einig. Du wirst deinem Chef sagen, dass du nicht mein Bodyguard sein kannst, weil du mich nicht ausstehen kannst und dass das Gefühl auf Gegenseitigkeit beruht und –“

„Das wäre gelogen“, unterbrach er sie.

„Welcher Teil?“

„Alles. Ich hege keine Abneigung gegen dich.“

„Natürlich tust du das. Das hast du gerade selbst gesagt.“

„Ich habe nichts dergleichen gesagt.“

Doch ihr Kurzzeitgedächtnis war ausgezeichnet. „Du sagtest, und ich zitiere: Wenn ich das gewusst hätte, hätte ich dich nie berührt. Solche Probleme brauche ich in meinem Leben nicht.“

„Und daraus schließt du, dass ich dich nicht ausstehen kann?“ Ryder schüttelte den Kopf.

„Aus meiner Sicht ist das ziemlich offensichtlich.“ Sie verschränkte ihre Arme vor der Brust.

„Wie steht es mit deiner Behauptung, dass die Abneigung auf Gegenseitigkeit beruht? Mir ist ziemlich klar, dass dem nicht so ist.“

Es war klar, dass er über ihre sexuelle Begegnung sprach.

„Willst du damit sagen, dass ich lüge?“

„Wenn ich mich richtig erinnere, mochtest du mich letzte Nacht ganz gern. Oder fickst du jeden Typen, egal ob du ihn magst oder nicht?“

Scarlet funkelte ihn an. „Das geht dich nichts an.“

„Na gut. Dann antworte eben nicht. Es ist mir egal. Wenn's nach mir gehen soll, ist letzte Nacht nichts geschehen."

Seine Stimme hatte einen Unterton, der wie eine Vergeltung dafür klang, dass sie seinen Stolz verletzt hatte. Das gleiche Spiel konnte sie auch spielen.

„Na gut. Tun wir so, als wäre nichts passiert. So ist es besser." Obwohl das nicht bedeutete, dass sie es vergessen konnte. Ihre Gedanken kehrten immer wieder zu dem zurück, was sie mit Ryder verspürt hatte. Was, wenn kein anderer Mann sie je wieder so etwas spüren lassen konnte? „Wenn du jemals jemandem erzählst, was passiert ist, werde ich zu deinem Chef gehen und dich feuern lassen."

„Na, dann sind wir uns ja einig", sagte er eisig. „Du wirst so wenig wie möglich von mir sehen. Alles, was ich brauche, ist dein Zeitplan mit all deinen Terminen, die erfordern, das Haus zu verlassen. Solange du zu Hause bist, gehe ich dir aus dem Weg. Tu einfach so, als wäre ich nicht hier."

Als ob das möglich wäre!

Ryders Worte klangen sachlich. Dies bewies Scarlet, dass ihm die vergangene Nacht nichts bedeutet hatte. Aber sie konnte nicht so tun, als würde seine Anwesenheit sie nicht berühren. Selbst jetzt verriet ihr Körper sie. Sie spürte, wie sich ihre Nippel in harte Knospen verwandelten und ihr Geschlecht feucht wurde bei der bloßen Erinnerung an die Dinge, die Ryder getan hatte, wie er sie berührt hatte, was er sie fühlen ließ. Wie hart er in sie eingedrungen war. Sie hatte gespürt, wie sich sein Schwanz in ihr verkrampfte, und hatte es genossen, wie sein heißer Samen sie füllte.

Ihre Erinnerungen stockten auf einmal. Es war ihr bis jetzt noch nicht einmal in den Sinn gekommen, aber plötzlich erinnerte sie sich sehr deutlich an etwas. Ryder hatte kein Kondom benutzt. Und sie war so wahnsinnig vor Lust gewesen, dass sie nicht darauf bestanden hatte. Das war das erste Mal, dass ihr das passiert war. Sie war sonst immer so vorsichtig.

Verdammt! Wie konnte sie nur so dumm sein? Sie hatte nicht nur mit einem Fremden geschlafen, der sich als ihr neuer Bodyguard entpuppte, sie hatte sich auch dem Risiko einer Geschlechtskrankheit und, noch schlimmer, einer Schwangerschaft ausgesetzt.

„Ich muss in eine Apotheke." Sie hoffte, dass es für die Pille danach noch nicht zu spät war.

„Bist du krank?“, fragte er. „Was brauchst du?“

„Nicht, dass es dich interessiert, aber ich brauche die Pille danach. Und wahrscheinlich auch ein Antibiotikum.“ Sie wandte sich zur Tür um. „Lass uns gehen. Jetzt sofort.“

Ryder schnappte ihren Arm und brachte sie dazu, sich ihm wieder zuzuwenden. „Das wirst du alles nicht brauchen.“

Sie riss ihren Arm los und funkelte ihn an. „Würde ich nicht, wenn du ein Kondom verwendet hättest, verdammt nochmal!“

„Du wirst nicht schwanger werden“, sagte er.

„Was, bist du jetzt auch Arzt?“

„Nein, aber ich bin steril. Die Pille danach brauchst du nicht.“

„Oh.“ Das überraschte sie – sofern er die Wahrheit sprach. „Lügst du mich an?“

Er schüttelte nur den Kopf. „Ich wurde steril geboren. Was ein Antibiotikum betrifft, nehme ich an, du machst dir Sorgen wegen einer Geschlechtskrankheit?“

Sie sah ihn an und versuchte, seinen Gesichtsausdruck zu deuten, aber es gelang ihr nicht.

„Ich habe keine Geschlechtskrankheit. Bei Scanguards werden wir regelmäßig getestet. Ich bin gesund. Und ich schlafe nicht mit jeder.“

Zweifelnd hob sie eine Augenbraue.

„Letzte Nacht war eine Ausnahme“, behauptete er. „Egal, ob du es glaubst oder nicht. Ich nehme an, die Beweise sprechen in dieser Hinsicht gegen mich.“ Er stoppte. „Aber ich würde niemals jemanden anlügen, wenn es um dessen Gesundheit oder Sicherheit geht. Ich habe einen Eid geleistet, als ich Bodyguard wurde. Ich habe ihn noch nie gebrochen und ich werde jetzt auch nicht damit anfangen.“

Scarlet überraschte sich selbst, als ihr klar wurde, dass sie ihm glaubte, obwohl sie keinen Grund hatte zu wissen, ob er die Wahrheit sprach. Aber sie sah etwas in seinen Augen, etwas, das sie die Wahrheit in seinen Worten heraushören ließ.

10

Ryder kam kurz nach Sonnenuntergang nach Hause. Er hatte den ganzen Nachmittag in Scarlets Haus verbracht. Scarlet hatte in ihrem Zimmer studiert und an ihrem Computer gearbeitet, während Ryder versucht hatte, im Wohnzimmer zu lesen und ihr aus dem Weg zu gehen. Aber trotz des spannenden Thrillers, den er las, konnte er sich nicht darauf konzentrieren und las immer wieder dieselben Seiten.

Er war wütend darüber, dass Scarlet ihre sexuelle Begegnung so einfach abgetan hatte. Sie hatte ihre perfekte Paarung als einen Fehler bezeichnet. Das hatte ihn so wütend gemacht, dass er sich dazu verführen hatte lassen zu behaupten, es sei am besten so zu tun, als wäre es nie geschehen. Als könnte er vergessen, was zwischen ihnen vorgefallen war. Zum ersten Mal in seinem Leben hatte er wahre Leidenschaft, wahres Verlangen gespürt.

Da Ryder wusste, dass er seinen Kopf frei bekommen musste, rief er Benjamin an und bat ihn, Wache zu stehen, während er nach Hause fuhr. In der dreistöckigen Villa seiner Eltern hörte er das Geräusch von laufenden Duschen, das Öffnen und Schließen von Schranktüren und Föhn-Geräusche. Alle waren zu Hause.

Ryder betrat sein Zimmer und ging zur Dusche. Da seine Eltern und Geschwister gerade dabei waren, sich für den Abend fertig zu machen, würde das Wasser kalt oder bestenfalls lauwarm sein, aber das machte ihm nichts aus. Vielleicht war eine kalte Dusche genau das, was er brauchte.

Ryder begann sich auszuziehen. Er schlüpfte aus seinen Schuhen und Socken, dann knöpfte er sein Hemd auf und drapierte es über einen Handtuchhalter. Er blickte in den Spiegel und bemerkte, dass seine Hose enger aussah als gewöhnlich. War sie beim letzten Waschen eingelaufen? Er machte den Knopf auf, zog den Reißverschluss hinab und schlüpfte heraus. Als er seine Daumen in den Bund seiner Boxershorts hakte, spürte er etwas anderes als heute Morgen. Er schob seine Unterwäsche nach unten und starrte schockiert an sich hinunter.

Sein Herz setzte einen Schlag aus, dann noch einen. Seine Augen weiteten sich. Nein, das konnte nicht wahr sein. Das war unmöglich.

Im Spiegel starrte er auf den Beweis seiner Verwandlung. Es war passiert. Die Geschwulst über seinem Schwanz hatte sich in einen perfekten zweiten Schwanz verwandelt, der nur ein wenig kleiner war als sein ursprünglicher.

Die Erkenntnis, was das bedeutete, traf ihn wie ein Güterzug. Scarlet hatte seine Verwandlung ausgelöst. Es war der unwiderlegbare Beweis dafür, dass sie seine Gefährtin war. Daran bestand kein Zweifel. Ein Sturm der Gefühle traf ihn auf einmal. Was zum Teufel würde er jetzt tun? Ihre Beziehung war bereits durch die Tatsache kompliziert geworden, dass er jetzt ihr Bodyguard war. Ein Bodyguard, den sie kaum tolerierte und den sie, so gut sie konnte, mied. Wie sollte er gegen diese Art von unüberwindbarem Hindernis ankämpfen? Und selbst wenn sie die gleiche Anziehungskraft und Verbindung verspürte wie er in der Nacht zuvor, hatte er noch zwei weitere Hindernisse zu überwinden: ihr zu sagen, dass er sowohl ein Satyr war und zwei Schwänze hatte als auch ein Vampir, der ihr Blut trinken wollte.

„Hey, Ryder, kannst du …“

Ryder wirbelte herum und sah seinen Bruder in der offenen Badezimmertür auftauchen. Er griff nach einem Handtuch, um seinen Unterleib zu bedecken, aber es war zu spät.

„Oh mein Gott!“, platzte Ethan heraus.

„Kannst du nicht anklopfen? Verpiss dich!“, fauchte Ryder ihn an.

Aber Ethan verzog sich nicht. „Du hast deinen zweiten Schwanz! Ich kann es nicht glauben.“

„Verschwinde!“

„Nessie, Mom, Dad! Das müsst ihr sehen“, rief Ethan über seine Schulter. „Ryder hat seinen zweiten Schwanz!“

Wütend packte Ryder seinen Bruder an der Kehle und drückte ihn gegen die Wand. Seine Hände verwandelten sich bereits in Klauen und seine Reißzähne fuhren sich aus.

„Wenn du jemals wieder mein Zimmer betrittst, ohne anzuklopfen, werde ich dich erwürgen“, knurrte Ryder mit zusammengebissenen Zähnen. „Jetzt verpiss dich oder ich werfe dich aus dem Fenster.“

„Ryder?“

Beim Klang der Stimme seiner Schwester wirbelte Ryder den Kopf zu ihr herum. Ihr Blick war auf seine Leistengegend gerichtet, ihr Mund stand offen. Erst jetzt wurde Ryder klar, dass er das Handtuch hatte fallen lassen, als er Ethan angegriffen hatte. In Vampirgeschwindigkeit ließ er seinen Bruder los, schnappte sich ein anderes Handtuch vom Ständer und wickelte es um seinen Unterleib.

„Nessie, verpiss dich!"

„Aber ich will es aus der Nähe sehen", beharrte sie. „Ich habe kaum einen Blick erhascht."

Obwohl Ethan sich ins Schlafzimmer zurückzog und sich den Hals rieb, verließen weder er noch Vanessa sein Zimmer.

„Und das ist ein Blick zu viel. Etwas Privatsphäre, ihr beide! Jetzt sofort."

Ryder trat durch die Badezimmertür in sein Schlafzimmer. Vom Flur hörte er bereits hastige Schritte. Das war genau, was er jetzt brauchte: seine Eltern. Sie betraten sein Schlafzimmer und starrten ihn an. Seine Mutter war noch im Bademantel, sein Vater nur mit einer Hose bekleidet, seine Brust nackt.

„Kann niemand in diesem Haus meine Privatsphäre respektieren?", grummelte Ryder.

Vanessa grinste. „Du kannst doch nicht von uns erwarten, dass wir einfach ignorieren, dass du deinen zweiten Schwanz bekommen hast. Es ist eine riesige Angelegenheit."

Ethan stieß seiner Schwester mit dem Ellbogen in die Rippen. „Ja, ziemlich riesig von dem, was ich gesehen habe."

„Ethan, Nessie, genug!", befahl Gabriel. „Verschwindet!"

Widerstrebend verließen Ethan und Vanessa den Raum.

„Und macht die verdammte Tür hinter euch zu!", fügte Gabriel hinzu.

Als seine Geschwister schließlich die Tür schlossen, kam seine Mutter auf ihn zu. „Ich freue mich so für dich, Ryder." Sie strahlte praktisch, als hätte er einen Pokal gewonnen. „Lass mich mal sehen."

„Mom!" Ryder wich vor ihr zurück. „Auf keinen Fall."

„Ich bin Ärztin. Es ist nichts, was ich nicht schon einmal gesehen habe." Sie warf Gabriel einen Seitenblick zu. „Wie du weißt."

„Du bist meine Mutter, und ich bin nicht mehr fünf Jahre alt." Er hielt das Handtuch an der Stelle fest, wo er es befestigt hatte, um sicherzustellen, dass es in Gegenwart seiner Mutter nicht verrutschte.

„Ich möchte mich nur vergewissern, dass alles gut aussieht“, beharrte Maya.

„Glaub mir, es sieht so aus, wie es aussehen soll. Würdest du bitte aufhören, mich in Verlegenheit zu bringen, Mom?“

„Es gibt keinen Grund, sich zu schämen, Sohn“, sagte Gabriel mit einem stolzen Lächeln.

Dann sah er Maya an und fügte hinzu: „Warum lässt du uns nicht einen Moment lang allein, Baby?“

„Natürlich“, sagte Maya und lächelte dann Ryder an. „Ich freue mich so für dich.“

Sie verließ das Zimmer und schloss die Tür hinter sich.

Gabriel atmete tief durch. „Der Tag ist endlich da.“ Dann grinste er. „Und mach dir keine Sorgen, Sohn, ich muss es mir nicht ansehen. Ich weiß, dass es am Anfang ein ungewohntes Gefühl ist.“

„Danke, Dad.“ Zumindest eine Person verstand, was in ihm vorging.

„Ich dachte immer, Ethan würde als Erster seine Gefährtin finden.“ Gabriel grinste. „Angesichts seines Strebens, mit jeder verfügbaren Frau in dieser Stadt zu schlafen, sei es Mensch, Hexe oder Vampir. Aber du? Ich wusste nicht, dass du jemanden datest.“

Einen Moment lang schwieg Ryder. „Tu ich auch nicht.“

Überraschung zeigte sich auf dem Gesicht seines Vaters. „Aber wie … ich meine, wir wissen beide, dass sich dein zweiter Schwanz nur bilden kann, wenn du Sex mit deiner dir vorbestimmten Partnerin hast.“

Ryder nickte. Er war sich bewusst, dass es zwei bis vierundzwanzig Stunden dauern konnte, bis die Verwandlung abgeschlossen war und sich die Missbildung in einen zweiten Schwanz verwandelte. „Ich hatte Sex. Letzte Nacht.“

„Aber du bist nicht mit ihr zusammen? Ich urteile nicht, weißt du, aber …“

Ryder wusste, dass er seinem Vater eine Erklärung geben musste, aber er konnte ihm nicht die Wahrheit sagen.

„Ich war letzte Nacht im Mezzanine. Ich bin ihr dort begegnet und es hat gefunkt …“ Er zuckte mit den Schultern. „Ich weiß nicht, wer sie ist. Ich habe sie noch nie zuvor gesehen.“

Gabriel fuhr sich mit der Hand durch sein langes offenes Haar, das, wenn er das Haus verließ, immer zu einem Pferdeschwanz zurückgebunden war. „Nun, keine Sorge. Das schaffen wir schon. Wir werden sie finden. An allen Ein- und Ausgängen im Mezzanine sind Überwachungskameras. Ich werde Damian Bescheid sagen, dass er uns die Sicherheitsbänder von letzter Nacht schickt, und dann gehen wir sie durch und finden sie."

Ryder hatte befürchtet, dass sein Vater so etwas vorschlagen würde. Aber er musste ihn davon abhalten, sonst würde er herausfinden, dass Ryder gelogen hatte mit seiner Behauptung, er wisse nicht, wer die Frau sei. Er hasste es, seinen Vater anzulügen. Sie hatten eine enge Beziehung und vertrauten einander, aber im Moment musste er verbergen, dass er die Identität seiner Gefährtin kannte und dass sie nichts mit ihm zu tun haben wollte.

„Was, wenn sie nicht gefunden werden will?", fragte Ryder. „Was, wenn sie mich nicht mag?"

Gabriel warf den Kopf zurück und lachte.

„Wieso ist das lustig, Dad?"

„Ryder, du hast mit ihr geschlafen, als du ihr zum ersten Mal begegnet bist. Ich würde sagen, es ist ziemlich offensichtlich, dass sie dich mag."

„Vielleicht war sie betrunken."

„Das war sie nicht. Und weißt du, woher ich das weiß?"

„Klär' mich auf", sagte Ryder.

„Weil du, mein Sohn, ein ehrenhafter Mann bist. Du würdest niemals eine Frau ausnutzen, wenn sie nicht in der Lage ist, eine vernünftige Entscheidung zu treffen."

„Aber –"

„Ich kenne dich zu gut", unterbrach Gabriel. „Wenn du vermutest, dass eine Frau ausgenutzt werden könnte, weil sie betrunken ist, würdest du sie höchstpersönlich nach Hause fahren und dich vergewissern, dass alles in Ordnung ist."

Ryder seufzte. Was, wenn sein Vater falschlag? Was, wenn er letzte Nacht Scarlet ausgenutzt hatte? Zweifel schlichen sich immer wieder in seine Gedanken. Hatte er ihre Handlungen falsch interpretiert?

„Lass sie uns finden", sagte Gabriel. „Ich rufe Damian an."

„Nein, Dad. Ich möchte das selbst tun. Sie ist meine Gefährtin, meine Verantwortung. Ich brauche deine Hilfe nicht."

Gabriel nickte. „Das weiß ich, Sohn, aber wenn du in eine Sackgasse gerätst, brauchst du nur ein Wort zu sagen und ich helfe dir."

„Ich habe eine Frage“, begann Ryder, obwohl er nicht ganz sicher war, wie er das angehen sollte.

„Klar, worum geht es?“

Ryder zögerte. „Was, wenn wir nicht zusammenpassen?“

„Was meinst du?“

„Nun, was passiert, wenn sie nicht dasselbe für mich empfindet wie ich für sie? Was, wenn meine Gefährtin mich aus irgendeinem Grund ablehnt? Bedeutet das, dass ich nie wieder jemanden finden werde, mit dem ich mein Leben teilen kann?“

Gabriel legte seine Hand auf Ryders Schulter. „Mach dich nicht mit solchen Gedanken verrückt.“

„Bitte beantworte meine Frage, Dad. Werde ich allein bleiben, wenn es mit ihr nicht klappt?“

Gabriel seufzte. „Nein, wirst du nicht. Du kannst immer jemanden finden, der dich liebt und den du auch liebst, denn am Ende haben sogar Gefährten, die füreinander bestimmt sind, einen freien Willen. Aber bevor du aufgibst, solltest du Folgendes wissen: Nur eine Vereinigung mit deiner für dich bestimmten Partnerin wird dich vollkommen erfüllen. Wenn du eine andere zur Frau nimmst, wirst du immer das Gefühl haben, dass etwas in deinem Leben fehlt.“

Langsam nickte Ryder. „Danke, Dad. Danke, dass du ehrlich bist.“

Er musste versuchen, die Sache mit Scarlet ins Reine zu bringen, was bedeutete, dass er mehr Zeit mit ihr verbringen musste, um herauszufinden, wie er es angehen musste, damit sie ihn akzeptierte.

„Jederzeit, mein Sohn.“

„Ich sollte mich duschen und anziehen. Es war ein anstrengender Tag. Mein neuer Schützling ist schwierig.“

Gabriel runzelte die Stirn. „Sag nicht, dass Grayson doch recht hatte. Das wäre eine Premiere.“

„Ab und zu hat sogar Grayson recht, obwohl ich ihm nicht in allem zustimme. Scarlet ist eigensinnig und gerissen. Aber keine Sorge, ich werde sie nicht aus den Augen lassen. Dafür bezahlt uns ihr Vater.“

Ryder hasste es, seinen Vater zu täuschen, aber im Moment hatte er keine andere Wahl. Da er wusste, wie viele Regeln sein eigener Vater gebrochen hatte, um seine Gefährtin zu umwerben, war Ryder zuversichtlich, dass Gabriel Ryders Taten verstehen würde, wenn die

Wahrheit ans Licht kam – was über kurz oder lang geschehen würde. Aber das *Wann* stand noch nicht fest.

„Ich weiß, dass du das machst. Scanguards kann sich darauf verlassen, dass du immer dein Bestes leistest.“

Ryder hoffte, dass Scarlet das genauso sehen würde. Mit der Zeit würde er ihren Widerstand zermürben. Er musste nur einen kühlen Kopf bewahren und seinen Charme einsetzen, um Scarlet klarzumachen, dass sie gut zusammenpassten und dass ihre gemeinsame Nacht kein Fehler, sondern der Beginn von etwas Besonderem war.

11

Scarlet war müde, weil sie den ganzen Nachmittag und Abend über ihrer Doktorarbeit gesessen hatte, und fuhr ihren Computer herunter. Sie hatte nur eine kurze Essenspause eingelegt – thailändisches Essen, das von einem nur drei Blocks entfernten Restaurant geliefert wurde. Kurz nachdem sie ihr Abendessen in der Küche beendet hatte, während Ryder im Wohnzimmer gelesen hatte, hatte sie gehört, wie er mit Benjamin telefonierte und ihn bat, ihn für die Nacht abzulösen.

Von ihrem Schlafzimmer im zweiten Stock aus hatte sie gesehen, wie Ryder, eine Minute nachdem Benjamin seinen schwarzen Porsche auf der anderen Straßenseite geparkt hatte, wegfuhr. Die beiden hatten ein paar Worte gewechselt und Scarlet fragte sich, was für Klatsch sie ausgetauscht hatten. Sie schauderte bei dem Gedanken, dass Ryder Benjamin – und vielleicht auch anderen Freunden und Kollegen – erzählt hatte, dass er sie letzte Nacht in einem Abstellraum gefickt hatte.

Scarlet hatte alles getan, um sich von den Erinnerungen an ihre sexuelle Begegnung mit Ryder abzulenken, aber selbst das x-te Durchgehen ihrer Arbeit hatte sie nicht davon abgehalten, die Gedanken daran zu verbannen. Sie spürte, wie sich Hitze in ihr aufbaute und wusste, dass sie etwas tun musste, um den fieberhaften Anfall, den sie kommen spürte, abzuwenden.

Sie duschte sich, wobei sie darauf achtete, ihr Haar nicht nass zu machen, und das kalte Wasser half ihr dabei, sich abzukühlen. Nachdem sie sich abgetrocknet hatte, schlüpfte sie in ihren Bademantel und putzte sich die Zähne. Es war Zeit fürs Bett. Morgen hatte sie ein wichtiges Treffen mit ihrem Professor, in dem es um die Fortschritte ging, die sie mit ihrer Doktorarbeit in Psychologie machte. Sie war zuversichtlich, dass sie auf dem richtigen Weg war. Zumindest eine Sache in ihrem Leben schien in die richtige Richtung zu laufen.

Scarlet schaltete ihre Nachttischlampe an und zog die Bettdecke zurück. Darunter steckte ihr Schlafanzug, ein rosafarbenes Ensemble aus locker sitzenden Shorts und einem leichten, ärmellosen Oberteil. Aber bevor sie es anziehen konnte, hörte sie ein Geräusch von unten.

Scarlet hielt inne und lauschte angestrengt. Hatte Benjamin das Haus betreten, um auf die Toilette zu gehen? Scarlet ging zum Fenster, das einen Blick auf die Straße hatte, zog die Vorhänge ein wenig auseinander und sah hinaus.

Benjamins schwarzer Porsche war nicht mehr da. Sie wusste, dass er nicht wegfahren würde, es sei denn, jemand anderer übernahm für ihn. Sie suchte nach ihrem Handy. Es sollte auf ihrem Nachttisch liegen, aber da war es nicht. Verdammt, wo hatte sie es liegen gelassen? Sie ging schnell ins Bad und knipste das Licht an. Aber da war es auch nicht. Dann erinnerte sie sich wieder. Die Batterie war fast leer gewesen und sie hatte deshalb das Handy in der Küche an eine Steckdose angeschlossen, während sie zu Abend gegessen hatte. Sie hatte vergessen, es mitzunehmen, als sie in ihr Zimmer zurückgekehrt war, um weiterzuarbeiten.

Ihr Herzschlag beschleunigte sich. Nachdem ihr Halbbruder Joshua ein paar Jahre zuvor im Alter von nur vierundzwanzig Jahren bei einer Schießerei in einem Nachtclub ums Leben gekommen war, war ihr Vater ihr gegenüber überfürsorglich geworden. Der Mann, der verdächtigt wurde, ihren Bruder getötet und mehrere andere Besucher verletzt zu haben, war am nächsten Tag tot aufgefunden worden. Ihr Vater vermutete immer noch, dass der Mörder ein Auftragskiller war und einer seiner Feinde dahintersteckte. Aber ein Beweis für diese Theorie war nie gefunden worden.

Was, wenn ihr Vater doch recht hatte? Was, wenn jemand versuchte, auch sie zu töten? Vielleicht hatte jemand ihren Bodyguard umgebracht und die Leiche in dessen Porsche weggefahren und war dann zum Haus zurückgekehrt, um sie zu erledigen? Sie musste etwas tun. Aber was? Das Klügste war, die 9-1-1 anzurufen. Ja, das musste sie tun. Aber die einzigen Telefone im Haus befanden sich im Erdgeschoss: Einen Festnetzanschluss, den niemand jemals benutzte, gab es im Wohnzimmer und ihr eigenes Handy befand sich in der Küche. Beide Telefone wären nicht leicht zu erreichen.

Ein weiteres Geräusch von unten ließ ihr Herz bis in ihre Kehle hüpfen. Scheiße! Sie hatte schon genug Horrorfilme gesehen, um zu wissen, wie das enden konnte. Wenn sie nur etwas hätte, womit sie sich verteidigen könnte. Vielleicht etwas, womit sie dem Eindringling über den Kopf hauen konnte.

Scarlet sah sich in ihrem Zimmer um, aber sie sah nichts Passendes. Sie würde ihren Laptop nicht benutzen, nein, das kam nicht in Frage. Außerdem war er sowieso zu sperrig. Sie brauchte etwas, das sie in einer Hand halten konnte.

Hektisch ließ sie ihren Blick schweifen, als sie auf die offene Badezimmertür schaute. Sie eilte darauf zu, froh, dass sie barfuß war und der üppige Teppich unter ihren Füßen das Geräusch ihrer Schritte schluckte.

Im Badezimmer öffnete sie das Schränkchen unter dem Waschbecken und holte ihren Föhn heraus. Der musste herhalten. Sie legte ihre Hand um den dicken Schaft und schaltete das Licht wieder aus. Sie tat das Gleiche in ihrem Schlafzimmer, denn sie wollte nicht, dass das Licht den Eindringling warnte, dass sie ihm auf der Spur war. Leichtfüßig ging sie zur Tür und drehte ganz sanft am Knauf. Sie zog die Tür langsam auf, als sie am anderen Ende des Flurs den Dielenboden knarren hörte.

Scarlet hielt den Atem an. Offenbar befand sich der Eindringling bereits im ersten Stock. Aber wenn sie schnell und leise war, könnte sie es bis zur Treppe schaffen, ohne dass er sie bemerkte. Und sobald sie am Fuß der Treppe angekommen war, könnte sie auf die Straße rennen und ein Auto anhalten, bevor er sie einholen konnte. Wenn er sie im Haus erwischte, würde sie ihm mit dem Föhn über den Kopf schlagen oder ihn notfalls mit dem Stromkabel erwürgen.

Scarlet nahm all ihren Mut zusammen und schlüpfte aus ihrem Zimmer. Der Flur im ersten Stock war dunkel. Sie schlich sich an der Wand entlang in Richtung Treppe. Sie sah ein schwaches Licht von unten kommen, als hätte der Eindringling das Licht in der Diele im Erdgeschoss eingeschaltet. Oder hatte Ryder es angelassen, als er früher am Abend das Haus verlassen hatte?

Am anderen Ende des Flurs, wo sich das Schlafzimmer ihres Vaters und zwei weitere Schlafzimmer befanden, hörte sie das Geräusch einer Tür, aber sie konnte nicht erkennen, ob diese geöffnet oder geschlossen wurde. Da wusste sie es: Der Eindringling suchte nach ihr, durchsuchte alle Zimmer, bis er ihres fand. Ihre Chance zur Flucht wurde immer geringer. Aber sie musste nur noch ein paar Meter überbrücken, bis sie den Treppenabsatz erreichte.

So schnell Scarlet konnte, machte sie zwei Schritte nach vorne, dann drei weitere nach rechts und erreichte so den Treppenabsatz, als sich das Stromkabel des Föhns entrollte und gegen das Geländer schlug. Das Geräusch hallte im leeren Flur wider und ihr Herz setzte aus. Bevor sie einen Fuß auf die erste Stufe setzen konnte, stürzte jemand auf sie zu, packte sie von hinten und riss sie mit solcher Wucht zurück, dass die Luft aus ihrer Lunge wich. Der Angreifer hielt sie wie in einem eisernen Schraubstock gefangen. Sie schnappte nach Luft, um zu schreien, kam aber nicht einmal so weit.

„Was zum –?“ Er lockerte den Griff um ihre Taille etwas. „Scarlet?“

Verblüfft, Ryders Stimme zu erkennen, trat sie mit dem Fuß nach hinten und traf ihn am Schienbein. Ihre Arme waren durch seinen Griff bewegungsunfähig, was sie daran hinderte, ihren Haartrockner zu benutzen.

„Autsch!“, stieß er hervor, bevor er sie wieder auf die Füße stellte und sie zu ihm drehte. „Weshalb trittst du mich?“

„Was zum Teufel machst du hier oben?“, schrie sie ihn an.

Einen Moment später ging das Licht an. Ryder hatte den Schalter betätigt.

Scarlet funkelte ihn an. „Du hast mich zu Tode erschreckt.“ Sie hob den Föhn in ihrer Hand, die immer noch vor Schreck zitterte.

„Du dachtest, ich bin ein Einbrecher?“ Er schüttelte den Kopf. „Niemand kommt hier rein, ohne dass ich oder Benjamin davon wissen.“

„Tja, Benjamin ist weg. Und du bist früher am Abend verschwunden. Wie zum Teufel sollte ich wissen, dass du zurückkommst?“

„Ich habe dir eine SMS geschickt! Aber nein, wie ein verwöhntes kleines Gör hast du mich ignoriert! Als ich sagte, dass du so tun kannst, als wäre ich nicht einmal hier, meinte ich damit nicht, dass du Nachrichten ignorieren kannst, die deine Sicherheit betreffen!“

„Mein Handy ist in der verdammten Küche zum Aufladen des Akkus!“, schrie sie zurück. „Und sprich nicht in diesem Ton mit mir.“

„In welchem Ton?“

„In diesem selbstgerechten *Ich-bin-der-Chef-und-du-hörst-mir-zu*-Ton! Du solltest nicht einmal auf diesem Stockwerk sein! Nur die Schlafzimmer sind hier oben. Und auf keinen Fall lasse ich dich in meins rein. Also kannst du genauso gut deinen Arsch wieder nach unten bewegen.“ Sie biss wütend ihre Kiefer zusammen.

„Du glaubst, ich hatte vor, mich in dein Schlafzimmer zu schleichen?“ Ryder schnaubte empört. „Du darfst mir glauben, dass ich mich keiner Frau aufdrängen muss, die mich nicht haben will.“ Er deutete mit der Hand zum anderen Ende des Korridors. „Ich wollte ins Gästezimmer.“

„Wozu?“

„Um zu schlafen.“

Ihr Mund klappte auf. Für eine ewiglange Sekunde war sie sprachlos. Aber dann fand sie ihre Stimme wieder. „Du kannst hier nicht schlafen. Das kann ich nicht zulassen. Mein Vater würde das niemals dulden.“

„Ich habe es schon mit ihm abgeklärt.“

Damit hatte sie nicht gerechnet. Aber sie würde das auf keinen Fall zugeben. „Dem würde er nie zustimmen!“

„Ja, und warum nicht?“ Ryder kam so nahe, dass sie beinahe Nase an Nase standen. „Weil er weiß, dass seine geliebte Tochter ihre Finger nicht von fremden Männern lassen kann?“ Er sah für einen Moment an ihr hinab. „Und musst du halbnackt durchs Haus rennen?“

Erst jetzt bemerkte sie, dass sich der Gürtel ihres Bademantels gelockert hatte und das Kleidungsstück vorne offen war und enthüllte, dass sie nichts darunter trug. Gleichzeitig bemerkte sie, dass Ryders Atmung sich verändert hatte und dass ihr eigenes Herz raste.

„Herrgott, Scarlet, bitte mach das zu oder …“

Bevor er sich abwenden konnte, ließ sie den Haartrockner zu Boden fallen, packte Ryder an seinem Hemd und zog ihn noch näher. „Oder was?“

„Oder das“, krächzte er.

Seine hungrigen Lippen waren einen Augenblick später auf ihren und sie begrüßte seinen Kuss, wie ein Mensch, der sich in der Wüste verirrt hatte, ein Glas Wasser begrüßte.

12

Ryder war dabei den Verstand zu verlieren. Einen Augenblick hatten sie sich wie Hund und Katze gestritten, im nächsten hatte Scarlet ihn auf unverkennbare Weise an sich gezogen und er war nicht in der Lage gewesen, seine animalische Lust zu zügeln. Er hätte sich sofort abwenden sollen, als er bemerkt hatte, dass sie nichts unter ihrem klaffenden Bademantel trug. Aber er hatte nicht auf seine rationale Seite gehört. Nein, wieder einmal hatten der Satyr und der Vampir in ihm übernommen. Scarlet hatte ihn provoziert und er hatte den Köder geschluckt.

In dem Moment, als Scarlet ihre Lippen öffnete, um ihn einzuladen sie zu erkunden, wurde Ryder klar, dass jeglicher Widerstand zwecklos war. Alle rationalen Gedanken verflogen und er war auf seine tierischen Triebe reduziert. Er hatte immer geglaubt, er hätte mehr Kontrolle als seine Mitvampire, aber offensichtlich machte er sich nur etwas vor. Er war nicht anders als Benjamin oder Grayson oder sein eigener Bruder. Er verbarg seine Begierden nur besser. Sogar vor sich selbst.

Er intensivierte den Kuss. Scarlets Hände lagen auf seiner Brust und berührten ihn durch sein Hemd, während Ryder seine Hand unter ihren Bademantel schob und ihre nackte Haut streichelte. In der vergangenen Nacht war sie nicht nackt gewesen, aber jetzt schwelgte er in der Weichheit und Wärme ihrer Haut. Mit seinen Händen erkundete er sie, zeichnete jede Kurve und jedes Tal nach, während er sie gegen die Wand hinter ihr drückte und sie mit seinen Lippen auf ihren gefangen hielt. Sie stöhnte in seinen Mund und drückte ihre Brüste in seine Hände, verlangte nach einer festeren Berührung. Er kam ihrer unausgesprochenen Bitte nach und knetete das geschmeidige Fleisch, bis sich ihre Brustwarzen in steife Knospen verwandelten.

Ihr Atem kam stoßweise, ihr Kuss wurde nur von ihrem gemeinsamen Stöhnen sowie den gemurmelten Beteuerungen, welch ein Vergnügen sie einander bereiteten, unterbrochen. Scarlets Hände lagen jetzt auf seiner nackten Brust. Er hatte keine Ahnung, wie und wann sie es geschafft hatte, ihm sein Hemd auszuziehen, zu sehr damit beschäftigt, ihren Körper zu erkunden und herauszufinden, was er in der Nacht zuvor verpasst hatte. Er glitt mit einer Hand nach unten zu ihrer Muschi, durch den Haarschopf am Scheitel ihrer Schenkel.

Sie begrüßte ihn mit einem lauten Stöhnen, ihr Geschlecht warm und feucht. Er streichelte mit seinem Finger über ihre Spalte und spürte, wie sie bei der Berührung nach Luft rang. Ihre Fingernägel gruben sich jetzt in seine Schultern und klammerten sich an ihn, als würde sie sich an einem Rettungsfloß festhalten. Er konnte ihr Herz rasen und ihr Blut durch ihre Adern rauschen hören. Ihre Erregung stieg und ihr Blut rief nach ihm. Der Vampir in ihm wurde durch den Geruch ihres Blutes, das zum Greifen nahe war, in Versuchung geführt. Aber Ryder drängte ihn zurück. Stattdessen stieß er seinen Finger in sie, rieb seinen Daumen über ihre Klitoris und ließ sie seine Hand reiten. Sie protestierte nicht und bewegte ihre Hüften und ihr Becken, um bei jedem Stoß und jedem Zurückziehen mehr Reibung zu erzeugen.

Ryder hatte sich noch nie für einen selbstlosen Liebhaber gehalten, aber er konnte nicht genug davon bekommen, ihr dabei zuzusehen, wie er sie beglückte. Sie hatte keine Hemmungen und keine Selbstbeherrschung. Sie hielt sich nicht zurück. Alles, was sie verlangte, war Vergnügen und er war ihr gerne so lange gefällig, wie er konnte. Als er spürte, wie sich ihre Brust jetzt gegen seine presste, ihre Brüste sich an seine Muskeln schmiegten, wusste er, dass sie kurz vor ihrem Höhepunkt stand.

„Ryder, bitte …“, bettelte sie.

Er rieb ihre Klitoris schneller und mit mehr Druck, während sein Mittelfinger tief und hart in sie eintauchte. Sie war so nass, dass ihre Säfte auf seine Hand und seine Hose tropften.

„Bitte, fick mich. Dein Schwanz, ich brauche deinen Schwanz.“

Scarlet legte plötzlich ihre Hände auf den Bund seiner Hose und öffnete den Knopf. Sie war schon bei seinem Reißverschluss, bevor er Luft schnappen konnte. Noch eine Sekunde und seine zwei Schwänze würden aus ihrem Gefängnis platzen. Er griff nach ihrer Hand, um sie aufzuhalten, aber sie arbeitete weiter an seinem Reißverschluss. Er hatte keine andere Wahl, als seinen Finger aus ihrer engen Scheide zu ziehen und sie mit beiden Händen davon abzuhalten, ihn auszuziehen.

„Nein!“, sagte er schroff und hielt ihre Hände fest.

Sie starrte ihn verwirrt an. „Ich will, dass du mich fickst.“

„Aber ich ficke dich doch." Er nahm ihre beiden Hände in seine linke und brachte seine rechte Hand zurück zu ihrer Muschi.

Sie protestierte. „Ich will deinen Schwanz, Ryder, jetzt!"

„Ich kann nicht, bitte, Scarlet, ich kann nicht."

„Willst du mich denn nicht?"

Er wollte sie mehr als alles andere, aber er war noch nicht bereit, ihr seine zwei Schwänze zu zeigen. Sie würde ihn ansehen und ihn für ein Monster halten. Nein, sie musste ihn erst kennenlernen und mögen, bevor er das wagen konnte. Bevor er seine Geheimnisse preisgeben konnte.

„Ja, ich will dich. Aber ich kann nicht mit dir schlafen."

Plötzlich sah sie ihn wütend an. „Wieso tust du mir das an? Macht es dir Spaß, mich zu quälen? Macht es das?"

Ryder sah die unvergossenen Tränen, die jetzt in ihren Augen aufquollen, und spürte, wie sich sein Herz vor Schmerz zusammenzog.

„Nein, ich habe nicht die Absicht, dich zu quälen. Ich würde dir niemals wehtun", beteuerte er ihr.

Scarlet stieß ihn so unerwartet von sich weg, dass er für eine Sekunde das Gleichgewicht verlor. Als er sich fing, zog sie ihren Bademantel um sich und knotete den Gürtel fest.

Mit zusammengepresstem Kiefer funkelte sie ihn an. „Ich weiß nicht, was für ein krankes Spiel du spielst, aber ich spiel nicht mehr mit. Geh und finde jemand anderen, der so grausam ist wie du. Ich wünschte, ich wäre dir nie begegnet!"

Sie wirbelte herum und eilte zurück in ihr Schlafzimmer. Als sie die Tür aufriss, hörte Ryder, wie sich ein unterdrücktes Schluchzen aus ihrer Kehle riss, bevor sie die Tür so heftig zuschlug, dass das ganze Haus erbebte.

Ryder atmete zitternd aus und fuhr sich mit bebender Hand durchs Haar. Scheiße! Das hätte nicht schlimmer verlaufen können, wenn er es so geplant hätte. Er hätte sie heute Nacht nicht einmal küssen sollen, sondern sich an seinen Plan halten, sie mit kleinen freundlichen Gesten für sich zu gewinnen. Stattdessen hatte er sich wie ein Höhlenmensch verhalten und alles zerstört. Vielleicht hatte er keine Partnerin verdient, wenn er offensichtlich keine Ahnung hatte, wie er die Frau behandeln sollte, mit der er den Rest seines unsterblichen Lebens verbringen wollte.

Dieser Gedanke erschütterte ihn bis ins Mark. Er wollte Scarlet. Er wusste nicht, wie und wann es passiert war, aber er erinnerte sich an das, was sein Vater Gabriel ihm erzählt hatte über den Moment, als er seiner Gefährtin zum ersten Mal begegnet war.

„Ich sah sie an und wusste, dass es nie eine andere Frau für mich geben würde, ob sie mich akzeptieren würde oder nicht“, hatte Gabriel gesagt, während sich ein feuchter Glanz über seine Augen legte. „Ich hatte eine noch geringere Chance als ein Schneeball in der Hölle. Ich sah mich als ein Monster an, aber deine Mutter sah darüber hinweg. Weil wir füreinander bestimmt waren.“

Wenn sein Vater es geschafft hatte, dann konnte Ryder das auch. Er durfte nicht so schnell aufgeben. Er musste Scarlets Liebe gewinnen, egal wie hoffnungslos die Situation im Moment aussah.

13

Ryder hatte nicht gut geschlafen. Tatsächlich war er die halbe Nacht wach gelegen und hatte versucht, einen Plan auszuarbeiten, wie er Scarlet nach dem katastrophalen Ereignis von zuvor für sich gewinnen konnte. Aber das war nicht der einzige Grund, warum er nicht schlafen konnte. Seine beiden Schwänze waren stundenlang steinhart gewesen, nachdem er Scarlet auf dem Flur beinahe gefickt hatte. Als ihm klar wurde, dass sie nicht von alleine in ihren entspannten Zustand zurückkehren würden, hatte er seinen Bedürfnissen nachgegeben und zu Visionen von Scarlet masturbiert. Er war mit seinen beiden Schwänzen gleichzeitig zum Höhepunkt gekommen, und die Erfahrung hatte ihn umgehauen und seine Entschlossenheit, Scarlet zu seiner zu machen, weiter gefestigt.

Vor Tagesanbruch rief er Wesley an, den Hexer, der zur Scanguards-Familie gehörte.

Wesley klang verschlafen, als er nach mehreren Klingeltönen abnahm. „Das ist hoffentlich wichtig."

Durch die Leitung hörte Ryder eine sanfte Frauenstimme fragen: „Wer ist es, Baby?" Ryder erkannte Virginias Stimme.

„Ryder", sagte Wesley.

„Hey, Wes, tut mir leid, dass ich dich so früh störe, aber ich stecke in der Klemme. Ich habe was vermasselt. Ich muss was mit einem Mädchen bereinigen."

Wes lachte leise. „Du willst mich wohl verarschen. Mr. Cool hat was vermasselt? Was ist passiert? Hast du ein Mädchen ohne ihre Erlaubnis gebissen?"

„Natürlich nicht!", entfuhr es Ryder. Er war kein Arschloch. „Aber sie ist sauer auf mich und ich möchte, dass sie mich wieder mag."

„Die Antwort ist nein", sagte Wes bestimmt.

„Du weißt nicht einmal, wofür ich deine Hilfe brauche", sagte Ryder, verblüfft über Wesleys sofortige Ablehnung.

„Ich braue dir keinen Liebestrank. Es ist unethisch. Tschüss, Ryder."

„Leg nicht auf!", sagte Ryder schnell. „Ich will keinen Liebestrank."

„Was willst du dann?"

„Dein Rezept für deine berühmten Kokospfannkuchen."

„Warum hast du das nicht gleich gesagt?"

„Du hast mich nicht zu Wort kommen lassen."

„Okay, da hast du recht. Du versuchst also, sie auf altmodische Weise zurückzugewinnen? Gut, denn ein Liebestrank wirkt auf Dauer sowieso nicht. Ich nehme an, du magst sie wirklich?", fragte Wes neugierig.

Ryder ignorierte seine Frage. Wenn er Wes etwas erzählte, würden alle bei Scanguards Minuten später davon erfahren. „Also schickst du es mir?"

„Ich schicke es dir gleich per SMS."

„Vielen Dank."

„Und Ryder?"

„Ja?"

„Viel Glück!"

„Danke, Bro."

Ein paar Sekunden später traf die SMS mit Wesleys Rezept ein und Ryder machte sich daran, das vorzubereiten, was er dazu brauchte.

Als Scarlet die Treppe herunterkam, bekleidet mit Jeans und einem dunklen Pullover, der bis zur Mitte ihrer Oberschenkel reichte und ihre entzückende Figur verdeckte, roch es im ganzen Haus nach Kaffee und Pfannkuchen. Sie sah heute Morgen etwas blass aus, ihr Haar war wieder zu einem Pferdeschwanz zusammengebunden und sie sah distanziert drein. Sie vermied seinen Blick.

„Morgen", sagte er, denn er vermutete, dass *Guten* Morgen zu sagen nur eine abfällige Bemerkung nach sich ziehen würde. Er wollte Scarlet keinen Grund geben, einen Streit anzuzetteln. „Ich weiß nicht, ob du Pfannkuchen magst, aber ich habe eine ganze Menge gemacht."

„Hmm."

Nun, zumindest war sie nicht ganz stumm. Ein *hmm* war zwar kein richtiges Wort, aber bei Scrabble zählte es.

Ryder wandte sich wieder dem Ofen zu und holte die Auflaufschale heraus, in der er die Pfannkuchen warmgehalten hatte. Er stellte sie auf den Tisch, den er nur für eine Person gedeckt hatte. Er hatte nicht vor, mit ihr zu frühstücken, nicht weil er keinen Hunger hatte, sondern weil er wusste, dass sie seine Gesellschaft nicht wollte.

„Ich bin im Wohnzimmer", sagte er und verließ die Küche.

Er hörte, wie Scarlet den Stuhl unter dem Tisch hervorzog, um sich zu setzen. Zumindest lehnte sie sein Friedensangebot nicht kategorisch ab. Es war ein Anfang.

Im Wohnzimmer setzte sich Ryder in einen Sessel und starrte aus dem Fenster. Er musste lernen, geduldig zu sein. Rom war auch nicht an einem Tag erbaut worden. Bei Scarlet würde das auch nicht so schnell gehen.

Sein Handy klingelte. Er sah auf die Nummer und hob ab. „Hey, Damian, was ist los?“

Damian grüßte ihn munter. „Ich habe gehört, du warst vor zwei Nächten im Mezzanine. Ganz schön verrückt, was da passiert ist …“

Ryder setzte sich steif wie ein Laternenpfahl auf. Hatte jemand ihn und Scarlet zusammen gesehen und es Damian erzählt? Verdammt, das war nicht gut.

„Gut, dass wir diese neuen Kameras installiert haben. Es ist alles auf Band. Ich werde nicht zulassen, dass so etwas nochmal passiert.“

Scheiße! Ryders Herz pochte. Damian hatte ihn und Scarlet beim Sex aufgenommen? Um Himmels willen! Was könnte sonst noch schieflaufen? Das war eine Katastrophe. Einmal in seinem Leben hatte er etwas Verrücktes getan, und jetzt würde jeder davon erfahren? Warum passierte ihm so etwas?

„Ähm …“ Er suchte nach Worten, fand aber keine.

„Ich habe mich entschieden, das Video online zu posten.“

Ryder sprang auf. „Damian, bitte tu das nicht. Ich sitze schon tief genug in der Scheiße.“

„Hä?“

„Bitte, das hat sie nicht verdient. Es war meine Schuld. Veröffentliche bitte das Sexvideo nicht. Sie wird es mir nie verzeihen, wenn du es tust. Ich werde alles tun, um das wieder gutzumachen“, flehte Ryder.

„Sexvideo?“, schoss Damian zurück. Es gab eine kurze Pause, dann sagte er: „OH MEIN GOTT! Du hattest Sex in meinem Club!“

Lautes Gelächter durchbohrte beinahe Ryders Trommelfell.

„Du Hundesohn!“ Es war keine Ermahnung, sondern ein Kompliment. Kein Wunder: Damian war genauso sexbesessen wie sein Zwillingsbruder. Und der Nachtclub, den er mit Patrick, Samsons jüngstem Sohn, führte, bot ihm das perfekte Ventil.

„Fuck“, stieß Ryder hervor, als er seinen Fehler bemerkte. „Wir reden nicht über ein Sexvideo …“

„Tun wir jetzt aber!“, meinte Damian lachend. „Weil ein Typ, dessen Schwanz in einem Bierfass stecken blieb, nicht halb so interessant ist wie du, wenn du’s in meinem Club treibst. Das muss ich Patrick erzählen!“

„Das kannst du niemandem sagen, hörst du mich?“

„Ach komm schon. Endlich stellst du mal was Leichtsinniges an und der Rest von uns darf nicht einmal davon hören? Also, wo hast du sie gefickt? Auf den Toiletten?“

„Ich werde diese Frage nicht beantworten.“

„Dann also nicht auf den Toiletten. Du hast recht, das wäre ziemlich krass. Vielleicht in einer der gemütlichen Sitzecken? Ich hätte Patrick gegenüber darauf bestehen sollen, dass wir doch Leder nehmen sollten. Leichter abzuwischen, weißt du. Ich muss mit ihm darüber reden.“

„Bitte …“ Ryder atmete tief durch und fuhr sich mit der Hand durchs Haar. „Ich kann nicht darüber sprechen.“

„Sei nicht so empfindlich. Wir hatten alle schon One-Night-Stands an den seltsamsten Orten. Einige Girls sind einfach so geil und betrunken, dass sie es kaum erwarten können, dass du deinen Schwanz herausziehst. Das ist doch nichts Schlimmes.“

„So war es nicht!“, knurrte Ryder. „Sprich nicht so über sie. Sie war nicht betrunken.“ Da war er sich ziemlich sicher. Scarlet hatte genau gewusst, was sie tat. Genauso wie er.

Damian schnappte nach Luft. „Willst du damit sagen, dass du in einer Beziehung bist? Du datest? Seit wann?“

Ryder zögerte.

„Komm schon, Bro. Wenn das etwas Ernstes ist, dann werde ich natürlich nichts darüber ausplaudern. Das weißt du doch. Ich bin schon genug Vampiren begegnet, die alle total auf beschützerisch und besitzergreifend machen, wenn sie die Ihre finden. Ich weiß, dass man über so etwas nicht scherzt. Also, ist sie das? Ist sie die Eine?“

Ryder wusste genau, was Damian mit seiner Frage meinte. „Ja.“

„Schön für dich. Also, wann können wir sie kennenlernen?“

„Wenn sie nicht mehr sauer auf mich ist.“ Was im Moment nicht so gut aussah.

„Hey, ich kann’s dir nachfühlen. Wenn ich irgendetwas tun kann …“

„Kannst du nicht. Aber danke. Auf bald.“

„Kopf hoch!“

Ryder beendete das Gespräch und lauschte auf Geräusche aus der Küche. Scarlet war immer noch dort und nach dem Geräusch von Besteck zu urteilen, das auf Porzellan kratzte, genoss sie noch immer die Pfannkuchen.

Sein Handy klingelte erneut. Diesmal war es seine Schwester.

„Nessie?“

„Hey, bist du gerade beschäftigt?“

„Ein bisschen. Ich muss meinen Schützling in Kürze zu einem Termin an der Uni fahren. Wieso?“

„Gott sei Dank hast du Zeit. Ich muss mit dir reden. Es ist wichtig.“

Er horchte auf. Ihre Stimme klang heute Morgen anders.

„Stimmt etwas nicht, Sweetheart?“

„Na ja, an sich stimmt alles, aber …“ Sie zögerte.

„Komm schon, du weißt doch, dass du mir alles erzählen kannst.“

„Du bist immer so nett, selbst wenn ich dich verärgere.“

„Wie hast du mich verärgert?“

„Als ich gestern in dein Zimmer gestürmt bin und deine zwei Schwänze sehen wollte.“

„Oh das.“

„Das tut mir wirklich leid. Ich hab doch nur gescherzt.“

Er seufzte. Wenn er ehrlich mit sich selbst war, musste er zugeben, dass er nicht sauer auf sie war. Er war einfach fassungslos und geschockt gewesen, als Ethan und Vanessa in sein Zimmer platzten. „Und es tut mir leid, dass ich dich angeschrien habe, Sweetheart. Das hätte ich nicht tun sollen. Ich sollte mehr Selbstbeherrschung haben. Es ist nur so, dass ich gerade viel um die Ohren habe.“

„Das verstehe ich. Aber ich muss mit dir reden. Ich kann wirklich mit niemand anderem darüber reden. Meine Freundinnen würden es nicht verstehen. Sie sind Vampire, nicht zum Teil Satyr. Und ich kann nicht mit Mom darüber reden. Es wäre zu peinlich.“

„Wieso denn?“

„Es geht um Sex.“

„Oh.“ Er war sich nicht sicher, ob er diese Art von Unterhaltung mit seiner kleinen Schwester führen wollte. „Ich bin mir nicht sicher, ob ich …“

„Bitte, Ryder, ich muss es wissen.“

„Okay?“

„Wir wissen beide, wozu der zweite Schwanz eines Satyrs da ist“, begann sie. „Ich mag normalen Sex ganz gern, weißt du, aber was … weißt du, was ist, wenn ich *das* nicht mag?“

„Nessie, hast du Angst vor Analsex? Es ist nichts, wovor man sich fürchten muss.“

„Du redest dich leicht. Du bist ein Mann. Was, wenn es wehtut?“

„Es wird nicht wehtun. Das verspreche ich dir. Es ist sowohl für den Mann als auch für die Frau genüsslich.“

Er wusste es instinktiv, nach der Art und Weise zu urteilen, wie Scarlet reagiert hatte, als er sie mit seinem Finger in ihren Anus gefickt hatte. Und er war davon überzeugt, dass er es genießen würde, wenn ihre engen Muskeln sich um seinen Schwanz legten. Er konnte es kaum erwarten, dass das geschah.

Ryder räusperte sich und versuchte, die Gedanken aus seinem Kopf zu verdrängen, oder er würde gleich zwei harte Erektionen verbergen müssen. „Du wirst schon sehen.“ Er hörte das Knarren des Holzbodens in der Diele. „Nessie, ich muss los. Wir sprechen später nochmal darüber, okay?“

„Danke, Ryder. Und bitte, erwähne das nicht Mom oder Dad gegenüber, okay?“

„Okay.“ Er beendete das Gespräch und drehte sich um.

Scarlet stand in der offenen Tür und starrte ihn mit fest zusammengepressten Lippen an. „Ich muss in zwanzig Minuten im Büro meines Professors sein.“

Der Ton ihrer Stimme war so eisig wie ein Hagelsturm. Anscheinend hatte das Pfannkuchen-Frühstück ihre Stimmung nicht gehoben.

14

Wenn sie keinen Termin mit ihrem Professor gehabt hätte, wäre Scarlet zurück in ihr Zimmer gegangen und hätte sich die Augen ausgeweint. Aber sie musste sich zusammenreißen. Sie konnte Ryder nicht die Genugtuung geben zu erfahren, dass er sie verletzt hatte. Kein Wunder, dass er letzte Nacht nicht mit ihr schlafen wollte. Er hatte eine Freundin! Nessie. Er war wahrscheinlich direkt von ihrem Bett gekommen und wusste, dass er seinen Schwanz nicht so schnell wieder hochbekommen konnte. Und nach dem, was sie aus ihrem Liebesgesäusel mitgehört hatte, versuchte Ryder, sie zum Analsex zu überreden.

Scarlet hatte keine Ahnung, wie sie es durch ihre Besprechung mit dem Dekan der psychologischen Abteilung geschafft hatte, während Ryder vor dessen Büro gewartet hatte. Aufgrund der zusätzlichen Hinweise, die ihr Professor ihr gegeben hatte, musste Scarlet mehrere Stunden in der Universitätsbibliothek verbringen, um zu recherchieren. Als sie diese verließen, war es bereits nach fünf Uhr abends. Während der Fahrt zurück zum Haus versuchte Ryder, sich mit ihr zu unterhalten, aber sie ignorierte ihn.

Kaum hatte er das Auto vor ihrem Haus geparkt, sprang Scarlet heraus und überquerte die Straße. An der Eingangstür holte er sie ein. Sie zog ihren Hausschlüssel heraus, aber er war schneller. Die Tür öffnete sich jedoch nach innen, bevor Ryder den Schlüssel ins Schloss stecken konnte.

Claudia begrüßte sie und bedeutete ihnen einzutreten. „Da bist du ja, Scarlet. Hallo, Ryder."

„Mrs. King", sagte Ryder, während Scarlet ihre Stiefmutter mit einem schnellen „Du bist hier?" begrüßte.

Claudia legte ihre Hand auf Scarlets Arm. „Mein Neffe ist mit einem früheren Flug angekommen. Komm und lass mich dich vorstellen."

Obwohl Scarlet nicht in der Stimmung war, sich mit einem Fremden höflich zu unterhalten, erlaubte sie Claudia, sie ins Wohnzimmer zu führen, wo ein junger Mann von der Couch aufstand und sich ihnen zuwandte.

„Das ist Derek, mein Neffe“, strahlte Claudia. „Derek, das ist meine liebe Stieftochter Scarlet.“

Derek, der aussah, als wäre er etwa fünf bis acht Jahre älter als Scarlet, näherte sich ihr. Er war etwas kleiner als eins achtzig, hatte kurzes dunkles Haar und hellbraune Augen. Er war schlank, sah aber nicht so aus, als würde er Sport treiben. Seine Muskeln waren bei Weitem nicht so definiert wie Ryders. Verdammt, sie sollte nicht jeden mit ihm vergleichen.

„Tante Claudia hat mir so viel von dir erzählt“, sagte Derek mit einem breiten Lächeln. „Obwohl sie vergessen hat zu erwähnen, wie schön du bist.“

Scarlet zwang sich zu einem Lächeln und reichte ihm zur Begrüßung die Hand. „Freut mich, dich kennenzulernen.“

Anstatt ihre Hand zu nehmen, küsste Derek sie auf beide Wangen. Sie erstarrte und Claudia lachte.

„Tut mir leid, Scarlet, ich hätte dich warnen sollen, dass Derek ein paar Jahre in Paris verbracht hat, und so begrüßen sich die Franzosen eben.“

Scarlet nickte und aus den Augenwinkeln sah sie, wie Ryder Derek anstarrte, als wollte er sich auf ihn stürzen. Seine Reaktion brachte sie auf eine Idee.

„Das ist eigentlich eine nette Art, jemanden zu begrüßen. Das sollten wir in den Staaten öfter machen. Das bricht das Eis.“ Scarlet warf Derek ein kokettes Lächeln zu. „Erzähl mir mehr von deinem Aufenthalt in Paris.“

Sie scherte sich keinen Dreck um Derek oder seinen Aufenthalt in Frankreich, aber wenn sie sich an Ryder rächen könnte, indem sie mit Derek flirtete, dann machte sie das gerne.

„Natürlich“, sagte er mit einem charmanten Grinsen. Dann wanderte sein Blick zu Ryder. „Aber wo sind meine Manieren? Du musst ein Bekannter von Scarlet sein.“

„Ich bin Ryder, ihr Bodyguard“, antwortete Ryder steif.

„Schön dich kennenzulernen, Ryder.“ Dann richtete er seinen Blick wieder auf Scarlet. „Du willst also mehr über Paris erfahren?“

„Absolut. Ich wollte schon immer dorthin reisen, aber bisher gab es nie den richtigen Zeitpunkt oder die richtige Person, mit der ich das tun wollte.“ Sie lächelte ihn süß an, da sie wusste, dass Ryder sie mit Adleraugen beobachtete.

„Ich habe eine Idee“, verkündete Derek. „Warum gehen wir drei nicht in dieses charmante kleine französische Bistro, über das ich so viel gelesen habe? Es gibt nichts Schöneres, als bei französischem Essen Geschichten über Paris zu erzählen.“

„Das klingt perfekt“, sagte Scarlet schnell. Sie hatte sowieso Hunger, warum also nicht zwei Fliegen mit einer Klappe schlagen? Ihren Bauch mit leckerem Essen füllen und sich durch einen Flirt mit Derek an Ryder dafür rächen, dass er sie verletzt hatte. Das würde ihm zeigen, dass das, was zwischen ihnen geschehen war, ihr nichts bedeutete.

„Dann ist es abgemacht“, sagte Derek. „Claudia? Du kennst das Restaurant, von dem ich spreche, oder?“

„Ja, natürlich, Bistro Tartin. Aber ihr beide müsst alleine zum Essen gehen. Ich muss für Brandon einen Vertrag prüfen, und er wollte heute Abend noch Feedback dazu bekommen, während er bei seinem Kunden in Phoenix ist.“

„Das ist kein Problem“, sagte Derek. „Möchtest du, dass wir dir etwas zu essen mitbringen?“

Sie machte eine wegwerfende Handbewegung. „Nein, bitte nicht. Ich will meine Figur behalten und schon beim Anblick von französischem Essen nehme ich ein Pfund zu. Aber du und Scarlet amüsiert euch.“

Derek sah Scarlet an. „Ich schätze, dann sind es also nur du und ich. Ich bestelle uns besser einen Uber, der uns abholt. Ich habe kein Auto gemietet. Claudia hat mich gewarnt, dass das Parken in San Francisco notorisch schwierig ist.“

„Wir können mein Auto nehmen“, bot Scarlet an. „Es ist in der Garage. Ich benutze es nicht oft, aber –“

„Ich fahre euch“, unterbrach Ryder.

„Das ist nicht nötig“, sagte Derek. „Scarlet wird mit mir vollkommen sicher sein.“

„Ich fahre euch“, beharrte Ryder. „Es ist mein Job. Und keine Sorge, ich werde nicht mit euch am Tisch sitzen. Aber Mr. King hat mich angestellt, um seine Tochter zu beschützen. Und das werde ich tun.“

Scarlet bemerkte, wie die beiden Männer einander anstarrten wie zwei Bullen, die sich vor einem Kampf abschätzten.

Es lag plötzlich eine Spannung im Raum. Claudia brach sie. „Natürlich, Ryder. Danke für das Angebot, sie zu fahren.“ Sie lächelte. „Ich sehe euch alle, wenn ihr nach dem Abendessen zurückkommt. Oh, und Ryder, nachdem Sie sie zurückgebracht haben, warum nehmen Sie sich nicht den Rest der Nacht frei, da ich hier sein werde? Sie arbeiten sowieso so lange.“

„Natürlich, Mrs. King“, sagte Ryder.

Scarlet sah an sich hinunter. „Habe ich Zeit, mich umzuziehen? Ich glaube, für ein französisches Restaurant muss ich etwas Schickeres anziehen.“ Und damit ihr Flirten den gewünschten Effekt hatte: Ryder zu zeigen, was ihm entging, und vorzugeben, dass sie an einem anderen Mann interessiert war, einem gut aussehenden noch dazu.

Derek war attraktiv und hatte ein lockeres Lächeln. Er strahlte Charme aus und war modisch gekleidet wie jemand, der gerade dem GQ-Magazin entstiegen war. Doch trotz all seiner guten Eigenschaften regte sich nichts in ihr, wenn sie ihn ansah. Als er sie auf die Wange geküsst hatte, hatte ihr Körper überhaupt nicht reagiert. Ihr Herz schlug auch nicht schneller. Er erregte sie nicht und unter normalen Umständen hätte sie ihn langweilig gefunden. Aber dies waren keine normalen Umstände.

Scarlet bedauerte, dass sie ihn für ihre eigenen egoistischen Zwecke benutzen musste, aber in der Liebe und im Krieg war alles erlaubt. Und es herrschte Krieg.

Lügnerin.

Sie versuchte, ihre innere Stimme zum Schweigen zu bringen, aber das verdammte Ding machte weiter.

Es ist kein Krieg. Es ist Liebe.

Sie machte auf dem Absatz kehrt und eilte die Treppe hinauf. In ihrem Zimmer schnappte sie sich ein Kissen, hielt es vor ihr Gesicht und schrie hinein. Dann ließ sie es fallen und fühlte sich geringfügig besser. Sie marschierte zu ihrem begehbaren Kleiderschrank, trat ein und knipste das Licht an.

Was sollte sie anziehen? Eine enge Hose? Ein tief ausgeschnittenes Kleid? Einen kurzen Rock? Die Auswahl war endlos.

15

Im Parkverbot direkt vor dem französischen Bistro, an dem er Scarlet und Derek abgesetzt hatte, lehnte Ryder an seinem SUV. Die Verkehrspolizei würde ihm keinen Strafzettel verpassen, denn sein Auto trug einen speziellen Aufkleber auf dem Nummernschild, der dieses dank der engen Verbindungen von Scanguards zum SFPD als Fahrzeug mit besonderen Parkprivilegien kennzeichnete. Von seiner Position nur ein paar Meter entfernt vom Essbereich im Freien beobachtete er, wie Derek und Scarlet ihr Abendessen genossen. Sie saßen unter einer Wärmelampe, die es den Gästen trotz der kühlen Abendluft gemütlich machte.

Nur gut, dass Scarlet direkt unter der Wärmelampe saß, denn ihre knappe Kleidung spendete ihr sicherlich nicht viel Wärme. Wenn Vampire Herzinfarkte bekommen könnten, wäre Ryder in dem Moment tot umgefallen, als Scarlet die Treppe in ihrem Haus heruntergekommen war. Sogar ihre Stiefmutter hatte erstaunt eine Augenbraue hochgezogen, jedoch keinen Kommentar abgegeben.

Scarlet trug dasselbe Outfit wie an dem Abend, als Ryder sie im Mezzanine getroffen hatte. Das war kein Zufall. Es war eine Provokation. Ryders Blut erreichte seinen Siedepunkt. Sie stellte ihre Sexualität zur Schau. Das einzige Zugeständnis, das sie gemacht hatte, bestand darin, einen leichten Schal über ihre Schultern zu drapieren, der weder ihre Kurven noch ihre Haut verbarg. Oder die Tatsache, dass Derek die Rundungen ihrer Brüste begaffen konnte, wann immer er wollte.

Scarlet hatte Ryder einen triumphierenden Blick zugeworfen, bevor sie sich von Derek ins Auto helfen ließ. Sah sie denn nicht, wie dieser Typ sie angaffte? Ryder war in der Stimmung, Derek in die Eier zu treten, weil er sie mit solch unverhohlener Lust beäugelte. Und Scarlet tat so, als würde sie es nicht einmal bemerken. Sie hing weiterhin an jedem seiner Worte und lachte über die dümmsten Witze, während Derek über seinen Aufenthalt in Paris redete. Selbst aus der Entfernung konnte Ryder dank seines überlegenen Vampirgehörs Fragmente ihres Gesprächs auffangen.

Ryder entging auch nicht, dass Derek bei jeder Gelegenheit seine Pfoten auf Scarlet legte. Während er sprach, berührte er ständig ihren Arm oder wandte den alten Du-hast-etwas-im-Gesicht-Trick an, um ihr Gesicht zu berühren, um imaginäre Haare oder Essenspartikel zu entfernen. Ryder musste seine Wut fest zügeln oder er würde zu ihrem Tisch gehen und dem Idioten eine gründliche Tracht Prügel verpassen. Aber das durfte er nicht, sonst hätte Scarlet guten Grund zu verlangen, dass Ryder gefeuert wurde.

Das konnte er nicht riskieren. Denn von Scarlets Sicherheitseinheit abgezogen zu werden, während ein Geier wie Derek in sein Gehege eindrang, war das Schlimmste, was ihm im Moment passieren konnte.

Das Abendessen zog sich in die Länge und strapazierte Ryders Geduld. Es kam ihm wie eine Ewigkeit vor, bis Derek endlich die Rechnung verlangte und bezahlte. Augenblicke später waren sie wieder am Auto. Diesmal kam Ryder Derek zuvor und half Scarlet selbst auf den Rücksitz des SUVs.

„Was glaubst du, dass du hier spielst?“, flüsterte Ryder leise, während er sich über sie beugte und so tat, als würde er Scarlets Sicherheitsgurt anpassen.

„Das geht dich nichts an“, erwiderte sie ebenso leise.

Der Abendverkehr in San Francisco hatte zugenommen und die Fahrt zurück zum Haus dauerte fast eine halbe Stunde. Als Ryder den SUV vor dem Haus der Kings anhielt, beugte sich Scarlet zwischen den Sitzen vor.

„Danke, Ryder“, sagte sie mit sanfter Stimme, die sie wahrscheinlich nur zu Dereks Gunsten einsetzte. „Genieße deinen freien Abend. Wir sehen uns morgen früh.“

Scarlet und Derek stiegen aus dem Auto und Ryder konnte nichts dagegen unternehmen. Claudia hatte ihm beteuert, dass sie über Nacht bleiben würde und ihm deshalb bis zum nächsten Morgen freigegeben.

Ryder schlug mit den Händen gegen das Lenkrad. „Scheiße!“

Er war mit seinem Latein am Ende. Er brauchte Rat von der einzigen Person, die er kannte, die verstehen würde, was er durchmachte. Auch wenn es bedeutete, dass er dieser Person gegenüber zugeben musste, dass er gelogen hatte.

Ryder holte sein Handy heraus und tätigte den Anruf.

„Was gibt’s, mein Sohn?“

„Dad, ich muss mit dir reden. Es ist wichtig.“

„Ich bin auf dem Weg zu Scanguards“, sagte Gabriel. „Komm einfach vorbei. Ich dürfte in zwanzig Minuten dort sein.“

„Nein. Nicht bei Scanguards. Irgendwo, wo wir nicht gestört werden.“

„Muss ich mir Sorgen um dich machen?“

„Nein, Dad, aber triff mich irgendwo, wo keine Vampire uns belauschen können, und das gilt auch für Mom.“

„Okay, ich kann in zehn Minuten vor der Grace Cathedral sein.“

„Danke, Dad. Ich treffe dich dort.“

Ryder erreichte Grace Cathedral, die sich auf dem Gipfel von Nob Hill direkt gegenüber dem berühmten Fairmont Hotel befand, eine Minute bevor sein Vater in seinem schwarzen BMW M760i vorfuhr. Der Wagen war eine Sonderedition, nachgerüstet mit UV-Schutzfenstern, falls er bei Tageslicht irgendwo unterwegs sein musste.

Ryder ging zum Auto seines Vaters und öffnete die Beifahrertür. Er stieg ein und schloss die Tür. Im Auto war es fast gespenstisch still.

„Sprich mit mir“, sagte Gabriel.

Ryder kam gleich zur Sache. Er hielt es für das Beste, zuerst etwas Wichtiges loszuwerden. „Ich habe dich hinsichtlich der Frau, mit der ich Sex hatte, angelogen, Dad.“

„Ich weiß.“

Ryder starrte ihn fassungslos an. „Woher weißt du das?“

„Ich bin dein Vater, Ryder. Ich weiß es einfach.“

„Dann weißt du also, in welcher misslichen Lage ich mich befinde.“ Ryder seufzte.

„Nicht unbedingt. Aber als ich dich fragte, ob du Hilfe bei der Suche nach ihr brauchst, wurde mir klar, dass du meine Hilfe nicht wolltest, weil du sie bereits gefunden hast. Aber das ist alles, was ich weiß. Also ist sie wohl nicht so, wie du dir deine zukünftige Gefährtin vorgestellt hast, oder?“

Ryder holte tief Luft. „Sie ist alles, was ich je wollte. Wenn ich könnte, würde ich morgen mit ihr einen Blutbund eingehen, aber … aber …“ Ryder senkte den Blick und fand nicht die richtigen Worte.

„Sie hat dich zurückgewiesen, als du ihr gesagt hast, was du bist?“, fragte Gabriel, seine Stimme freundlich und sanft.

Ryder schüttelte den Kopf. „Ich habe es ihr noch nicht gesagt.“

„Aber warum nicht?“

„Weil … weil sie mein Schützling ist. Sie ist Scarlet King.“

Gabriel keuchte auf. „Oh, verdammt."

„Ja. Das kannst du laut sagen."

„Wusstest du das, bevor du den Auftrag angenommen hast?"

Ryder schüttelte den Kopf. „Nein, ich erkannte sie, als ich dort aufgetaucht bin, um für Grayson zu übernehmen. Ich weiß, ich hätte es dir und Samson sofort sagen sollen. Es ist unethisch, mit dem, was zwischen uns passiert ist, für ihre Sicherheit verantwortlich zu sein, aber … aber … ich kann nicht rational denken, wenn ich in ihrer Nähe bin. Ich kenne die Regeln und habe sie trotzdem gebrochen."

„Reden wir jetzt nicht über Regeln. Ich habe viele gebrochen, als es um deine Mutter ging. Ich glaube, du kennst die Geschichte, dass es ihr kurz nach ihrer Verwandlung nach meinem Blut verlangte?"

„Nachdem sie angegriffen und in einen Vampir verwandelt wurde und Scanguards sie fand? Ja, ich weiß, dass Mom es hasste, menschliches Blut zu trinken."

„Ja, und sie wäre gestorben, wenn sie sich nicht ernährt hätte. Sie fühlte sich zu meinem Blut hingezogen und ich gab es ihr. Aber ich wollte etwas als Gegenleistung: einen Kuss jedes Mal, wenn sie von mir trank. Ich wusste, dass es falsch war, aber ich verlangte es trotzdem, weil ich sie haben wollte. Es war unethisch, aber ich habe es trotzdem getan." Er lächelte. „Du siehst also, dass etwas unethisch und trotzdem richtig sein kann." Er packte Ryders Schulter und drückte sie. „Ich werde es Samson nicht sagen. Du wirst Scarlets Bodyguard bleiben."

„Danke, Dad." Ryder zwang sich zu einem Lächeln. „Leider ist das nicht das einzige Problem zwischen uns."

„Erzähl."

„Als ich letzte Nacht zurückkam, um im Haus zu übernachten, kam es zu einem … einem Vorfall. Wir hatten einen Streit, und dann küssten wir uns plötzlich, und ehe ich mich versah, hat sie versucht, mich auszuziehen. Und ich habe sie davon abgehalten." Er sah seinem Vater direkt in die Augen. „Ich hatte Angst davor, wie sie reagieren würde, wenn sie meine beiden Schwänze sieht."

„Warte", unterbrach Gabriel. „Sie hat mit dir geschlafen, als du noch die Masse über deinem Schwanz hattest, und du warst besorgt, dass sie schockiert sein würde, stattdessen zwei Schwänze zu sehen?"

Ryder seufzte. „Sie hat die Missbildung nie gesehen."

„Aber du hattest Sex mit ihr. Wie konnte sie nicht …“ Gabriel hielt inne. „Oh, ich verstehe. Du, ähm … okay. Erzähl weiter.“

„Du verstehst also, ich war besorgt, dass sie mich ablehnen würde, also habe ich ihr gestern Nacht gesagt, dass ich nicht mit ihr schlafen kann. Sie war wütend.“

Gabriel lachte laut auf. „Oh, einer Frau Sex zu verweigern, wenn sie darauf scharf ist. Großer Fehler!“

„Das ist nicht lustig, Dad! Und dann hat sie mich beschuldigt, ein gemeines Spielchen mit ihr zu treiben und jetzt zeigt sie mir die kalte Schulter. Und ich musste die letzten zwei Stunden mitansehen, wie sie schamlos mit einem Typen geflirtet hat, den sie gerade erst kennengelernt hat, und du hättest sehen sollen, was sie anhatte! Ihre Kleidung überließ so gut wie nichts der Vorstellungskraft!“ Dieses Bild wieder heraufzubeschwören ließ seine Wut erneut zurück an die Oberfläche brodeln.

„So wie ich das sehe, gibt es eine gute und eine schlechte Nachricht.“

„Was ist die gute Nachricht?“

„Sie will dich.“

„Hast du nicht gerade gehört, was ich gesagt habe? Sie hat mir gesagt, dass sie mich satt hat. Und dieser Typ hat sie beim Abendessen praktisch betatscht.“

„Vertrau mir in dieser Angelegenheit. Frauen tun verrückte Dinge, wenn sie sich abgewiesen fühlen. Zeit, dich zu entschuldigen.“

„Ich nehme an, das ist die schlechte Nachricht.“

„Nein, die schlechte Nachricht ist, dass du deinen Mut zusammennehmen und ihr erklären musst, warum du nicht mit ihr schlafen wolltest. Gib zu, dass du Angst hast, wegen deiner beiden Schwänze zurückgewiesen zu werden. Das ist ein Risiko, das du eingehen musst.“

„Und wie soll ich ihr sagen, dass ich auch ein Vampir bin?“

Er zuckte mit den Schultern. „Das ist im Moment nicht so wichtig.“

Ryder zwang sich zu einem Lächeln. Er wusste, dass sein Vater recht hatte, aber das machte es nicht einfacher. „Wünsch mir Glück.“

„Das schaffst du schon, mein Sohn.“

Ryder wünschte, er hätte so viel Zuversicht wie sein Vater.

16

Scarlet musste feststellen, dass mit einem Typen zu flirten, an dem sie nicht einmal im Entferntesten interessiert war, sehr schnell langweilig wurde. Vor allem, wenn der Grund, warum sie überhaupt mit ihm flirtete, nicht mehr da war. Der ganze Spaß war vorbei, als das Publikum, für das sie aufgetreten war, die Vorstellung verlassen hatte.

In dem Moment, in dem Scarlet nach Hause zurückkehrte, wollte sie in ihr Zimmer gehen und den Abend beenden. Claudia kam die Treppe herunter, in Freizeithosen und Pullover gekleidet, die Handtasche über den Arm geschlungen, die Autoschlüssel in der Hand.

„Gehst du noch weg?“, fragte Scarlet.

„Es tut mir leid“, sagte Claudia mit einem bedauernden Blick, „aber ich habe gerade mit deinem Vater gesprochen, und das Dokument, das er morgen früh für sein Meeting braucht, liegt in seinem Büro in Palo Alto. Ich muss runterfahren und es für ihn einscannen und per E-Mail schicken, sonst kann er den Deal, an dem er arbeitet, nicht abschließen.“ Sie warf Derek einen Blick zu. „Tut mir leid, Derek, ich weiß, wir hatten noch keine Zeit zu quatschen, aber ich bin gleich morgen früh wieder da. Das verspreche ich.“

„Ich verstehe es vollkommen“, sagte Derek mit einem Lächeln. „Ich bin sicher, Scarlet und ich können uns gegenseitig Gesellschaft leisten, richtig, Scarlet?“

Scarlet zwang sich zu einem Lächeln. Mist! Sie würde über Nacht allein mit Derek sein? Sie hoffte, er erwartete nicht, dass sie die halbe Nacht aufblieb, um ihn zu unterhalten. Seinen banalen Geschichten über sein Leben in Paris zu lauschen und dabei Interesse vorzutäuschen, war schon anstrengend genug gewesen. Sie war erschlagen und brauchte Schlaf.

„Ja, sicher“, antwortete Scarlet. „Obwohl ich morgen den ganzen Tag an meiner Doktorarbeit arbeiten muss. Mein Professor hatte ein paar Probleme damit, also muss ich sie beheben.“

„Du arbeitest zu viel“, sagte Claudia. „Nimm dir ein paar Tage frei, während Derek hier ist.“ Sie ging zur Eingangstür und lächelte Scarlet und Derek an. „Ich sehe euch beide morgen.“

Einen Moment später fiel die schwere Tür hinter ihr zu.

„Na, wie wäre es mit einem Drink?“, fragte Derek.

„Ich trinke kaum und …“

„Ach komm schon, nur ein Drink“, sagte er mit einem charmanten Lächeln. „Es ist noch früh. So früh schlafen nur alte Leute. Und ich möchte, dass dieser schöne Abend noch nicht zu Ende ist.“

Er ging bereits ins Wohnzimmer und öffnete einen Schrank. Scarlet beäugte ihn überrascht. Woher wusste er, wo ihr Vater den Alkohol aufbewahrte? Sie beobachtete ihn, als er sich einen Whiskey einschenkte und dann über seine Schulter blickte.

„Auch einen für dich?“

„Nein. Ich nehme einen Portwein.“ Whisky war ihr zu stark. Aber ein paar Schlückchen Portwein konnte sie schon vertragen.

Als Derek ihr das Glas reichte und mit ihr anstieß, sah er ihr in die Augen. „Ich hatte eine wirklich schöne Zeit beim Abendessen. Du bist eine außergewöhnliche junge Frau.“

Woher sollte er das wissen, wenn er doch derjenige gewesen war, der ununterbrochen geredet hatte? Er hatte ihr keine einzige Frage gestellt, eindeutig zu verliebt in seine eigene Stimme.

„Vielen Dank.“ Sie nippte an ihrem Portwein, während er einen großen Schluck von seinem Whiskey nahm. Sie stellte das Glas auf den Wohnzimmertisch. „Ach, weißt du, mir ist gerade eingefallen, dass ich ein Dokument für die Uni hochladen muss, sonst verpasse ich die Frist um Mitternacht.“

Es war ihr egal, ob er wusste, dass dies eine Ausrede war. Sie wollte allein sein. Sie machte ein paar Schritte in Richtung Tür, aber er folgte ihr.

„Du hast noch ein paar Stunden bis Mitternacht“, sagte Derek.

Als sie über ihre Schulter sah, trat er näher und kicherte. „Du musst nicht so tun, als wärst du nicht interessiert.“

Scarlet wich vor ihm zurück. „Was?“ Ihr Herzschlag beschleunigte sich plötzlich.

Er legte seine Hand auf ihren Arm, und die unwillkommene Berührung ließ sie noch einen Schritt zurücktreten. In dem Versuch, so viel Abstand wie möglich zwischen sie zu bringen, stieß sie gegen eine Stehlampe hinter sich.

„Du musst nicht die Schüchterne spielen, Scarlet. Du kannst nicht leugnen, dass wir uns heute Abend gut verstanden haben. Kein Grund, jetzt damit aufzuhören."

Scarlet machte einen Schritt seitwärts auf die Tür zu, aber er schnitt ihr den Fluchtweg ab und hielt sie gefangen.

Derek neigte sich zu ihr. „Ich wollte dich schon in dem Moment küssen, als du so verführerisch angezogen die Treppe runtergekommen bist."

„Es tut mir leid, wenn ich dir einen falschen Eindruck vermittelt habe, aber ich interessiere mich nicht für dich." Nicht einmal, wenn er der letzte Mann auf Erden wäre und das Überleben der Menschheit davon abhinge, dass sie mit Derek schlief.

Er ignorierte ihren Protest und stemmte seine Hände zu beiden Seiten ihres Kopfes gegen die Wand. „Keine Frau zieht sich so an, es sei denn, sie will die Aufmerksamkeit eines Mannes erregen. Tja, du hast meine Aufmerksamkeit erregt. Aber wenn du willst, können wir dieses kleine Spielchen spielen. Ich mache mit."

„Lass mich gehen!", forderte sie, dieses Mal bestimmter. „Ich möchte jetzt ins Bett gehen. Allein."

Derek bewegte sich nicht. „Du gibst widersprüchliche Signale von dir, Scarlet. Vielleicht bist du nur schüchtern, wenn es um Sex geht. Mach dir keine Sorgen. Ich habe Erfahrung. Ich kann dir alles beibringen."

Nicht in einer Million Jahren!

Außerdem hatte sie genug Erfahrung.

Er senkte seinen Kopf, aber sie drückte mit aller Kraft gegen seine Brust. „Stopp! Lass mich los!" Als er nicht von ihr abließ, erinnerte sie sich an den Selbstverteidigungskurs, den sie abgelegt hatte, weil ihr Vater es verlangt hatte. Welches Manöver hatte sie gelernt, das ihr in ihrer jetzigen Position hilfreich sein könnte?

Derek funkelte sie an. Er machte Anstalten, ihre Arme festzuhalten, damit sie sich nicht verteidigen konnte, aber bevor seine Hände sich um ihre Handgelenke legen konnten, wurde er zurückgerissen und gegen einen Sessel geschleudert, sodass dieser umkippte.

Ryder!

Verblüfft beobachtete Scarlet, wie Derek sein Gleichgewicht wiederfand, doch Ryder gab ihm keine Chance, sich zu verteidigen.

„Sie hat Nein gesagt! Welchen Teil von *Nein* verstehst du nicht?“, brüllte Ryder Derek an, bevor er ihm die Faust ins Gesicht schlug.

Dereks Kopf schnellte zurück und er stolperte rückwärts, aber bevor er zu Boden stürzen konnte, packte Ryder ihn am Hemdkragen und riss ihn zurück.

„Oh nein, so leicht kommst du nicht davon!“, stieß Ryder aus. Die Sehnen in seinem Hals traten hervor und seine Muskeln spannten sich unter seinem Hemd.

Wieder schlug Ryder zu und Derek schrie vor Schmerz auf. Blut lief jetzt aus seiner Nase.

„Verpiss dich, bevor ich den Gerichtsmediziner rufen muss“, knurrte Ryder zwischen zusammengebissenen Zähnen und katapultierte ihn durch die Tür in den Flur, wo Derek hart auf dem Holzboden landete.

„Du kannst mich nicht rauswerfen. Es ist nicht dein Haus!“, schrie Derek zurück.

Scarlet marschierte durch die Tür. „Nein, das kann er nicht.“ Sie machte eine Effektpause. „Aber ich kann es. Verschwinde!“

Ryder trat neben sie, blieb aber stumm. Sie war dankbar, dass er sie diesen Augenblick genießen ließ, während sie den Drang unterdrückte, Derek zu treten, jetzt wo sie die Gelegenheit dazu hatte. Aber sie würde seinetwegen nicht so tief sinken. Das verdiente er nicht.

Derek rappelte sich auf. „Das ist nicht vorbei. Ich bin Claudias Gast. Warte, bis sie davon erfährt.“

Versuchte er, ihr zu drohen? „Warte, bis ich meinem Vater davon erzähle.“

Mit einem bösen Gesichtsausdruck wandte Derek seinen Blick von ihr zu Ryder. „Ich lasse dich wegen Körperverletzung verhaften.“

„Ja, nicht in dieser Stadt“, antwortete Ryder. „Oder möchtest du, dass ich mich mit dem Polizeichef unterhalte und ihm berichte, dass du versucht hast, Scarlet zu vergewaltigen?“

Mit einem trotzigen Heben seines Kinns wirbelte Derek herum und verließ das Haus. Er schlug die Tür hinter sich zu.

Ryder ging darauf zu und legte den Riegel um, bevor er sich wieder Scarlet zuwandte. „Hat er einen Hausschlüssel?“

„Ich weiß es nicht. Es ist möglich, dass Claudia ihm einen gegeben hat.“ Obwohl sie hoffte, dass das nicht der Fall war.

„Und wo ist deine Stiefmutter? Der einzige Grund, mir die Nacht freizugeben, war, weil sie hier über Nacht bleiben würde.“

„Sie musste zurück nach Palo Alto fahren, um ein paar Papiere für Dad zu holen.“

„Und dich mit einem Mann allein lassen, den du gerade erst kennengelernt hast?“, knurrte Ryder verärgert.

Dabei schien ihm nicht aufzufallen, dass auch er ein Mann war, den sie gerade erst kennengelernt hatte. Aber Scarlet beschloss, ihn nicht darauf hinzuweisen. Stattdessen sagte sie: „Glaubst du, Derek wird zurückkommen?“

„Idioten wie er lernen nicht aus ihren Fehlern.“

Scarlet nickte. „Ich nehme an, du bleibst über Nacht.“

„Ja.“ Dann ließ er seine Augen über sie schweifen. „Hat er dir wehgetan?“

„Nein. Dazu bekam er keine Gelegenheit.“ Sie hatte unglaubliches Glück gehabt. Ihre dumme Idee, mit ihm zu flirten, um es Ryder heimzuzahlen, wäre fast auf eine sehr brutale Art und Weise nach hinten losgegangen. Scarlet holte tief Luft. „Woher wusstest du, dass du zurückkommen sollst?“

Ryder zögerte und warf ihr dann einen bedauernden Blick zu. „Das wusste ich nicht. Ich hätte wissen müssen, dass er so etwas versuchen würde, aber der Grund, warum ich zurückkam, hat nichts mit Derek zu tun. Ich wollte mit dir darüber sprechen, was gestern Nacht zwischen uns vorgefallen ist. Ich wollte erklären, warum …“

„Es gibt nichts zu erklären.“ Sie versuchte, all ihre Gefühle im Zaum zu halten, war sich aber nicht sicher, ob es ihr gelang. „Danke, dass du mir gerade geholfen hast, aber das ändert nichts an dem, was zwischen dir und mir passiert ist. Ich weiß, warum du mich letzte Nacht abgewiesen hast.“

Er sah sie verblüfft an. „Was? Wie?“

„Oh bitte!“ Sie schnaubte. „Du hast eine Freundin! Wie es sich anhörte, bist du letzte Nacht direkt von ihrem Bett zu meinem gekommen. Natürlich konntest du keinen Sex mit mir haben. Du warst schon … tja, äh, erschöpft.“

„Ich habe keine Freundin!“, protestierte Ryder. „Und ich war bestimmt nicht erschöpft, wie du so schön ausdrückst. Ich hatte letzte Nacht mit niemandem Sex.“

„Leugne es nicht. Du hast heute Morgen mit ihr gesprochen. *Sweetheart, Nessie*“, sagte Scarlet und ahmte seinen Tonfall nach.

„Das war nicht meine Freundin. Nessie ist meine Schwester.“

„Und warum sollte ich dir glauben?“

Ryder zog sein Handy aus der Tasche und wählte einen Kontakt aus, dann legte er den Anruf auf Lautsprecher und ließ es klingeln. Er zeigte ihr das Display, damit sie sehen konnte, dass der Name des Kontakts tatsächlich Nessie war.

„Halli-hallo, was ist los?“, antwortete eine junge Frau.

„Nessie, ich bin hier mit dem Mädchen, nach dem du mich gestern gefragt hast.“

„Ach du lieber Gott! Du hast sie gefunden? Ich will sie treffen! Wann bringst du sie nach Hause?“

„Bald“, sagte Ryder mit einem Lächeln, „hoffe ich. Aber könntest du bitte etwas für sie klären? Würdest du ihr bitte sagen, wie du und ich verwandt sind?“

„Was für eine Frage ist das denn?“

„Beantworte sie einfach.“

„Du bist mein großer Bruder. Wie sonst wären wir verwandt?“

„Und kannst du ihr bitte sagen, ob ich in einer Beziehung bin.“

„Du meinst, ob du eine Freundin hast? Auf keinen Fall. Obwohl es nicht daran liegt, dass Ethan und ich nicht ständig versuchen, dich zu verkuppeln.“

„Danke, Nessie, bis später“, sagte Ryder und beendete das Gespräch. Er schwieg einige Sekunden. „Glaubst du mir jetzt?“

Der Anruf hatte echt geklungen, und sie glaubte Nessie. Aber es gab einige Dinge, die sie trotzdem überraschend fand.

„Du hast ihr von mir erzählt?“

Ryder nickte.

„Sie hat dich gefragt, ob du mich gefunden hast. Bedeutet das, dass du nach mir gesucht hast?“

„Ja. Nachdem du aus dem Club verschwunden bist, habe ich versucht, dich zu finden, aber ich hatte kein Glück, bis ich deiner Sicherheitseinheit zugeteilt wurde.“

„Warum hast du mich gesucht?“

„Ist das nicht offensichtlich?“ Er schüttelte leicht den Kopf. „Ich möchte mit dir zusammen sein.“

„Hmm.“ Sie war nicht bereit, das zu glauben. Aufzuklären, dass er mit seiner Schwester und nicht mit einer Freundin gesprochen hatte, hatte nicht alles erklärt. Sie erinnerte sich an den Teil des Telefongesprächs, das sie am Morgen belauscht hatte. Es war die seltsamste Unterhaltung zwischen einem Bruder und einer Schwester, die sich Scarlet vorstellen konnte. „Du und Nessie habt über Analsex gesprochen. Das finde ich seltsam. Hast du ihr erzählt, was wir im Nachtclub gemacht haben?“ Allein der Gedanke ließ sie erröten.

„Nein, das habe ich ihr natürlich nicht gesagt. Nur, dass ich jemanden kennengelernt habe.“

Sie hob eine Augenbraue. Konnte sie darauf vertrauen, dass er nicht allen von ihrer sexuellen Begegnung erzählt hatte?

„Ich sehe, dass du mit meiner Erklärung noch nicht zufrieden bist. Da ist noch mehr. Aber es ist nichts, was ich dir sagen kann.“

„Natürlich nicht“, unterbrach sie ihn. Was für eine Ausrede würde er jetzt benutzen?

„Ich muss es dir zeigen.“ Er stoppte. „Es gibt einen Grund, warum ich letzte Nacht nicht mit dir schlafen konnte. Ich wollte nicht, dass du mich nackt siehst.“

„Was zum –“

„Bitte, Scarlet. Ich hatte Angst, dass du mich ablehnen würdest, sobald du siehst …“

„Sobald ich was sehe?“ Sie konnte sich nicht vorstellen, warum jemand wie Ryder Probleme mit seinem Körperbild haben könnte.

„Ich werde es dir zeigen, aber“ – er zeigte auf das Wohnzimmerfenster – „ich hätte lieber keine Zuschauer.“

Scarlet dachte einige Sekunden lang über seine Worte nach.

„Na gut. Wir gehen nach oben. Aber wenn das ein Trick ist …“

„Ist es nicht.“

17

Oben in Scarlets Schlafzimmer zog Ryder die Vorhänge zu und wandte sich dann wieder zu ihr um. Der Raum war von Licht durchflutet und einen Moment lang wünschte sich Ryder, dass nur die Nachttischlampen an wären. Sie wären weniger grell.

Noch nie zuvor in seinem Leben hatte er sich nervöser gefühlt als unter Scarlets prüfendem Blick.

„Okay, wir haben kein Publikum“, sagte Scarlet, die Arme vor der Brust verschränkt. Sie neigte ihr Kinn in seine Richtung. „Mach schon.“

„Bevor ich mich ausziehe, will ich, dass du weißt, dass das, was du sehen wirst …“ Er fand nicht die richtigen Worte.

„Du hältst mich hin.“

„Das fällt mir nicht leicht. Bitte versprich mir, unvoreingenommen zu bleiben.“

„Zieh dich aus“, verlangte sie. „Oder du kannst genauso gut jetzt gleich verschwinden und nie wieder zurückkommen.“

Die Herausforderung war klar. Seine Zeit war abgelaufen. Ryder zog sein Hemd über seinen Kopf und warf es auf einen Stuhl, während Scarlet jede seiner Bewegungen beobachtete.

„Sieht so aus, als hättest du keine dritte Brustwarze“, sagte sie. „Ich denke, dann kann es doch nicht so schlimm sein.“

„Glaub mir, wenn es nur eine dritte Brustwarze wäre, wären wir nicht in dieser Situation.“

Ryder streifte seine Schuhe ab und legte dann zögernd seine Hand auf den Knopf seiner Hose. Sein Herz hämmerte jetzt und seine Hände zitterten. Er öffnete den Knopf und senkte dann den Reißverschluss. Schnell, bevor ihn sein Mut verließ, schob er seine Hose hinunter und entledigte sich ihr. Er trug jetzt nur noch seine Boxershorts. Er schluckte schwer, hakte seine Daumen in den Hosenbund und zog sie nach unten. Als er sich aufrichtete, um Scarlet einen vollständigen Blick auf seine Zwillingsschwänze zu gewähren, richtete er seinen Blick nach unten und vermied es, ihr in die Augen zu sehen.

Ein Keuchen entrang sich Scarlets Kehle und er wappnete sich für die kommende Zurückweisung. Doch Scarlet schwieg. Warum sagte sie nichts? Warum reagierte sie nicht, indem sie etwas nach ihm warf? Alles wäre besser als diese Stille. Er hatte sie so erschreckt, dass sie nicht einmal sprechen konnte. Und das war nie ein gutes Zeichen. Beleidigungen, mit denen konnte er umgehen. Aber zu wissen, dass ihr vor dem Anblick seiner beiden Schwänze graute, fühlte sich an, als würde ein heißes Messer sein Herz in zwei Teile schneiden.

Dies war ein kolossaler Fehlschlag.

„Es tut mir leid", sagte er und brachte kaum die Worte heraus. „Jetzt weißt du, warum ich nicht wollte, dass du mich nackt siehst." Wenigstens wusste sie jetzt, dass er keine sadistischen Spielchen mit ihr getrieben hatte, wie sie es ihm am Abend zuvor vorgeworfen hatte.

Ohne Scarlet anzusehen, schnappte sich Ryder seine Boxershorts, Hose und Hemd vom Stuhl und hielt sich die Kleidungsstücke vor die Leistengegend, dann griff er nach seinen Schuhen, bevor er sich zur Tür umdrehte.

„Wo hast du vor, hinzugehen?"

„Ins Gästezimmer."

„Nein, das machst du nicht!"

Scheiße! Sie würde ihm nicht einmal erlauben, im Haus zu bleiben, um sie zu beschützen? So angewidert war sie von ihm?

„Gib mir wenigstens eine halbe Stunde, damit Benjamin für mich übernehmen kann", bat Ryder.

„Ich will Benjamin nicht hier haben."

Ryder knurrte. „Du kannst nicht allein im Haus bleiben, nicht wo Derek weiß Gott was planen könnte."

„Ich bin nicht allein im Haus, du bist ja hier."

„Du hast mir gerade gesagt, ich solle gehen, und ich verstehe es, wirklich. Ich sehe aus wie ein Monster, und welche Frau, die bei klarem Verstand ist, möchte so etwas schon?" Er konnte sie immer noch nicht direkt ansehen, weil er den Ekel in ihren Augen nicht sehen wollte. Es wäre besser gewesen, wenn sie ihn mit Beleidigungen oder schweren Gegenständen beworfen oder einen emotionalen Ausbruch gehabt hätte.

„Ich weiß, dass du wütend auf mich bist, weil ich dir das verheimlicht habe", sagte Ryder. „Meine einzige Entschuldigung ist, dass mir, als ich dich im Club traf, klar wurde, dass du alles bist, was ich jemals wollte, und ich konnte der Anziehungskraft, die du auf mich hattest, nicht widerstehen. Ich wollte dich nie verletzen oder dich hintergehen."

Er ging zur Tür und sein Herz brach mit jedem Schritt mehr. Er war ein Risiko eingegangen und es war nicht so gelaufen, wie er gehofft hatte. „Ich hoffe nur, dass du mir die Güte erweisen kannst, mein Geheimnis zu bewahren."

„Ich werde dein Geheimnis bewahren, unter einer Bedingung."

Er erstarrte.

„Geh nicht."

Bei den unerwarteten Worten drehte sich Ryder langsam und zögernd um. Hatte er richtig gehört oder spielte ihm sein Verstand einen Streich? Hörte er nur, was er hören wollte?

Zum ersten Mal, seit er sich vor ihr entblößt hatte, begegnete er Scarlets Blick. In ihren Augen stand kein Ekel, auch keine Angst. Vielmehr sah sie neugierig aus.

„Und lass deine Klamotten fallen. Ich will dich ansehen."

Er ließ seine Schuhe und Kleider genau dort fallen, wo er stand, dann ging er langsam auf sie zu und blieb ein paar Meter von ihr entfernt stehen. Als er ihren neugierigen Blick auf seine Schwänze bemerkte, spürte er, wie Blut aus dem Rest seines Körpers in seine Leistengegend schoss. Seine beiden Schwänze begannen sich zu verhärten.

Scarlet hob ihren Kopf, und als er ihr in die Augen sah, sah er etwas, das er nicht erwartet hatte: Verlangen.

~ ~ ~

Scarlet konnte ihre Augen nicht von Ryders Schwänzen abwenden. Alles ergab jetzt einen Sinn. Warum er sie an jenem Abend im Club von hinten genommen und sich nicht ausgezogen hatte. Warum er sie in der vergangenen Nacht draußen im Flur berührt und sie fast zum Orgasmus gebracht hatte, sich aber ihrer Aufforderung, mit ihr zu schlafen, widersetzt hatte, obwohl seine Erregung offensichtlich war.

Sie sollte sich bei dem Anblick angewidert fühlen. Aber das tat sie nicht. Sie hatte von diesem Zustand gelesen. Es hieß Diphallie, ein Mann mit zwei Phallen, zwei Schwänzen. Nur etwa einhundert Menschen auf der ganzen Welt litten an dieser Krankheit und während viele dieser Männer missgebildete Schwänze hatten, war dies bei Ryder nicht der Fall.

Beide waren wunderschön und perfekt. Und wurden jetzt im Tandem hart. Sie leckte sich über die Lippen und fragte sich, ob dies bedeutete, dass sie beide voll funktionsfähig waren.

„Funktionieren sie beide?“

Ryder zögerte, aber dann antwortete er: „Ja. Sie werden beide hart und sie beide … ähm … sie ejakulieren beide.“

Bei der willkommenen Nachricht schlug Scarlets Puls schneller. „Darf ich sie berühren?“

Sie begegnete Ryders Blick und sah, wie seine Besorgnis dahinschmolz. Sie verstand jetzt, warum er ihr das nicht früher gesagt hatte. Wie viele Frauen lehnten ihn ab, sobald er sich auszog? Wie viele Enttäuschungen hatte er bereits hinnehmen müssen? Wie viel Herzschmerz? Wie viel Einsamkeit? Und sie hatte es ihm auch nicht leicht gemacht und hatte falsche Annahmen und Anschuldigungen gemacht.

„Bist du dir sicher?“, fragte er, seine Stimme jetzt heiser.

„Bitte.“

Sie setzte sich auf die Bettkante und winkte ihn heran. Seine Erektionen ragten hart und schwer hervor, als er die Distanz zwischen ihnen mit mehreren Schritten überbrückte. Als er vor ihr stehen blieb, streckte sie ihre Hand aus und strich über seinen oberen Schwanz, der etwas kleiner war als sein unterer.

Ryder zischte.

„So sensibel“, murmelte sie und benutzte nun beide Hände, um beide Schwänze gleichzeitig zu berühren.

„Verdammt!“

Scarlet kicherte aufgrund seines Fluches. „Du bist perfekt.“ Sie hob ihre Augen zu seinem Gesicht und bemerkte, dass er sie fasziniert beobachtete.

„Ich widere dich nicht an?“

„Sieht das nach Ekel aus?“, fragte sie und brachte ihre Lippen zu seinem oberen Schwanz, teilte sie und leckte über die bauchige Spitze.

Ryder schnappte überrascht nach Luft und seine Augen schienen zu flackern. Das Licht im Raum schien sich in ihnen zu spiegeln. Seine Reaktion gab ihr ein Machtgefühl. Er hatte sein Geheimnis mit ihr geteilt, und das Wissen, dass er dieses Risiko eingegangen war, bestätigte, dass seine Behauptung, er wolle sie, wahr war. Sonst hätte er sie einfach glauben lassen können, er hätte eine Freundin und ihr Zusammensein im

Nachtclub wäre nur zufälliger, anonymer und bedeutungsloser Sex gewesen.

„Scarlet“, murmelte er.

„Hmm?“

„Darf ich dich um etwas bitten?“

„Um was?“

„Zieh dich bitte aus.“

Sie lächelte ihn an. „Nur wenn du mir versprichst, dass du mir diesmal deinen Schwanz nicht verweigern wirst … oder besser gesagt, deine Schwänze.“ Denn der Anblick seiner stattlichen Erektionen erregte in ihr die Lust, alle möglichen Tabus zu brechen.

„So ein Versprechen kann ich leicht einhalten“, sagte er mit einem Grinsen. „Jetzt zieh dich für mich aus, bevor ich dich wie ein Höhlenmensch nehmen muss.“

18

Ryder spürte, wie eine Last von seinen Schultern fiel. Er hatte den Jackpot geknackt: Scarlet war von seinen beiden Schwänzen nicht angewidert. Im Gegenteil, sie schien entzückt und begierig darauf zu sein, seinen nackten Körper zu erkunden. In Erwartung, sich in ihrem süßen Körper zu vergraben, waren seine Schwänze bereits härter als ein Brecheisen, oder besser gesagt *zwei* Brecheisen.

Scarlet erhob sich vom Bett und griff hinter sich, um ihr Bustier zu öffnen.

„Lass dir Zeit", sagte Ryder und ließ seinen Blick über ihre Kurven schweifen. „Ich will das genießen."

Sie lächelte ihn an. „Na, wenn das so ist …" Sie bückte sich, um ihre High Heels einen nach dem anderen abzustreifen, dann drehte sie sich um. „Warum hilfst du mir nicht dabei?"

Sie trat zurück, sodass sie gegen seine Schwänze streifte, was Ryder zum Zischen brachte.

„Du bist wahrlich verführerisch", sagte er, packte ihre Hüften und zog sie an seinen Körper, seine Schwänze zwischen ihnen. Der Kontakt machte ihn halb wahnsinnig.

Nach einer Sekunde trat er zurück, ließ dann ihre Hüften los und fand den Reißverschluss ihres Bustiers. Langsam zog er diesen hinab und das Kleidungsstück fiel zu Boden. Von hinten legte Ryder seine Arme um Scarlet und bedeckte ihre Brüste mit seinen Handflächen. Steife Brustwarzen begrüßten ihn und er knetete ihr geschmeidiges Fleisch und liebte es, wie sie sich seiner Berührung hingab.

Ryder neigte seinen Kopf zu ihrem Hals und drückte seinen Mund auf ihre warme Haut, während er ihren weiblichen Duft einatmete. Scarlets Halsschlagader pulsierte an seinen Lippen und führte den Vampir in ihm in Verführung, sie zu kosten. Eines Tages, hoffte er, aber nicht heute Nacht. Ein Schritt nach dem anderen, ein Geheimnis nach dem anderen.

Scarlet lehnte sich zurück gegen ihn, aber er hinderte sie daran, ihren köstlichen Hintern an seine Leiste zu drücken, indem er seine Hände wieder nach unten zu ihren Hüften gleiten ließ.

„Der Rock", verlangte er, während sein Herz hämmerte und seine Schwänze vor Erregung zuckten. „Öffne den Reißverschluss."

Sie griff nach rechts und senkte langsam den Reißverschluss ihres engen Rocks. Dann wand sie sich heraus, bis er sich um ihre Füße sammelte. Sie trat heraus. Sie trug heute Abend einen Tanga, einen Tanga aus schwarzer Spitze mit kaum genug Stoff, um sich als Kleidungsstück zu qualifizieren.

„Fuck, Scarlet", knurrte Ryder. „So hast du heute Abend das Haus verlassen?" Er umfasste ihre Hüften. „Hätte ich das gewusst, hätte ich dich in dem Moment, als du die Treppe heruntergekommen bist, über meine Knie gelegt."

Scarlet drehte ihren Kopf, um über ihre Schulter zu schauen, einen unschuldigen Ausdruck auf ihrem Gesicht. „Möchtest du das jetzt tun?"

Bevor er reagieren konnte, beugte sie sich vor, legte Kopf und Arme auf die Bettkante, ihr Hintern wie eine Opfergabe auf ihn gerichtet. Da verlor er fast die Beherrschung. Er hatte noch nie eine Frau geschlagen, nicht beim Sex, nicht aus Wut und nicht einmal im Spiel. Aber gerade jetzt jagte der Gedanke, der weichen Haut ihrer entblößten Pobacken einen Klaps zu verpassen, einen Schauer über sein Rückgrat und in seine Eier.

„Verdammt, Scarlet! Versuchst du, mir das letzte bisschen meiner Selbstbeherrschung zu rauben?"

„Funktioniert es?"

„Was glaubst du?", erwiderte er und schlug auf ihr weißes Fleisch, wodurch ein Stöhnen über ihre Lippen rollte.

„Noch einmal", verlangte sie.

„Das magst du?", fragte er überrascht.

„Du nicht?"

Er schlug ihr auf die andere Backe und legte dann beide Hände auf ihren Hintern, um ihre Haut zu beruhigen. Er hatte nicht die Absicht, ihr wehzutun. „Vielleicht werden wir an einem anderen Tag erkunden, wie weit du damit gehen willst. Aber heute Abend" – er packte ihren Tanga und zog ihn ihr mit solcher Kraft herunter, dass das spärliche Kleidungsstück zerriss – „will ich Liebe mit dir machen."

Sie spreizte ihre Beine, ihre Brust ruhte jetzt vollständig auf dem Bett, aber er war noch nicht bereit, sie der Art von Sex auszusetzen, die dem Satyr eigen war.

„Dreh dich um, Scarlet. Ich möchte in deine Augen sehen. Und ich möchte, dass du mich dieses Mal siehst. Kein Verstecken mehr."

Scarlet erhob sich und drehte sich zu ihm um. Ihr Blick wanderte von seinem Gesicht zu seinen Lenden und tiefer, bis sie plötzlich kicherte.

Einen Augenblick lang befürchtete er das Schlimmste: dass sie mit ihm spielte.

„Du trägst immer noch Socken."

Er folgte ihrem Blick zu seinen Füßen. Scarlet hatte recht. Wie war ihm das entgangen? „War mir nicht bewusst." Er grinste.

„Anscheinend passiert so etwas, wenn das ganze Blut das Gehirn verlässt, um …" Sie kicherte. „… um in zwei Schwänze zu fließen."

„Machst du dich über mich lustig?", fragte er, während er sich seiner Socken entledigte und ihre neu entdeckte Verspieltheit genoss.

„Ich würde es nicht wagen", antwortete sie mit einem Glucksen. „Du könntest mich sonst über deine Knie legen und mir zur Strafe den Hintern versohlen."

Ryder legte einen Arm um ihre Taille und zog sie an sich, ihre Körper nun Haut an Haut. Ihre Brüste schmiegten sich an seine harte Brust und seine Schwänze drückten gegen ihren Bauch.

„Irgendwie habe ich das Gefühl, dass du das nicht als Strafe ansehen würdest." Er neigte seinen Kopf zu ihrem. „Außerdem habe ich nicht die Absicht, dich zu bestrafen. Wenn überhaupt, sollte ich derjenige sein, der bestraft wird. Ich hätte dir sofort sagen sollen, warum ich Angst hatte, dass du herausfindest …"

Scarlet legte einen Finger auf seine Lippen. „Jetzt ist alles vergessen." Sie legte ihre andere Hand auf seinen Hintern und zog ihn näher. „Glaubst du, wir könnten …" Sie deutete mit dem Kopf zum Bett. „Angesichts der Tatsache, dass wir bereits nackt sind und deine Schwänze hart sind und …"

Ryder schmunzelte. „Ich verstehe. Keine Verzögerungen mehr." Zu wissen, dass Scarlet genauso begierig darauf war, Sex zu haben, versetzte ihn in Ekstase.

Er hob sie hoch und legte sie aufs Bett. Für einen Moment schwelgte er in ihrem Anblick. Wie hatte er so viel Glück gehabt, dass das Universum ihm eine so schöne Gefährtin geschenkt hatte? Heute Nacht würde er ihren Körper wie einen Tempel anbeten, und dann würde er ihr bald, sehr bald sagen, wer er wirklich war. Gemessen daran, wie schnell sie seine beiden Schwänze akzeptiert hatte, war ihr Geist offen für Dinge, die außerhalb des Bereichs des Gewöhnlichen lagen. Wenn er seine Karten richtig ausspielte, würde sie bald akzeptieren, dass er ein Vampir-Satyr-Hybrid war.

Ryder gesellte sich zu Scarlet aufs Bett und rollte sich über sie. Er blickte ihr ins Gesicht und sah darin nur Erregung und Akzeptanz, keine Besorgnis, keine Angst.

„Danke, Scarlet", murmelte er, „danke, dass du nicht schreiend weggelaufen bist."

Sie lächelte zu ihm hoch. „Und das verpassen?" Sie kippte ihr Becken nach oben, um sich an seinen Schwänzen zu reiben.

Ryder neigte seinen Kopf zu ihrem und fing ihre Lippen ein, küsste sie sanft, saugte ihren Duft und ihren Geschmack auf. Scarlet öffnete ihren Mund, um ihn einzuladen, mit ihrer Zunge zu tanzen. Heute Abend gab es keine Eile. Sie waren allein und hatten die ganze Nacht Zeit, um sich gegenseitig zu erkunden. Er wollte, dass alles perfekt war, denn was heute Nacht passierte, würde die Grundlage ihres Vertrauens ineinander bilden.

Ryder verstärkte den Kuss und Scarlet tat es ihm gleich. Sie legte eine Hand auf seinen Nacken, um ihn festzuhalten. Die Berührung ließ ihn vor Vergnügen schaudern und schickte einen Pfeil aus Feuer seine Wirbelsäule hinunter bis in sein Steißbein. Ihre andere Hand glitt auf seinen Hintern, um ihn fester auf sie zu drücken. Er genoss ihren Eifer und rieb sein Becken an ihr, um ihr zu zeigen, dass auch er es kaum erwarten konnte, bis ihre Körper verbunden waren.

Er ließ ihre Lippen los und zog seinen Kopf ein paar Zentimeter zurück, damit er ihr Gesicht sehen konnte. Ihre Wimpern hoben sich und ihre blauen Augen sahen ihn an, die Erregung war ihnen deutlich anzusehen.

„Geduld, Baby", murmelte er lächelnd, „du bekommst heute Nacht, was du brauchst." Und jede Nacht danach, denn er würde ihr nie etwas verweigern können.

„Versprechungen, Versprechungen", antwortete sie mit einem Glucksen. Sie öffnete ihre Beine weiter und schlang sie plötzlich um seinen Unterkörper, ihre Knöchel kreuzten sich direkt unter seinem Hintern.

„Ich sehe, du bist ein bisschen ungeduldig“, sagte er. „Und da hatte ich vor, mir Zeit zu lassen.“

„Ich war geduldig genug“, sagte Scarlet. „Ich warte schon seit gestern Abend.“

„Na, wenn das der Fall ist, dann sollte ich vielleicht das hier tun, bevor du die Geduld mit mir verlierst.“

Er hob sich von ihr ab und glitt weiter an ihrem Körper hinunter, bis er zwischen ihren Beinen zu ruhen kam, sein Kopf an ihrem Geschlecht. Er atmete den Duft ihrer Erregung ein, bevor er seine Hände unter ihren Hintern schob, um ihr Becken zu ihm zu neigen. Begierig darauf, sie zu kosten, brachte Ryder seine Lippen an ihre Muschi und leckte über das rosige Fleisch.

Ein Keuchen entrang sich ihrer Kehle. „Ryder! Oh!“

Zu wissen, dass Scarlet die Berührung seiner Lippen und Zunge genoss, erfüllte ihn mit männlicher Befriedigung. Ihre Säfte schmeckten wie frischer Morgentau und ihr Fleisch war empfänglich und zart. Er leckte ihre Spalte und fuhr dann mit seiner Zunge weiter nach oben, wo sich ihre Klitoris unter einer winzigen Haube versteckte. Als er das geschwollene Organ mit seiner Zungenspitze berührte, hob Scarlet beinahe von der Matratze ab. Sie stöhnte und krallte beide Hände in die Bettdecke.

Ihr Becken drängte sich ihm entgegen, um ihn dazu zu bewegen, ihr mehr zu geben, doch Ryder hielt sie fest. Er wusste, dass sie bald kommen würde, aber er wollte ihr Vergnügen verlängern, denn sobald er in ihr war, konnte er nicht garantieren, dass sie zum Orgasmus kommen würde, weil er nicht länger als eine Minute durchhalten würde. Seine Schwänze waren bereits zu hart und er konnte sich nicht davon abhalten, sie gegen die Bettdecke zu reiben, um nicht ganz verrückt zu werden. Er konnte spüren, wie ein paar Tropfen Flüssigkeit bereits aus den Spitzen sickerten.

„Bitte, Ryder!“, flehte Scarlet. „Ich muss deine Schwänze spüren.“

Er hob sein Gesicht von ihrem Geschlecht. „Bald, Baby, bald.“

„Jetzt, Ryder“, beharrte sie.

„Lass mich dich zuerst zum Kommen bringen.“

„Nein, ich will mit dir in mir kommen.“

Er begegnete ihrem Blick und wusste, dass er nicht Nein sagen konnte. Er würde ihr niemals etwas abschlagen können.

Ohne ein weiteres Wort kroch er zu ihr hinauf und richtete sich so aus, dass sein unterer Schwanz am Eingang ihrer Muschi war und sein oberer direkt darüber. Er stieß in Scarlet hinein und der Atem strömte aus ihrer Lunge. Sie drückte ihren Kopf zurück in das Kissen und bäumte sich ihm entgegen. Ihre Brüste waren wie eine Opfergabe und er küsste zuerst einen Nippel, dann den anderen, während er weiter unten immer wieder hart und schnell in sie eindrang und sein zweiter Schwanz bei jedem Stoß und jedem Zurückziehen über ihre Klitoris glitt.

Scarlet keuchte, ihr Körper glänzte, ihre Lippen öffneten sich, ihr Puls raste.

„Ist das, was du wolltest?“, fragte Ryder mit heiserer Stimme und stockendem Atem.

Ihre Augen flogen auf und sie hielt ihn fest. „Deine Schwänze … sie sind perfekt.“

„Du auch“, sagte er und küsste sie und ließ sie sich selbst auf seiner Zunge kosten.

Sie wich nicht zurück, sondern erwiderte seinen Kuss. Ihre Hände auf seinem Hintern zwangen ihn, sie härter zu nehmen und seinen Schwanz tiefer in sie zu tauchen, genau wie sie es im Nachtclub verlangt hatte.

„Du willst es so grob?“, fragte Ryder, weil ihm klar wurde, wie hektisch er sie fickte.

„Noch härter!“, verlangte sie.

„Fuck, Baby!“

Er verdoppelte seine Anstrengungen, überrascht, dass er immer noch genug Beherrschung besaß, um sich davon abzuhalten, zu schnell zu kommen. Ihre Muschi war warm und von ihren Säften durchtränkt, ihre angespannten Muskeln umklammerten seine Erektion, bereit, ihn zu melken. Jedes Mal, wenn ihre Körper aufeinandertrafen, fühlte es sich an, als würde ein Feuerspeer in seine Hoden dringen, bis Scarlets innere Muskeln ihn plötzlich enger packten.

Sie stieß einen Schrei der Erleichterung aus. Als Ryder spürte, wie sie sich um ihn verkrampfte, als sie zum Höhepunkt kam, ließ er den letzten Faden seiner Selbstbeherrschung los und erlaubte sich ebenfalls zu kommen. Er fühlte, wie Samen aus seinem Hauptschwanz schoss und Scarlets Muschi füllte, wodurch jeder nachfolgende Stoß in sie noch geschmeidiger wurde. Fast gleichzeitig ergoss sich sein oberer Schwanz auf Scarlets Bauch. Der doppelte Orgasmus war noch stärker als in der Nacht zuvor, als er zu Fantasien von Scarlet masturbiert hatte. Nichts hatte sich jemals so erstaunlich angefühlt.

Ryder wusste sofort, dass er niemals eine andere Frau als Scarlet wollen würde, egal wie lange er lebte.

19

Scarlet fühlte die Wellen ihres Orgasmus in all ihren Körperzellen widerhallen. Ihr ganzer Körper fühlte sich so knochenlos an, als wäre sie eine Stoffpuppe. Sie hatte sich in ihrem ganzen Leben noch nie so befriedigt gefühlt. Ryder hatte sie überrascht. Sie hatte erwartet, dass er mit seinen beiden Schwänzen in sie eindringen würde, mit einem in ihre Scheide, mit dem anderen in ihren Anus, aber er hatte stattdessen seinen zweiten Schwanz benutzt, um ihre Klitoris zu stimulieren, sodass sie länger und härter als je zuvor zum Höhepunkt gekommen war.

Ryder hob sich langsam von ihr und kühle Luft wehte über ihren erhitzten Körper.

„Gehst du?", fragte sie plötzlich panisch.

Er schmunzelte und drückte ihr einen Kuss auf die Lippen. „Natürlich nicht. Ich verlasse dein Bett heute Nacht nicht. Aber ich mache uns sauber." Er zeigte auf das Sperma, das sich auf ihrem Bauch gesammelt hatte.

Sie kam sich plötzlich albern vor, dass sie sich Sorgen gemacht hatte, Ryder könnte verschwinden. Erleichtert folgte sie ihm mit ihren Augen, als er ins Badezimmer ging. Seine Gesäßmuskeln spannten sich beim Gehen an und seine Beine waren ebenso muskulös und stark. Ryder hatte einen Körper zum Verlieben. Sie konnte nicht glauben, dass er Single war. Wie hatten andere Frauen ihn ablehnen können, wenn doch alles an ihm perfekt war? Er sah aus wie ein männliches Model, war redegewandt, gebildet und obendrein ein rücksichtsvoller und erfahrener Liebhaber. Und er war stark und beschützend.

Ryder unterbrach ihre Gedanken, als er mit einem feuchten Waschlappen in der Hand zurückkam. Scarlets Augen fielen auf seine Schwänze. Beide sahen jetzt entspannt aus, aber immer noch groß und schön. Sie leckte sich die Lippen, dann hörte sie Ryder leise lachen. Scarlet hob ihren Blick.

„Du siehst aus, als würdest du mehr wollen“, sagte er, als er sich über sie beugte und das warme, feuchte Tuch benutzte, um ihren Bauch und ihre Scheide zu reinigen.

Ohne Hemmung sagte sie: „Ich will beide Schwänze gleichzeitig in mir spüren.“

Ryders Lippen öffneten sich und sie bemerkte, dass seine Schwänze plötzlich zuckten. Aber ein bedauernder Ausdruck huschte über sein Gesicht.

„Ich fürchte, ich habe in deinem Badezimmer kein Gleitmittel gefunden.“

Ein Protest rollte bereits über ihre Lippen. „Es macht mir nichts aus …“

Ryder legte seinen Finger auf ihre Lippen. „Mir aber. Ich möchte nicht, dass du Schmerzen dabei verspürst. Ich möchte, dass alles perfekt ist. Das wird unser erstes Mal sein und ich möchte, dass du es genauso genießt, wie ich es genießen werde. Auch wenn das bedeutet, dass ich warten muss.“

Aufregung erfüllte ihre Brust. „Aber du wirst mich mit beiden nehmen …“

„… mit meinen beiden Schwänzen in dir? Oh ja, das verspreche ich dir. Ich kann es kaum erwarten.“

Er blickte auf seine Schwänze hinunter. Sie folgte seinem Blick und bemerkte, dass beide bereits steinhart waren und hochragten und die knolligen Spitzen glänzten.

„Wie kannst du schon wieder hart sein?“

„Das ist dein Werk.“

„Aber ich habe doch nichts getan.“

„Du hast davon gesprochen, dass ich dich mit beiden Schwänzen nehmen soll. Mit einem in deiner Muschi und dem anderen in deinem köstlichen Po. Diese Art von Gerede macht mich sofort hart.“

Er warf den Waschlappen auf den Nachttisch, hob dann die Bettdecke hoch und half Scarlet darunter zu kriechen, bevor er sich zu ihr gesellte.

„Aber ich lasse dich erst ein wenig erholen“, sagte Ryder und zog sie in seine Arme. „Ich habe dich hart genommen. Du bist wahrscheinlich wund.“

„Bin ich nicht.“

Er lachte leise. „Willst du nicht ein bisschen kuscheln oder willst du mich nur zum Sex?“

„Ist das dein Ernst?“, fragte sie, erstaunt, dass er vorschlug zu kuscheln, wo er schon wieder hart und eindeutig bereit für mehr Sex war. „Die meisten Männer würden …“

„Ich bin nicht wie andere Männer“, antwortete Ryder.

Sie lächelte. „Du hast recht.“ Sie streichelte mit ihrer Hand über seinen Körper und berührte seine Schwänze. „Du bist nicht wie andere Männer. Weit davon entfernt.“

Ryder presste sie in Löffelchenstellung an seinen Körper, seine Schwänze gegen ihren Hintern gedrückt. „Erzähl mir von dir, Scarlet. Du bist offensichtlich nicht nur die fleißige junge Frau, für die du dich ausgibst. Es scheint so viel mehr an dir zu sein. Warum versteckst du diese anderen Seiten von dir?“

Ryder hatte recht. Sie versteckte Teile von sich. „Aus demselben Grund wie du. Ich will nicht verletzt werden.“

Er drückte einen Kuss in ihr Haar. „Ich würde dir nie wehtun.“

„Das weiß ich jetzt.“ Wie sie zu dieser Schlussfolgerung gekommen war, wusste Scarlet nicht wirklich. Aber sie wusste, was sie fühlte. „Wenn ich mit dir zusammen bin, fühle ich mich sicher.“

„Natürlich, ich bin doch dein Bodyguard“, sagte er mit einem Lächeln in der Stimme.

Sie lachte, wurde dann aber ernster. Sie wollte, dass er wusste, dass es etwas Besonderes für sie war, mit ihm zusammen zu sein. „Wenn ich mit dir zusammen bin, fühle ich mich, als gehörte ich dazu.“

„Was meinst du damit?“

„Weißt du, mein ganzes Leben lang … es fühlte sich immer irgendwie zerrissen an. Meine Familie ist wie ein Flickenteppich. Dies ist die dritte Ehe meines Vaters. Ich schätze, er hatte nie viel Glück mit Frauen, bis jetzt, bis er Claudia heiratete.“

„Was geschah mit deiner Mutter?“, fragte Ryder.

„Sie starb, als ich vierzehn war.“

„Das tut mir leid. Das muss hart gewesen sein. Wie ist es passiert?“

„Herzinfarkt. Sie war erst vierzig.“

„Sie muss ein Herzleiden gehabt haben. Im Allgemeinen erleiden Frauen im Alter deiner Mutter selten einen Herzinfarkt. Das ist tragisch.“

Scarlet seufzte. „Ich wusste nie von einer Herzerkrankung. Ich war noch ein Kind und wahrschcinlich zu egozentrisch, um zu sehen, was um mich herum vorging. Ich erinnere mich, dass sie ab und zu krank war, aber ich wusste nicht, dass es etwas mit ihrem Herzen zu tun hatte. Dad war nach ihrem Tod am Boden zerstört. Das waren wir alle. Auch Joshua."

„Joshua?"

„Mein Halbbruder. Der Sohn meines Vaters aus erster Ehe."

„Ist seine erste Frau auch gestorben?", fragte Ryder.

Scarlet schüttelte den Kopf. „Nein. Sie verließ ihn, als Joshua erst ein Jahr alt war. Sie ließ sich von ihm scheiden und ließ Joshua bei ihm. Sie interessierte sich nicht für Kinder. Sie schrieb ihm nicht einmal eine einzige Geburtstagskarte. Glücklicherweise war Joshua zu jung, um sich an sie zu erinnern, und als mein Vater meine Mutter heiratete, wurde sie seine Mutter. Bald darauf wurde ich geboren, und wir waren eine Zeit lang eine richtige Familie. Joshua wäre nächsten Monat siebenundzwanzig geworden."

Ryder drückte sie fest. „Er ist tot? Oh Scarlet, ich kann mir nicht einmal vorstellen, wie ich mich fühlen würde, wenn ich meine Mutter und meine Geschwister verlieren würde. Ich wäre am Boden zerstört."

„Es war hart für Dad und mich. Claudia war für Dad wie ein Fels in der Brandung. Sie waren erst vier Jahre verheiratet, als Joshua umkam. Ich erinnere mich noch, wo ich war, als ich von der Schießerei hörte."

„Der Schießerei?"

„Ja. Es geschah direkt vor einem Nachtclub. Ein Mann zog ohne ersichtlichen Grund eine Waffe und erschoss Joshua. Ein paar andere Leute wurden auch verletzt, aber sie überlebten. Joshua nicht. Er starb vor Ort. Die Sanitäter versuchten, ihn wiederzubeleben, aber es gelang ihnen nicht." Sie spürte, wie ihr bei den schrecklichen Erinnerungen Tränen in die Augen stiegen.

„Schhh, Baby, ich bin für dich da. Du musst nicht weitererzählen, wenn es zu schmerzhaft für dich ist."

Sie drehte ihren Kopf halb herum, damit sie ihn ansehen konnte. „Ich möchte dir davon erzählen. Denn all diese Ereignisse, der Tod meiner Mutter, der Mord an meinem Halbbruder, haben mich zu der Person gemacht, die ich heute bin."

Ryder streichelte mit seinen Knöcheln über ihre Wange. „Du bist eine starke Frau."

„Das war ich nicht immer. Aber ich musste stark werden. Nachdem Joshua starb, änderte sich alles für mich. Dad wurde überfürsorglich. Er glaubte und glaubt immer noch, dass Joshuas Tod nicht das Resultat einer zufälligen Schießerei war. Er glaubt, dass Joshua seinetwegen ins Visier genommen wurde. Dad hat sich im Laufe der Jahre mit seinen geschäftlichen Entscheidungen viele Feinde gemacht."

„Also wurde der Schütze nie gefunden?", fragte Ryder interessiert.

„Doch. Sie fanden ihn einen Tag nach der Schießerei. Er war tot. Eine selbst zugefügte Schusswunde am Kopf."

„Hatte er Verbindungen zu deinem Vater?"

„Nein. Die Polizei konnte keine Verbindung zu Joshua oder meinem Vater oder einem seiner Geschäftspartner finden. Dad glaubt, dass der Typ ein Auftragsmörder war und dass der wahre Schuldige immer noch frei rumläuft. Deshalb hat er dafür gesorgt, dass ich an der Uni in Stanford einen Studienplatz bekam, damit ich zu Hause unter seinem wachsamen Auge leben konnte. Und als ich letztes Jahr an die Universität von San Francisco wechselte, bestand er auf einen Bodyguard. Hätte ich Nein gesagt, hätte er mich nie in unser Haus in Pacific Heights ziehen lassen. Aber ich wollte etwas Freiheit, weißt du, etwas Autonomie."

„Natürlich willst du das", sagte Ryder. „Jeder in deinem Alter will das. Es gehört zum Erwachsensein. Wir müssen alle auf eigenen Beinen stehen."

„Ja, aber es ist nicht immer einfach. Ich möchte meinen Vater nicht verletzen, indem ich mich zu sehr wehre, aber ich glaube nicht, dass er versteht, was ich durchmache. Ich fühle mich wie in einem Gefängnis."

„Es tut mir leid. Ich weiß, dass es schwierig sein kann, überfürsorgliche Eltern zu haben."

„Sind deine auch so?"

Ryder schmunzelte. „In manchen Dingen ja, in anderen nicht."

„Was meinst du damit?"

„Als Teil meiner Ausbildung bei Scanguards war ich für ein paar Jahre in Baltimore und lernte alles, was ich konnte, von einer großartigen Gruppe von, ähm, anderen Leibwächtern. Meine Eltern vertrauten mir genug, um sich nie um mich Sorgen zu machen oder zu verlangen, dass ich öfter zu Besuch nach Hause käme. Sie ließen mich meinen eigenen Weg finden. Und jetzt, wo ich zurück bin, verbringe ich wieder mehr Zeit mit meiner Familie. Ich weiß, es mag für dich seltsam klingen, aber ich mag es tatsächlich, wieder mit ihnen zusammen zu wohnen. Zugegeben, mit dreißig klingt das vielleicht so, als wäre ich nicht unabhängig …"

„Du bist dreißig?“ Sie drehte sich in seinen Armen um. „Du siehst viel jünger aus.“

Er lachte. „Das liegt an unserem Familiengen. Wir sehen alle jünger aus, als wir sind.“

„Und es macht dir nichts aus, bei deinen Eltern zu wohnen? Überprüfen sie nicht ständig, was du tust?“

„Sie haben weder die Zeit noch die Lust dazu. Sie arbeiten beide. Dad ist Direktor bei Scanguards und Mom ist Ärztin.“

„Arbeitest du deshalb für Scanguards? Weil dein Vater dort arbeitet?“

„Ich kann mir nicht vorstellen, etwas anderes zu machen. Ich glaube, ich bin dazu geboren, andere zu beschützen. Das sind wir alle.“

„Du meinst Nessie? Ist sie auch eine Leibwächterin?“

„Nein, aber sie arbeitet auch für Scanguards. Öffentlichkeitsarbeit und ein paar andere Projekte. Aber Ethan, mein jüngerer Bruder, arbeitet auch als Bodyguard.“

Scarlet erinnerte sich jetzt daran, dass Nessie den Namen ihres Bruders erwähnt hatte. „Ihr wohnt alle fünf im selben Haus?“

„Ja, eigentlich nicht weit von hier. Mom und Dad haben ein riesiges Haus im Stil von King Edward so umgebaut, dass wir alle unseren eigenen privaten Bereich haben. Mom und Dad haben ihr kleines Liebesnest im obersten Stock, und Nessie, Ethan und ich teilen uns den ersten Stock. Und das Erdgeschoss ist für alle da. Es funktioniert gut. Wir haben Zeit als Familie und Zeit alleine, wenn wir das brauchen.“

Scarlet lächelte. „Es muss schön sein, eine echte Familie zu sein.“

„Ist es. Du wirst schon sehen.“

Ihr Herz setzte einen Schlag aus. „Du hast vor, mich ihnen vorzustellen?“

„Ja, du hast ja meine Schwester gehört. Sie möchte dich kennenlernen. Und da sie kein Geheimnis für sich behalten kann, selbst wenn ihr Leben davon abhinge, bin ich mir sicher, dass der Rest meiner Familie bereits weiß, dass ich … dass ich jemanden getroffen habe.“

Scarlet entging nicht, dass Ryder den Satz anders beenden wollte. Was hatte er sagen wollen, bevor er sich korrigierte?

Dass ich in einer Beziehung bin?

Dass ich verliebt bin?

Scarlet unterdrückte ihr Entzücken. Sie durfte nicht zu viel erwarten. Sie kannten sich erst seit ein paar Tagen. Die Zeit würde zeigen, ob sie wirklich füreinander geschaffen waren oder ob die explosive Anziehungskraft zwischen ihnen schnell verpuffen würde.

20

Scarlet regte sich, öffnete jedoch nicht die Augen, weil sie nicht wollte, dass ihr Traum im Tageslicht verschwand. Der warme Körper, der an ihren Rücken gepresst war, fühlte sich beruhigend an, und der Arm, der um ihren Oberkörper geschlungen war, war muskulös. Sie spürte heißen Atem in ihrem Nacken und etwas Hartes, das sich an ihren Hintern presste.

„Ich weiß, dass du wach bist."

Im Bruchteil einer Sekunde fiel ihr wieder alles ein. „Ryder." Sie drehte sich in seinen Armen um. „Ich hatte Angst, dass ich das nur geträumt habe."

Er lachte leise und hob die Bettdecke hoch. „Du meinst das hier?"

Seine Zwillingsschwänze waren so hart wie in der Nacht zuvor.

„Ja, das, du." Sie lächelte. „Du bist immer noch hier."

„Natürlich. Ich mache meinen Job: deinen Leib bewachen." Ryder senkte seinen Kopf zu ihren Brüsten und begann, sie zu lecken, während seine Hand bereits nach unten zum Scheitelpunkt ihrer Schenkel glitt, wo ihr Geschlecht erneut von der Erinnerung an ihr Liebesspiel pulsierte.

Er badete seine Finger in ihrer Scheide, die bereits mit ihren Säften getränkt war.

„Gehört das zu deinem Job?"

Er hob den Kopf ein wenig. „Ich nehme meinen Job sehr ernst."

Sie grinste und Ryder zog sie plötzlich hoch, sodass sie rittlings auf ihm saß, bevor sie überhaupt wusste, was er vorhatte.

„Aber wenn du die Führung übernehmen möchtest, mache ich gerne mit."

Scarlet stützte sich auf ihre Knie, während sie seine beiden Schwänze betrachtete. „Ich hätte nie gedacht, dass ich das sagen muss, aber mir fällt die Wahl schwer. Sie sind beide gleichermaßen perfekt."

„Nimm den größeren", sagte Ryder mit einem Grinsen. „Und wenn du ein braves Mädchen bist, gebe ich dir beide später, wenn ich uns das Gleitmittel besorgt habe."

„Und wenn ich ein böses Mädchen bin?“

Mit beiden Händen griff er nach ihrem Hintern, wo er seinen Finger, der noch feucht von ihren Säften war, ihre Ritze hinabgleiten ließ. „Oh, dann muss ich dich fesseln und bestrafen, bevor ich dich mit beiden Schwänzen nehme.“

„Dann sollte ich vielleicht böse sein“, murmelte sie und drückte gegen seinen Finger, bis er einen Knöchel tief in ihren Anus glitt. Das Gefühl war berauschend.

Ryder sah sie an und seine Augen schimmerten wieder beinahe golden. „Hast du jemals einen Schwanz hier drin gehabt?“ Er schob seinen Finger um einen weiteren Knöchel tiefer, als wollte er seine Worte betonen.

Hitze durchströmte sie und sie schloss die Augen und legte den Kopf zurück. „Nein, noch nie. Auch keinen Finger.“

„Gut“, sagte er und sie konnte männliche Befriedigung in seiner Stimme hören. „Weil ich der Einzige sein will, der dich so nimmt.“

Seine besitzergreifende Aussage jagte ihr einen Schauer über den Rücken und einen Moment später pumpte Ryder seinen Finger in einem gleichmäßigen, langsamen Rhythmus in ihren Anus hinein und wieder heraus, seine Augen auf ihre gerichtet.

„Es fühlt sich gut an“, gab sie zu und ergriff Ryders größeren Schwanz, passte die Position an und spießte sich auf ihn auf.

„Verdammt!“, fluchte Ryder und stieß seinen Finger tief in sie.

„Oh mein Gott“, entfuhr es Scarlet und ihr Atem entwich ihrer Lunge. „Das ist sogar noch besser … oh … oh!“

„Warte, bis ich meinen Finger mit meinem zweiten Schwanz austausche.“

Sie beugte sich vor und brachte ihr Gesicht zu seinem. „Ich kann es kaum erwarten.“

Er eroberte ihre Lippen und küsste sie, während er weiter in sie stieß. Sie war so nah dran, ihr Orgasmus schon am Horizont. Nur noch ein paar Sekunden, noch ein paar Stöße und –

Ryder hielt plötzlich inne und löste seine Lippen von ihren. „Hörst du das?“

Benommen schüttelte sie den Kopf. „Was?“

„Verdammt! Das Garagentor. Jemand öffnet die Garage.“

Erstarrt lauschte Scarlet. Jetzt konnte sie es auch hören.

„Mist!“, fluchte Scarlet.

„Niemand darf mich in deinem Schlafzimmer finden“, sagte Ryder und zog sich aus ihr heraus. „Sonst haben sie einen triftigen Grund, mich von deinem Schutz abzuziehen.“

Scarlet nickte. „Ich weiß.“

Ryder küsste sie auf die Lippen. „Dusche und zieh dich an. Bleib in deinem Zimmer, bis ich weiß, wer es ist.“

„Und was machst du?“

„Keine Sorge, ich kann mich in weniger als drei Minuten fertig machen inklusive einer Dusche.“ Er schnappte sich seine Kleidung und Schuhe vom Boden und eilte zur Tür. Er öffnete sie leise, dann lauschte er, bevor er den Raum verließ und die Tür hinter sich schloss.

Als er weg war, sprang Scarlet sofort aus dem Bett, rannte zur Tür und schloss sie ab. Wenn Derek zurück war, wollte sie nicht, dass er in ihr Zimmer stürmen konnte. Ihr graute gleichermaßen davor, Claudia zu sehen. Inzwischen hatte Derek ihr bestimmt erzählt, dass Ryder ihn verprügelt hatte, und Beweise dafür hatte er auch: eine blutige Nase und wahrscheinlich ein paar Prellungen.

Auf dem Weg ins Bad warf Scarlet einen Blick auf die Uhr. Es war kurz vor elf Uhr morgens. Sie musste zweimal hinsehen, aber sie hatte richtig gesehen. Sie und Ryder hatten viel zu lange geschlafen. Sie würde ihre vertraute Ausrede benutzen müssen, dass sie die ganze Nacht gelernt hatte, um zu erklären, warum sie verschlafen hatte.

Sie sprang in die Dusche und erlaubte dem warmen Wasser, ihre Haut zu streicheln, was sie daran erinnerte, wie Ryder sie berührt und ihr das Gefühl gegeben hatte, geliebt und begehrt zu sein.

~ ~ ~

Ryder trank eine Flasche Blut, die er in einer kleinen Thermoskanne in seiner Reisetasche aufbewahrt hatte, bevor er dreißig Sekunden lang duschte. Drei Minuten, nachdem er zum ersten Mal das Garagentor gehört hatte, ging er die Treppe hinunter ins Foyer, vollständig angezogen und mit makellosem Aussehen, in der Erwartung, Scarlets Stiefmutter zu sehen. Stattdessen ging ein Mann den Korridor entlang in Richtung Küche. Oder besser gesagt, er hinkte leicht. Im Foyer stand ein kleiner Koffer.

„Scarlet? Schatz, bist du zu Hause?“, rief er.

Ryder räusperte sich und der Mann wirbelte herum. Er war Anfang bis Mitte fünfzig, sah für sein Alter gut aus und war ziemlich schlank. Ryder konnte erraten, wer das war. „Sie müssen Mr. King sein."

Brandon King nickte und ging auf ihn zu.

„Ich bin Ryder Giles, der Bodyguard Ihrer Tochter. Sind Sie in Ordnung, Sir?", fragte er und deutete auf Kings Knöchel, der, wie er jetzt sehen konnte, mit einem Verband umwickelt war.

„Bin vor ein paar Tagen im Badezimmer ausgerutscht", sagte er.

„Tut mir leid, das zu hören. Freut mich, Sie kennenzulernen, Sir." Ryder streckte grüßend die Hand aus und King schüttelte sie.

„Ich wünschte, ich könnte ebenfalls sagen, dass ich mich freue, Sie kennenzulernen", sagte King. „Wo ist Scarlet?"

„Oben. Ich glaube, sie lernt."

„Gut." Er deutete zum Wohnzimmer. „Sie und ich müssen uns unterhalten."

Im Wohnzimmer drehte sich King mit strenger Miene zu ihm um. „Ich bin auf Ihr Verhalten aufmerksam gemacht worden."

Mist! Hatte jemand ihn und Scarlet zusammen gesehen? Unmöglich. „Sir?"

„Der Neffe meiner Frau hat sich über Sie beschwert. Sie haben ihn angegriffen. In meinem Haus und ohne Provokation! Ich kann jemanden wie Sie nicht in meinen –"

„Ohne Provokation? Es gab jede Menge Provokation!", knurrte Ryder.

„Dann leugnen Sie also nicht, dass Sie ihm die Nase gebrochen haben."

„Ist das alles, was ich angerichtet habe? Ich hatte eher gehofft, dass er nach den Schlägen, die ich ihm verpasst habe, noch mehr Verletzungen hätte."

„Mr. Giles! Wie können Sie es wagen? Sie haben Glück, dass er Sie nicht anzeigt. Aber unter diesen Umständen kann ich nicht zulassen, dass Sie weiterhin für die Sicherheit meiner Tochter verantwortlich sind. Packen Sie Ihre Sachen und gehen Sie!"

Ryder rührte sich nicht. „Das kann ich nicht, Sir!"

„Was zum –"

„Ich habe meinen Job gemacht, Sir, und Ihre Tochter beschützt. Hätte ich mich nicht eingemischt, hätte er Scarlet vergewaltigt! Hier, in diesem Raum."

Verblüfft starrte King ihn an. „Das ist … das kann nicht sein. Claudia hat mir selbst erzählt, dass Derek und Scarlet ein Date hatten und dass meine Tochter mit ihm geflirtet hat.“

„Oh ja? Und wo steht geschrieben, dass es in Ordnung ist, eine Frau zu vergewaltigen, wenn sie vorher mit dem Typen geflirtet hat?“ Wütend trat Ryder nun einen Schritt auf King zu.

„Es muss ein Missverständnis gegeben haben“, beharrte King.

„Scarlet hat Nein gesagt. Ich weiß nicht, wie Sie dieses Wort interpretieren, Mr. King, aber in meinem Buch bedeutet ein Nein nein. Es spielt keine Rolle, ob Ihre Tochter geflirtet hat oder nicht. Trotz ihrer Proteste hat er sie angefasst. Ich hörte sie von meinem Posten draußen schreien.“ Dies stimmte zwar technisch nicht, weil er das Haus aus einem anderen Grund betreten hatte, aber es war im Wesentlichen wahr.

King fuhr sich mit der Hand durchs Haar und versuchte offensichtlich, die Neuigkeit zu verdauen. „Sie kennen meine Tochter nicht so wie ich.“

Ryder bezweifelte das, aber er unterbrach ihn nicht.

„Sie ist nicht stabil …“

„Was meinen Sie damit?“, fragte Ryder, überrascht von dieser Aussage.

„Scarlet hat Episoden, in denen sie nicht weiß, was sie tut. Vielleicht hätte man Ihnen das klar machen sollen, bevor Sie diesen Auftrag bekamen.“

„Wollen Sie damit sagen, dass sie schizophren ist?“ Ryder schüttelte ungläubig den Kopf. Es war unmöglich, dass Scarlet nicht bei klarem Verstand war. Ihr fehlte nichts, absolut nichts. Sie war in jeder Hinsicht perfekt. „Scarlet ist so gesund wie Sie und ich.“

„Ich fürchte, das ist sie nicht. Die Ärzte konnten nie etwas diagnostizieren, aber nur weil es kein Etikett dafür gibt, heißt das nicht, dass sie nicht krank ist. Das ist sie.“ King blickte zu dem Bild einer Frau auf dem Kaminsims, dann wieder zu Ryder. „Genau wie ihre Mutter. Auch sie hatte diese Episoden, in denen sie gewalttätig und unberechenbar wurde. Also, Mr. Giles, vielleicht haben Sie gesehen, was Sie gesehen haben. Derek hat sie berührt, aber vielleicht hat er nur versucht, sich während einer ihrer Episoden zu verteidigen. Es ist nicht das erste Mal, dass sie sich hysterisch aufführt. Und meine Frau versichert mir, dass Derek ein sanfter junger Mann ist, der niemals –“

„Sie glauben eher Ihrer Frau und deren Neffen als Ihrer Tochter?“ Ryder war empört. „Ihre Tochter braucht unseren Schutz. Derek bedrohte sie. Ich war da. Ich habe gesehen, was er getan hat. Ihre Frau war nicht einmal im Haus! Sie hat mir die Nacht frei gegeben und mir beteuert, sie würde hier im Haus bleiben, um auf Scarlet aufzupassen."

King stieß einen harten Atemzug aus. „Wie können Sie es wagen, so über meine Frau zu sprechen! Sie kümmert sich um meine Tochter. Sie war die letzten sechs Jahre an Scarlets Seite und half ihr durch diese Episoden trotz Scarlets emotionaler Ausbrüche. Mr. Giles, meine Tochter ist krank und läuft Gefahr, sich und andere zu verletzen. Ihre Episoden werden jeden Monat schlimmer und es war ein Fehler, sie hier überhaupt alleine leben zu lassen. Das wird sich ändern. Sofort! Scarlets psychische Gesundheit verschlechtert sich eindeutig. Sie braucht professionelle Hilfe und keinen Bodyguard, der ihre Wahnvorstellungen nährt."

„Wahnvorstellungen?"

Ryder wirbelte herum und sah Scarlet von der Wohnzimmertür aus ihren Vater anstarren. Ihr Haar war wieder zu einem strengen Pferdeschwanz gebunden, und sie trug eine Jeans und ein lässiges Oberteil. Enttäuschung und Wut standen in ihren Augen.

„Wie konntest du nur, Dad? Wie konntest du ihm das sagen?" Scarlets Stimme überschlug sich.

Ryder hätte nichts lieber getan, als seine Arme um Scarlet zu legen und sie zu trösten. Aber das konnte er nicht, nicht vor ihrem Vater.

„Mr. Giles, lassen Sie uns allein. Und wenn Sie schon dabei sind, packen Sie Ihre Sachen und verlassen Sie mein Haus. Wir werden Ihre Dienste nicht mehr benötigen. Scarlet wird mit mir nach Palo Alto zurückkehren."

Wortlos ging Ryder zur Tür, wo Scarlet immer noch wie angewurzelt stand. Er begegnete ihrem Blick und wollte ihr ein stilles Versprechen übermitteln, dass er weiter für sie kämpfen würde. Aber in ihren Augen stand so viel Schmerz und Wut, dass er nicht sicher war, ob sie ihn überhaupt sah.

Ryder ging an ihr vorbei und flüsterte leise, damit nur Scarlet ihn hören konnte: „Ich werde dich nicht verlassen." Langsam wandte er sich zur Treppe und ging in den ersten Stock hinauf.

21

Scarlet hatte den Stimmen von unten gelauscht und die ihres Vaters erkannt. Und wie es sich anhörte, waren weder Claudia noch Derek mit ihm gekommen. Sie war überrascht, dass er hier war, da Claudia ihr erzählt hatte, dass er heute Morgen ein wichtiges Geschäftstreffen in Phoenix hatte. Das war der Grund, warum Claudia in der vergangenen Nacht nach Palo Alto zurückkehren musste, um ihm ein Dokument zu besorgen, das er brauchte. Neugierig, warum ihr Vater plötzlich in San Francisco auftauchte, war Scarlet leise nach unten gegangen.

Sie hatte nicht die Absicht gehabt, das Gespräch ihres Vaters mit Ryder zu belauschen, aber als sie hörte, wie ihr Vater Ryder sagte, sie sei geisteskrank, war sie vor Schock erstarrt. Jedes Wort aus dem Mund ihres Vaters war ein weiterer Schlag in ihr Gesicht gewesen. Er stellte sie wie eine Verrückte dar. Und nicht nur das. Er wollte sie zurück nach Palo Alto bringen, damit sie bei ihm und Claudia wohnte und ihrer Freiheit beraubt war. Und ihr Ryder, den er kurzerhand gefeuert hatte, wegnehmen.

„Ich bin nicht psychisch krank!“, rief sie und funkelte ihren Vater an. Ihre Hände ballten sich zu Fäusten. „Wie konntest du Ryder so anlügen? Wie konntest du mich so in Verlegenheit bringen?“

„Scarlet, Honey, es ist zu deinem Besten. Du brauchst Hilfe.“

Ihr Vater machte ein paar Schritte auf sie zu und sie bemerkte, dass er sein rechtes Bein bevorzugte und ein Verband unter seiner Hose hervorlugte. Sein verstauchter Knöchel war immer noch nicht verheilt, aber sie war zu wütend, um ihn jetzt nach seinem Befinden zu fragen.

Scarlet richtete ihren Blick wieder auf sein Gesicht. „Was ich brauche, ist, mein Leben ungestört leben zu dürfen.“

„Das haben wir versucht, Scarlet“, sagte ihr Vater. „Aber es funktioniert offensichtlich nicht. Dein Verhalten Derek gegenüber ist unentschuldbar. Und als Resultat hat ihn dein Bodyguard verletzt. Willst du das wirklich?“

„Mein Verhalten Derek gegenüber?“ Sie schrie die Worte beinahe, aber es war ihr egal, dass sie wie eine Furie klang. „Er hat mich angegriffen! Er wollte Nein nicht als Antwort akzeptieren. Er hätte mich fast vergewaltigt."

„Du bist hysterisch, Scarlet, beruhige dich."

„Ich soll mich beruhigen? Du glaubst Derek mehr als mir? Ryder war da. Er hat gesehen, was Derek versucht hat!"

Ihr Vater seufzte. „Bitte, Honey, es ist an der Zeit, dass du den Tatsachen ins Auge siehst. Ich habe dich mit zu viel davonkommen lassen, seit deine Mutter gestorben ist. Weil ich dich liebe. Aber das hat nicht funktioniert. Es ist meine Schuld. Ich hätte strenger mit dir sein und dir früher helfen sollen."

„Ich brauche keine Hilfe! Ich muss mein Leben so leben, wie ich es will. Ich bin erwachsen."

„Du benimmst dich nicht, als wärst du erwachsen. Du bekommst wieder einen deiner Wutanfälle. Claudia hatte recht. Dir geht es nicht gut. Dein Zustand verschlechtert sich. Ich wollte es nicht sehen, aber –"

„Mein Zustand?" Sie schnaubte wütend. „Ich habe PMS, aber da du ein Mann bist, verstehst du offensichtlich nicht, was das bedeutet. Ich bin nicht die einzige Frau, die damit zu kämpfen hat. Und es macht mich nicht psychisch krank!"

Ihr Herz raste, das Geräusch war so laut, dass es in ihren Ohren widerhallte.

„Es ist mehr als nur PMS", behauptete ihr Vater.

„Was? Bist du jetzt Arzt? Du vergisst, dass ich diejenige bin, die Psychologie studiert, nicht du. Und du kannst mir glauben, dass ich nicht psychisch gestört bin. Ich habe ein körperliches Problem. Das ist alles. P. M. verdammtes S."

„Sprich nicht in diesem Ton mit mir! Ich bin immer noch dein Vater!" Sein Gesicht wurde rot vor Wut.

„Dann benimm dich wie einer! Vertrau mir anstatt einem Idioten, der versucht hat, mich zu vergewaltigen!"

„Sei nicht so dramatisch. Derek hat nicht versucht, dich zu vergewaltigen. Du hattest eine deiner Episoden und hast ihn angemacht. Und nur weil du es jetzt bereust, heißt das nicht, dass du den Ruf eines jungen Mannes beschmutzen kannst, indem du behauptest, er wollte dich vergewaltigen. Du wirst dich bei ihm und bei Claudia entschuldigen!"

„Werde ich nicht! Und du kannst mich nicht zwingen!"

„Verdammt nochmal! Du bist genau wie deine Mutter. Du zeigst die gleichen Symptome wie sie. Ich habe immer gehofft, dass du nicht an der gleichen Krankheit leidest, aber ich kann nicht länger die Augen davor verschließen, sonst wirst du wie deine Mutter enden!"

„Was? Wie meine Mutter enden? Ich habe kein Herzleiden! Also lass Mom da raus. Hier geht es nicht um Mom. Es geht um dich! Du vertraust mir nicht. Du erdrückst mich mit deinem Beschützerinstinkt! Ich kann nicht atmen! Verstehst du das nicht? Du erstickst mich."

Ihr Vater biss die Kiefer zusammen. „Das tue ich zu deinem Schutz."

„Das ist kein Schutz!", schrie sie. „Das ist Kontrolle!"

„Du brauchst eine feste Hand. Ich habe einen Fehler bei deiner Mutter gemacht. Ich ließ sie mit allem davonkommen und es wurde nur noch schlimmer. Ich sah es kommen, genauso wie ich es jetzt in dir sehe. Ich weiß, wie das enden wird."

„Wer ist jetzt dramatisch? Ich kann auf mich selbst aufpassen."

Wütend packte ihr Vater sie am Bizeps. „Nein, das kannst du nicht. So wie es deine Mutter nicht konnte. Und jetzt ist sie tot."

„Weil sie einen Herzinfarkt hatte! Mit meinem Herzen ist alles in Ordnung", protestierte Scarlet, während sie versuchte, sich aus dem Griff ihres Vaters zu befreien.

„Verdammt, Scarlet! Sie starb nicht an einem Herzinfarkt. Sie hat Selbstmord begangen!"

Verblüffter Unglaube lähmte sie.

„Und du zeigst alle Anzeichen dafür, dass du dasselbe tun wirst. Und ich kann dich nicht auch noch verlieren. Nicht, nachdem ich sie und dann Joshua verloren habe."

Ihr Puls hämmerte in ihren Adern, ihr Atem stockte in ihrer Lunge, und Scarlet hatte das Gefühl, als stünde sie außerhalb ihres Körpers und beobachtete sich und ihren Vater. Als wäre dies ein Alptraum, nicht die Realität.

„Nein", presste sie keuchend hervor. Das konnte nicht wahr sein. „Sie starb an einem Herzinfarkt." Sie blickte ihrem Vater ins Gesicht und sah darin die Wahrheit so deutlich, als wäre sie mit Tinte geschrieben. „Warum?"

Ihr Vater ließ Scarlets Arm los. „Sie hatte eine ihrer Episoden. Sie war im Delirium. Ich glaube nicht, dass sie überhaupt wusste, was sie tat."

Aber Scarlet hörte die Worte kaum. Ihre Mutter hatte sie freiwillig verlassen. Sie hatte sich umgebracht, ohne daran zu denken, was das ihrer Tochter antun würde. Aber das war nicht alles.

„Du hast mich angelogen. Du hast mich mein ganzes Leben lang angelogen. Wie konntest du nur?" Tränen stiegen ihr in die Augen und sie versuchte, sie zu unterdrücken.

„Ich wollte dich nur beschützen. Damit du nicht das Schicksal deiner Mutter erleidest."

Scarlet schüttelte den Kopf. Ihr Vater hielt sie für verrückt und selbstmordgefährdet. „Wenn du dir jemals die Mühe gemacht hättest, mit mir über all das zu reden, hättest du erkannt, dass ich nicht so bin. Ich bin nicht verrückt und ich würde nie im Traum daran denken, mir das Leben zu nehmen." Sie hob trotzig das Kinn. „Aber du hast noch nie versucht, mich zu verstehen."

„Bitte, Scarlet. Du brauchst Hilfe, bevor es zu spät ist", flehte er.

„Ich brauche deine Hilfe nicht." Sie machte auf dem Absatz kehrt und marschierte hinaus in den Flur.

An der Treppe blieb sie für eine lange Sekunde stehen. Aber sie konnte den Fuß nicht auf die Stufe setzen. Sich den Wünschen ihres Vaters zu fügen und zu akzeptieren, dass er mit seinen Annahmen recht hatte, obwohl sie wusste, dass er falsch lag, wäre eine Niederlage. Wenn sie ein eigenes Leben wollte, eines, in dem sie ihre eigenen Entscheidungen traf, ungeachtet der Konsequenzen, dann konnte sie nicht hier bleiben. Sie drehte sich um und richtete ihren Blick auf die Eingangstür. Ihr Entschluss stand fest.

Sie überbrückte die Entfernung zur Tür mit ein paar Schritten und öffnete sie. Ohne sich umzusehen, trat sie nach draußen und begann zu laufen. Tränen liefen über ihre Wangen, aber es war ihr egal, ob jemand sie weinen sah. Sie musste einfach weg. Sie fühlte sich sowohl von ihrem Vater als auch von ihrer Mutter betrogen. Scarlet war erst vierzehn gewesen, als ihre Mutter Selbstmord begangen hatte. Bald darauf hatten ihre Episoden begonnen. Und jetzt behauptete ihr Vater, dass die unerklärlichen Symptome, an denen Scarlet litt, der Grund dafür waren, dass ihre Mutter sich umgebracht hatte? Sie wollte es nicht glauben. Stattdessen lenkte sie all ihre Wut und Enttäuschung auf ihren Vater. Er hatte sie nicht nur über den Tod ihrer Mutter angelogen, er glaubte auch Dereks Version der Ereignisse der vergangenen Nacht statt ihrer.

Und Ryder? Was, wenn er jetzt nichts mehr mit ihr zu tun haben wollte, nachdem ihr Vater ihm gesagt hatte, sie sei geisteskrank? Sie sei verrückt? Und dass ihr Vater ihn gefeuert hatte, gab ihm die perfekte Ausrede, sie nie wieder sehen zu müssen.

Noch nie in ihrem Leben hatte sie sich so allein gefühlt wie in diesem Moment. Hatte ihre Mutter auch so empfunden, bevor sie den einfachen Ausweg gewählt hatte, indem sie ihr Leben beendete? Hatte ihr Vater sie auch verraten, indem er ihr nicht zugehört und einfach angenommen hatte, dass ihr Leiden geistiger und nicht körperlicher Natur sei? Gab es niemanden, an den sich ihre Mutter hätte wenden können? Niemanden, der verstanden hätte, was sie durchmachte?

„Scarlet! Komm zurück!", rief ihr Vater ihr nach, aber sie blickte nicht zurück. Sie wusste, er würde sie nicht einholen können, nicht mit seinem verletzten Knöchel.

22

Ryder holte seine Toilettenartikel aus dem Gästebad und warf sie zusammen mit den wenigen Kleidungsstücken und dem Buch, das er mitgebracht hatte, in seine Reisetasche. Er war immer noch wütend darüber, wie Brandon King über seine Tochter gesprochen hatte. Scarlet war angegriffen worden, und ihr Vater erfand für den Möchtegern-Vergewaltiger Ausreden und behauptete, es sei alles Scarlets Schuld? Was für ein Vater tat so etwas? Das wäre in der Familie Giles nie passiert. Seine Eltern und Geschwister würden immer zu ihm stehen, und auch jeder bei Scanguards, ungeachtet der kleineren Rivalitäten, die zwischen den Hybriden und einigen der erfahreneren Vampiren bestanden.

Ryder war es egal, dass King ihn getadelt und gefeuert hatte. Das würde ihn nicht davon abhalten, sich um Scarlets Wohlergehen zu kümmern. Sie war seine Gefährtin, und daran würde sich nichts ändern. Er würde sie beschützen, und wenn sie dazu bereit war, würde er sie zu Seiner machen. Und Brandon King konnte nichts dagegen tun.

Mit einem Blick in Richtung Scarlets Zimmer ging Ryder zur Treppe, als er hörte, wie die Haustür zugeschlagen wurde.

„Mr. Giles? Ryder?“, rief King.

Ryder eilte die Treppe hinunter und fand King verzweifelt und schwer atmend vor. Schweiß stand auf seiner Stirn und er hielt sich am Geländer fest.

„Was ist los?“

„Ich brauche Ihre Hilfe.“

„Sie haben mich gerade entlassen. Und nach der Art und Weise, wie Sie Ihre Tochter behandelt haben, bin ich nicht –“

„Scarlet ist weg. Wir haben uns gestritten, und sie ist weggelaufen. Ich konnte ihr nicht hinterherlaufen.“ Er deutete auf seinen Knöchel.

„Scheiße!“, fluchte Ryder und ließ seine Tasche fallen, während er bereits zur Tür stürmte.

„Bitte finden Sie sie!“, bat King.

Ryder machte sich nicht die Mühe zu antworten. Von der erhöhten Eingangsebene des Hauses blickte er die Straße hinauf und hinunter, aber er konnte Scarlet nirgendwo entdecken. Sie war wahrscheinlich schon um eine Ecke gebogen. Er nahm ihren Geruch auf, konnte aber nicht herausfinden, woher er kam. Der Wind zerstreute diesen in verschiedene Richtungen.

„Verdammt!"

Er zog sein Telefon aus der Tasche und klickte auf die App, um den Standort von Scarlets Handy zu ermitteln. Als der Punkt auf dem Display erschien, atmete er erleichtert auf. Sie hatte ihr Handy nicht zu Hause gelassen. Aber sie war schon weiter entfernt, als er erwartet hatte. Er raste zu seinem Auto auf der anderen Straßenseite und sprang hinein, aber eine Ampel, die in diesem Moment umschaltete, schickte eine ganze Reihe von Autos die Straße entlang und hinderte ihn daran, von seiner Parklücke heraus zu rangieren.

„Bewegt euch, verdammt noch mal!", schrie Ryder frustriert.

Schließlich gab es eine Lücke im Verkehr, und er fuhr mit aufheulendem Motor los. Er machte eine Kehrtwende, sodass die Reifen auf dem Asphalt brannten und der SUV ins Schleudern kam, und trat das Gaspedal durch. Ein Auge auf den Verkehr, das andere auf den Punkt auf seinem Handy gerichtet, nahm er die nächste Abzweigung, bremste jedoch kaum ab. Noch ein paar Blocks und er würde sie sehen können.

An der nächsten Kreuzung raste er hindurch, als die Ampel bereits wieder auf Rot schaltete. Ein Fahrer hupte wütend, aber Ryder ignorierte ihn und bog am Ende des Blocks verkehrswidrig nach links ab. Da sah er sie. Scarlet rannte den Bürgersteig der schmalen Straße entlang, ohne nach rechts oder links zu schauen. Ryder schoss mit dem Auto an ihr vorbei, kam mit quietschenden Reifen einige Meter vor ihr zum Stehen und sprang aus dem SUV.

Einen Moment später wäre er beinahe mit ihr zusammengestoßen. Er schlang seine Arme um sie, aber Scarlet hämmerte mit den Fäusten auf ihn ein und sah ihn nicht einmal an.

„Scarlet! Ich bin hier. Scarlet."

Schließlich hob sie ihre Augen, die Haut um sie herum war geschwollen und rot und feucht von ihren Tränen. „Ryder."

Sie hörte auf, gegen ihn anzukämpfen, und er hielt sie einfach in seinen Armen. „Ich habe dich, Baby, ich bin jetzt da."

„Ich werde nicht nach Hause gehen“, sagte Scarlet mit einem entschlossenen Blick.

„Musst du auch nicht, versprochen.“ Er deutete mit dem Kinn in Richtung des Autos. „Bitte steig ins Auto, damit ich den Verkehr nicht blockiere, und dann können wir reden, okay?“

„Okay.“

Ryder führte sie zur Beifahrerseite und half ihr hinein. Hinter ihm hupte bereits ein anderes Auto. Ryder machte ein Zeichen, um sich zu entschuldigen, und stieg auf der Fahrerseite ein. Augenblicke später fuhr er davon.

Er warf einen Blick auf Scarlet, die dasaß und auf die Hände in ihrem Schoß starrte. Ryder streckte die Hand nach ihrer aus und drückte sie, und sie zuckte zusammen. Ihre Blicke trafen sich und er ließ ihre Hände los.

„Es tut mir leid“, murmelte sie.

„Du musst dich nicht entschuldigen“, versicherte er ihr. „Ich bringe dich an einen sicheren Ort.“

„Mein Vater … er glaubt, ich hätte alles erfunden … er glaubt nicht, dass Derek versucht hat, mich zu vergewaltigen … und was er über mich gesagt hat … darüber, dass ich geisteskrank bin –“

„Das ist nicht wahr“, unterbrach Ryder. „Du leidest an keiner Geisteskrankheit. Das kann ich dir versichern. Vergiss das sofort. Und wir wissen beide, was Derek getan hat. Ich war dort. Ich hätte wissen müssen, dass er deinen Vater gegen dich beeinflussen würde.“

„Danke … danke, dass du mir glaubst. Ich wüsste nicht, was ich tun würde, wenn du auf der Seite meines Vaters wärst …“ Sie griff nach seiner Hand, und er nahm sie und hielt sie fest.

„Ich werde dir immer glauben“, versprach er, bevor er den SUV anhielt und den Motor abstellte.

„Wo sind wir?“

„Hier wohne ich.“

Er parkte in der Einfahrt und blockierte die Zufahrt zur Garage. Die Autos seiner Eltern waren in der Regel in der Garage unter dem Haus geparkt, damit sie durch den Zugang vom Haus aus zu ihren Autos gelangen konnten, ohne der Sonne ausgesetzt zu sein. Er und seine Geschwister mussten draußen parken, entweder in der Einfahrt oder auf der Straße. Die Tatsache, dass weder Nessies noch Ethans Auto in der Einfahrt geparkt waren, zeigte ihm, dass seine Geschwister nicht zu Hause waren. Und seine Eltern würden gerade schlafen. Niemand würde Scarlet und ihn stören.

„Komm“, sagte er und sie stiegen aus.

Ryder nahm Scarlets Hand, um sie die Treppe hinauf zur Haustür zu führen, schloss auf und führte sie hinein. Wie erwartet war es im Haus still.

Sie gingen an dem offenen Wohn- und Essbereich vorbei, der zur Küche führte. Dahinter befanden sich ein kleines Büro sowie eine Gästetoilette. Im hinteren Teil des Hauses führte eine Tür nach unten in die Garage und einen kleinen Trainingsraum, der früher seiner Mutter als Klinik gedient hatte, bevor Scanguards ihr im Hauptquartier ein kleines medizinisches Zentrum eingerichtet hatte.

„Möchtest du etwas zu trinken oder zu essen?“, fragte Ryder.

Sie schüttelte den Kopf.

„Okay“, sagte er leise, „dann lass uns in mein Zimmer gehen. Dort wird uns niemand stören.“

Im ersten Stock wandte sich Ryder zum hinteren Teil des Hauses. Er öffnete die Tür zu seinem Zimmer und führte Scarlet hinein, während er auf Geräusche aus dem zweiten Stock lauschte. Er hörte keine. Seine Eltern schliefen. Er betrat sein Zimmer hinter Scarlet und schloss dann leise die Tür. Zum ersten Mal seit Jahren schloss er diese ab. Es war eine Sache, wenn seine Geschwister ständig hereinplatzten, es war eine andere, Scarlets Privatsphäre zu verletzen.

„Du hast sehr viel Platz. Sogar eine Sitzecke“, sagte Scarlet und deutete auf die bequeme Couch.

„Wir haben alle so große Zimmer. Das haben wir mit unseren Eltern als Bedingung ausgehandelt, dass ich und meine Geschwister zustimmten, weiterhin zu Hause zu wohnen.“

Er führte sie zur Couch und sie setzte sich. Ryder nahm neben ihr Platz und hielt ihre Hand. „Ich verstehe, dass es dir wehtut, dass dein Vater Derek glaubt und nicht dir. Ich habe versucht, ihn zur Vernunft zu bringen, aber was immer Derek und Claudia ihm erzählt haben, hat deinen Vater davon überzeugt, dass Derek die Wahrheit spricht.“

Scarlet schniefte. „Und das ist noch nicht einmal das Schlimmste.“ Ihre Hand zitterte.

„Wir wissen beide, dass du nicht psychisch krank bist. Du bist perfekt.“

Sie hob den Kopf und schenkte ihm ein kurzes Lächeln. „Ich wünschte, ich könnte mir so sicher sein wie du. Aber nach dem, was mein Vater mir heute erzählt hat, bin ich das nicht."

In ihrer Stimme lag eine Resignation, die Ryder nicht gefiel. „Hör nicht auf ihn. Er hat unrecht."

„Aber was, wenn nicht? Was, wenn er recht hat und ich wie meine Mutter bin? Was, wenn ich so verrückt bin wie sie und auch Selbstmord begehe?"

Ryders Herz blieb für eine Sekunde stehen. „Was? Du hast mir erzählt, dass deine Mutter an einem Herzinfarkt starb."

Scarlet nickte. „Das habe ich geglaubt, bis mir Dad heute die Wahrheit gesagt hat. Dass sie sich umgebracht hat, weil sie verrückt war." Tränen rannen ihr über die Wangen.

Ryder zog sie in seine Arme und wiegte sie sanft. „Scarlet, es tut mir so leid."

„Er hat mich all die Jahre angelogen. Und Mom, sie hat mich einfach verlassen, indem sie sich umgebracht hat, als ob sie mich nie geliebt hätte."

Er zog sie auf seinen Schoß, hielt sie fest und ließ sie so lange weinen, wie sie wollte, während sein Herz für sie schmerzte. Zu glauben, dass ihre eigene Mutter sie nicht genug geliebt hatte, um am Leben bleiben zu wollen, war herzzerreißend. Und dass ihr Vater behauptete, dass Scarlet auf dasselbe Schicksal zusteuerte, war nicht nur unverantwortlich, sondern grausam.

Jetzt verstand Ryder, warum Scarlet weggelaufen war und warum sie nicht nach Hause zurückkehren wollte. Er würde sie nicht zwingen, nach Hause zu gehen, aber er musste ihrem Vater mitteilen, dass er sie gefunden hatte und dass sie in Sicherheit war – ohne preiszugeben, wo sie war.

„Ich muss deinen Vater anrufen", sagte Ryder.

Scarlet hob den Kopf. „Bitte zwing mich nicht, heimzugehen."

„Werde ich nicht. Und ich werde ihm nicht sagen, wo du bist, nur dass du in Sicherheit bist. Ich weiß, du denkst vielleicht, dass er es nicht verdient zu wissen, dass es dir gut geht, aber er ist immer noch dein Vater, und trotz allem, was heute zwischen euch passiert ist, liebt er dich. Okay?" Er zog sein Handy aus der Tasche.

Scarlet nickte.

„Ich stelle das Gespräch auf Lautsprecher."

„Ich will nicht mit ihm reden."

„Ich weiß, und im Moment solltest du das nicht tun. Aber ich möchte, dass du hörst, was er sagt. Okay? Sei einfach still, damit er nicht mitbekommt, dass du mithörst."

Einen Moment später wurde der Anruf verbunden.

„Ryder?", fragte King in gehetztem Ton. „Haben Sie sie gefunden?"

„Ja. Sie ist in Sicherheit."

„Oh Gott sei Dank. Bringen Sie sie zurück und dann können wir reden."

„Ich fürchte, das kann ich nicht, Sir."

„Aber –"

„Scarlet will Sie jetzt nicht sehen. Sie braucht Zeit, um das, was geschehen ist, zu verarbeiten."

„Ähm –"

Aber Ryder unterbrach ihn nochmals. „Ich werde sie an einem sicheren Ort beschützen. Das garantiere ich Ihnen. Aber sie braucht Zeit ohne Sie und den Rest Ihrer Familie."

Nach einem langen hörbaren Ausatmen antwortete King: „Na gut. Solange sie in Sicherheit ist. Ich werde heute noch nach Palo Alto zurückkehren. Ich muss arbeiten. Aber Claudia hat diese Woche ein paar Meetings in der Stadt, also wird sie ein paar Nächte im Haus bleiben."

„Und Derek?", fragte Ryder.

„Ich kann ihm nicht einfach sagen … ich meine …"

Ryder bemerkte, wie Scarlet ihre Lippen zusammenpresste, als Enttäuschung und Wut wieder in ihr aufstiegen.

„Solange Derek hier ist, wird sich Scarlet nicht sicher fühlen", sagte Ryder bestimmt. „Besonders nicht in ihrem eigenen Haus. Wenn er San Francisco nicht verlässt, kann ich Ihnen garantieren, dass Ihre Tochter nicht nach Hause kommt."

„Na gut. Ich werde mit Claudia sprechen, damit er seinen Besuch abkürzt."

„Ich melde mich wieder", sagte Ryder knapp und beendete das Gespräch.

„Danke", sagte Scarlet.

Ryder beugte sich vor und küsste sie sanft auf die Wange, da bemerkte er, wie heiß ihre Haut war. Er berührte mit dem Handrücken ihre Wangen und ihre Stirn. „Du verbrennst ja."

„Es geht mir gut."

„Ich hole meine Mutter. Sie ist Ärztin. Sie kann dich untersuchen."

„Nein!" Scarlet schoss von seinem Schoß hoch. „Ich bin nicht krank! Ich wünschte, jeder würde aufhören, mich wie eine Invalidin zu behandeln!"

„Das mache ich doch nicht. Ich mache mir Sorgen, denn du scheinst Fieber zu haben. Mom kann dir was dagegen geben."

„Das wird nicht funktionieren", sagte Scarlet.

„Aber –"

„Es gibt nur eine Sache, die hilft."

„Sag mir, was es ist, und ich besorge es dir."

Sie zögerte.

„Bitte, Scarlet, was kann ich tun?"

„Schlaf mit mir."

23

„Du willst Sex haben?“, fragte Ryder fassungslos. Er hatte erwartet, dass Scarlet sagen würde, dass sie etwas Kaltes trinken oder sich ausruhen müsse, aber keinen Sex.

„Bitte sag nicht Nein …“

Unwillkürlich lächelte er. „Ich liebe es, wie du aussiehst, wenn du schmollst …“ Er küsste sie sanft.

„Ich schmolle nicht.“

„Doch. Und es ist unglaublich sexy. Wie könnte ich dir da jemals etwas abschlagen?“

Er zog ihren Kopf zu sich und küsste sie. Scarlet schlang sofort ihre Arme um ihn und manövrierte auf seinem Schoß umher, bis sie rittlings auf ihm saß. Mit überraschender Kraft drückte sie ihn zurück an die Rückenlehne des Sofas. Ryder ergriff ihre Hüften und zog ihr Becken zu seinem, sodass ihr Geschlecht mit seinen Schwänzen ausgerichtet war.

Sogar durch ihre Jeans und seine Hose spürte Ryder Scarlets Hitze und Nässe. Das Aroma ihrer Erregung stieg ihm in die Nase und machte ihn noch härter, als er ohnehin schon war. Und noch ein weiterer Duft stieg ihm entgegen: das süße Aroma ihres Blutes. Dieses brachte seine Reißzähne vor Verlangen zum Jucken, sodass sie sich ausfahren wollten, um sie zu kosten. Aber er widerstand diesem Drang, denn er wusste, dass er es sich nicht erlauben durfte, seiner Begierde nachzugeben, wenn Scarlet noch nicht dazu bereit war.

Einen Schritt nach dem anderen, gebot er sich.

Scarlets Kuss war dieses Mal anders, hitziger, intensiver. Hungriger. Er begrüßte ihre Leidenschaft, die seiner eigenen gleichkam. Mit eifrigen Händen zog sie an seinem Hemd und schob es hoch, damit sie ihre Hände auf seine nackte Haut legen konnte. Ihre Berührung versengte ihn wie Lava, ihre Hände waren heiß wie Schmiedeeisen. Sie schürten das Feuer in ihm höher und jagten Flammen durch seinen Körper.

Für einen kurzen Augenblick ließ er von ihren Lippen ab und zog sein Shirt über den Kopf. Scarlet stieß ein Stöhnen aus, bevor sie ihr Gesicht zu seinem Hals senkte und ihn dort küsste, wo seine Halsschlagader pulsierte. Da wusste er mit absoluter Gewissheit, dass ein Blutbund mit ihr unvermeidlich war. Er wollte, dass sie sein Blut trank, damit sie eins wurden.

Ryder atmete abgehackt, packte den Saum ihres T-Shirts und riss es in der Mitte auseinander. Scarlet jaulte überrascht auf und wich zurück, aber in ihrem Blick lag keine Ermahnung. Stattdessen befreite sie hastig ihre Arme aus dem zerrissenen Shirt und streckte ihm ihre nackten Brüste entgegen.

„Verdammt!", fluchte er, brachte seine Lippen zu ihrem Busen und übersäte ihr geschmeidiges Fleisch mit Küssen. Er hielt sie an ihrer Taille fest und Scarlet bäumte sich nach hinten, um ihre Muschi an seinen Schwänzen zu reiben und ihm ihre Brüste wie ein Opfer darzubieten. Er nahm, was sie ihm so bereitwillig gab, und benutzte seine Hände, um sie näher an seine Leiste zu ziehen, während er eine Brust mit seinem Mund eroberte und über ihre harte Brustwarze leckte, bis ihr Keuchen und Stöhnen die Welt um sie beide herum in den Hintergrund schob.

„Ryder", bat sie, „bitte fick mich."

Er hob seinen Kopf von ihren Brüsten und sah sie an. Das Verlangen, das er in ihren schönen blauen Augen sah, ließ seine Schwänze in Erwartung dessen, was kommen würde, zucken.

„Diesmal mit beiden Schwänzen?", fragte er, obwohl er die Antwort bereits kannte. Aber er wollte sie es sagen hören.

Erregung flackerte in Scarlets Augen auf und ihr Herz schlug jetzt so laut, dass seine Vampirsinne keine Probleme hatten, das aufgeregte Trommeln ihres Pulses wahrzunehmen.

„Ja, ich will beide."

Er brauchte keine weitere Bestätigung. „Dann kriegst du sie. Zentimeter für Zentimeter."

Allein der Gedanke brachte ihn beinahe zum Höhepunkt. Verdammt!

Während Scarlet immer noch rittlings auf ihm saß, erhob er sich mit ihr in seinen Armen und trug sie zum Bett. Dort legte er sie auf die Bettdecke. Ihre Hände waren bereits auf dem Knopf ihrer Jeans, aber er schob sie weg.

„Das muss ich tun", sagte er schroff mit einem jetzt noch stärkeren Bedürfnis, die Kontrolle zu behalten.

Sie ließ sich zurückfallen, und Ryder zog ihr die Jeans und Schuhe aus. Dann, diesmal langsamer, zog er ihr Höschen über ihre Beine und befreite sie auch davon. Er warf einen langen Blick über ihren nackten Körper. Ihre Haut war gerötet.

„Jetzt du“, verlangte sie.

Er zog seine Hose und Schuhe aus und vergaß diesmal seine Socken nicht, bevor er seine Daumen in den Bund seiner Boxershorts hakte und seine gierigen Schwänze befreite. Aus ihrem Gefängnis befreit, ragten sie heraus, hart und schwer, das Blut in ihnen färbte sie fast violett, Adern schlängelten sich wie Ranken um die Schäfte.

Scarlet leckte sich die Lippen, ihre Augen konzentrierten sich auf seine Zwillingserektionen. „Lass mich nicht warten“, murmelte sie.

„Werde ich nicht“, sagte er, genauso begierig wie sie. „Nur eine Sekunde.“ Er marschierte in sein Badezimmer, öffnete die Schubladen seines Waschtisches und entnahm die Tube Gleitmittel. Augenblicke später war er wieder in seinem Schlafzimmer. Am Fußende seines Bettes blieb er stehen.

„Auf deine Hände und Knie, Baby“, verlangte er. Ein Schauder der Erregung durchlief seinen Körper, als sie seinem Wunsch eifrig nachkam.

„So?“, fragte sie, ihre Stimme jetzt neckend, als sie ihren herzförmigen Hintern ohne Hemmungen in seine Richtung ragen ließ.

Sein Atem ging abgehackt, seine Eier zogen sich zusammen und von seinen Schwanzspitzen sickerte bereits Sperma. „Ja, genau so.“

Er schraubte die Tube Gleitmittel auf und drückte einen Tropfen auf seine rechte Hand. Zuerst schmierte er seinen oberen Schwanz damit ein, bis jeder Zentimeter davon bedeckt war, was ihn noch härter machte, wenn das überhaupt möglich war. Dann nahm er einen zweiten Klecks, brachte seine Hand zu ihrem Po und glitt damit entlang ihrer Spalte, bis er das gekräuselte Loch erreichte.

Scarlet keuchte bei der Berührung, wich aber nicht zurück. Langsam machte er kreisförmige Bewegungen mit seinen feuchten Fingern und testete sanft Scarlets Bereitschaft, ihn hineinzulassen. Langsam drängte er seine Fingerspitze durch den Ring und das Gleitmittel machte das Eindringen geschmeidig.

„Bist du okay?“, krächzte er.

„Ja“, sagte sie stöhnend. „Gib mir mehr.“

Ohne zu zögern kam er ihrer Aufforderung nach und trieb seinen Finger bis zum Anschlag in sie. Dann zog er ihn genauso langsam heraus und fügte seinem Finger mehr Gleitmittel hinzu, bevor er die Handlung wiederholte. Er wollte sicherstellen, dass sie keine Schmerzen verspürte, wenn er seinen Schwanz in ihren Anus stieß, wohl wissend, dass dies ihr erstes Mal sein würde.

Beim nächsten Eindringen seines Fingers drückte Scarlet sich ihm entgegen, wodurch sein Finger härter und schneller in sie glitt. Ein lautes Stöhnen löste sich aus ihrer Kehle. „Oh Gott, ja!"

Mit seiner anderen Hand fand er ihre Muschi. Er rieb mit einem Finger über ihre Spalte und stellte fest, dass diese von ihren Säften durchtränkt war. Sie war bereit für ihn. Begierig darauf, sie mit beiden Schwänzen zu nehmen, benutzte Ryder seine Hände, um seine Erektionen zu positionieren, die untere am Eingang ihrer Muschi, die obere und etwas kleinere an ihrem jungfräulichen Loch. Er legte seine Hände auf ihre Hüften und hielt sie fest, damit er das Tempo und die Intensität seines ersten Stoßes kontrollieren konnte.

Ryders Herz pochte, als seine Zwillingserektionen in ihre jeweiligen Höhlen glitten wie in maßgefertigte Hüllen. Angespannte Muskeln klammerten sich um beide Schäfte und sperrten sie in ihren warmen Tiefen ein. Begraben in Scarlets heißem Körper schloss Ryder die Augen und presste die Kiefer zusammen, denn der Druck um seine Schwänze war so intensiv, dass er befürchtete, er würde sofort kommen. Die Glückseligkeit, in ihren seidigen Tiefen eingeschlossen zu sein, war größer, als er es sich vorgestellt hatte, und er hatte sich noch nicht einmal bewegt.

„Christus!" Er stieß einen Atemzug aus. „Du bist so eng."

Sogar ihre Muschi fühlte sich jetzt enger an als zuvor, denn sein zweiter Schwanz drückte gegen die Membrane, die die beiden Schäfte in Scarlets Körper trennte. Er wagte nicht, sich zu bewegen, erlaubte einfach Scarlets Körper, sich an die Fülle zu gewöhnen.

„Bist du in Ordnung?", fragte er.

Scarlet atmete tief durch. „Oh Gott."

„Tu ich dir weh?", fragte er, besorgt, dass es doch zu viel für sie war.

„Nein." Sie atmete langsam aus. „Es ist gut ... deine Schwänze ... sie passen perfekt ..."

„Als wären sie für dich geschaffen?"

Sie drehte ihren Kopf, um über ihre Schulter zu schauen. Ryder sah ein Funkeln des Verlangens in ihren Augen aufblitzen. „Würdest du mir einen Gefallen tun, Ryder?“

„Was immer du willst.“

„Fick mich. Fick mich hart.“

Ihre Worte jagten einen Schauder durch seinen Körper. „Hart?“

„Ja. Ich brauche es“, murmelte sie. „Fick mich so hart du kannst. Und selbst wenn ich komme, hör nicht auf. Fick mich einfach so lange weiter, wie du kannst.“

Ryder konnte nicht glauben, dass er richtig hörte, aber es gab keinen Zweifel. Scarlet wollte, dass er sie hart nahm, obwohl dies ihr erstes Mal mit zwei Schwänzen in ihr war. Wie hatte er so viel Glück verdient?

„Tu es!“, forderte sie.

Er zog sich aus ihren Höhlen heraus, bis nur noch die knolligen Schwanzspitzen in ihr waren, bevor er wieder in sie stieß. Ein Stöhnen rollte über ihre Lippen und hallte an den Wänden seines Schlafzimmers wider. Er umfasste fest ihre Hüften und achtete darauf, dass seine Stöße sie nicht gegen das Kopfteil katapultierten, während er weiterhin hinter ihr stand, seine Füße fest auf dem Boden, seine Hüften vor und zurück stoßend.

Das Gefühl, wie seine beiden Schwänze in Scarlets Körper eintauchten und sie bei jeder Bewegung stöhnte und sich wand, war berauschend. Jedes Mal, wenn er nach vorne stieß, drückte Scarlet ihren Hintern zurück zu ihm und verdoppelte die Wucht ihres Zusammenkommens. Aus Sorge, Scarlet zu verletzen, versuchte er sich davon abzuhalten, zu viel Kraft anzuwenden, aber angesichts von Scarlets eigenen Handlungen konnte er sich nicht beherrschen. Er fickte sie härter, als er jemals eine Vampirfrau gefickt hatte, und er tat es mit zwei Schwänzen. Doch Scarlet zeigte keinerlei Anzeichen von Schmerz oder Unbehagen, sondern forderte weiterhin, mit seinen Zwillingserektionen mit voller Kraft in sie zu stoßen.

Unter ihm schauderte Scarlet plötzlich und er spürte, wie die Wellen ihres Orgasmus durch ihren Körper rasten und ihre Muskeln sich um seine Schwänze verkrampften. Das Gefühl raubte ihm fast seine Selbstbeherrschung, aber er wollte Scarlet nicht enttäuschen und fuhr fort, in sie zu stoßen. Seine Schwänze kamen Scarlets Wunsch nach, als wüssten sie, was sie wollte und brauchte. Als hätte sie es ihnen befohlen. Er hinterfragte dieses Gefühl nicht, kämpfte nicht dagegen an. Stattdessen bewegte er seine Hüften und erlaubte den beiden Bestien in ihm die Führung zu übernehmen.

Der Satyr in ihm genoss das Wissen, dass seine zukünftige Partnerin seinen zweiten Schwanz von ganzem Herzen und ohne Hemmungen oder Vorbehalte willkommen hieß. Indem er sie so nahm, seinen zweiten Schwanz tief in ihr, beanspruchte der Satyr, was ihm gehörte, selbst wenn Scarlet sich dessen nicht bewusst war. Doch ihr Körper war es. Ihr Körper wusste, dass sie jetzt ihm gehörte. So wie sie ihn begrüßte, wie sie sich ihm anbot, so reagierte die Gefährtin eines Satyrs instinktiv auf das Liebesspiel ihres Gefährten.

Ryder sah nach unten, wo seine Schwänze in Scarlets wunderschönen Körper eintauchten, als er spürte, wie sich ihr Körper nochmals verkrampfte. Sie kam wieder zum Höhepunkt.

„Verdammt, Baby! Das fühlt sich so gut an." Die Wellen, die ihr Orgasmus durch ihren Körper sandte und seine Schwänze überwältigten, ließen sein Herz höherschlagen.

„Mehr", rief sie. „Ryder, bitte, nimm mich …"

„Du gehörst jetzt mir", schwor er. „Ich werde nicht zulassen, dass dich je wieder ein anderer Mann anfasst." Die Besitzgier, die ihn überkam, war neu für ihn. Aber sie fühlte sich richtig an.

„Nur du", murmelte sie und stöhnte erneut.

„Du magst es, so gefickt zu werden, nicht wahr?"

„Ja!"

„Sag mir, dass du meinen Schwanz in deinem Hintern liebst", verlangte er.

„Ich liebe es."

„Sag es."

„Ich liebe deinen Schwanz in meinem Hintern und den anderen in meiner Muschi."

Ryder fuhr fort, hart und schnell in sie zu pumpen. Ihre Worte zu hören schickte seine Erregung in die Stratosphäre. Er war noch nie jemand gewesen, der beim Sex schmutzig redete, aber er musste hören, wie Scarlet bestätigte, dass sie es liebte, wie er sie nahm. Alles Männliche in ihm musste hören, wie sie sich ihm in jeder Hinsicht unterwarf.

„Sag mir, wirst du dich jemals von einem anderen Mann ficken lassen?"

„Nein!"

„Gut! Denn das werde ich niemals zulassen. Von nun an bin ich der Einzige, der dir dieses Vergnügen bereiten darf, der Einzige, der dich zum Höhepunkt bringen wird."

„Ja, du wirst der Einzige sein …" Ihr Atem kam jetzt abgehackt, ihr Körper glänzte vor Schweiß, ihr Puls raste.

„Dann sag es, sag, was ich hören will. Sag, dass du die Meine bist." Er machte abrupt Halt, seine Schwänze halbwegs außerhalb ihres Körpers.

„Ich gehöre dir."

Kaum rollte das letzte Wort über ihre Lippen, stieß er wieder in sie hinein und ließ die Zügel los, mit denen er sich zurückgehalten hatte. Zwei weitere Stöße, und er fühlte Scarlet zum dritten Mal kommen. Dieses Mal entzündete ihr Höhepunkt seine Schwänze und heißes Sperma schoss durch sie hindurch und explodierte aus ihren Spitzen. Sein Orgasmus war so intensiv, dass er dachte, er würde tot umfallen. Seine Knie gaben nach und er brach auf ihr zusammen. Im letzten Moment stemmte er sich ab und rollte mit ihr seitwärts auf das Bett. So lagen sie nun in Löffelchenstellung, wobei seine Schwänze immer noch in ihr verankert waren.

Er legte seinen Arm um sie, drückte sie eng an seine Brust und atmete tief aus. „Scarlet, Baby, ich habe mich noch nie so gefühlt. Noch nie zuvor."

„Nicht mit einer der Frauen, die du vor mir hattest?"

„Ich habe noch nie eine Frau so genommen, wie ich dich genommen habe. Niemals mit beiden Schwänzen. Das war auch für mich eine Premiere." Und er war froh darüber, froh, dass ein Satyr seinen zweiten Schwanz erst bekam, wenn er seiner Gefährtin begegnete. Denn so wie sie sich geliebt hatten, die Intimität, die sie teilten, war nur für ein Paar gedacht, das das Schicksal füreinander bestimmt hatte.

Scarlet blickte über ihre Schulter und lächelte. „Ich bin froh. Ich habe noch nie etwas so … so Befriedigendes empfunden."

Er drückte einen Kuss auf ihre Lippen. „Ich auch nicht." Er lächelte sie an. „Du bist in jeder Hinsicht schön. Ich habe noch nie einen erotischeren Anblick gesehen, als dich zu beobachten, wenn ich meine Schwänze in dich stoße. Ich wünschte, du hättest sehen können, was ich gesehen habe."

„Vielleicht solltest du mich das nächste Mal vor einem Spiegel nehmen", schlug sie vor. „Das heißt, wenn du es noch einmal tun willst."

„Ich bin platt“, gab Ryder zu. „Ich habe dich so hart gefickt, dass du wahrscheinlich tagelang wund bist, und du fragst mich, ob ich es noch einmal tun will?“ Er nahm ihr Kinn zwischen Daumen und Zeigefinger. „Wenn es nach mir ginge, würden wir jetzt nicht reden, sondern uns wieder lieben. Aber das bestimme ich nicht. Du bestimmst das.“

Ein langsames Lächeln breitete sich auf ihren Lippen aus. „Als wir reinkamen, habe ich einen großen Spiegel an deiner Schranktür bemerkt.“

Ryder spürte, wie sein Herz schneller schlug. Meinte sie das ernst?

„Vielleicht willst du mich über den Sessel da drüben beugen, damit wir beide unser Spiegelbild sehen können? Es sei denn, du meintest es nicht ernst, als du sagtest, dass ich das bestimmen darf …“

„Oh, ich meinte es ernst …“ Er küsste sie hart und innig, bevor er sie losließ. „Jetzt beweg deinen süßen Hintern da rüber zum Sessel und beug dich für mich drüber.“

24

Die Sonne stand bereits tief am Horizont, als Scarlet die Augen öffnete. Ein Blick auf die Uhr neben dem Bett bestätigte, dass es später Nachmittag war. Sie war eingenickt, nachdem sie und Ryder sich ein zweites Mal geliebt hatten, und wie es aussah, war auch Ryder erschöpft. Er lag auf dem Bauch, die Augen geschlossen, ein friedlicher Ausdruck auf seinem Gesicht.

Sie fühlte sich besser als je zuvor. Mit Ryder zu schlafen hatte ihr ein tiefes Zugehörigkeitsgefühl und Befriedigung gegeben. Ryder war ein fantastischer Liebhaber, wild, leidenschaftlich und geschickt. Und sie hatte sich selbst damit überrascht, wie hemmungslos sie gewesen war und ihn angespornt hatte, sie zu nehmen, ohne sich zurückzuhalten. Das war befreiend gewesen. Sie spürte jetzt jede Zelle ihres Körpers, als wäre sie wie Dornröschen aus einem langen Schlaf erwacht.

Und Dornröschen hatte Durst. Scarlet setzte sich auf und schwang ihre Beine aus dem Bett. Sie wollte Ryder nicht wecken. Als sie sein Zimmer betreten hatte, hatte sie neben dem Sofa einen kleinen Kühlschrank gesehen. Vielleicht war darin eine Flasche Wasser. Sie ging darauf zu und bückte sich. Als sie den Minikühlschrank öffnete, machte die Tür ein Geräusch. Sie schaute hinein, aber statt Wasserflaschen sah sie nur zwei Flaschen mit roter Flüssigkeit. Tomatensaft? Igitt. Sie erhaschte einen Blick auf das Etikett. *AB+ von Scanguards bereitgestellt*, las sie. Sie schüttelte den Kopf. Scanguards füllte Tomatensaft ab? Ungewöhnlich für eine Sicherheitsfirma.

Ihr blieb nichts anderes übrig, als nach unten in die Küche zu gehen, um sich etwas zu trinken zu holen. Scarlet sah einen Bademantel über einem Stuhl hängen und schlüpfte hinein. Er war viel zu groß, aber er würde herhalten müssen. Als sie die Tür öffnete und lauschte, hörte sie nichts. Anscheinend waren Ryders Eltern noch nicht zu Hause. Niemand würde sie sehen.

Barfuß ging sie die Treppe hinunter. Die alte Holztreppe knarrte unter ihren Füßen. Sie ging in die Küche. Die war modern, hell und wie gemacht für eine große Familie. Sie konnte sich vorstellen, wie Ryder, seine Geschwister und seine Eltern um die riesige Kücheninsel saßen, zusammen zu Abend aßen, redeten und lachten und Geschichten erzählten. Sie beneidete Ryder um seine Familie. Ihre eigene Familie war nie so gewesen. Sogar vor ihrem Tod war ihre Mutter oft abwesend gewesen, nicht körperlich, aber emotional und geistig. Scarlet verstand endlich warum. Ihre Mutter hatte an Depressionen gelitten. Warum sonst hatte sie Selbstmord begangen?

Doch sie wollte das Glück, das sie mit Ryder empfand, nicht trüben und verdrängte die Gedanken an ihre Mutter. Stattdessen ging sie zum großen Edelstahlkühlschrank und öffnete ihn – offenbar mit etwas zu viel Wucht, denn eine Weißweinflasche prallte gegen ein Regal und fiel ihr entgegen. Glücklicherweise fing sie sie auf, bevor sie zu Boden fallen konnte.

„Wow!" sagte sie leise.

Das war Glück! Bei ihrem ersten Besuch im Elternhaus ihres Freundes Unordnung zu machen, war nicht die Art und Weise, wie man einen guten Eindruck hinterließ. Freund? Sie lächelte vor sich hin. Ja, das war nicht nur Gelegenheitssex. Nicht mehr. Besonders nicht nach den Dingen, die Ryder zu ihr gesagt hatte, Worte, die er sie zu wiederholen gebeten hatte: dass sie ihm gehörte, dass er keinem anderen Mann erlauben würde, sie zu berühren. Die Worte waren besitzergreifend und passten nicht wirklich zu ihrer Entschlossenheit, eine unabhängige Frau zu sein, aber sie konnte nicht anders: Als Ryder das gesagt hatte, hatte sie einen angenehmen Schauer durch ihren Körper laufen gespürt. Seine Besitzgier hatte sie erregt. Niemand hatte sie jemals so begehrt. Sie verspürte die gleiche Besitzgier ihm gegenüber. Sie wollte nicht, dass Ryder jemals eine andere Frau berührte.

Scarlet seufzte zufrieden und starrte zurück in den Kühlschrank. In der Tür sah sie mehrere kleine Wasserflaschen. Sie schnappte sich eine, schraubte den Deckel ab und führte die Flasche an ihre Lippen, während sie die Kühlschranktür schloss.

Scarlet verschluckte sich am Wasser, und es spritzte aus ihrem Mund auf den Mann, der plötzlich nur einen Meter von ihr entfernt stand. Er war etwas größer und breiter als Ryder, sein schulterlanges dunkelbraunes Haar offen. Sie schätzte sein Alter auf Mitte dreißig. Er trug nur eine Jeans, seine Brust war nackt. Wasser tropfte gerade von besagter Brust, Wasser, das sie auf ihn gespuckt hatte, weil er sie erschreckt hatte. Aber sie starrte nicht lange auf seine Brust, denn die Narbe auf der linken Seite seines Gesichts lenkte ihre Aufmerksamkeit auf sich. Sie reichte von seinem Auge bis zu seinem Kinn und sah aus, als würde sie wütend pulsieren.

Ihr Herz raste. Wer war dieser Mann und was tat er hier?

Er ließ seinen Blick über ihren Bademantel schweifen und sah ihr dann direkt ins Gesicht. „Ich wusste nicht, dass Ryder einen Gast mitgebracht hat."

„Entschuldigung, ja, Ryder hat mich eingeladen. Ich bin –"

„Scarlet King, ich erkenne dich."

Sie hob ihre Augenbrauen.

„Aus deiner Akte bei Scanguards. Ich sollte mich vorstellen. Ich bin Ryders Vater, Gabriel Giles." Er bot seine Hand an. Ein Lächeln erhellte plötzlich sein Gesicht und ließ ihn zugänglicher wirken.

Fassungslos schüttelte sie ihm die Hand. Er sah mindestens fünfzehn Jahre zu jung aus, um einen Sohn im Alter von Ryder zu haben. „Mr. Giles, schön Sie kennenzulernen."

„Gabriel, bitte. Und duze mich. Ich habe das Gefühl, dass wir dich hier ziemlich oft sehen werden." Sein Blick wanderte zu ihrem Bademantel.

Es war nicht schwer zu erraten, was Ryders Vater dachte. Er wusste, dass sie gerade Sex mit seinem Sohn gehabt hatte. Seinem Sohn, der zwei Schwänze hatte. Sie fühlte Hitze in ihre Wangen steigen. Verlegenheit überflutete sie. Gabriel Giles hätte genauso gut, während Scarlet und Ryder Sex hatten, hereinspazieren können, und es wäre ihr nicht peinlicher gewesen. Sie suchte verzweifelt nach Worten, aber sie brachte nichts heraus.

„Ich wollte dich nicht in Verlegenheit bringen. Das war nicht meine Absicht. Ich wollte nur sagen, dass …"

„Was mein Mann zu sagen versucht, ist", sagte eine Frau, die aus dem Flur erschien, „dass Ryder ein glücklicher Mann ist, dich gefunden zu haben."

Die Frau war wunderschön mit der Figur eines Models und rabenschwarzem Haar. Auch sie sah aus, als wäre sie Anfang dreißig. Sie trug ein rotes seidenes Negligé, das ihr bis knapp über die Knie reichte.

„Ich bin Maya, Ryders Mutter."

„Schön, Sie kennenzulernen, Mrs. Giles", sagte Scarlet und schüttelte ihre dargebotene Hand.

„Nenn mich bitte Maya."

„Danke", antwortete Scarlet, „es tut mir leid, ähm …" Sie deutete auf den Kühlschrank. „Ich wollte nur etwas Wasser holen. Ich wusste nicht, dass jemand zuhause ist. Ryder hat nicht erwähnt …"

„Entschuldige dich nicht", sagte Maya leise. „Natürlich kannst du dich im Kühlschrank bedienen. Aber Ryder hat normalerweise bessere Manieren, als dass du dich selbst versorgen müsstest."

„Es ist nicht seine Schuld. Er schläft", sagte Scarlet.

„Nicht mehr", sagte Gabriel und drehte sich zum Flur um, wo in diesem Moment Ryder erschien, barfuß und in Shorts gekleidet.

„Fragt ihr Scarlet aus?", fragte Ryder, obwohl er nicht böse klang. Er wirkte entspannt und überhaupt nicht verlegen darüber, dass alle so aussahen, als wären sie gerade aus dem Bett gestiegen.

„Ich glaube, dein Vater hat sie erschreckt", sagte Maya, dann zwinkerte sie Scarlet zu. „Lass dich nicht von der Narbe täuschen. Er ist wie ein Teddybär, groß und weich."

Scarlet bemerkte den zärtlichen Blick, den Maya und Gabriel austauschten.

„Versuchst du, meinen schwer erkämpften Ruf als harter Kerl zu ruinieren, Weib?", fragte Gabriel und grinste seine Frau an.

„Ich würde es nie wagen." Dann blickte sie zum Fenster. „Wir sollten besser duschen und uns anziehen. Ich habe Termine in der Klinik."

„Sie, äh, du arbeitest nachts?", fragte Scarlet höflich.

Maja nickte. „Das tun wir beide."

„Es tut mir leid, wenn ich euch mit all dem Lärm geweckt habe", sagte Scarlet.

„Wir waren schon wach", behauptete Maya.

Dann wandte sie sich zum Flur, und Gabriel folgte ihr.

„Oh, Mom!", rief Ryder. „Einen Gefallen bitte." Er folgte ihr und Scarlet hörte, wie er seine Stimme senkte und ein paar Worte mit seiner Mutter wechselte.

„Kein Problem. Kommt einfach später ins Hauptquartier", antwortete Maya auf Ryders Frage.

Einen Moment später erschien Ryder in der Küche. Er ging direkt zu Scarlet und zog sie in seine Arme.

„Du hättest mich wecken sollen. Ich hätte dir etwas zu trinken besorgen können."

„Du sahst erschöpft aus."

Ryder schmunzelte. „Deine Schuld." Er küsste sie sanft. „Ich bin sicher, ich kann mir was einfallen lassen, wie du es wieder gutmachen kannst." Er drückte sein Becken gegen ihren Bauch.

„Pssst! Deine Eltern!" Sie deutete zur Decke. „Warum hast du mir nicht gesagt, dass sie zu Hause sind? Ich dachte, wir wären allein im Haus. Sie haben wahrscheinlich gehört, dass wir … dass wir … ich meine, weißt du …"

„Oh Gott, du bist bezaubernd, wenn du rot wirst." Er küsste sie auf die Nase. „Was meine Eltern anbetrifft, falls sie uns beim Sex gehört haben: geschieht ihnen recht. Weißt du, wie oft meine Geschwister und ich ihnen beim Liebesspiel zuhören mussten? Wir haben deshalb verlangt, dass sie in den zweiten Stock hochziehen."

Sie konnte ein Kichern nicht unterdrücken. „Ryder! Du bist schrecklich."

„Als ich ein Teenager war, war das traumatisierend."

Scarlet schüttelte den Kopf und versuchte sehr, nicht zu lachen. „Sie sehen so jung aus. Ich kann nicht glauben, dass sie deine Eltern sind. Ich meine, deine Mutter kann nicht älter als dreißig sein. Und dein Vater sieht definitiv wesentlich jünger als vierzig aus."

Ryder zuckte mit den Schultern. „Gute Gene." Dann wechselte er das Thema. „Wie wäre es, wenn wir duschen, und dann mache ich uns was zum Abendessen?"

„Das klingt gut. Ich bin ausgehungert."

„Ich auch."

Er warf ihr einen hungrigen Blick zu, der ihre Knie zittern ließ.

„Du bist unersättlich."

Ryder grinste. „Kuck mal, wer da spricht."

25

„Das war köstlich“, sagte Scarlet und wischte sich mit einer Serviette die Lippen ab. „Hat dir deine Mutter das Kochen beigebracht?“

„Ich habe es mir selbst beigebracht. Meine Mutter kocht nicht.“

Und warum sollte sie auch? Sie aß nicht. Sie trank nur Gabriels Blut. Und obwohl sein Vater auch Mayas Blut trank – höchstwahrscheinlich immer dann, wenn sie Sex hatten, was oft der Fall war – musste er menschliches Blut trinken, um sich zu ernähren. Sehr bald würde Ryder Scarlets Blut trinken – und ausschließlich ihres – sobald sie blutgebunden waren. Die Aussicht, Scarlet zu Seiner zu machen, ließ sein Herz aufgeregt schlagen. Aber es gab noch Hürden zu überwinden, bevor dies geschehen konnte.

Ryder nahm die leeren Teller, ging um die Kücheninsel herum und stellte sie in das Spülbecken, um sie abzuspülen. Sie waren an der Kücheninsel gesessen und hatten allein ein gemütliches Essen genossen. Weder Ethan noch Vanessa waren nach Hause zurückgekehrt, und Gabriel und Maya waren bereits zur Arbeit aufgebrochen.

„Ich bin überrascht, dass deine Eltern nicht zum Abendessen geblieben sind. Sie haben die beste Pasta Carbonara verpasst“, schwärmte Scarlet.

„Eigentlich ist es für sie das Frühstück“, meinte er ausweichend. „Normalerweise essen sie bei Scanguards. Dort gibt es eine Lounge mit kostenlosem Essen für alle Mitarbeiter.“

„Kostenlos? Wow, das ist großzügig. Und das würde den Tomatensaft in deinem kleinen Kühlschrank erklären.“

Ryder ließ fast den Teller in seiner Hand fallen. „Tomatensaft?“

„Ja. Tut mir leid, ich habe nach Wasser gesucht, aber du hattest nur ein paar Flaschen Tomatensaft dort, und mir ist aufgefallen, dass auf dem Etikett stand, dass sie von Scanguards abgefüllt wurden.“

Ryder zwang sein Herz, wieder normal zu schlagen. Zum Glück hatte Scarlet nicht etwas genauer auf die Flaschen geschaut, sonst wäre ihr aufgefallen, dass es sich bei der Flüssigkeit nicht um Tomatensaft, sondern um Blut handelte. Menschliches Blut.

„Tut mir leid, ich werde dafür sorgen, uns mit Wasser einzudecken“, sagte er mit einem Lächeln. „Mit all der körperlichen Anstrengung, der ich dich aussetze, kann ich dich ja nicht austrocknen lassen ...“

Scarlets Wangen verfärbten sich in ein hübsches Rosa. Er ging um die Insel herum und blieb neben dem Barhocker stehen, auf dem sie saß. Dann drehte er ihn, damit er zwischen ihre Beine treten und seine Arme um sie legen konnte.

„Wieso errötest du?“

Sie zuckte mit den Schultern. „Es ist nur … was wir getan haben … Ich dachte immer, es wäre nichts, was ein nettes Mädchen tut … weißt du. Hältst du mich für schamlos?“

„Oh, ganz sicher bist du das.“ Als sie nach Luft schnappte, fügte er hinzu: „Ich liebe schamlos. Ich liebe es, dass du keine Hemmungen hast und mich so akzeptierst, wie ich bin. Bereust du es, mir erlaubt zu haben, dich mit beiden Schwänzen zu nehmen?“

„Nein“, sagte sie ohne zu zögern.

Er lächelte. „Dann brauchst du dich nicht zu schämen. Wichtig ist nur, dass es dir und mir Spaß macht. Niemand wird dich dafür verurteilen.“

„Es ist nur, deine Eltern … weißt du, sie wissen offensichtlich, dass du zwei Schwänze hast. Ich meine, du sagtest, du wärst so geboren … also wissen sie wahrscheinlich, was wir getan haben … Ich möchte einen guten Eindruck machen. Ich möchte nicht, dass sie denken, dass ich … ähm … du weißt schon … ein Flittchen bin.“

Ryder legte eine Hand unter Scarlets Kinn und hob es an, damit sie ihn ansehen musste. „Würdest du dich besser fühlen, wenn du wüsstest, dass ich nicht der Einzige in dieser Familie bin, der zwei Schwänze hat?“

Ihre Augen weiteten sich. „Willst du damit sagen, dass dein Vater …“

Ryder nickte. „Und mein Bruder. Es ist erblich bedingt.“ Dann lächelte er. „Also, wenn du denkst, dass du ein Flittchen bist, weil du meine beiden Schwänze in dir genießt, dann würde dasselbe für meine Mutter gelten. Niemand in dieser Familie würde dich jemals dafür verurteilen, dass du genießt, was die Natur mir gegeben hat. Im Gegenteil. Meine Eltern sind hocherfreut, dass ich dich gefunden habe und dass du mich nicht wegen etwas abgewiesen hast, auf das ich keinen Einfluss hatte.“

Scarlet legte ihre Arme um ihn und brachte ihr Gesicht bis auf wenige Zentimeter an seines heran. „Ich liebe es, beide Schwänze gleichzeitig in mir zu spüren. Es gibt mir das Gefühl, vollständig zu sein.“

„Das höre ich gerne, denn ich kann mir nichts Schöneres vorstellen, als so mit dir Liebe zu machen. Das Gefühl, wie sich deine Muskeln um mich herum zusammenziehen, wenn du kommst, ist besser als alles, was ich je erlebt habe.“

„Du machst mich heiß, wenn du so redest“, sagte sie, und ihr Atem stockte plötzlich.

„Gut, denn du machst mich so verdammt geil, dass ich dich hier und jetzt ficken möchte, bis keiner von uns auch nur ein einziges Glied mehr bewegen kann.“

Er drückte seine Lippen auf sie und küsste sie leidenschaftlich, seine Hände bereits auf dem T-Shirt, das er aus Vanessas Schrank genommen hatte, da er ihres zuvor zerrissen hatte.

Sein Handy klingelte. Er erkannte den Klingelton, der der Nummer seiner Schwester zugeordnet war, und löste seine Lippen von Scarlets. „Verdammt, das ist Nessie. Ich muss rangehen.“

Er nahm den Anruf entgegen und drückte das Handy ans Ohr. „Ja?“

„Ich brauche deine Hilfe. Es gab einen Angriff.“

Beunruhigt fragte er: „Geht es dir gut?“

„Mir geht es gut, aber jemand anderer hatte nicht so viel Glück. Eine junge Frau ist schwer verletzt. Ein Vampir hat sie angegriffen. Er ist geflohen, als er mich sah.“

„Scheiße! Einer von unseren?“

„Nein. Ich habe ihn noch nie gesehen.“

„Hast du im Hauptquartier angerufen?“

„Hab ich. Niemand ist nah genug. Ich bin in der Marina. Du bist am nächsten.“

„Schick mir deinen Standort.“

„Danke, Ryder.“

Er beendete den Anruf und einen Moment später pingte sein Handy. Vanessa hatte ihm ihren Standort übermittelt.

„Was ist los?“, fragte Scarlet. Besorgnis flackerte in ihren Augen auf.

„Jemand wurde angegriffen.“

„Deine Schwester? Ach du lieber Gott!“

„Ihr geht es gut, aber ich muss einer jungen Frau helfen, die bei ihr ist."

„Hat sie die 9-1-1 angerufen?"

Ryder zögerte einen Augenblick. Scarlet würde nicht verstehen, warum sie nicht einfach einen Krankenwagen rufen konnten. Ein Vampirangriff musste direkt von Scanguards gehandhabt werden. Kein Außenstehender durfte herausfinden, was wirklich passiert war, sonst würde ihr Geheimnis auffliegen. Es würde eine weit verbreitete Panik in der Stadt auslösen.

„Das Mädchen steht unter Scanguards' Schutz. Wir können die Polizei nicht einschalten und sie auch nicht in ein Krankenhaus bringen."

„Aber –"

„Es ist kompliziert. Ich erkläre es später." Sobald ihm eine glaubwürdige Geschichte einfiel. „Lass uns gehen." Er hob Scarlet vom Barhocker und stellte sie auf die Füße.

„Ich komme mit dir mit?"

„Ja. Ich bin immer noch dein Bodyguard. Ich darf nicht von deiner Seite weichen."

Es stimmte, obwohl es unwahrscheinlich war, dass jemand sie finden und ihr in seinem Haus Schaden zufügen würde. Aber sie hatte bereits seinen Blutvorrat gefunden – obwohl sie ihn mit Tomatensaft verwechselt hatte – und er konnte es sich nicht leisten, dass sie über irgendetwas anderes stolperte, das sie in seinem Haus seltsam finden könnte. Die getönten Fensterscheiben kamen ihm in den Sinn. Alle Fenster im Haus waren mit einer speziellen Folie bedeckt, die die UV-Strahlen der Sonne herausfilterte, die einen Vampir verbrennen und letztendlich töten würden. Die Erfindung ermöglichte es Vampiren, ein normales Leben in ihren eigenen vier Wänden zu führen.

„Okay", stimmte sie zu.

„Lass mich dir eine von Nessies Jacken holen", sagte Ryder und ging zum Flurschrank, wo er eine Jacke aussuchte, die Scarlet vor der kühlen Nachtluft San Franciscos schützen würde. „Hier."

Sie schlüpfte hinein, und Augenblicke später gingen sie hinaus und sprangen in Ryders SUV. Er hatte sich bereits Vanessas Aufenthaltsort eingeprägt und fuhr die Divisadero Street, eine der steilsten Straßen der Stadt, hinunter.

„Also, wenn du nicht vorhast, das verletzte Mädchen in ein Krankenhaus zu bringen, was willst du dann tun?“, fragte Scarlet und warf ihm einen Seitenblick zu.

„Meine Mutter wird sich bei Scanguards um sie kümmern. Ich habe dir doch gesagt, sie ist Ärztin.“

„Sie ist Chirurgin?“

Er wich der Frage aus. „Sie hat in den letzten zwei Jahrzehnten alle Arten von Verletzungen behandelt: alles von Schusswunden über Messerstiche bis hin zu Infektionen und Bisswunden.“

„Bisswunden?“

„Ja, von Tieren“, log er. Die Bisswunden waren von Vampiren zugefügt worden.

„Ich bin verblüfft. Ich meine, sie ist so jung. Die Ausbildung als Arzt dauert Jahre. Wie hat sie neben der Ausbildung zur Ärztin und der Spezialisierung in der Unfallmedizin überhaupt Zeit gehabt, drei Kinder auf die Welt zu bringen?“

Scarlet war klug, und obwohl er die Tatsache liebte, dass seine zukünftige Gefährtin intelligent war und eine gesunde Portion Neugier besaß, bedeutete dies auch, dass Scarlet bald die Wahrheit über seine Familie und Scanguards herausfinden würde. Er musste seine Geheimnisse sehr bald preisgeben, bevor sie selbst darüber stolperte, aber jetzt war nicht der richtige Zeitpunkt. Er hasste es, sie anlügen zu müssen, aber er hatte keine Wahl.

„Sie ist eine großartige Multitaskerin“, behauptete Ryder. „Und wie gesagt, sie ist nicht so jung, wie sie aussieht.“

„Wie alt ist sie?“

Er gluckste. „Das kann ich dir nicht sagen.“ Sie war Anfang dreißig gewesen, als sie von ihrem Stalker angegriffen und in einen Vampir verwandelt worden war, ein Vorfall, der mehr als dreißig Jahre zurücklag.

„Du weißt es nicht?“, fragte Scarlet mit gerunzelter Stirn.

„Natürlich weiß ich es, aber Mom ist der Meinung, dass keine Frau jemals ihr wahres Alter preisgeben sollte.“ Er zuckte mit den Schultern. „Sorry.“

„Sie ist wunderschön“, sagte Scarlet.

Ryder sah Scarlet einen Moment lang an, bevor er seine Aufmerksamkeit wieder der Straße zuwandte. „Du bist genauso schön. Wenn nicht noch schöner. Besonders mit deinen offenen Haaren.“

Sie lachte leise, ihr langes Haar streichelte ihr Gesicht. „Ein Pferdeschwanz ist praktisch."

„Und die Brille, die du nicht wirklich brauchst?"

„Woher weißt du, dass ich sie nicht brauche?"

„Weil du sie jetzt nicht trägst, und du trägst auch keine Kontaktlinsen. Lass mich raten: Du willst, dass alle glauben, dass du eine fleißige kleine Maus bist und nicht die heißblütige Füchsin, die du wirklich bist."

„Du denkst, ich bin eine heißblütige Füchsin?"

Er legte seine Hand auf ihren Oberschenkel. „Ja. Aber mir macht es nichts aus, dass du dich hinter der Fassade einer Bibliothekarin versteckst."

„Weil es dir peinlich wäre, eine Füchsin als Freundin zu haben?"

Er lachte. „Nicht im geringsten. Aber sobald meine Freunde herausfinden, was sich hinter deiner zurückhaltenden Fassade verbirgt, muss ich sie alle mit Stöcken von dir weghalten."

Scarlet griff nach ihm und legte ihre Hand auf seinen Schritt. Die Berührung brachte ihn dazu, das Lenkrad kurz ruckartig zu bewegen, bevor er seine Fassung wiedererlangte.

„Sie werden keine Chance haben", murmelte sie. „Ich habe gefunden, was ich will."

„Diese beiden Schwänze haben ein Anhängsel", sagte er, „mich. Ich hoffe, das ist kein Problem."

„Ich würde es nicht anders wollen."

Er drückte seine Hand auf ihre und sorgte dafür, dass sie spürte, wie sich seine Zwillingsschwänze mit Blut füllten und durch ihre Berührung hart wurden.

Augenblicke später bog er in eine kleine Gasse ein und hielt den Wagen an. „Hier sind wir."

26

Ryder parkte den Wagen in einer dunklen Gasse hinter einer Reihe von Restaurants im angesagten und teuren Marina-Viertel. Als er heraussprang, folgte Scarlet ihm. Vielleicht konnte sie helfen. Sie ging um den SUV herum und ihr war plötzlich kalt. Trotz des schönen Wetters tagsüber waren die Nächte in San Francisco immer kühl. Sie war froh, dass Ryder ihr eine Jacke zum Anziehen gegeben hatte.

In dem Moment, als Scarlet den Geländewagen umrundete, sah sie eine junge Frau neben einer anderen Frau in der Hocke. Obwohl es keine Straßenlaternen gab, boten die Lichter der anliegenden Gebäude genügend Beleuchtung, um zu sehen, dass beide Frauen blutüberströmt waren. Schock durchfuhr ihren Körper.

„Nessie", rief Ryder und eilte zu ihnen.

„Gott sei Dank bist du hier", sagte Vanessa. „Ich kann die Blutung nicht stoppen. Ich habe ihr bereits mein –" Sie hielt abrupt inne und ihr Blick landete auf Scarlet.

Ryder sah über seine Schulter. „Scarlet, bleib bitte im Auto."

„Ich kann helfen." Und so wie es aussah, brauchte die verletzte Frau alle Hilfe, die sie bekommen konnte.

„Ist sie das?", fragte Vanessa ihren Bruder.

„Ja, das ist Scarlet."

„Du hast sie mitgebracht? Bist du verrückt?", stieß Vanessa leise aus, doch Scarlet hörte sie trotzdem.

Ryder warf ihr einen tadelnden Blick zu. „Nessie!"

Vanessa begegnete Scarlets Blick. „Nichts für ungut, Scarlet, aber das ist nichts für schwache Nerven."

„Wenn du damit umgehen kannst, kann ich das auch", sagte Scarlet. Schließlich konnte Ryders Schwester nicht älter sein als sie selbst. Und Scarlet war nicht zimperlich, wenn es um Blut ging.

Die verletzte Frau stöhnte vor Schmerzen.

„Wir sind hier, Lizzy", sagte Vanessa. „Wir kümmern uns um dich."

Scarlet trat näher und beobachtete, wie die beiden Geschwister Druck auf die Wunden der Frau ausübten und mit zerrissenen Stoffstreifen Aderpressen anlegten. Soweit Scarlet in dem schwachen Licht sehen konnte, blutete die Verletzte stark aus ihrem Hals und ihrer Brust. Ihre Hände waren ebenfalls blutig, als hätte sie mit ihrem Angreifer gekämpft. Scarlets Blick fiel auf die Kleidung und Schuhe der Frau: ein extrem kurzer Rock, High Heels und Seidenstrümpfe. Ihr blutgetränktes Oberteil war tief ausgeschnitten. Scarlet wollte nicht urteilen, aber es sah aus, als wäre diese Frau eine Prostituierte.

Scarlet vermutete, dass ein potenzieller Kunde ihr das angetan hatte. Ein verdammter Psychopath! Als Teil ihres Grundstudiums hatte sie die Profile von Tätern studiert, die Prostituierte angriffen. Psychopathen, die Freude daran fanden, Frauen zu verletzen, die sowieso schon ein schlechtes Leben hatten. Ihr Herz schmerzte für die junge Frau.

„Sie muss in die Notaufnahme. Jetzt, oder sie verblutet“, sagte Scarlet besorgt. Niemand hatte das verdient, egal wie jemand seinen Lebensunterhalt verdiente.

„Nein“, sagte Ryder bestimmt. Dann sah er seine Schwester an. „Hast du schon angerufen?“

„Mom wartet im Hauptquartier auf uns. Sie bereitet alles für die Operation vor.“

„Dann bringen wir sie ins Auto. Du fährst“, sagte Ryder. „Ich bleibe bei ihr hinten, um Druck auf ihre Wunden auszuüben.“

Scarlet beobachtete, wie Vanessa und Ryder die schwer verletzte Frau zum Auto trugen und sie mit ihrem Kopf auf Ryders Schoß auf den Rücksitz legten, während dieser seine Hand auf Lizzys Halswunde drückte.

Vanessa knallte die Tür zu und nickte dann Scarlet zu. „Los geht's!“

In dem Moment, als Scarlet sich auf den Beifahrersitz setzte und die Autotür schloss, gab Vanessa bereits Gas. Scarlet hatte nicht einmal Zeit, sich anzuschnallen. Vanessa fuhr genauso schnell wie Ryder auf dem Weg hierher. An der nächsten Kreuzung schaltete das Signal auf Rot, aber Vanessa bremste nicht ab. Stattdessen drückte sie einen Knopf auf dem Armaturenbrett, und eine Polizeisirene ertönte, begleitet von Blau- und Rotlicht. Scarlet war fassungslos. Sie hatte keine Ahnung gehabt, dass sich Ryders Auto praktisch in einen Streifenwagen verwandelte.

„Nessie!“, rief Ryder vom Rücksitz aus. „Fahr nicht wie eine alte Frau. Tritt drauf!“

Endlich gelang es Scarlet, den Sicherheitsgurt einrasten zu lassen. Gerade noch rechtzeitig, denn jetzt raste Vanessa durch die Straßen und wich Hindernissen mit solcher Geschicklichkeit aus, dass Scarlet sich fragte, ob Vanessa eine professionelle Rennfahrerin war. Vanessas Reaktionsgeschwindigkeit war etwas, was Scarlet noch nie zuvor bei jemandem gesehen hatte.

Scarlet war froh, jetzt auf dem Beifahrersitz angeschnallt zu sein, sonst wäre sie Gefahr gelaufen, durch die Windschutzscheibe zu fliegen, als Vanessa auf die Bremse trat und dann eine 90-Grad-Wendung machte.

„Wie geht's ihr?“, fragte Vanessa.

„Schlecht“, sagte Ryder. „Ihr Puls wird immer schwächer. Wie viel hast du ihr gegeben?“

„Nur ein wenig“, antwortete Vanessa mit einem schnellen Seitenblick auf Scarlet.

„Sie braucht mehr“, sagte Ryder.

„Mehr von was?“, fragte Scarlet und blickte über ihre Schulter.

„Behalte bitte die Straße im Auge, Scarlet“, befahl Ryder. „Hilf Vanessa beim Navigieren.“

Obwohl Scarlet wusste, dass Vanessa ihre Hilfe nicht brauchte, folgte sie Ryders Befehl. Wahrscheinlich wollte er nicht, dass sie sich die schrecklichen Verletzungen ansehen musste, aus Angst, ihr würde bei dem Anblick übel werden.

„Ganz ruhig, Lizzy“, murmelte Ryder jetzt auf dem Rücksitz. „Sprich nicht.“

„Noch zwei Minuten“, sagte Vanessa.

Sie waren bereits im Mission-Viertel. Scarlet wusste, dass sich das Hauptquartier von Scanguards irgendwo in dieser Gegend befand, obwohl sie selbst noch nie dort gewesen war.

Schließlich verlangsamte Vanessa den Geländewagen so, dass sie in die Einfahrt einer Tiefgarage einbiegen konnte. Das irgendwo vorne am Auto angebrachte Tag-Lesegerät erkannte den SUV und das Tor öffnete sich. Vanessa fuhr hinein und Scarlet hörte, wie das Tor hinter ihnen herunterkam. In der großen Garage hielt Vanessa auf der ersten Ebene direkt vor einem Aufzug an. Davor wartete Maya, gekleidet in einen blauen Overall und einen weißen Arztkittel, die Haare zu einem Knoten gebunden, mit einer Bahre, bereit, ihre Patientin zu empfangen.

Vanessa sprang aus dem SUV, während Maya bereits die Tür zum Rücksitz öffnete.

„Wie geht es ihr?“, fragte Maya.

„Der Puls liegt um die 50 und stabilisiert sich. Der Blutdruck fällt immer noch. Sie hat viel Blut verloren“, antwortete Ryder und klang wie ein erfahrener Rettungssanitäter, obwohl er keine Instrumente hatte, mit denen er Lizzys Blutdruck messen konnte.

„Okay“, sagte Maya. „Vanessa, hilf mir, sie auf die Bahre zu legen.“

Scarlet sprang aus dem SUV und sah zu, wie Mutter und Tochter Lizzy auf die Bahre legten, während Ryder weiter auf ihre Halswunde drückte.

„Lizzy, ich bin Maya“, sagte Maya. „Ich werde mich um dich kümmern. Es wird alles wieder gut.“

Scarlet atmete auf, erleichtert, dass Maya zuversichtlich war.

Maya wirbelte ihren Kopf zu ihr herum und bemerkte sie erst jetzt. Dann sah sie Ryder an. „Scarlet sollte nicht hier sein.“

„Das kann ich jetzt nicht mehr ändern“, sagte Ryder und starrte seine Mutter an.

„Na gut. Du weißt, was du tun musst.“

Scarlet war überrascht von Mayas frostiger Begrüßung. Sie schluckte schwer. „Ich kann im Auto warten.“

„Nein!“, protestierten alle drei Mitglieder der Familie Giles gleichzeitig, während sie die Bahre in den großen Fahrstuhl schoben.

„Komm, Scarlet“, sagte Ryder und bedeutete ihr, neben ihm in den Fahrstuhl zu treten.

Eine Sekunde später schlossen sich die Türen und der Aufzug fuhr nach unten. Die Fahrt verlief reibungslos und schnell.

Als der Fahrstuhl anhielt und sich die Türen öffneten, eilten sie alle hinaus und rannten, die Bahre schiebend, den langen Korridor entlang. Kurz bevor sie die Doppeltür am Ende des Korridors erreichten, öffnete sich diese nach innen.

Scarlet folgte ihnen hinein. Der große Raum sah aus wie eine hochmoderne Notaufnahme mit verschiedenen Behandlungsplätzen, Defibrillatoren, Beatmungsgeräten, Ultraschallgeräten und vielen anderen Dingen, deren Namen Scarlet nicht kannte. Mehrere Personen saßen in einem verglasten Wartezimmer, und ein Mann lag mit einer Infusion im Arm auf einem der Betten und erhielt eine Bluttransfusion. Es gab nur eine weitere medizinische Mitarbeiterin, eine Frau in einer Krankenschwesternuniform.

„Der OP ist vorbereitet“, sagte die Krankenschwester.

„Vanessa und Ryder, ihr kommt mit mir“, befahl Maya. „Jenny, Scarlet soll im Wartezimmer H warten.“

Dann verschwanden sie durch eine weitere Doppeltür und Stille senkte sich über den Raum.

Scarlet holte tief Luft und versuchte, sich zu beruhigen. Sie hoffte, dass Maya die junge Frau retten konnte. Ihr Blick fiel auf die Menschen im Wartezimmer. Mehrere hatten Blut an sich, entweder an ihrer Kleidung oder ihren Gesichtern oder Händen. Scarlet vermutete, dass sie alle einen Unfall gehabt hatten.

Jenny, die etwas älter als Scarlet aussah, lächelte sie an. „Na, Scarlet, lass mich dir den Warteraum zeigen. Und ich kann dir etwas zu trinken oder zu essen besorgen, während du wartest.“

„Ich brauche nichts, aber danke.“

„Also gut“, sagte Jenny. Anstatt sie in den verglasten Warteraum zu führen, öffnete Jenny die Tür zu einem anderen Korridor und bedeutete ihr, ihr zu folgen. An der ersten Tür links blieb sie stehen und öffnete sie. Es war ein komfortables Zimmer mit einer großen Sitzecke, einem Fernseher und vielen Zeitschriften. Es war leer. Scarlet trat ein.

„Fühl dich wie zu Hause. Ich sage dir Bescheid, wenn sie herauskommen. Und wenn du etwas brauchst, drück einfach auf die Ruftaste.“ Sie zeigte auf einen roten Knopf an der Wand.

„Vielen Dank.“

Jenny ging und zog die Tür hinter sich zu. Scarlet war allein.

Die Ereignisse der letzten Stunden spielten sich in ihrem Kopf nochmals ab. Sie war sicher, dass Maya eine fähige Ärztin war und Lizzy helfen konnte, aber Scarlet verstand immer noch nicht, warum Vanessa keinen Krankenwagen gerufen hatte, anstatt Ryder anzurufen und die verletzte Frau hierher zu bringen. Irgendetwas stimmte nicht. Die Frau war eindeutig von jemandem angegriffen worden. Warum verschwieg Vanessa das der Polizei? Wusste sie, wer Lizzy angegriffen hatte, und wollte diese Person beschützen?

27

Scarlet gähnte und sah auf ihr Handy. Sie wartete schon seit fast einer Stunde in diesem Raum. Und sie musste dringend auf die Toilette. Irgendwo musste doch eine sein. Sie stand auf, öffnete die Tür zum Flur und trat hinaus. Auf dem Weg von der Krankenstation zu diesem Wartezimmer hatte sie keine Schilder für Toiletten gesehen, also beschloss sie, in die andere Richtung zu gehen, weiter den Korridor entlang. Sie folgte einer Biegung, aber keine der Türen, an denen sie vorbeikam, führte zu einer Toilette.

Der Korridor endete an einer Tür. Sie stieß sie auf und trat hindurch. Dahinter befanden sich Treppen. Offensichtlich gab es auch in dieser Richtung keine Toiletten. Sie hätte Jenny, die Krankenschwester, bitten sollen, ihr den Weg zu erklären. Scarlet drehte sich um, um ihre Hand auf die Türklinke zu legen, aber es gab keine. Von dieser Seite ließ sich die Tür nicht öffnen, zumindest nicht ohne Zutrittskarte. Neben der Tür war ein Kartenleser angebracht. Vermutlich eine Sicherheitsmaßnahme, damit niemand Unbefugter von dieser Treppe aus die Krankenstation betreten konnte.

Scarlet hatte sich ausgesperrt.

„Mist!“, fluchte sie.

Jetzt blieb ihr nichts anderes übrig, als eine Etage höher zu gehen. Zu ihrer Erleichterung war die Tür, die sie dort erreichte, unverschlossen. Scarlet stieß sie auf und sah sich um. Sie befand sich in einem weiteren Korridor und beschloss, hier ihr Glück zu versuchen. Schließlich fand sie eine Tür mit dem Zeichen einer Frau darauf und öffnete sie. Die Toilette war sauber und groß, mit mehreren Kabinen und Waschbecken. Sie benutzte eine der Kabinen, wusch sich dann die Hände und trocknete sie ab und überprüfte ihr Gesicht im Spiegel. Zufrieden mit dem Anblick drehte sie sich um.

Sie wäre beinahe mit einer älteren Frau zusammengestoßen und erstarrte mit hämmerndem Herzen. „Es tut mir leid, Ma'am!“ Scarlet hatte sie nicht gesehen, als sie in den Spiegel geschaut hatte. Sie atmete tief aus und versuchte, sich zu beruhigen.

„Kein Problem." Die Frau musterte sie von oben bis unten. „Sind Sie auf dieser Etage richtig?"

Scarlet seufzte. „Nein, ich glaube, ich habe mich verlaufen. Ich war in der Krankenstation unten, und dann suchte ich nach einer Toilette und habe mich dabei ausgesperrt, und der einzige Weg, der mir blieb, war die Treppe nach hier oben. Vielleicht könnten Sie mir helfen, zurück zu finden?"

„Na sicher, gehen Sie einfach links aus der Tür, dann den zweiten Korridor nach rechts, der führt Sie zurück zum Aufzug."

„Danke, Ma'am, Sie haben mir sehr geholfen."

Scarlet drehte sich um und verließ die Toilette. Sie folgte den Anweisungen der Frau und schaffte es zurück zum Aufzug. Erleichtert drückte sie auf den Knopf, als sie hinter sich Schritte hörte. Sie blickte über ihre Schulter.

Benjamin kam mit zusammengekniffenen Augen auf sie zu. „Was zum Teufel?"

„Oh, hey, ich habe mich total verlaufen. Kannst du mir bitte helfen, zurück zur Krankenstation zu gelangen?"

Er blieb vor ihr stehen und funkelte sie an. „Wer zum Teufel bist du? Und was machst du auf einer Etage mit beschränktem Zugang?"

„Ich bin's, Scarlet. Warum tust du so, als würdest du mich nicht kennen?"

Die Fahrstuhltüren öffneten sich.

„Weil ich dich nicht kenne." Er packte sie am Arm und zog sie mit sich in den Fahrstuhl, dann drückte er einen Knopf.

„Lass mich los. Warum bist du so ein Arschloch?" Die wenigen Gespräche, die sie mit Benjamin geführt hatte, als er ihr Haus bewacht hatte, waren immer angenehm gewesen. Offensichtlich hatte der Typ heute schlechte Laune.

„Weil wir keine Eindringlinge dulden. Was suchst du hier, hmm? Was planst du?"

„Ich plane verdammt nochmal nichts! Ich suchte eine Toilette!"

„Keine sehr originelle Ausrede. Ich habe schon bessere gehört."

Sie versuchte, sich aus seinem eisernen Griff um ihren Oberarm zu befreien. „Verdammt, Benjamin! Du tust mir weh."

Er starrte sie an und sein Gesichtsausdruck veränderte sich. „Ach um Himmels willen! Mein Bruder hat dich hier reingelassen? Ich bin nicht Benjamin, ich bin Damian, sein Zwilling."

Endlich ließ er ihren Arm los. Sie rieb ihn.

„Ich wusste nicht, dass Benjamin einen Zwilling hat." Benjamin hatte es nie erwähnt. Aber sie hatten auch nie viel mehr als ein paar Höflichkeiten ausgetauscht.

„Na ja, er gibt gerne vor, einzigartig zu sein. Das ist er nicht."

„Hmm. Bist du immer so unfreundlich, wenn jemand nach dem Weg fragt?"

„Das ist Teil meiner Arbeit. Du darfst nicht auf dieser Etage sein."

„Ich habe dir doch schon gesagt, dass ich nach einer Toilette gesucht und mich dabei verlaufen habe."

„Benjamin weiß ganz genau, dass seine Freundinnen bei Scanguards nicht frei herumlaufen dürfen."

„Ich bin nicht mit Benjamin gekommen." Sie grunzte frustriert. „Und ich bin nicht seine Freundin."

Der Aufzug klingelte, und die Türen öffneten sich.

„Also hast du dich reingeschlichen, genau wie ich schon dachte!", knurrte Damian.

Die offenen Türen gaben den Blick frei auf Grayson, der vor dem Aufzug stand und sie anstarrte.

„Scarlet! Was machst du hier?"

„Grayson", sagte sie, überrascht, ihn zu sehen.

„Du bist also nicht wegen Benjamin hier? Du hast Grayson gesucht?", fragte Damian.

„Nein, hab ich nicht!", protestierte Scarlet.

„Vielleicht", sagte Damian, indem er über sie sprach und sich an Grayson wandte, „sagst du deiner sterb–"

„Klappe, Damian!", unterbrach Grayson ihn mit erhobener Stimme.

Es entstand eine kurze Pause, in der keiner der drei etwas sagte.

„Und sie ist nicht meine Freundin, sie ist mein Schützling. Oder, besser gesagt, war es. Und sie sollte nicht hier sein." Grayson sah sie direkt an. „Also, was zum Teufel hast du dieses Mal vor? Wer zum Teufel hat dich hier reingelassen? Und wo ist dein Besucherausweis?"

Graysons gebieterischer Ton machte sie wütend. „Na, wenn mich mal jemand zu Wort kommen lassen würde, dann könnte ich erklären, was passiert ist!“ Sie stemmte die Hände in die Hüften und funkelte Grayson an. „Darf ich jetzt reden oder nicht?“

Von irgendwo am Ende des Flurs näherte sich jemand und lachte leise. Scarlet drehte den Kopf, um zu sehen, wer es war. Ein junger Mann, der ihr irgendwie bekannt vorkam, sah sie an und grinste.

„Endlich jemand, der sich nichts von dir gefallen lässt. Wie erfrischend!“, sagte der Typ.

„Halt die Klappe, Ethan!“, knurrte Grayson.

„Ethan?“, wiederholte Scarlet. „Bist du Ethan Giles? Ryders Bruder?“

„Ja, der bin ich.“ Er näherte sich und sah sie jetzt neugierig an. „Kennen wir uns?“

Kein Wunder, dass er ihr bekannt vorkam. Er sah Ryder definitiv ähnlich.

„Ich bin … ähm … Ryders Freundin.“

Ethan starrte sie mit offenem Mund an, seine Augen schweiften über sie, als wäre sie ein Einhorn oder etwas anderes, das so selten war, dass er es noch nie gesehen hatte.

„Ryder geht mit einer Kundin?“, fragte Grayson und klang verärgert. „Das ist …“

„Du bist seine Freundin?“, fragte Ethan, obwohl es eher wie eine Feststellung klang. „Du bist es.“ Dann sah er Grayson und Damian an. „Sie ist die Eine.“

Scarlet bemerkte, wie die drei sie schweigend anstarrten. Jetzt sahen alle drei so aus wie Ethan zuvor, als sie ihm gesagt hatte, sie sei Ryders Freundin. „Habe ich etwas falsch gemacht? Es tut mir leid, dass ich auf einer Etage war, wo ich nicht sein sollte, aber ich habe mich verlaufen, als ich nach der Damentoilette gesucht habe. Ich muss zurück und Ryder finden.“

„Wo hast du Ryder zuletzt gesehen?“, fragte Ethan.

„Er war bei deiner Mutter und deiner Schwester. Wir brachten eine verletzte Frau mit und sie gingen alle in den OP.“

„Ich bringe dich runter“, bot Ethan an. „Bevor er durchdreht, wenn er dich nicht finden kann.“

„Ja, das wäre schlimm“, sagte Damian mit einem Nicken. „Und, Scarlet, erwähne ihm gegenüber vielleicht nicht, dass ich deinen Arm gepackt habe, okay? Ich meine, ich hab dir ja nicht wehgetan, oder?“

„Ist schon in Ordnung“, sagte sie und verstand nicht wirklich, warum er daraus ein Problem machte.

„Nein, wirklich“, beharrte Damian.

„Komm“, sagte Ethan und führte sie zurück in den Fahrstuhl.

Er zog seinen Ausweis über das Kartenlesegerät, bevor er einen Knopf drückte. Als sich die Türen endlich schlossen und der Aufzug nach unten fuhr, lächelte er sie an.

„Du bist also Scarlet.“

„Gibt es etwas, was mir entgangen ist? Ich meine, ist es wirklich so ungewöhnlich, dass ich mit deinem Bruder zusammen bin?“

„Nein, nein, natürlich nicht. Obwohl er nicht viele Freundinnen hatte. Und ganz bestimmt keine wie dich.“

Sie fand seine Worte seltsam, bekam jedoch keine Gelegenheit zu antworten, weil der Aufzug bereits angehalten hatte und die Türen sich öffneten.

„Scarlet!“ Ryder sprang förmlich in den Fahrstuhl und zog sie in seine Arme. „Ich habe dich überall gesucht. Gott sei Dank geht es dir gut.“ Er küsste sie, als wären sie allein und stünden nicht direkt neben Ethan.

„Ich habe mich verlaufen, als ich versucht habe, eine Toilette zu finden. Keine große Sache“, sagte sie, obwohl es ihr gefiel, dass Ryder nach ihr gesucht hatte. Und nach der Intensität seines Kusses zu urteilen, war er erleichtert, sie zurück zu haben. „Ich bin deinem Bruder begegnet.“

„Danke, Bruderherz“, sagte Ryder und klopfte Ethan auf die Schulter. „Ich schulde dir was.“

„Wir wollen sie jetzt doch nicht gleich wieder verlieren, oder?“, meinte Ethan.

Scarlet stieg mit Ryders Arm um ihre Taille aus dem Aufzug, während Ethan den Knopf zum Schließen der Türen drückte.

„Danke, Ethan!“, rief sie, bevor der Aufzug abfuhr.

„Ich war beunruhigt, als ich dich nicht finden konnte“, sagte Ryder.

„Was hätte mir bei so vielen Bodyguards an einem Ort schon passieren können? Ich bin hier sicher.“ Sie wechselte das Thema. „Wie geht es der verletzten Frau? Lizzy?“

„Ihr geht’s großartig. Mom macht gerade die letzten Nähte. Sie ist in wenigen Minuten fertig. Wir behalten Lizzy hier, bis sie sich vollständig erholt hat.“

„Da bin ich froh. Als ich sah, wie viel Blut sie verloren hat, dachte ich nicht, dass sie es schaffen würde“, sagte Scarlet. „Deine Mutter muss eine großartige Ärztin sein.“

„Das ist sie.“

„Und es tut mir leid, dass ich sie wütend gemacht habe.“

Ryder runzelte die Stirn. „Wütend? Wie denn?“

„Als sie uns in der Garage traf. Sie wollte nicht, dass ich hier bin.“

„Sie war nicht böse auf dich. Sie war nur überrascht, und ich schätze, sie war ein wenig besorgt, dass das, was du hier gesehen hast, dich erschüttern würde.“

„Bist du sicher? Ich meine, vielleicht war es ein bisschen viel, weißt du, dass ich praktisch halbnackt durch ihr Haus geschlichen bin.“

Ryder lachte leise. „Du hast meinen Bademantel getragen, das ist kaum halbnackt.“

„Stört dich denn nichts?“

„Da du es ansprichst, um eine Sache mache ich mir Sorgen.“

Sie wusste es. Sie hatte etwas falsch gemacht.

„Es geht darum, was dein Vater mir erzählt hat. Dass du krank bist. Dass du Anfälle von –“

„Ich will nicht darüber reden.“ Also war es ihrem Vater doch gelungen, Zweifel in Ryder zu säen. Sie hätte wissen müssen, dass das passieren würde.

„Scarlet, Baby.“ Er nahm ihre Hände und küsste ihre Knöchel. „Was auch immer es ist, es wird nichts daran ändern, was ich für dich empfinde. Ich möchte nur, dass meine Mutter dir ein paar Fragen zu deinen Symptomen stellt und dir etwas Blut abnimmt.“

„Aber was würde das denn ausrichten? Es ist einfach eine schlimme Form von PMS. Das haben viele Frauen. Meine Mutter hatte es auch.“

„Ich möchte nicht, dass du etwas tust, was du nicht tun möchtest, aber meine Mutter ist eine großartige Ärztin. Vielleicht kann sie dir helfen herauszufinden, warum du das durchmachst. Heute früh, bevor wir Sex hatten, verbrannte dein Körper beinahe. Sprich wenigstens mit ihr, erzähle ihr von deinen Symptomen. Ich würde es mir nie verzeihen, wenn ich nicht dafür sorgen würde, dass es dir gut geht.“

Seine Augen waren freundlich und sie sah Zuneigung aus ihnen strahlen. „In Ordnung, ich rede mit ihr.“

„Vielen Dank." Er drückte seine Lippen auf ihre und küsste sie intensiv, entfachte die Flammen der Lust, die sie gefühlt hatte, als sie sich früher am Tag geliebt hatten.

Als er ihre Lippen freigab, sagte sie: „Aber können wir danach zu dir heimfahren?"

Seine Augen schienen plötzlich golden zu schimmern. „Bist du müde?"

„Nein."

„Ich auch nicht."

„Gut", krächzte sie und ihr Herz schlug heftig. „Weil ich dich wieder spüren muss." Sie drückte ihr Becken gegen ihn.

„Baby, ich bin jetzt schon hart. Ich bringe dich schnell zu meiner Mutter, damit wir hier rauskommen, bevor ich uns eine Besenkammer suchen muss."

„Eine Besenkammer klingt im Moment ziemlich gut."

„Führe mich nicht in Versuchung."

28

Ryder wartete in der V-Lounge, während seine Mutter mit Scarlet sprach und ihr Blut abnahm. In der V-Lounge, die wie eine VIP-Lounge in einem Fünf-Sterne-Hotel aussah, komplett mit bequemen Sitzbereichen, sanfter Musik, einer Bar und einem Kamin, waren außer den blutgebundenen Gefährtinnen des Scanguards-Personals keine Menschen erlaubt. Es gab einen guten Grund, warum Menschen nicht eintreten durften: Die Lounge servierte menschliches Blut vom Fass. Und Ryder brauchte es.

In der Dunkelheit auf dem Rücksitz seines SUVs hatte er Lizzy sein eigenes Blut verabreicht, sonst wäre sie auf dem Weg zum Scanguards-Hauptquartier gestorben. Er war so unauffällig wie möglich vorgegangen und hatte dafür gesorgt, dass Scarlet nicht sehen konnte, was er tat. Als er aus dem OP zurückgekehrt war und Scarlet aus dem für Menschen reservierten Wartezimmer holen wollte, hatte er das Schlimmste befürchtet: dass sie einen Vampir gesehen hatte und geflohen war. Es war keine unrealistische Sorge. Schließlich kam es in der Krankenstation häufig vor, dass verletzte Vampire in einem solchen Zustand waren, dass ihre Reißzähne sichtbar wurden und ihre Augen rot glühten. Es war unvermeidbar, besonders wenn ein Vampir Schmerzen hatte oder hungrig war oder manchmal einfach seinen Drang nach menschlichem Blut nicht kontrollieren konnte. Er wollte nicht, dass Scarlet auf diese Weise herausfand, dass es Vampire gab und dass er und seine Familie keine Menschen waren.

Während er auf Scarlet wartete, bestellte Ryder ein großes Glas AB-positives Blut aus dem Hahn und trank es. Er spürte, wie seine Kraft langsam zurückkehrte. Er bestellte noch eines, als die Tür aufging und Luther eintrat.

Luther war ein massiver Vampir, breitschultrig, groß, mit einer gebieterischen Persönlichkeit. Er war nicht immer einer der Guten gewesen. Jeder bei Scanguards kannte seine Geschichte. Vor über drei Jahrzehnten hatte er versucht, Delilah und Nina, die Gefährtinnen von

Samson und Amaury, zu töten. Für seine Verbrechen wurde er zu zwanzig Jahren im Vampirgefängnis am Fuße der Sierra Nevada verurteilt. Nach seiner Freilassung war er maßgeblich daran beteiligt gewesen, Isabelle, Samsons und Delilahs Tochter, vor einem Vampir zu retten, den Luther aus dem Gefängnis kannte, und hatte somit Samsons Vergebung verdient. Kurz darauf war er Scanguards beigetreten und teilte seine Zeit nun zwischen San Francisco und dem Vampirgefängnis, wo er als Sicherheitsberater arbeitete, auf.

„Hey, Luther, es ist schon eine Weile her“, begrüßte ihn Ryder.

Luther näherte sich und begrüßte ihn mit einem Schulterklopfen, dann deutete er auf das Blut an Ryders Kleidung. „Hast du mit deinem Essen gespielt?“

„Ne, ist nicht der Fall. Nessie und ich haben ein Mädchen hierher transportiert. Sie wurde von einem Vampir angegriffen.“

„Scheiße! Hast du ihn erwischt?“

„Noch nicht.“

„Wer ist das Opfer, wieder eine Prostituierte?“

„Ja, aber was meinst du mit wieder?“

„Hast du es nicht gehört? Auf der ganzen Strecke von Grass Valley bis San Francisco gab es mehrere Angriffe auf Prostituierte. Ich habe Grund zur Annahme, dass ein Typ, den wir kürzlich aus dem Gefängnis entlassen haben, dahinterstecken könnte.“

„Bist du deshalb hier?“, fragte Ryder und nahm einen Schluck von seinem zweiten Glas Blut.

Luther bestellte kein Blut. Als Vampir, der mit einer sterblichen Frau blutgebunden war, trank er nur von seiner Gefährtin Katie. Würde er Blut von einem anderen Menschen trinken, würde ihn das schwer krank machen. Nur Vampire, die an andere Vampire gebunden waren, konnten das Blut jedes Menschen trinken.

„Unter anderem“, sagte er ausweichend.

Plötzlich öffnete sich die Tür und Haven trat ein.

„Da bist du ja“, sagte Luther zu seinem Schwager.

Katies ältester Bruder Haven war ein Vampir wie Luther. Ihr Bruder Wesley war ein versierter Hexer. Die drei Geschwister waren dazu bestimmt gewesen, die mächtigsten Hexen zu werden, die jemals auf der Erde wandelten, aber als eine machtgierige Hexe versuchte, die Macht für sich selbst zu stehlen, hatte Haven sein sterbliches Leben geopfert, um die böse Hexe daran zu hindern, ihr Ziel zu erreichen. Im Sterben hatte Yvette, die Vampirin, die sich in den schneidigen ehemaligen Vampirjäger verliebt hatte, ihn in einen Vampir verwandelt.

„Hey, Bruder“, sagte Haven und umarmte seinen Schwager. „Ich bin sofort gekommen, als sie mir gesagt haben, dass du hier bist. Was ist los?“ Mit einem Seitenblick auf Ryder fügte er hinzu: „Hey, Ryder.“

„Haven“, antwortete Ryder. „Ich lasse euch etwas Privatsphäre.“

„Nicht nötig“, sagte Luther. „Du kannst genauso gut zuhören. Es geht uns alle an.“

Neugierig blieb Ryder stehen.

„Wir haben ein Problem im Gefängnis“, sagte Luther. „Zwei V-CONs“ – kurz für Vampir-Sträflinge – „zeigen Anzeichen einer unerklärlichen Krankheit.“

„Vampire können nicht krank werden“, sagte Haven.

„Weiß ich“, sagte Luther. „Deshalb mache ich mir Sorgen. Irgendetwas macht diese Männer krank, und wir haben alles und jeden im Gefängnis überprüft. Unsere Blutversorgung ist sauber, und wir haben auch keine Schmuggelwaren gefunden.“

„Dann bleiben nur die Frauen übrig, die ins Gefängnis gebracht werden“, sagte Haven mit einem nachdenklichen Blick.

„Du bringst immer noch Prostituierte ins Gefängnis?“, fragte Ryder überrascht. „Ich dachte, das wäre abgeschafft worden, als ihr die korrupten Wachen losgeworden seid.“

Luther zuckte mit den Schultern. „Es funktioniert als Anreiz. Wöchentliche Besuche der Prostituierten machen die V-CONs fügsamer. Aber vor über einer Woche haben wir das Programm ausgesetzt, bis wir herausfinden können, warum diese Insassen krank werden. Wir wollen nicht, dass einer von ihnen die Prostituierten ansteckt, wenn es etwas Ansteckendes ist.“

„Und? Hat sich diese Krankheit auf andere V-CONs oder Wachen ausgebreitet? Oder irgendwelche anderen Besucher?“, fragte Ryder.

„Nein, aber den beiden V-CONs geht es mit jedem Tag schlechter. Wir haben ihnen zusätzliche Blutrationen verabreicht, aber das hilft nicht.“ Luther seufzte. „Deshalb habe ich sie hierher gebracht. Meine Wachen bringen sie gerade hinunter in die Krankenstation.“ Er sah Ryder an. „Wir hoffen, dass deine Mutter herausfinden kann, was ihnen fehlt.“

„Du bringst zwei gefährliche V-CONs hierher? Was zum Teufel!“, knurrte Ryder.

„Ich hatte keine Wahl. Außerdem hat Samson zugestimmt. Sie werden die ganze Zeit bewacht. Ich kann dir versichern, dass Maya niemals allein mit ihnen in einem Raum sein wird.“

„Wenn ihr etwas zustößt …“

„Das wird es nicht“, unterbrach Luther. „Ich bin nicht selbstmörderisch. Gabriel würde mich ohne Zögern töten, sollte einer von ihnen Maya Schaden zufügen. Also beruhige dich, Ryder. Wir treffen alle Vorsichtsmaßnahmen.“

„Das will ich hoffen.“

Ryders Handy klingelte. Er sah auf das Display. Es war eine SMS von seiner Mutter, dass Scarlet fertig sei.

„Ich muss gehen“, sagte Ryder und warf dann einen letzten Blick auf Luther. „Ich hoffe, du weißt, was du tust.“

Er verließ die V-Lounge und machte sich auf den Weg zurück zur Krankenstation. An den Aufzügen wartete Vanessa bereits mit Scarlet.

„Danke, Nessie“, sagte er und griff nach Scarlets Hand. „Möchtest du nach Hause gefahren werden?“

„Nein, ich bleibe eine Weile hier bei Lizzy.“

Als sie auf dem Heimweg wieder im SUV saßen, warf Ryder Scarlet einen Seitenblick zu.

„Alles okay?“

Sie lächelte. „Deine Mutter ist eine gute Ärztin. Tatsächlich ist sie die erste Ärztin, die mir jemals wirklich zugehört hat, ohne meine Symptome als erfunden oder psychosomatisch abzutun.“

„Das ist gut.“

„Sie sagte, die Ergebnisse der Bluttests werden morgen Abend vorliegen. Sie meinte, sie habe eine gute Vorstellung davon, was die Ursache meiner Symptome ist.“

„Wirklich?“

Scarlet nickte. „Aber sie wollte nicht spekulieren und sagte, sie brauche die Bluttests, um ihre Vermutung zu bestätigen.“

Ryder lächelte. Er hatte ebenfalls eine Ahnung, warum Scarlet sich früher am Tag so fiebrig gefühlt hatte, zumal es schnell nachgelassen hatte, als sie anfingen, sich zu lieben.

„Wie fühlst du dich jetzt?", fragte er, anstatt seine Vermutung mit ihr zu teilen.

„Besser." Sie seufzte. „Das heute war was. Du und deine Schwester, ihr wirktet so ruhig. Du wusstest genau, was zu tun ist. Aber ich verstehe immer noch nicht, warum du Lizzy nicht in ein Krankenhaus bringen konntest. Du hast gesagt, du würdest es mir erklären."

Ryder dachte einen Moment lang über seine Antwort nach und beschloss, so weit wie möglich bei der Wahrheit zu bleiben, damit ihn seine Lügen später nicht zu Fall brachten.

„Scanguards hat einen Vertrag mit dem Bürgermeister. Wir kümmern uns um bestimmte Menschen, die, sagen wir, aufgrund ihrer Arbeit nicht immer die richtige Pflege erhalten."

„Du meinst Prostituierte?"

„Ja, Sexarbeiterinnen. Sie führen ein gefährliches Leben und nehmen wertvolle Polizeiressourcen in Anspruch. Also hat die Stadt Scanguards beauftragt, sich um sie zu kümmern, wenn sie angegriffen, bedroht oder auf andere Weise geschädigt werden. Ich habe schon viel Gewalt gegen Sexarbeiter gesehen, aber es wird nie einfacher. Heute Nacht konnten wir Lizzys Leben retten, in einer anderen Nacht werden wir nicht so viel Glück haben. Aber wir tun, was wir können."

Das meiste war die Wahrheit. Scanguards kümmerte sich um einen bestimmten Teil der Bevölkerung, und ja, es waren hauptsächlich Prostituierte, die davon profitierten, aber was er ausgelassen hatte, war, dass Scanguards auch bei allen Verbrechen ermittelte, an denen Vampire beteiligt waren, entweder als Täter oder als Opfer. Und die Person, die Lizzy wehgetan hatte, war ein Vampir. Ryder fragte sich, ob Luther recht hatte, und der Vampir, der sie angegriffen hatte, ein Ex-V-CON war. Wenn dem so war, würde es zumindest einfacher sein, den Bastard zu finden, da er in der Datenbank erfasst wäre, die Scanguards über alle ihnen bekannten Vampire führte, einschließlich derer im Gefängnis.

„Das ist sehr bewundernswert, aber auch sehr traurig", sagte Scarlet.

„Hmm." Er griff nach Scarlets Hand und drückte sie. „Es tut mir leid, dass du das alles sehen musstest."

„Ich bin nicht zimperlich. Es ist nicht so, dass ich beim Anblick von Blut in Ohnmacht falle." Sie zuckte mit den Schultern und deutete auf sein Hemd. „Dein Hemd ist ruiniert. Ich glaube nicht, dass die Blutflecken beim Waschen herausgehen."

„Berufsrisiko“, sagte er leichthin. „Ich springe unter die Dusche, wenn wir zu Hause sind. Wir sind fast da.“

Ein paar Minuten später parkte Ryder das Auto auf der Straße und hielt die Einfahrt frei, damit seine Eltern bei ihrer Rückkehr kurz vor Sonnenaufgang in die Garage fahren konnten. Im Haus war es dunkel und still. Sie waren allein. Er führte Scarlet hinauf in sein Zimmer und schloss die Tür hinter ihnen.

„Du musst müde sein“, sagte er mit einem Blick auf die Uhr auf seinem Nachttisch. Es war fast drei Uhr morgens.

„Ich glaube, ich bin hellwach“, antwortete sie und gähnte.

Ryder lachte leise. „Geh zu Bett. Ich dusche schnell.“

Er ging ins Badezimmer, zog sich aus und legte seine blutbefleckte Kleidung in den Wäschekorb. Dann drehte er das Wasser auf und stieg in die Dusche. Das warme Wasser lief ihm über die Haut, und das Blut, das durch sein Hemd gesickert war, floss den Abfluss hinunter. Seine Nerven beruhigten sich unter dem Wasserstrahl und er entspannte sich.

Seine Gedanken wanderten zurück zu seinem Gespräch mit Luther und Haven. Er hatte noch nie davon gehört, dass Vampire krank wurden. Es war einfach nicht möglich. Man konnte sie verletzen, ja, und das waren die Fälle, die seine Mutter in ihrer Krankenstation behandelte, hauptsächlich, indem sie den Blutverlust eindämmte und ihnen menschliche Bluttransfusionen gab. Aber eine mysteriöse Krankheit, bei der Vampire krank wurden und menschliches Blut sie nicht heilen konnte, obwohl menschliches Blut das Allheilmittel für einen Vampir war, war unmöglich. Etwas stimmte nicht.

29

Scarlet zog sich aus und legte ihre Kleidung auf einen Stuhl in Ryders Schlafzimmer. Sie wusste, dass sie ins Bett gehen und schlafen sollte, aber es war zu verlockend, dass Ryder duschte, und das wollte sie nicht verpassen. Sie konnte einfach nicht genug von ihm bekommen. Die Tatsache, dass er zwei Schwänze hatte, kam ihr mittlerweile ganz natürlich vor. Genauso wie ihr Liebesspiel. Sie fühlte sich ihm näher, als sie sich jemals jemandem gegenüber gefühlt hatte. War das Liebe? Sie machte sich nicht die Mühe, diese Frage zu beantworten. Sie kannten sich erst seit ein paar Tagen, obwohl in dieser kurzen Zeitspanne so viel passiert war. Sie wollte das, was sie mit Ryder hatte, nicht durch ein Etikett verderben.

Das Wasser in der Dusche lief noch. Sie ging zur offenen Tür des Badezimmers und sah hinein. Ryder stand unter den Wasserstrahlen, ihr den Rücken zugewandt, die Hände gegen die Fliesen gestemmt. Das Wasser lief über seine muskulösen Schultern und seinen Rücken und über seinen strammen Hintern. Sie hatte noch nie etwas Erotischeres gesehen. Ryder war ein wunderschönes männliches Exemplar. Ihn anzusehen machte sie hungrig nach Sex.

„Willst du mich nur anstarren oder kommst du rein?“, fragte er, ohne über seine Schulter zu schauen.

„Na, wenn du mich schon einlädst …“ Sie öffnete die Glastür und trat hinein.

„Du brauchst keine Einladung“, sagte er lachend. „Ich gehöre dir für alles, was du willst.“

„Tja, in dem Fall …“ Scarlet legte ihre Hände auf seine Schultern, streichelte die harten Muskeln dort, bevor sie mit ihren Fingern seinen Rücken hinunterglitt. „Hast du eine Ahnung, wie sexy du bist?“

Sie bewegte ihre Hände weiter nach unten, um seinen straffen Hintern zu berühren.

Ryder atmete scharf ein. „Ich freue mich, dass dir gefällt, was du siehst.“

Sie drückte ihn, bevor sie ihre Hände um seine Hüften zu seiner Leistengegend gleiten ließ und feststellen musste, dass seine Schwänze vollständig erigiert waren. „Ich mag es, wie du so schnell hart wirst."

„Das muss ich, um mit deinem sexuellen Appetit Schritt zu halten."

„Mit mir Schritt halten? Du bist genauso unersättlich." Sie legte ihre Hände um seine Schwänze und liebte das Gefühl der harten Schäfte, die von seidiger Haut bedeckt waren. „Oder warum sonst würdest du schon hart sein, bevor ich dich überhaupt berühre?"

„Du hast recht." Er drehte sich zu ihr um und legte seine Arme um sie, um sie zu sich zu ziehen, eine Hand glitt über ihren Po, bis er ihre Muschi erreichte. Dort rieb er mit seinem Finger über ihre Spalte. „Schau, wer spricht. Wie kommt es, dass du schon nass bist, bevor ich dich überhaupt berühre?"

„Das kann ich nicht kontrollieren", murmelte sie und hob ihr Gesicht zu ihm, ihre Lippen nur Zentimeter voneinander entfernt.

„So wie ich meine Schwänze nicht kontrollieren kann, wenn ich in deiner Nähe bin. Egal wie erschöpft wir beide sind."

„Schlaf wird überbewertet."

„Dem stimme ich zu", murmelte Ryder, bevor er seinen Mund auf ihren legte und sie hungrig küsste.

Scarlet bemerkte kaum, dass er sich mit ihr in seinen Armen umdrehte, sodass die Fliesen der Duschwand jetzt hinter ihr waren. Ryder rieb seine Schwänze an ihrem Bauch, während er sie mit seiner Zunge erkundete und sie küsste, als wären sie zu lange voneinander getrennt gewesen. Sie kostete sein Verlangen in seinem Kuss und ihr ganzer Körper kribbelte vor Erregung, ihre Klitoris pochte in Erwartung dessen, was kommen würde. Seine Hände wanderten über ihren Körper und streichelten sie mit solcher Dringlichkeit, dass ihre eigene Erregung mit jeder Sekunde höher schnellte.

Sie löste ihre Lippen von seinen. „Ich brauche dich jetzt in mir."

Etwas flackerte in seinen Augen auf, fast so, als würde sich dort eine Flamme der Begierde entzünden. „Ich hab dich."

Er hob sie hoch und drückte sie gegen die Wand, als wäre sie leicht wie eine Feder. Sie spreizte ihre Beine und einen Moment später stieß Ryder seinen unteren Schwanz in sie, während sein oberer gegen ihre Klitoris glitt. Sie keuchte bei dem erotischen Gefühl und hielt sich an Ryders Schultern fest, ihre Beine hinter seinem Rücken gekreuzt, während er in sie pumpte. Er neigte seinen Kopf zu ihrem Hals und küsste sie dort. Sie spürte, wie ihre Ader an seinen Lippen pulsierte, als würde sie nach ihm rufen, während ihre Klitoris im gleichen Rhythmus pochte.

„Oh ja!“, rief sie aus. Sie liebte die Art, wie Ryder in sie eindrang, wie er sie ohne Vorbehalte nahm, ohne sich zurückzuhalten.

„Du machst mich so verdammt heiß“, krächzte er ihr ins Ohr, sein Atem heiß. Als Antwort brannte ihre Haut.

Sie spürte, wie seine Zähne die empfindliche Haut unter ihrem Ohr streiften und schauderte bei der Berührung.

„Fuck, Baby!“

Ryders Schwanz zuckte. Ihre inneren Muskeln zogen sich um ihn zusammen und ihr Orgasmus überraschte sie. Wärme und Nässe breiteten sich in ihrer Muschi aus und ein entsprechender Spermastrahl regnete gegen ihren Bauch, als sein zweiter Schwanz ebenfalls explodierte.

Ryder vergrub sein Gesicht in ihrer Halsbeuge, bebte unter der Wucht seines Orgasmus, war aber überraschenderweise immer noch in der Lage, sie in der Schwebe gegen die Fliesen gepresst zu halten.

„Oh Gott.“ Sie atmete aus, ihr Herz schlug unkontrolliert. „Das wird mit jedem Mal besser … Ich hätte nie gedacht, dass ich mich so fühlen könnte …“

Ryder drückte ihr mit offenem Mund Küsse auf den Hals, sein Atem genauso abgehackt wie ihrer. „Scarlet?“

„Ja?“

„Du hast eine verheerende Wirkung auf mich. Ich kann mich nicht beherrschen, wenn ich mit dir zusammen bin. Deine Muschi muss schon ganz wund sein.“

„Ist sie nicht. Sie fühlt sich besser denn je an.“ Sie wiegte sich gegen ihn und ließ seinen Schwanz tiefer in sie sinken.

Er stöhnte, sein Gesicht immer noch in ihrer Halsbeuge vergraben. „Baby, wenn du das noch einmal machst, dann wirst du dich gegen die Wand gedrückt mit beiden Schwänzen dich fickend wiederfinden.“

„Wenn du eine Pause brauchst, um wieder zu Kräften zu kommen, kann ich warten“, sagte Scarlet leise.

Ryder hob den Kopf und sah sie an. Seine Augen schimmerten golden unter der Badezimmerbeleuchtung. „Du kleine Füchsin! Du kennst mich kaum und schon jetzt drückst du all meine Knöpfe.“

„Welche Knöpfe wären das?“

„Anzudeuten, dass ich eine Pause brauche, um mich zu erholen, wenn wir doch beide wissen, dass ich das die ganze Nacht machen kann.“

Seine Worte jagten einen Schauer durch ihr Inneres. „Beweise es.“

30

Ryder regte sich und spürte, wie Scarlet sich an ihn kuschelte. Sie waren endlich eingeschlafen, kurz nachdem seine Eltern nach Hause zurückgekehrt waren. Vanessa war kurz nach ihnen nach Hause gekommen, aber er hatte Ethan nicht kommen gehört.

Die halbe Nacht mit Scarlet zu schlafen, war das Befriedigendste, was er je in seinem Leben getan hatte. Zu wissen, dass seine zukünftige Partnerin Sex mit ihm genoss und nicht genug davon bekommen konnte, war mehr als nur aufregend. Die Art und Weise, wie sie ihn immer wieder dazu verleitet hatte, sie zu nehmen, hatte beinahe dazu geführt, dass er komplett die Kontrolle verlor. Unter der Dusche hatten sich seine Reißzähne ausgefahren, und er war nahe daran gewesen, sie zu beißen und ihr Blut zu trinken. Es hatte all seine verbleibende Willenskraft gekostet, dem Drang nicht nachzugeben.

Aber das nächste Mal würde er sich nicht zurückhalten können. Es machte eine Sache glasklar: Er musste ihr gestehen, dass er ein Vampir war. Bevor sie wieder Sex hatten – was bedeutete, dass es innerhalb der nächsten vierundzwanzig Stunden passieren musste, höchstwahrscheinlich viel früher. Denn eines durfte er nicht zulassen: dass er sie ohne ihre Erlaubnis biss. Es würde sie verschrecken und all das Vertrauen zerstören, das sie zueinander aufgebaut hatten.

Ryder drückte einen Kuss in Scarlets Haar. „Wie hast du geschlafen?“

Sie seufzte und atmete tief aus. „Wie ein Murmeltier. Wie spät ist es?“

Ryder warf einen Blick auf die Uhr auf dem Nachttisch auf seiner Seite des Bettes. „Kurz nach fünf Uhr nachmittags. Die Sonne scheint noch.“

„Verdammt!“ Sie setzte sich auf.

„Stimmt etwas nicht?“

„Ja und nein. Ich muss wirklich an meiner These arbeiten, nachdem mir mein Professor neulich Hinweise dazu gegeben hat. Er erwartet ein Update.“

„Kein Problem. Ich kann mich beschäftigen, während du arbeitest." Es würde ihm helfen, seine Pfoten von Scarlet zu lassen, bis er eine Idee hatte, wie er ihr sagen konnte, was er wirklich war.

„Aber es gibt ein Problem. Mein Computer ist immer noch in meinem Zimmer zu Hause."

„Das ist kein Problem. Du kannst meinen verwenden und deine Arbeit einfach aus der Cloud herunterladen."

Scarlet runzelte die Stirn. „Das ist sehr nett von dir, aber meine Sachen sind nicht in der Cloud."

„Du machst kein Back-up für deinen Computer?"

„Das tue ich, aber ich bin altmodisch. Ich sichere auf einem physischen Laufwerk." Sie zuckte mit den Schultern. „Ich traue der Cloud nicht. Bei all dem Hacking, der Ransomware und so weiter habe ich meine Daten lieber an einem Ort, an dem ich darauf zugreifen kann, ohne online gehen zu müssen."

„Nun, dann lass uns deinen Computer von zu Hause holen. Ich fahre uns."

Scarlet schüttelte den Kopf. „Ich will nicht nach Hause gehen."

„Du wirst nicht dort bleiben. Wir holen nur deinen Computer und ein paar Klamotten und dann sind wir wieder hier."

„Aber was, wenn Claudia da ist?"

Ryder zuckte mit den Schultern. „Na und?"

„Ich will ihr jetzt nicht gegenübertreten. Sie ist wahrscheinlich verärgert, dass ich Dad erzählt habe, was ihr Neffe getan hat."

„Verstehe ich." Er dachte einen Moment darüber nach. „Wie wäre es, wenn ich alleine hinfahre, deinen Computer und ein paar Klamotten hole und du einfach hier wartest?" Solange seine Eltern und Vanessa zu Hause waren, würde Scarlet hier sicher sein.

„Aber was, wenn sie dich sieht? Ich meine, du hast Derek verprügelt."

„Es ist mir egal. Er hat Glück, dass er so leicht davongekommen ist. Außerdem kann ich bei dir ein- und ausgehen, ohne dass mich jemand bemerkt. Sie wird nicht einmal wissen, dass ich da bin. Okay?"

Scarlet legte ihre Arme um ihn und küsste ihn. „Vielen Dank. Du bist der Beste."

Er befreite sich aus ihrer Umarmung und grinste. „Du kannst mir später danken."

„Wie?"

„Oh, das überlasse ich dir." Er zwinkerte ihr zu und sprang aus dem Bett. „Wenn ich zurück bin, können wir zu Abend essen, wenn du möchtest."

„Hast du etwas dagegen, wenn ich etwas für uns koche?"

„Musst du nicht, aber wenn du darauf bestehst, schau einfach im Kühlschrank und der Speisekammer nach, was wir haben. Wir haben genug Vorräte. Versprich nur, das Haus nicht zu verlassen. Wenn du eine Zutat nicht finden kannst, schick mir einfach eine SMS und ich schaue im Laden vorbei, bevor ich zurückkomme."

„Mache ich."

Fünfzehn Minuten später, eine Liste der Dinge, die Scarlet von zu Hause brauchte, in der Hand, verließ Ryder das Haus und ging zu seinem Auto. Er bemerkte, dass Vanessas Auto in der Einfahrt geparkt war und Ethans direkt hinter ihr auf der Straße stand und sie blockierte. Ethan war also doch zu Hause.

Es dauerte nicht lange, bis er die King-Villa erreichte, aber alle Parkplätze in dem Block waren belegt, und Ryder musste zwei Blocks weiter entfernt parken. Als er zum Haus ging, konnte er nicht sagen, ob jemand zu Hause war. Er lauschte, bevor er den Schlüssel ins Schloss steckte. Im Haus war es still. Er öffnete die Tür und betrat das Foyer. Seine Turnschuhe machten kaum ein Geräusch auf dem Holzboden, als er die Treppe hinaufging und sich zu Scarlets Zimmer, das einen Blick auf die Straße hatte, wandte. Er ging hinein.

Das Bett war ungemacht, und der Rest des Zimmers sah genauso aus, wie er es an dem Morgen verlassen hatte, als Scarlets Vater unerwartet eingetroffen war. Ryder ging zu dem begehbaren Kleiderschrank und trat hinein. Auf dem oberen Regal fand er eine lederne Reisetasche, genau wie Scarlet es erwähnt hatte. Er nahm sie herunter und füllte sie mit mehreren Artikeln von Scarlets Liste: Höschen und BHs, Socken, eine Hose, mehrere T-Shirts, eine Strickjacke, ein Freizeitkleid und zwei Paar Schuhe. Zufrieden trat er aus dem Schrank und suchte nach Scarlets Laptop. Er fand ihn auf dem Schreibtisch in der Nähe des Fensters und legte ihn in die Tasche auf die Kleidung.

Dann suchte er das Ladegerät, aber es lag nicht auf dem Schreibtisch. Wo hatte sie es gelassen? Er sah sich um und fragte sich, ob sie das Kabel irgendwo anders im Haus an eine Steckdose angeschlossen hatte. Er ging ins angrenzende Badezimmer und sah sich um. Als sein Blick auf eine elektrische Zahnbürste fiel, nahm er diese zusammen mit ein paar anderen Toilettenartikeln mit, obwohl sie nicht auf Scarlets Liste standen. Wahrscheinlich hatte sie sie in der Eile vergessen.

Zurück im Schlafzimmer fiel sein Blick auf den Nachttisch. Zwischen ihm und dem Bett sah er das Computerkabel, nach dem er gesucht hatte. Es war an eine Steckdose an der Wand angeschlossen. Ryder ging in die Hocke und zog es heraus, da hörte er plötzlich ein lautes Geräusch. Er erstarrte. Es klang, als hätte jemand mit einem Schuh oder einer Faust gegen die Wand geschlagen.

Also war doch jemand zu Hause. Ryder warf das Kabel in die Tasche und machte den Reißverschluss zu. Er nahm die Tasche und ging zur Tür. Leise drehte er den Türknauf und zog die Tür ein paar Zentimeter auf, sodass er in den Flur hinunterspähen konnte. Er konnte nichts sehen, aber von irgendwo hinten im Haus kamen jetzt mehr Geräusche.

Ryder verließ Scarlets Zimmer, fest entschlossen, so schnell wie möglich die Treppe hinunterzuschleichen. Als er oben am Treppenansatz ankam, drang ein lautes Stöhnen an seine Ohren. Er blieb stehen und blickte über seine Schulter. Etwas stimmte nicht. War Claudia zu Hause und hatte sich verletzt? Ganz gleich, was er für ihren Neffen empfand, er konnte seinen Instinkt nicht ignorieren und musste nachsehen, ob sie in Ordnung war.

Ryder stellte Scarlets Reisetasche an der Treppe ab und drehte sich um. Leichtfüßig ging er zum Ende des Korridors, wo sich das Schlafzimmer von Scarlets Vater befand. Die Tür war nicht richtig geschlossen. Als er nähertrat, ertönte ein weiteres Stöhnen, dieses Mal begleitet von einem zweiten, das definitiv von einer anderen Person kam.

Jetzt eher neugierig als besorgt, beugte sich Ryder näher, um durch den Spalt zwischen Tür und Rahmen zu spähen. Sein Blick fiel auf einen Spiegel. Im Spiegelbild sah er das Bett. Darauf hatten zwei Personen Sex. Er wollte gerade den Rückzug antreten, wollte dem Paar seine Privatsphäre lassen, als er die Gesichter des Paares sah. Eine war eindeutig Claudia, wie er erwartet hatte. Aber der Mann, mit dem sie ziemlich wilden und leidenschaftlichen Sex hatte, war nicht ihr Ehemann. Es war ihr Neffe. Derek.

Ryder unterdrückte ein erstauntes Keuchen und erstarrte. Er blinzelte und fragte sich, ob seine Augen ihm einen Streich spielten, aber als er wieder in den Raum spähte und das Paar im Spiegel sah, konnte er es nicht länger leugnen. Claudia fickte Derek.

„Fuck, ich habe es vermisst, dich zu ficken", hörte er Derek jetzt grunzen, als er Claudia auf den Bauch drehte und sich von hinten in sie bohrte.

„Ich brauche das so dringend, Baby", antwortete sie. „Brandon fickt mich nie so wie du."

„Ich hasse es, dass du dich immer noch von ihm ficken lässt."

„Bitte, du weißt, das muss ich. Es wird nicht mehr lange dauern. Du bist der Einzige, der mich wie ein echter Mann fickt. Ich will nur dich."

Ryder wandte sich ab. Er hatte genug gesehen. So leise er konnte, eilte er zurück, schnappte sich Scarlets Tasche und ging die Treppe hinunter. Neben der Bank, auf der mehrere Paar Schuhe standen, entdeckte er seine eigene Tasche, die er dort abgelegt hatte, bevor er Scarlet nachgerannt war. Er schnappte sie sich und ging zur Tür hinaus, wobei er darauf achtete, dass er diese nicht zuknallte, um Claudia und Derek nicht zu alarmieren. Nicht dass er glaubte, dass sie die Tür schließen hören würden. Claudia war zu sehr damit beschäftigt, ihren Mann zu betrügen und mit ihrem Neffen Inzest zu begehen.

Zurück bei seinem Auto stellte Ryder die beiden Taschen auf den Rücksitz und stieg ein. Aber er fuhr nicht sofort davon. Stattdessen ließ er die ganze Szene noch einmal in seinem Kopf ablaufen. Er war kein Voyeur, nein, das war nicht der Grund. Aber irgendetwas an Claudias und Dereks Sex passte nicht. Warum würde eine Frau mit ihrem eigenen Neffen schlafen, um ihren Mann zu betrügen? Eine Frau, die hinter dem Rücken ihres Mannes eine sexuelle Affäre hatte, würde jemanden wählen, der keine Verbindung zu ihr oder ihrer Familie hatte. Sie würde nicht ihren Neffen wählen, weil ihr Verhalten bei Familientreffen sie schließlich verraten könnte. Sie würde sich einen Fremden aussuchen, jemanden, den sie nie wieder sehen müsste, wenn es vorbei war.

Da starrte ihm die Antwort direkt ins Gesicht. Derek war nicht Claudias Neffe. Ryder wusste noch nicht, wie er das bestätigen sollte, aber in seinem Bauch wusste er, dass er recht hatte. Eine andere Sache ergab jedoch keinen Sinn, ob Derek ihr Neffe war oder nicht. Claudia hatte eindeutig versucht, Scarlet mit Derek zu verkuppeln, hatte es Derek sogar ermöglicht, Scarlet anzugreifen, indem sie in jener Nacht das Haus verließ. Ryder musste davon ausgehen, dass dies alles auf Claudias Anweisung hin passiert war. Die Frage war nur, warum? Warum sollte ihr Liebhaber versuchen, Scarlet zu verführen? Was war das Endspiel?

Etwas war hier im Gange. Und er war entschlossen, der Sache auf den Grund zu gehen. Und noch etwas anderes war klar: Er konnte diese Information nicht vor Scarlet verbergen. Sie musste davon erfahren. Vielleicht könnte sie helfen, Licht in die Unstimmigkeiten von Dereks und Claudias Beziehung zu bringen.

Er verspürte Grauen in seinem Bauch. Diese Entdeckung konnte er Brandon King nicht vorenthalten. Letztendlich war er Scanguards' Kunde und eine außereheliche Affäre stellte ein Sicherheitsproblem dar, weshalb es in Ryders Verantwortung lag, ihn zu alarmieren. Allerdings musste er das erst mit Scarlet besprechen. Gemeinsam würden sie entscheiden, wie sie vorgehen sollten.

31

Scarlet schaltete den Grill des riesigen Gasherds in der Küche der Giles-Familie ein und wandte sich wieder den Brotscheiben auf der Kücheninsel zu, die sie mit Knoblauchbutter bestrichen hatte. Nun arrangierte sie Käsescheiben darauf, bis das gesamte Backblech bedeckt war. Sie überprüfte den Ofen, aber der Grill war immer noch nicht an. Sie studierte erneut die Bedienelemente und stellte fest, dass sie die Wählscheibe auf *Grillen* gedreht, aber nicht auf *Start* gedrückt hatte. Sie korrigierte ihren Fehler, schob dann das Backblech mit dem Knoblauchbrot auf die oberste Schiene des Ofens und schloss die Tür.

Die Bolognese-Sauce, die sie zubereitet hatte, köchelte fröhlich bei schwacher Hitze. Das Wasser für die Nudeln war noch nicht ganz so weit. Scarlet blickte auf die große Uhr, die an der Wand neben dem Fenster hing, das auf einen schmalen Seitenhof mit bunten Blumen hinausging. Die Sonne stand jetzt tief am Horizont und schien direkt auf die Insel und den Flur dahinter. Das Licht wirkte gedämpft, so, als wäre die Fensterscheibe getönt.

Als sie sich wieder dem Herd zuwandte, bemerkte sie, dass das Wasser endlich kochte. Sie drehte sich um, um nach den Nudeln zu greifen, doch die waren nicht dort, wo sie gedacht hatte, sie hingelegt zu haben. Sie sah sich um. Was hatte sie damit gemacht?

„Komm schon“, murmelte sie vor sich hin.

Aber die Pasta war nirgends zu finden. Sie verließ die Küche und wandte sich nach links, wo eine Tür in die kleine Speisekammer führte. Sie legte den Lichtschalter um und sah die Tüte mit Nudeln auf dem ersten Regal, direkt neben den Dosentomaten.

„Ach, da.“ Sie nahm die Tüte, blieb dann einen Moment stehen, bevor sie nach einer zweiten griff. Vielleicht hatten Ryders Eltern und Geschwister auch Lust auf Pasta, auch wenn sie vielleicht nicht gleich mitessen wollten. Reste waren immer gut.

Scarlet kehrte zum Herd zurück, wo der Dampf des kochenden Wassers bereits die Küche füllte. Sie drückte den Schalter für den

Dunstabzug und leerte dann schnell die beiden Nudelpackungen in den großen Topf mit Wasser.

Die Nudelsoße brodelte und ihr fiel auf, dass sie vergessen hatte, den Deckel wieder aufzusetzen, als sie die Soße das letzte Mal mit einem Holzlöffel umgerührt hatte. Sie wich zurück, damit die blubbernde Soße nicht auf das T-Shirt spritzte, das sie sich von Ryder geliehen hatte, und rutschte prompt auf einer nassen Stelle auf dem Marmorboden aus. Sie schaffte es, das Gleichgewicht zu behalten, indem sie sich am Spülbeckenrand festhielt. Dabei stieß sie versehentlich gegen den Haufen schmutzigen Geschirrs, das sie während ihrer Vorbereitungsarbeit dort angesammelt hatte. Das Geschirr verrutschte in der Spüle und machte ein Geräusch, das so laut klang, als würde ein Bautrupp Abrissarbeiten mitten im Haus durchführen.

Es war ein Glück, dass das Geschirr nicht zerbrach. Sie beschloss, dass es am besten war, schnell abzuwaschen und abzutrocknen, bevor sie weitere Katastrophen anrichten konnte. Maya Giles würde es wahrscheinlich kein bisschen gefallen, wenn Scarlet ihre Küche durcheinander brachte und ihr gutes Geschirr zerbrach. Scarlet wusste, dass neben der Spüle eine Geschirrspülmaschine war, aber sie konnte sie nicht öffnen. Die Tür schien zu klemmen.

Darauf bedacht, nichts zu zerbrechen, hob Scarlet das schmutzige Geschirr aus der Spüle und suchte dann nach Spülmittel und einem Schwamm. Sie fand beides unter der Spüle und fing an, die Utensilien, Schüsseln und Schneidebretter zu waschen, die sie zuvor benutzt hatte.

Sie war gerade erst zur Hälfte mit dem Geschirrspülen fertig, als etwas hinter ihr zischte. Sie drehte sich um und bemerkte, dass der Topf mit den Nudeln überkochte und das Kochwasser die Gasflamme darunter löschte. Sie suchte nach einem Topflappen, konnte aber keinen finden. Scarlet roch das Gas, das aus dem Brenner unter dem Topf entwich, und drehte den Schalter auf *Aus*.

„Verdammt!“ Vielleicht war Kochen doch keine so tolle Idee gewesen.

Sie versuchte, sich zu beruhigen, öffnete die Schubladen neben dem Herd und fand schließlich einen Topflappen. Sie stellte den Topf mit den kochenden Nudeln auf eine andere Platte und wollte sie gerade einschalten, als ihr Rauch in die Nase stieg. Ihr Blick wanderte tiefer.

„Oh Scheiße!“

Aus dem Ofen drang dicker Rauch. Sie schaltete den Grill so schnell sie konnte ab und öffnete die Ofentür. Der Rauch, der von dem verkohlten Knoblauchbrot aufstieg, ließ sie zurückschrecken, und ihr wurde sofort klar, dass es ein Fehler gewesen war, die Ofentür zu öffnen. Der Abzug über dem Herd lief bereits auf höchster Stufe und trug nicht dazu bei, den Rauch aus der Küche zu entfernen.

Der Rauchmelder ging plötzlich los, sein hoher Piepton durchbohrte fast ihr Trommelfell und versetzte sie in Panik.

Scarlet stürmte zum Küchenfenster und öffnete es so weit sie konnte. Sie rannte auf die andere Seite der Kücheninsel in den Wohnbereich und öffnete auch dort das große Fenster, in der Hoffnung, einen Luftzug zu erzeugen.

Das Geräusch mehrerer Paare von Füßen, die die Holztreppe hinunterliefen, drang plötzlich zu Scarlets Ohren. Ach nein! Sie hatte das ganze Haus geweckt! Was für eine Katastrophe! Ryders Eltern würden so wütend sein, wenn sie das Chaos sahen, das sie in ihrer wunderschönen Küche angerichtet hatte. Sie wollte in einem Loch im Boden versinken, aber es gab kein Entrinnen. Sie war für dieses Schlamassel verantwortlich.

„Was ist los?“, rief Vanessa von irgendwo oben.

„Feueralarm. Weck deine Brüder!“, rief Maya von viel näher.

„Es tut mir leid!“, rief Scarlet, als Maya um die Ecke gerannt kam, bekleidet mit nichts als einem kurzen roten Negligé.

„Es brennt nicht. Es ist der Ofen“, sagte Scarlet schnell, Tränen traten ihr in die Augen. „Ich habe das Brot verbrannt.“

Maya stand bereits mitten in der Küche und konnte sich selbst ein Bild von dem Durcheinander machen. Ihre Lippen öffneten sich, um etwas zu sagen, als sie plötzlich vor Schmerz aufschrie und zurückwich. Scarlets Blick schoss zu ihr. Hatte sie den heißen Herd berührt oder war sie an die offene Ofentür gestoßen?

Scarlet erhaschte einen Blick von Dampf oder weißen Rauch, der von Mayas Unterarm aufstieg, bevor sie Scarlet den Rücken zukehrte, als wollte sie ihren Arm vor ihr verstecken. Der Geruch von verbranntem Fleisch stieg ihr in die Nase. Aus dem Flur tauchte Gabriel auf, sein langes Haar und sein ganzer Körper tropfnass. Er hatte ein Handtuch um seinen Unterkörper gewickelt.

„Gabriel, das Fenster!“, rief Maya und rannte auf ihn zu.

Er erstarrte sofort und starrte Maya an. Sie tauschten Blicke, aber keiner sagte etwas.

„Es tut mir so leid“, sagte Scarlet und Tränen liefen ihr über die Wangen. „Du hast dich meinetwegen verletzt. Bitte lass mich –“

Gabriel hob eine Hand, um sie aufzuhalten. „Schon gut, Scarlet.“

„Ich weiß nicht, was passiert ist“, sagte Scarlet entschuldigend. „Mrs. Giles, es tut mir so leid.“

Maya blickte über ihre Schulter und zu Scarlets Überraschung schenkte Maya ihr ein freundliches Lächeln. „Bitte, nenn mich Maya, und es ist nichts. Es wird in kürzester Zeit verheilen.“

Ethan und Vanessa tauchten plötzlich hinter ihren Eltern auf. Gabriel nickte Ethan zu, der in die Küche trat und zum Fenster ging.

„Ich glaube, es ist genug gelüftet“, sagte er und schloss das Fenster, während Vanessa das Gleiche im Wohnzimmer tat.

Endlich hörte der Feuermelder auf zu piepen.

„Hmm, Bolognese-Sauce“, sagte Ethan und blickte zum Herd. „Lecker! Obwohl die Pasta etwas zu *al dente* aussieht, und was auch immer das war“ – er deutete auf die Reste des Knoblauchbrots – „… ist ein bisschen … tja, schicke Restaurants würden es *geschwärzt* nennen, nicht wahr?“

„Mach dich nicht über sie lustig, Ethan“, tadelte Vanessa ihren Bruder. „Du weißt selbst, dass der Ofen bestenfalls temperamentvoll ist. Du hast da drinnen schon jede Menge Pizzen verbrannt.“

„Wie wäre es, wenn ihr Scarlet hier beim Aufräumen helft, während wir uns für die Arbeit fertig machen?“, schlug Gabriel vor und wandte sich dabei an seine Kinder.

Als Maya und Gabriel sich umdrehten, um die Küche zu verlassen, blickte Scarlet zurück auf das Durcheinander und ihr kam wieder in den Sinn, wie Maya vor Schmerz aufgeschrien hatte. Sie war nirgendwo in der Nähe des Herdes oder des offenen Ofens gewesen. Wie hatte sie sich also den Arm verbrannt?

„Was ist denn hier passiert?“

Scarlet wirbelte herum und sah, wie Ryder an seinen Eltern vorbeiging und die Küche betrat.

„Nichts“, sagte Vanessa. „Das Abendessen ist in etwa zwanzig Minuten fertig, nicht wahr, Scarlet?“

Scarlet lächelte Vanessa an, dankbar für ihre Güte.

32

Ryder hatte die Brandwunde auf dem Unterarm seiner Mutter gesehen und wusste, dass die Sonne das verursacht hatte. Während Vanessa Scarlet half, das Abendessen fertig zuzubereiten, hatte Ryder kurz mit Ethan gesprochen und herausgefunden, dass Scarlet die Fenster geöffnet und versehentlich Sonnenlicht in die Küche hatte strömen lassen. Und Maya hatte es abbekommen. Der Vorfall festigte seine Entscheidung, Scarlet heute Abend die Wahrheit über sich, seine Familie und Scanguards zu sagen. Gleich nachdem er Scarlet über Claudias Affäre mit Derek informiert hatte.

Nach einem langen gemütlichen Abendessen mit Scarlet, Vanessa und Ethan nahm Ryder Scarlets Hand und führte sie zum Sofa im Wohnzimmer. Vanessa und Ethan waren bereits mit dem Aufräumen der Küche fertig und gingen nach oben. Maya und Gabriel waren über zwei Stunden zuvor zur Arbeit aufgebrochen.

„Es ist etwas passiert, als ich vorhin bei dir zu Hause war", begann Ryder.

Scarlet schnappte nach Luft. „War Claudia sauer auf dich, weil du Derek verprügelt hast? Ich hätte dich nicht dorthin gehen lassen sollen –"

„Nein, sie hat mich nicht gesehen", unterbrach Ryder. „Sie hatte keine Ahnung, dass ich im Haus war. Aber sie war nicht allein."

„Ich dachte, Dad hätte in Palo Alto zu tun."

„Sie war nicht mit deinem Vater zusammen." Ryder seufzte. Es war nicht einfach, das zu sagen. „Sie war mit Derek dort."

„Sie hat ihn nicht heimgeschickt? Das ist nicht fair! Dad hat versprochen, dass er ihn nach Hause schicken würde! Wie konnte er so lügen?"

„Es war nicht die Schuld deines Vaters. Tatsächlich glaube ich, dass er nicht einmal weiß, dass Derek noch hier ist. Aber das ist nicht das Schlimmste."

„Nicht das Schlimmste?"

„Nein. Weil ich Claudia und Derek zusammen gesehen habe. Sie waren im Schlafzimmer deines Vaters …“ Er beobachtete Scarlets Reaktion genau. „Sie hatten Sex.“

Scarlets Mund klappte auf, aber es kamen keine Worte heraus.

„Sie sind Liebhaber, Scarlet. Deine Stiefmutter betrügt deinen Vater mit Derek.“

„Ach du lieber Gott.“ Scarlet legte ihre Hand auf den Mund, Tränen stiegen ihr plötzlich in die Augen. „Nein, nein, das kann nicht sein. Dad liebt sie. Sie darf ihn nicht betrügen. Sie kann nicht … Und mit ihrem Neffen? Mit Derek?“ Sie schüttelte den Kopf. „Hat er sich ihr aufgedrängt? Weil ich ihn abgelehnt habe?“

Ryder nahm ihre Hände in seine und versuchte sie zu beruhigen. „Scarlet, es hat nichts mit dir zu tun oder was er versucht hat, dir anzutun. Was ich sah, war einvernehmlich. Und es war nicht das erste Mal. Die Art, wie sie miteinander redeten … sie sind schon seit einiger Zeit ein Liebespaar.“

Aufgeregt protestierte Scarlet: „Aber das ist Inzest! Sie ist seine Tante!“

„Ich bin mir nicht sicher, ob sie verwandt sind. Zum einen sehe ich keine Familienähnlichkeit, nicht dass das ein eindeutiger Beweis wäre“, überlegte Ryder. „Außerdem sind sie im Alter nicht weit auseinander … und … ich habe einfach das Gefühl, dass mehr dahintersteckt, als wir wissen.“

„Oh Gott!“ Scarlets Augen weiteten sich plötzlich, als wäre ihr gerade etwas klar geworden. „Ich wusste bis vor ein paar Tagen nicht, dass sie einen Neffen hat. Sie hat auch nie erwähnt, dass sie eine Schwester hat. Warum hat sie ihre Verwandten bis vor dieser Woche nie erwähnt?“

Ryder nickte angesichts dieser Offenbarung. Das ergab Sinn. „Bist du sicher, dass sie dir oder deinem Vater gegenüber nie eine Schwester oder einen Neffen erwähnt hat?“

„Absolut. Dad hätte es mir gesagt, wenn sie das getan hätte. An dem Tag, an dem du mein Bodyguard wurdest, hat sie zum ersten Mal ihre Schwester erwähnt. Und als ich sie danach fragte, sagte sie, dass sie und ihre Schwester nicht miteinander reden, als hätten sie einen großen Streit gehabt, aber dass sie mit ihrem Neffen in Kontakt geblieben sei. Warum sollte sie darüber lügen? Und warum hat sie ihn hierhergebracht?“

„Das weiß ich noch nicht“, gab Ryder zu.

„Ryder, bist du absolut sicher, was du gesehen hast? Ist es möglich, dass du das, was du gesehen hast, falsch interpretiert haben könntest?", fragte Scarlet und griff eindeutig nach einem Strohhalm.

„Es tut mir leid, Scarlet. Aber es gab keinen Raum für Fehlinterpretationen. Sie haben gefickt und …" Er zögerte.

„Was? Was verschweigst du mir?"

Er warf ihr einen bedauernden Blick zu. „Beim Sex hat Claudia zu Derek gesagt, dass ihr Mann sie nie so fickt und dass sie einen echten Mann wie Derek braucht. Es tut mir leid."

Ein Schluchzen brach aus Scarlets Brust. „Was mache ich jetzt? Dad muss davon erfahren." Sie blickte Ryder in die Augen, und er sah ihren Schmerz darin. „Wie soll ich ihm das sagen?"

„Ich bin mir nicht sicher, ob du das kannst, zumindest noch nicht."

„Warum nicht? Wenn deine Mutter deinen Vater betrügen würde, würdest du es ihm nicht sofort sagen wollen?"

Ryder wusste, dass so etwas niemals passieren würde. Vampire waren ihren blutgebundenen Gefährten ergeben. Untreue war praktisch unbekannt. Aber er verstand, was Scarlet sagen wollte.

„Ja, natürlich. Aber das Problem ist, dass mein Wort gegen das von Claudia und Derek steht. Du warst gar nicht dabei. Glaubst du wirklich, er wird mir glauben, nachdem du Derek der versuchten Vergewaltigung beschuldigt hast und ich dem Arschloch die Nase gebrochen habe? Er wird behaupten, dass wir uns an Derek rächen wollen und an Claudia, weil sie ihren vermeintlichen Neffen auch noch verteidigt hat."

„Aber Dad muss es wissen. Das hat er nicht verdient. Er ist ein guter Mann."

„Das bezweifle ich nicht", sagte Ryder leise.

„Ich muss es versuchen. Das schulde ich ihm."

In Scarlets Stimme lag Entschlossenheit, und Ryder wusste, dass er ihre Entscheidung respektieren musste. Immerhin war er ihr Vater und sie kannte ihn am besten.

„Okay, ruf ihn an." Ryder atmete tief ein. „Hoffentlich glaubt er dir. Erwähne lieber erstmal nicht, dass der Mann, mit dem Claudia ihn betrügt, Derek ist. Das muss er noch nicht wissen. Es könnte leichter zu schlucken sein, wenn er nicht weiß, dass Derek beteiligt ist. Das können wir ihm später auch noch offenbaren. Außerdem möchte ich Derek zuerst überprüfen und herausfinden, wer er wirklich ist."

Scarlet nickte. „Okay." Dann atmete sie tief ein und zog ihr Handy aus ihrer Jeanstasche. Sie schniefte und wischte sich die restlichen Tränen aus den Augen.

„Kann ich irgendetwas tun?", fragte Ryder, als er Scarlets Besorgnis spürte.

„Bleib einfach hier neben mir."

Er drückte ihre Hand und küsste sie auf die Stirn. „Ich bin für dich da."

Ryder bemerkte, dass Scarlets Hand zitterte, als sie die Nummer ihres Vaters wählte und es klingeln ließ. Sie stellte den Anruf auf die Freisprecheinrichtung.

Brandon King nahm nach dem zweiten Klingeln ab. „Scarlet, Honey?"

„Hi, Dad."

„Es tut so gut, deine Stimme zu hören. Ich habe mir Sorgen um dich gemacht."

„Mir geht es gut, Dad, aber … aber …"

Scarlet warf Ryder einen besorgten Blick zu. Er nahm aufmunternd ihre Hand und drückte sie.

„Aber was? Bist du in Ordnung?" Brandon King klang alarmiert. „Ist etwas passiert?"

Sie räusperte sich. „Dad, mir geht es gut, aber ich muss dir etwas sagen."

„Du machst mir Sorgen", antwortete King. „Bist du in irgendwelchen Schwierigkeiten?"

„Nein." Sie holte schnell Luft. „Dad, es geht um Claudia. Sie hat eine Affäre mit einem anderen Mann. Sie betrügt –"

Ein Keuchen kam durch die Leitung, dann vernahm sie den Aufschrei einer Frau.

„Wie kannst du es wagen, Scarlet!", donnerte King über die nun klarer werdende Frauenstimme hinweg.

„Warum lügst du so, Scarlet?", fragte Claudia empört.

Verdammt! Claudia war in Palo Alto?

„Wie kannst du mich so verletzen?", fragte Claudia. „Ich liebe dich wie mein eigenes …" Ein Schluchzen verschluckte ihre letzten Worte.

Ryder musste zugeben, dass Claudia überzeugend klang. Sie war eine gute Schauspielerin.

„Du betrügst ihn!", rief Scarlet.

„Kein weiteres Wort mehr aus deinem Mund! Du entschuldigst dich jetzt sofort bei Claudia!“, forderte King mit wutentbrannter Stimme.

„Warum glaubst du mir nicht, Dad? Sie lügt.“

„Nach allem, was Claudia für dich getan hat, verletzt du sie so? Das lasse ich nicht zu. Ich will dich nicht sehen, bis du bereit bist, Wiedergutmachung zu leisten.“

Es klickte in der Leitung. Brandon King hatte aufgelegt.

Ryder legte seine Arme um Scarlet und drückte sie an seine Brust.

„Warum war sie überhaupt bei ihm?“ Scarlet schluchzte. „Du hast gesagt, sie war mit Derek im Haus in San Francisco.“

„Das war sie, aber das war vor fast drei Stunden. Sie muss nach Palo Alto zurückgefahren sein, nachdem …“ Er musste den Satz nicht beenden.

Scarlet hob den Kopf. „Wie wird er mir jetzt jemals glauben?“

„Wir müssen einen Weg finden, damit er es selbst herausfindet. Ich werde mir etwas einfallen lassen.“

Scarlet schniefte.

„Aber jetzt müssen wir zu Scanguards fahren. Sie können uns helfen, Dereks Hintergrund zu überprüfen und herauszufinden, ob es etwas gibt, das uns helfen kann, ihn als Claudias Liebhaber zu entlarven. Wenn wir beweisen können, dass er nicht ihr Neffe ist, muss dein Vater auf dich hören.“

Sie hoffte, dass Ryder recht hatte. „Okay.“

„Lass uns gehen.“

33

Scarlet schien immer noch von den Enthüllungen über Claudia und der Rüge ihres Vaters betroffen zu sein. Ryder wünschte, er hätte darauf bestanden, dass Scarlet ihrem Vater gegenüber nichts erwähnte, bis sie nachprüfbare Beweise für Claudias Untreue hatten.

„Wir finden einen anderen Weg", sagte Ryder zu ihr, als sie bei Scanguards ankamen. „Wir haben hier ein paar Ermittler, die uns dabei helfen können, Dereks Hintergrund zu überprüfen."

Sie fuhren mit dem Aufzug nach oben und stiegen im obersten Stockwerk aus. Der Gang war leer und still. Ryder war froh darüber. Es war strengstens verboten, einen Menschen in die oberste Etage zu bringen. Es gab nur eine Ausnahme von dieser Regel: blutgebundene menschliche Gefährten. Sie durften die Chefetage betreten, wo sich die Büros der Direktoren von Scanguards befanden.

Ryder ging direkt zum Büro von Thomas und Eddie. Neben der Tür stand auf einem Schild *Thomas Brown-Martens & Eddie Brown-Martens, IT-Leiter*. Er klopfte an.

Scarlet deutete auf das Schild. „Vater und Sohn oder Brüder?"

„Ehepartner."

„Herein", kam Thomas' Stimme von drinnen.

Ryder nahm Scarlets Hand und öffnete die Tür, trat ein und schloss die Tür dann hinter ihnen. Thomas war allein. Er saß an seinem Schreibtisch, auf dem mehrere Computermonitore nebeneinander standen. Eddies Schreibtisch war unbesetzt.

„Ryder", begrüßte Thomas ihn, bevor sein Blick zu Scarlet schweifte. Er hob eine Augenbraue und warf Ryder einen fragenden Blick zu.

Natürlich wusste Thomas, dass Scarlet ein Mensch war. Dessen war sich Ryder bewusst. Ihr Geruch und das Fehlen einer übernatürlichen Aura, die nur für Vampire und andere übernatürliche Geschöpfe sichtbar war, identifizierten sie als solchen. Aber bevor Thomas einen Tadel äußern konnte, hob Ryder seine Hand.

„Es tut mir leid, dass ich hereinplatze, Thomas. Ich weiß, dass Scarlet nicht hier oben sein darf, aber es ist dringend."

Thomas nickte Scarlet zu. „Schön dich kennenzulernen, Scarlet."

„Freut mich auch, dich kennenzulernen."

„Also, was ist so dringend?"

„Wir brauchen deine Hilfe", begann Ryder. „Ich wurde Scarlets Schutzkommando zugeteilt. Und es ist etwas passiert."

„Das ist nicht zu übersehen", erwiderte Thomas und schüttelte den Kopf. „Ich hoffe, ich muss dich nicht daran erinnern, dass eine Beziehung mit deinem Schützling bedeutet, dass du als ihr Bodyguard abgesetzt wirst."

„Darum geht es im Moment nicht. Außerdem kannst du mir nicht weismachen, dass du in deinem Leben noch nie gegen eine Regel verstoßen hast."

„Touché."

Die Tür öffnete sich. „Hey, Baby, ich hab dir –"

Ryder drehte sich schnell um, um sich zwischen Eddie und Scarlet zu stellen. Eddie hatte zwei Flaschen Blut in der Hand.

„– Tomatensaft mitgebracht", unterbrach Ryder schnell und warf Eddie einen Blick zu, der bedeutete, dass er mitmachen sollte.

„Ja", sagte Eddie schnell. „Für die Bloody Marys nach der Arbeit." Er zwängte sich an Ryder und Scarlet vorbei und hielt die Flaschen so, dass Scarlet die Etiketten nicht sehen konnte. „Die stelle ich lieber in den Kühlschrank." Während er einen kleinen Kühlschrank öffnete und die Flaschen hineinstellte, fragte er: „Also, wer ist deine Freundin?"

„Das ist Scarlet King. Scarlet, das ist Eddie."

„Schön dich kennenzulernen, Eddie", sagte sie mit einem Lächeln.

„Ebenfalls. Was macht ihr hier?"

„Anscheinend brauchen sie dringend unsere Hilfe", sagte Thomas, während Eddie Platz nahm.

„Lange Rede, kurzer Sinn", sagte Ryder, „wir brauchen Hilfe, um den Hintergrund von jemandem zu überprüfen."

Thomas und Eddie tauschten einen Blick aus. Obwohl keiner etwas sagte, wusste Ryder, dass sie durch die besondere psychische Verbindung, die allen blutgebundenen Paaren zu eigen war, miteinander kommunizierten.

„Diese Kurzgeschichte musst du aber etwas verlängern“, meinte Thomas.

Scarlet räusperte sich. „Na ja, es geht um meine Stiefmutter und ihren Neffen, mit dem sie meinen Vater betrügt.“

Eddie rollte seinen Bürostuhl näher heran. „Da müssen wir auf jeden Fall die ganze Geschichte hören.“

Thomas nickte. „Absolut.“

In so wenigen Worten wie möglich erzählte Scarlet, was zwischen ihr und Derek vorgefallen war, und Ryder erzählte den beiden IT-Genies, wobei er Claudia und Derek ertappt hatte, als er zur King-Residenz zurückgekehrt war, um Scarlets Computer zu holen.

„Also brauchen wir etwas, um meinem Vater zu beweisen, dass Claudia ihn betrügt, und es würde helfen, wenn wir irgendwie beweisen könnten, dass Derek gar nicht ihr Neffe ist“, sagte Scarlet und warf Thomas und Eddie einen flehenden Blick zu.

„Nun“, sagte Thomas langsam. „Irgendetwas ist da auf jeden Fall faul.“

„Ich glaube, dem müssen wir wirklich nachgehen“, stimmte Eddie zu.

„Kennt ihr den Nachnamen dieses Dereks?“, fragte Thomas.

Ryder runzelte die Stirn. „Er hat sich mir nur als Derek vorgestellt.“

„Claudia hat seinen Nachnamen auch nie erwähnt“, sagte Scarlet, fügte jedoch hinzu, „aber ich habe einen Blick auf den Namen auf seiner Kreditkarte geworfen, als er im Restaurant bezahlte.“ Sie schloss für einen Moment die Augen. „Lasst mich nachdenken. Es fing mit einem H an. Etwas Kurzes. Erinnerte mich an diese Hotelbesitzerin in New York, die so schrecklich zu ihren Angestellten war. Sie ist vor einigen Jahren gestorben, ich habe einen Dokumentarfilm über sie gesehen.“

„Leona Helmsley?“, fragte Eddie.

„Ja! So heißt er. Derek Helmsley. Das stand auf seiner Kreditkarte.“

„Tja, das ist ein Anfang“, stimmte Thomas zu. „Wenn es etwas zu finden gibt, finden wir es.“

„Danke“, sagte Scarlet. „Ich weiß nicht, wie mein Vater sonst glauben soll, was Ryder gesehen hat.“

„Hmm“, sagte Eddie, „hast du daran gedacht, versteckte Kameras zu installieren, um sie aufzuzeichnen?“

„Und dann Dad die Videos geben?", fragte Scarlet und schüttelte den Kopf. „Er würde wütend auf mich sein, weil ich spioniere, egal, was auf den Videos ist."

„Nicht, wenn du sie anonym schickst", fügte Eddie hinzu, „oder du kannst es so aussehen lassen, als würde jemand Claudia erpressen, und es so arrangieren, dass dein Vater die Beweise zufällig sieht."

Ryder sah von Eddie zu Scarlet. „Eigentlich ist das keine schlechte Idee. Zumal wir keine Ahnung haben, ob es irgendetwas in Dereks Vergangenheit gibt, das uns dabei hilft, deinen Vater auf die richtige Spur zu führen."

Langsam nickte Scarlet. „Okay. Aber wie gehen wir das an?"

Thomas grinste Eddie an. „Wir haben alle Geräte, die ihr braucht, im Untergeschoss. Und Ryder weiß, wie man sie installiert. Ich rufe im Lager an und lasse für euch einpacken, was ihr braucht. Dann müsst ihr es nur noch abholen."

„Danke Thomas! Danke, Eddie, ihr seid die Besten", sagte Ryder.

34

Auf dem Flur vor Thomas' und Eddies Büro warf Ryder Scarlet einen aufmunternden Blick zu.

„Keine Sorge, wir bekommen Beweise dafür, dass Claudia und Derek eine Affäre haben. Wir werden in Kürze zu dir nach Hause fahren und die versteckten Kameras installieren. Da Claudia bei deinem Vater in Palo Alto ist, sollten wir damit kein Problem haben."

„Und was, wenn Derek San Francisco bereits verlassen hat und an die Ostküste zurückgekehrt ist?"

„Ich habe das Gefühl, dass er nie an der Ostküste oder in Paris gelebt hat", sagte Ryder.

„Du hast vielleicht recht. Seine Geschichten über Paris waren so langweilig, als stammten sie direkt aus einem Reiseführer. Und wenn er darüber gelogen hat, hat er wahrscheinlich auch darüber gelogen, dass er von der Ostküste hergeflogen ist."

„Genau."

Sie waren bereits im Aufzug, als Ryders Handy pingte. Es war eine SMS von seiner Mutter. „Das ist Mom. Sie möchte, dass wir sie in der Klinik unten treffen. Die Ergebnisse deines Bluttests sind da."

Er konnte spüren, wie sich Scarlets Herzschlag ein wenig beschleunigte, was darauf hindeutete, dass sie sich Sorgen machte. Er selbst war auch auf die Ergebnisse gespannt.

Scarlets Gesichtsausdruck veränderte sich plötzlich. „Verdammt, ich wollte deiner Mutter Blumen kaufen, um mich dafür zu entschuldigen, dass ich in ihrer Küche so ein Chaos angerichtet habe. Meinetwegen hat sie sich den Arm verbrannt."

„Ich bin sicher, es ist bereits verheilt", sagte Ryder, während der Aufzug nach unten fuhr. Tatsächlich wusste er mit Gewissheit, dass das der Fall war. Eine kleine Brandwunde, die von den Sonnenstrahlen, die durch das offene Fenster ins Haus geströmt waren, verursacht worden war, würde innerhalb von ein oder zwei Stunden verheilen, wenn seine Mutter genügend Blut trank – und er war sicher, dass sie das getan hatte.

„Das bezweifle ich sehr. Es sah wirklich schlimm aus."

Als sie die Klinik erreichten und den Flur betraten, war dort mehr los als in der Nacht zuvor. Mehrere Leute gingen in den verschiedenen Räumen entlang des Korridors ein und aus, bevor Scarlet und Ryder überhaupt die Doppeltür erreichten. Davor war eine von Luthers Wachen postiert. Ryder erkannte ihn an seiner Uniform, einem Ganzkörper-Kevlar-Anzug komplett mit Handschuhen und Helm und Gesichtsschutz, der den Vampir vor gefährlichen UV-Strahlen schützte. An seiner Hüfte trug er anstelle einer Waffe einen UV-Blaster, eine Waffe, die UV-Strahlen aussendete, um Gefangene zu überwältigen. Die Wache ließ sie ohne Fragen passieren.

In der Krankenstation summte es wie in einem Bienenstock. In dem kreisrunden Raum mit der Schwesternstation in der Mitte und mehreren Behandlungsplätzen und einem Wartezimmer darum herum war mindestens ein Dutzend Personen anwesend. Die Türen zu Mayas Büro sowie den beiden Privatpatientenzimmern waren geschlossen. Die Vorhänge zu mehreren der Behandlungsplätze waren zugezogen, was darauf hindeutete, dass sie von Patienten besetzt waren. Ryder war froh über die Vorhänge, denn es bestand die Möglichkeit, dass einige der Patienten Vampire waren, die jederzeit ihre Reißzähne zeigen konnten. Zu Ryders Überraschung saß Vanessa an der Schwesternstation und half einer erschöpft aussehenden Jenny.

„Nessie, ich wusste nicht, dass du heute Abend reinkommst. Ich hätte dich mitnehmen können."

„Ich bin gerade erst hier angekommen, buchstäblich vor zwei Minuten. Ich habe eine SMS bekommen, dass ich aushelfen muss. Hier geht es heute Abend zu wie in einem Zirkus. Wusstest du, dass sie letzte Nacht zwei V-CONs aufgenommen haben?"

„Luther hat es erwähnt."

„V-CONs?", fragte Scarlet.

Ryder tauschte einen Blick mit Vanessa aus. „Ähm, Gefängnisinsassen."

„Oh", sagte Scarlet und sah verblüfft aus. „Ihr behandelt hier Gefangene? Steht deshalb ein Wächter an der Tür?"

„Ja", sagte Vanessa. „Also, was macht ihr hier?"

„Mom wollte mit uns über Scarlets Bluttest sprechen. Wo ist sie?"

Vanessa wandte sich an die Krankenschwester. „Jenny?"

„Sie ist gerade bei Lizzy. Zimmer zwei." Jenny deutete mit dem Daumen über ihre Schulter.

Aus einer der Behandlungskabinen schrie ein Mann etwas Unverständliches und stöhnte vor Schmerzen.

„Du bist dran", sagte Jenny zu Vanessa.

„Was nimmt er?", fragte Vanessa.

„A positiv", antwortete Jenny, während sie ein Klemmbrett nahm und zum Wartezimmer ging.

Vanessa sprang auf und ging zu einem großen Edelstahlkühlschrank. Sie öffnete diesen und enthüllte einen großen Blutvorrat, sowohl in Flaschenform als auch in durchsichtigen Beuteln, die intravenös verabreicht werden sollten. Vanessa schnappte sich einen der Beutel und eilte zu Bucht drei. Sie verschwand hinter dem Vorhang.

„Deine Schwester ist eine ausgebildete Krankenschwester? Das hatte ich nicht erwartet. Kein Wunder, dass sie letzte Nacht so kompetent mit Lizzy umgegangen ist", sagte Scarlet und ihr Blick wanderte vom Kühlschrank mit dem Blut zurück zu Ryder.

„Ja, Nessie ist ein Tausendsassa." Was hätte er sonst sagen können? Jenny war ebenfalls keine ausgebildete Krankenschwester. Sie war eine Vampirin, die Maya rekrutiert hatte, damit sie ihr beim Betrieb ihrer Klinik half.

„Ich hoffe, Lizzy geht es besser."

Ryder schenkte Scarlet ein beruhigendes Lächeln, blickte an ihr vorbei und sah, dass sich die Tür zu Raum zwei öffnete. „Fragen wir sie. Mom scheint mit ihr fertig zu sein."

Seite an Seite gingen Ryder und Scarlet zu dem Raum, aus dem Maya gerade herauskam. Als Maya sie sah, sagte sie: „Könnt ihr mir ein paar Minuten geben? Ich muss schnell nach einem Patienten sehen."

„Lass dir Zeit, Mom", sagte Ryder. „In der Zwischenzeit schauen wir bei Lizzy vorbei."

„Gut, sie hat nach dir gefragt." Maya drehte sich wieder zur Tür um und öffnete sie weiter. „Lizzy, du hast Besuch."

Maya verschwand und Ryder und Scarlet betraten den Raum, wo Lizzy aufrecht in einem Krankenhausbett saß und viel besser aussah als in der Nacht zuvor. Sie lächelte sogar.

„Ryder, deine Mutter hat mir erzählt, dass du mir das Leben gerettet hast, als du –"

„Vanessa hat viel mehr getan als ich“, unterbrach Ryder, bevor Lizzy damit herausplatzen konnte, dass er ihr sein Blut gegeben hatte, um ihr bei der Heilung zu helfen. „Sie verdient die Anerkennung.“

„Ich bin euch allen so dankbar“, sagte Lizzy, dann richtete sie ihren Blick auf Scarlet und wandte sich direkt an sie: „Diesen Kerl musst du festhalten.“

„Ja, mach ich.“ Scarlet strahlte ihn an und ließ sein Herz vor Zuneigung anschwellen, bevor sie zurück zu Lizzy schaute. „Du siehst heute toll aus. Ich kann gar nicht glauben, wie schnell es dir wieder besser geht.“

Plötzlich erfüllte das Geräusch von Metall, das auf Metall schlug, und schweren Gegenständen, die auf den Boden krachten, die Krankenstation inmitten lautem Grunzen und Schreien. Ryder wirbelte herum und sah, wie der Vorhang zu Bucht drei durch zwei dahinter kämpfende Personen von der Deckenschiene gerissen wurde.

„Nessie!“ Ryder schrie auf und stürmte aus Lizzys Zimmer.

„Der V-CON!“, schrie Vanessa gerade, als ihr Angreifer sie quer durch den Raum schleuderte und sie gegen ein Krankenhausbett knallte.

„Scheiße!“, fluchte Ryder.

Der V-CON, den sie behandelt hatte, tauchte aus der Bucht auf, eine Hand noch in Handschellen. Die Handschelle war an einer Doppelschiene befestigt, aber er hatte diese von der Trage abgerissen. Seine Augen waren leuchtend rot und orange, seine Reißzähne ausgefahren und vor Blut triefend. Verdammt!

„Wache!“, schrie Ryder. „Der V-CON hat sich losgerissen!“ Aber er konnte nicht auf die Hilfe der Wachen warten, denn der V-CON kam jetzt auf ihn zu. Seine Augen konzentrierten sich auf etwas hinter Ryder und seine Brust hob sich. Seine Hände hatten sich in gefährliche Krallen verwandelt. Er war im vollen Angriffsmodus.

Ryder hatte keine andere Wahl, als sich auf den gewalttätigen Vampir zu stürzen, denn hinter Ryder war Lizzys Zimmer und dort drinnen war Scarlet.

„Scarlet, schließ die –“

Der Rest seiner Worte kam nicht über seine Lippen, weil er mit dem massiven V-CON kollidierte. Der Angreifer schlug ihn mit der Metallschiene, die an der Handschelle an seinem Handgelenk befestigt war, aber Ryder wehrte sich, sein Körper verhärtete sich, seine Sicht rötete sich.

Mit den scharfen Widerhaken an seinen Fingern traf Ryder den Arm des V-CON und hinterließ tiefe Schnitte. Blut spritzte, aber sein Gegner ließ sich von seiner Verletzung nicht bremsen. Ryder schlug hart auf ihn ein, trat ihn dann und schleuderte ihn gegen die Schwesternstation.

Aber der Vampir knurrte, jetzt noch wütender. Er stieß sich von der Theke ab und rammte Ryder, raubte ihm damit die Luft.

Als Ryder zu Boden ging und mit dem Rücken gegen einen Defibrillator stieß, sah er, wie Vanessa sich aufrappelte, ihre Augen rot, ihre Reißzähne ausgefahren, bereit, ihm beim Kampf gegen den V-CON zu helfen. Der Bastard war auf dem Weg zu Lizzys Zimmer. Verdammt!

Als Ryder hochsprang, um dem V-CON den Weg abzuschneiden, stellte er fest, dass die Tür zu Lizzys Zimmer immer noch offen stand. Scarlet stand da wie gelähmt, ihr Gesicht eine Maske des Entsetzens. Hinter ihr riss Lizzy die Infusionsnadel aus ihrem Arm und sprang aus dem Bett.

Scheiße! Der V-CON würde Scarlet angreifen.

„Die Tür!", schrie Ryder, bevor er sich erneut auf den V-CON stürzte und ihn zu Boden zerrte. „Nessie! Bring Scarlet und Lizzy hier raus!"

Er wusste nicht, ob Vanessa ihn gehört hatte, denn mehrere Leute schrien und der wahnsinnige Vampir schlug und trat ihn, obwohl er am Boden lag. Er war stark und gut fünfzig Pfund schwerer als Ryder – und dem wahnsinnigen Ausdruck in seinen Augen nach zu urteilen, in einem Zustand des Blutrausches. Der V-CON schaffte es, Ryder von sich zu stoßen und sich wieder aufzurappeln. Aber Ryder war schnell und motiviert. Er konnte nicht zulassen, dass der V-CON Scarlet erreichte und sie verletzte.

Der Angreifer war nur noch wenige Meter von Scarlet entfernt, als Ryder ihn erreichte. Ryder griff nach der Doppelschiene, die an den Handschellen des V-CONs befestigt war, hakte seinen Arm zwischen die Stangen, setzte dann sein ganzes Gewicht und seine ganze Kraft ein, um diese zu drehen, und schleuderte den Angreifer gegen die Wand neben Lizzys Zimmer.

Schließlich hörte er durch die Doppeltür schwere Stiefel auf den Boden schlagen.

„Scheiße!" Es war Luther, der geflucht hatte.

Ryder trat dem V-CON in die Kniekehlen. Aber der Bastard ging immer noch nicht zu Boden. Ryders Arm war immer noch in der

Doppelschiene eingehakt und er packte diese jetzt mit beiden Händen, riss sie hoch und presste sie unter das Kinn des V-CONs, um ihn zu würgen.

„Neeeeiiinnn! Nein!“, schrie Lizzy und schubste Scarlet aus dem Weg, um an ihr vorbei zu dem V-CON zu laufen. „Tut ihm nicht weh! Bitte tut ihm nicht weh!“

Schließlich packte Luther ein Ende der Doppelschiene, und zusammen drehten sie diese so, dass der V-CON mit dem Rücken auf dem Boden landete.

„Wird verdammt nochmal Zeit! Ich habe dich gewarnt, Luther!“, tadelte Ryder.

„Bitte! Tut ihm nichts“, schrie Lizzy erneut.

„Bleib zurück! Er ist im Blutrausch“, befahl Luther, aber Lizzy drängte sich einfach zwischen ihn und Ryder, um den Vampir zu erreichen, den sie festhielten.

„Er wird mir nichts tun“, behauptete Lilly. „Wir sind blutgebunden.“

Schock durchfuhr Ryder.

„Lizzy …“, murmelte der V-CON nun. „Lizzy …“

„Ich bin hier, mein Liebster.“

Ryder tauschte einen Blick mit Luther aus, der genauso fassungslos aussah.

„Er braucht mein Blut, sonst stirbt er“, sagte Lizzy. „Bitte lass mich ihn füttern.“

Hinter sich hörte Ryder ein Keuchen. Er blickte über seine Schulter und sah Maya dort stehen und in seine Richtung starren.

„Deshalb ging es ihm immer schlechter, je mehr Blut wir ihm gaben“, sagte Maya, und die Erkenntnis stand ihr ins Gesicht geschrieben. „Wie konnten wir so etwas übersehen?“

Luther fuhr sich mit der Hand durchs Haar. „Verdammt!“ Dann nickte er Lizzy zu. „Tu, was du tun musst.“

Lizzy kniete sich neben ihren Gefährten, beugte sich über ihn und brachte ihren Hals an seinen Mund. „Trink, mein Liebster.“

Alle verstummten.

„Lizzy“, murmelte er, bevor er seine Reißzähne in ihren Hals versenkte und sich von seiner blutgebundenen Gefährtin ernähren ließ.

Die Stille wurde durch ein schockiertes Keuchen, das von der Tür zu Lizzys Zimmer kam, unterbrochen. Ryder hob den Blick und sah, dass

Scarlet immer noch dastand und entsetzt zusah, wie der V-CON Lizzys Blut trank. Sie drehte langsam den Kopf und begegnete Ryders Blick.

Er hatte nicht gewollt, dass Scarlet auf diese Weise herausfand, was er war.

35

Scarlet stand unter Schock. Sie konnte nicht glauben, was sie gesehen hatte oder was jetzt vor ihren Augen geschah. Als der gewalttätige Patient Vanessa quer durch die Notaufnahme geschleudert und dann Ryder angegriffen hatte, hatte sie Angst um die Sicherheit der Geschwister gehabt. Das war, bevor sie die Fänge und Klauen des Monsters und dessen rote Augen gesehen hatte. An diesem Punkt hatte sie gedacht, dass die Lage nicht noch schlimmer werden könnte, als sie bereits war.

Sie hatte sich geirrt.

Ryder und seine Schwester zeigten plötzlich die gleichen Symptome wie der Häftling. Ihre Eckzähne hatten sich in Reißzähne verwandelt, scharfe, gefährliche Fänge, und ihre Hände waren jetzt Klauen mit scharfen Widerhaken, wo zuvor Fingernägel gewesen waren. Und dann ihre Augen: leuchtend rot. Jetzt wurde ihr bewusst, dass Ryder vor heute Nacht schon Anzeichen von leuchtenden Augen gezeigt hatte. Als sie Sex hatten, hatte sie bemerkt, dass seine Augen golden, fast orange schimmerten, und es als Lichtreflexion in seinen Augen abgetan. Aber sie konnte nicht abtun, was sie jetzt sah. Es starrte ihr ins Gesicht: die Wahrheit, die sie erst jetzt erkannte.

„Ihr seid Vampire."

Als Ryder einen Schritt auf sie zu machte, wich sie zurück. Angst umklammerte ihr Herz und Panik raubte ihr die Luft zum Atmen.

„Es tut mir leid, Scarlet." Er machte eine Handbewegung in Richtung des Vampirs auf dem Boden. „Ich wollte nicht, dass du es so erfährst."

„Du hättest es ihr gestern Abend sagen sollen", sagte Vanessa zu ihrem Bruder.

Ryder sah über seine Schulter, wo Maya Vanessas Verletzungen untersuchte. „Das hilft jetzt nicht."

„Warum gehst du nicht mit Scarlet in die Lounge, um mit ihr zu reden", schlug Maya vor. „Ich werde raufkommen, sobald ich mich um die Verletzungen gekümmert habe."

Ryder schaute wieder zu Scarlet und seine Augen sahen wieder normal aus.

„Ich gehe nirgendwo mit dir hin“, sagte Scarlet und ihre Brust hob sich.

„Mir geht es gut, Mom“, sagte Vanessa trotz des Blutes, das Scarlet aus ihrem Arm strömen sah. „Ich brauche nur ein bisschen Blut.“

„Okay, das reicht, Miller“, sagte Luther plötzlich. Er kauerte immer noch neben dem V-CON und Lizzy.

Aus irgendeinem Grund konnte Scarlet ihre Augen nicht von Lizzy abwenden und wie der Vampir unter ihr schließlich seine Fänge aus ihrem Hals nahm. Lächelte er Lizzy an? Als er ihren Hals wieder zu sich hinunterzog, dachte Scarlet, er würde seine scharfen Reißzähne wieder hineinstoßen, aber stattdessen leckte er über die zwei blutenden Löcher, die seine Reißzähne hinterlassen hatten. Als er seine Lippen von ihrem Hals entfernte, bemerkte Scarlet, dass die Löcher verschwunden waren.

„Was zum …“ Scarlet konnte ihren Satz nicht beenden, zu verblüfft von dem, was sich direkt vor ihren Augen abspielte.

Lizzy erhob sich. Sie sah … glücklich aus. Wie war das möglich? Wie konnte sie dieses Monster ihr Blut trinken lassen? Würde der Biss sie nicht auch in einen Vampir verwandeln? War das mit Ryder und Vanessa passiert? Waren sie gebissen und verwandelt worden? Und würde das jetzt mit ihr auch geschehen?

Scarlet schauderte.

„Scarlet, Baby, komm. Wir müssen uns unterhalten.“

Während Luther dem V-CON hoch half, ging Ryder auf sie zu. Er sah wieder ganz menschlich aus. Keine roten Augen, keine Reißzähne, keine Krallen. Als hätte sie es geträumt. Aber sie wusste, dass sie das nicht getan hatte. Die Kratzspuren auf Ryders Brust und Armen zeugten davon, dass er mit dem Sträfling gekämpft hatte.

Scarlet presste ihre Lippen zusammen und drängte die Tränen zurück, die aufstiegen. Plötzlich wurde ihr klar, dass sie sich in Ryder verliebt hatte. Aber es würde kein Happy End für sie geben, denn Ryder war ein Monster. Ein Vampir, der auf Blut aus war.

„Es tut mir leid, dass du das alles sehen musstest“, sagte er mit sanfter Stimme. „Aber als er auf dich zustürmte, musste ich ihn aufhalten. Ich konnte nicht zulassen, dass er dir Schaden zufügt.“ Ryder fuhr sich mit zitternder Hand durchs Haar. „Ich hatte keine Ahnung, dass er versuchte, zu Lizzy zu gelangen. Zu seiner Gefährtin.“

Sie schüttelte den Kopf. In ihrer Welt ergab nichts mehr einen Sinn. „Willst du damit sagen, dass sie sich freiwillig von ihm beißen lässt? Nein! Warum würde sie das tun?“

„Weil ich ihn liebe“, sagte Lizzy plötzlich und wandte sich zu ihr um. „Er würde alles für mich tun, um mich zu beschützen.“

Scarlet sah an ihr vorbei und bemerkte den liebevollen Blick, mit dem der Sträfling Lizzy ansah. Als ob sie es fühlen könnte, drehte Lizzy den Kopf und lächelte zurück.

Dann wandte sie sich an Luther: „Ich muss mit ihm gehen, sonst wird sich sein Zustand wieder verschlechtern.“

Luther nickte, obwohl er genervt wirkte. Er knurrte Miller an: „Du hättest mir sagen sollen, dass du blutgebunden bist. Was zum Teufel hast du dir dabei gedacht? Du wusstest, dass du krank werden würdest, wenn du Blut trinkst, das nicht von Lizzy kommt.“

Miller funkelte Luther an. „Damit du sie dafür bestrafen kannst, dass sie sich in einen Gefangenen verliebt hat? Nein, ich würde lieber sterben.“

„Ja, fast hättest du das geschafft“, zischte Luther.

„Was geschieht jetzt mit ihm?“, fragte Lizzy.

„Er wird wieder ins Gefängnis gehen.“

„Aber wenn er mein Blut nicht bekommt …“

„Wir werden regelmäßige eheliche Besuche arrangieren, damit er sich ernähren kann. Aber er wird seine Haftstrafe absitzen. Er wird nicht vorzeitig entlassen.“

„Danke, vielen Dank“, sagte Lizzy strahlend.

Luther sah Maya an. „Ich gehe davon aus, dass der zweite V-CON genau die gleichen Symptome hat?“

Maja nickte. „Wir müssen davon ausgehen, dass auch er blutgebunden ist.“

„Wir müssen seine Gefährtin finden, oder er stirbt“, sagte Luther. „Ich spreche mit ihm.“ Er winkte der Wache, die an der Doppeltür stand. „Sperr ihn ein.“

„Kann ich mit ihm gehen?“, fragte Lizzy.

„Vorerst ja.“

Als die drei die Klinik verließen, sah Maya Scarlet an. „Scarlet, ich weiß, dass das alles ein Schock für dich ist, aber gib Ryder die Chance, dir alles zu erklären. Bitte."

Scarlet stand immer noch steif da wie ein Besenstiel, besorgt, dass sie in Tränen ausbrechen würde, wenn sie sich bewegte und tief Luft holte.

„Und Ryder", fügte Maya hinzu, „Scarlets DNA-Test war positiv. Sie hat das Gen."

„Was?" Scarlets Blick huschte zwischen Maya und Ryder hin und her. „Welches Gen?"

„Lass uns in die Lounge gehen und ich erzähle dir alles", versprach Ryder.

Er sah ihr in die Augen und sie konnte ihren Blick nicht von ihm abwenden. Etwas darin sagte ihr, dass er ihr nicht wehtun würde. War es, weil er sie schon einmal gerettet hatte? Nicht nur vor dem verrückten Vampir, sondern auch vor Derek? Und die Tage und Nächte, die sie mit ihm verbracht hatte… kein einziges Mal hatte er versucht, sie zu beißen oder ihr in irgendeiner Weise wehzutun, obwohl sie ihm ausgeliefert gewesen war, allein mit ihm, ohne dass ihr jemand zu Hilfe hätte kommen können. Trotzdem war er nie gewalttätig gewesen. Er hatte ihre Befriedigung über seine gestellt und sie hatte sich in seinen Armen sicher gefühlt.

„In Ordnung, ich gehe mit dir in die Lounge. Und du wirst mir die Wahrheit sagen, die ganze Wahrheit."

Ryder nickte langsam. „Keine Geheimnisse mehr."

„Und dann lässt du mich gehen?"

„Wenn du dich, nachdem ich dir alles erzählt habe, entscheidest, dass du nichts mehr mit mir zu tun haben willst, lasse ich dich gehen."

Sie brauchte ein paar Sekunden, bevor sie zustimmte: „In Ordnung, du hast dreißig Minuten."

Im Aufzug, der sie ins Erdgeschoß brachte, ließ Ryder ihr Platz. Sie war froh darüber, denn sie hatte keine Ahnung, wie sie reagieren würde, sollte er versuchen, sie zu berühren. Würde sie vor ihm zurückschrecken?

Im Erdgeschoß benutzte Ryder seine Zugangskarte an einer Tür mit dem Schild *V-Lounge*. Sie konnte erraten, wofür das V stand. Gleichzeitig wurde ihr klar, dass Wartezimmer H, in dem sie in der Nacht zuvor hatte warten müssen, bedeuten musste, dass es ein Wartezimmer für Menschen – *Humans* – war, daher das H.

Sie wusste nicht wirklich, was sie in einer Vampir-Lounge erwartet hatte vorzufinden, doch ganz bestimmt nicht die sanfte Musik, die warmen Lichter und die bequemen Sitzecken, die sie an eine VIP-Lounge in einem schicken Hotel oder die First-Class-Lounge eines Flughafens erinnerte. Es gab keine Särge, keine schweren Samtvorhänge – es gab auch keine Fenster –, sondern geschmackvolle Drucke und Gemälde, die die Wände schmückten. Frische Blumenarrangements standen auf Wohnzimmertischen und in einer Ecke gab es sogar einen Kamin.

Ryder führte sie in die Mitte des Raumes, wo eine Bar stand. Ein älterer Mann stand hinter der makellosen Theke und polierte Gläser. Als er sie kommen sah, legte er sein Geschirrtuch ab.

„Ryder, was darf's sein?" Er deutete auf die Zapfhähne hinter der Bar. „AB positiv, ganz frisch."

Scarlet starrte auf die Etiketten auf den Zapfhähnen und spürte, wie sich ihr Puls beschleunigte.

„Heute nicht, Michael. Warum machst du nicht eine kleine Pause?"

Michael zögerte kurz, dann nickte er. „Danke, dass du mich erinnert hast. Wenn ihr mich bitte entschuldigt."

Während er hinter der Bar hervorkam und durch eine Tür am anderen Ende der Lounge verschwand, wurde Scarlet klar, dass die Zapfhähne nicht für Bier oder andere Getränke waren, sondern für Blut. Sie hatte das AB+-Etikett schon einmal gesehen: auf den Flaschen in Ryders Kühlschrank.

„Was ich gesehen habe, war kein Tomatensaft, oder?"

„Nein, war es nicht." Er zeigte auf einen Sitzbereich. „Sollen wir uns setzen?"

„Du zuerst."

Ryder hob eine Augenbraue, protestierte jedoch nicht und setzte sich in einen Sessel gegenüber einem Sofa. Scarlet setzte sich auf das Sofa, ein breiter Wohnzimmertisch schaffte genug Abstand zwischen ihnen.

„Es gibt so viel, was ich dir sagen muss", begann Ryder mit ruhiger und gesammelter Stimme. „Ich weiß gar nicht, wo ich anfangen soll."

Wie oft hatte er den Mädchen, mit denen er geschlafen hatte, sagen müssen, wer er wirklich war? Darin hatte er wahrscheinlich viel Übung.

Sie nahm all ihren Mut zusammen, um ihn glauben zu machen, sie sei stark, damit er sie nicht als Beute ansehen würde. „Dann lass mich dich fragen: Wie lange bist du schon ein Vampir, denn das bist du ja, nicht wahr?“

„Technisch gesehen bin ich ein Hybride, weil ich als Vampir geboren wurde. Meine Eltern wurden verwandelt, als sie beide Anfang bis Mitte dreißig waren.“

„Willst du damit sagen, dass Vampire Kinder haben können? Das ist doch lächerlich.“ Genauso lächerlich, wie dieses Gespräch war, denn Vampire sollten eigentlich gar nicht existieren.

„Ein männlicher Vampir kann seine menschliche Gefährtin schwängern, aber –“

„Du hast mich also angelogen!“ Ihr Atem stockte. „Du bist nicht steril, wie du gesagt hast. Ich könnte schon schwanger sein. Oh mein Gott, und ich habe mich von dir mit deinen beiden Schwänzen ficken lassen! Wie dumm von mir. Wie leichtgläubig.“

„Du bist nicht leichtgläubig, und du bist ganz bestimmt nicht dumm. Ich habe dir die Wahrheit über meine Fruchtbarkeit gesagt. Ich wurde unfruchtbar geboren, alle Vampire sind das –“

„Aber –“

„– bis sie ihre Lebensgefährtin finden und einen Blutbund eingehen. Nur dann kann sich ein Vampir fortpflanzen. Du musst dir also keine Sorgen machen. Du bist nicht von mir schwanger.“

Irgendetwas glänzte in seinen Augen. Ärger? Enttäuschung? Sie konnte sich nicht sicher sein.

„Deine Mutter war also ein Mensch, und dann hat dein Vater sie verwandelt, nachdem du und deine Geschwister geboren wurden?“

„Nein. Es stimmt, sie war ein Mensch, aber sie wurde gegen ihren Willen von einem anderen Vampir verwandelt. Sie hätte ihre Verwandlung fast nicht überlebt, aber mein Vater hat sie gerettet und ihre Liebe gewonnen. Meine Geschwister und ich wurden geboren, weil meine beiden Elternteile keine Menschen waren –“

„Natürlich sind sie das nicht. Du hast selbst gesagt, dass sie Vampire sind“, unterbrach sie ihn.

„Sie waren nicht ganz menschlich, bevor sie in Vampire verwandelt wurden. Sie waren beide Satyrn.“

„Was? Du meinst Minotaurus? Das ist ein totaler Mythos!“

„Ist es nicht. Meine Geschwister und ich haben das Gen geerbt, das uns zu Satyrn macht, dasselbe, das mir meine beiden Schwänze gibt, und dasselbe, das dafür sorgt, dass Vanessa mehrere Male im Jahr läufig ist." Er sah ihr in die Augen. „Das Gen, das meine Mutter in deiner DNA gefunden hat. Es verursacht die Fieberzustände, die du PMS nennst. In Wahrheit wirst du läufig, so wie eine Katze oder ein Hund. Du bist bereit, dich zu paaren. Deshalb verschwinden deine Symptome, wenn du Sex hast. Weil du deinem Körper gibst, wonach er verlangt."

Scarlet schnappte nach Luft und sprang auf. „Das ist unmöglich. Ich bin ein Mensch. Ich weiß, dass ich das bin. Mein Vater ist ein Mensch, meine Mutter war ein Mensch. Ich habe meinen Vater in Badehosen gesehen, als ich ein Kind war, und glaub mir, er hat nicht zwei Schwänze wie du."

„Dann hast du das Satyr-Gen von deiner Mutter geerbt. Sie hätte die gleiche Art von Fieberanfällen gehabt wie du."

Scarlet schüttelte den Kopf, doch selbst als sie versuchte, Ryders Behauptungen zu leugnen, wurde ihr bewusst, dass er recht haben könnte. Ihre Mutter hatte unter schrecklichen Fiebern und Schmerzen gelitten, und alle hatten immer angenommen, dass sie an PMS litt. Was, wenn sie tatsächlich läufig gewesen war? Hatte sie deswegen Selbstmord begangen? Weil sie es nicht mehr ausgehalten hatte?

„Scarlet", forderte Ryder sie auf und sie sah ihn an. „Deine Mutter hatte diese Symptome, nicht wahr?"

Langsam nickte Scarlet. „Hat sie sich deshalb umgebracht?" Plötzlich stieg Angst in ihr auf. „Wird mir das auch passieren?"

„Nein!" Ryder sprang auf. „Das werde ich niemals zulassen."

„Aber wie kannst du das verhindern? Dad konnte Mom nicht davon abhalten, verrückt zu werden und –"

„Es gibt einen Grund, warum Satyr-Männer zwei Schwänze haben." Er hielt für eine Sekunde inne. „Um ihre Gefährtinnen zu befriedigen, wenn sie läufig sind. Ich weiß, das ist viel zu verarbeiten. Aber es gibt noch so viel mehr, was ich dir sagen muss. Und du hast mir nur eine halbe Stunde gegeben. Willst du den Rest hören?"

Sie nickte und setzte sich wieder auf das Sofa. Sie lehnte sich zurück, die Neuigkeiten waren schwer zu verdauen. „Also bist du sowohl ein Satyr als auch ein Vampir? Hast du Menschen wegen ihres Blutes getötet? Hast du sie verletzt …"

Ryder setzte sich wieder in den Sessel. „Niemals. Ich habe getötet, ja, aber nur diejenigen, die es verdient haben: böse Vampire und Dämonen.

Nie Unschuldige. Scanguards würde das niemals dulden. Wir schützen diejenigen, die sich nicht selbst schützen können."

„Wie Lizzy?"

„Ja, wie Lizzy und viele andere. Samson gründete dieses Unternehmen, um Menschen zu beschützen, und im Kern ist die Mission von Scanguards immer noch dieselbe. Die meisten unserer Mitarbeiter sind Vampire und Hybriden wie Grayson und Benjamin und ich."

„Ist Grayson auch ein Satyr?"

Ryder lachte plötzlich. „Gott sei Dank nicht!"

„Warum –"

„Kannst du dir vorstellen, wie eingebildet er wäre, wenn er zwei Schwänze hätte? Er ist arrogant genug mit nur einem."

Unwillkürlich musste Scarlet kichern.

Ryder lächelte sie an. „Es gefällt mir, wenn du lächelst."

Sie wich seinem Blick aus, wollte nicht von seinem Lächeln und was es mit ihr anstellte abgelenkt werden. Sie musste einen kühlen Kopf bewahren. Plötzlich erinnerte sie sich an etwas.

„Wenn du und die meisten Scanguards-Angestellten Vampire sind, wie kommt es dann, dass sie bei Tageslicht draußen sein können? Ich meine, in den Sagen steht, dass die Sonne Vampire verbrennt."

„Tut es auch. Deshalb brannte die Haut meiner Mutter, als du das Fenster in der Küche geöffnet hast und die Sonne hineinstrahlte. Unsere Fenster sind mit einer speziellen Beschichtung versehen, die die UV-Strahlen der Sonne herausfiltert, damit wir tagsüber nicht die Vorhänge zuziehen müssen."

„Ja, das würde die Verletzung deiner Mutter erklären, aber ich habe dich bei Tageslicht draußen gesehen, und du hast dich nicht verbrannt."

„Weil ich ein Hybride bin. Der andere Teil von mir, Satyr in meinem Fall und Mensch in Graysons und Benjamins Fall, schützt uns vor den Sonnenstrahlen. Aber wir sind immer noch verwundbar."

„Lass mich raten? Holzpflöcke und Knoblauch!" Sie hatte genug Vampirfilme gesehen.

„Holzpfähle, ja. Aber Knoblauch ist nur ein Mythos. Silber schadet Vampiren und Hybriden gleichermaßen. Ansonsten sind wir ziemlich unverwüstlich."

Sie wusste, was das bedeutete. „Du bist unsterblich?"

„Ja."

Sie musste die nächste Frage stellen. „Wie alt bist du wirklich?“

„Ich bin dreißig, obwohl mein Körper mit einundzwanzig aufgehört hat zu altern.“

Scarlet betrachtete sein hübsches Gesicht. Er würde immer so aussehen. Jung, attraktiv, unwiderstehlich. Doch er war ein Vampir, eine Kreatur, die sich nach menschlichem Blut sehnte. Sie dachte zurück daran, wie sie gesehen hatte, wie Lizzy dem verrückten Vampir, von dem sie behauptete, dass sie ihn liebte, ihr Blut angeboten hatte. Lizzy hatte nicht geschrien, schien keine Schmerzen zu haben. Scarlet fragte sich, wie es wäre, gebissen zu werden.

„Wenn du jemanden beißt … ich meine … wenn du menschliches Blut trinkst… wie, ähm, wie dieser Vampir, der Lizzy gebissen hat …“ Ihr war plötzlich heiß und sie konnte ihren Satz nicht beenden, wusste nicht, wie sie fragen sollte, was sie wissen wollte.

„Fragst du, ob es wehtut?“, fragte Ryder sanft, ein freundliches Lächeln auf seinem Gesicht.

„Tut es das?“

„Der Biss eines Vampirs ist angenehm. Es ist nicht nur eine Nahrungsaufnahme, es ist eine Verbindung, eine Bindung, die …“

„Könnt ihr zwei euch bitte ein Zimmer nehmen?“

Beim Erklang der männlichen Stimme hinter ihr sprang Scarlet auf und wirbelte herum. Ein Mann stand zwischen dem Kamin und zwei übergroßen Ohrensesseln.

„Wesley, was zum Teufel!“, fluchte Ryder. „Hast du uns die ganze Zeit belauscht?“

Der dunkelhaarige Mann kam auf sie zu. Er war um die dreißig mit einem freundlichen Lächeln, das darauf hindeutete, dass er ein Charmeur war. „Tut mir leid, aber ich hatte mich nur am Feuer entspannt. Und als mir klar wurde, dass euer Gespräch ziemlich privat war, war es zu spät zu verschwinden. Ich meine, wie hätte es dir gefallen, wenn ich mich gemeldet hätte, als deine beiden Schwänze zur Sprache kamen?“

Scarlet spürte, wie sie bis zu den Haarwurzeln errötete.

„Wesley, würdest du bitte jetzt verschwinden?“, bat Ryder und atmete verärgert aus.

„Wie wär’s, wenn ihr euch ein privates Büro sucht und eure Unterhaltung dort fortsetzt, während ich mich vor dem Kamin entspanne, hmm? Ich habe gehört, dass Blake für den Rest der Nacht unterwegs ist. Benutzt doch sein Büro.“

„Danke für den Tipp“, sagte Ryder.

„Und“, sagte Wesley und zwinkerte, „du hast recht, was Grayson anbelangt. Mit zwei Schwänzen wäre er unerträglich.“ Er kicherte vor sich hin.

36

Zu Ryders Überraschung protestierte Scarlet nicht, als er sie zu Blakes Büro auf der Chefetage brachte, um ihr Gespräch fortzusetzen. Er wusste auch, warum Wesley es vorgeschlagen hatte. Blakes Büro war mit einem Schrankbett und einem kompletten Badezimmer ausgestattet, denn als Chef des Hybriden-Schutzes hatte Blake oft Tage und Nächte durchgearbeitet, ohne zum Schlafen nach Hause zu gehen, als die Brut von einem Dutzend junger Hybriden, von Säuglingen bis zu Teenagern, seine volle Aufmerksamkeit verlangt hatte. Jetzt waren die meisten Hybriden erwachsen und sein Zeitplan hatte sich etwas entspannt. Aber das Schrankbett und das Badezimmer waren noch da.

Als Ryder Scarlet in Blakes Büro führte und die Tür schloss, sah er sie an. „Ist es in Ordnung, wenn ich die Tür abschließe, damit wir nicht von Leuten wie Wesley gestört werden?"

„Okay. Also, Wesley, ist er auch ein Vampir?"

„Nein, er ist ein Hexer."

„Ein Wicca?"

„Nein, ein echter Hexer mit erstaunlichen Kräften. Du bist seinem Schwager unten in der Klinik begegnet, Luther. Luther ist mit Wesleys Schwester blutgebunden und er teilt seine Zeit zwischen Scanguards und dem Vampirgefängnis in der Sierra Nevada auf."

Scarlet warf ihm einen fragenden Blick zu. „Ihr bestraft also wirklich Vampire, wenn sie Menschen verletzen?"

„Das tun wir. Wir können nicht zulassen, dass sie das Leben zerstören, das Scanguards für uns alle aufgebaut hat."

„Dann hast du nicht gelogen, als du gesagt hast, dass Scanguards einen Vertrag mit der Stadt hat, um sich um die Prostituierten in San Francisco zu kümmern."

„Das stimmt nur teilweise", sagte Ryder. „Es tut mir leid, ich konnte dir nur einen Teil davon erzählen. Aber die Wahrheit ist, dass jedes Verbrechen, an dem ein Vampir, eine Hexe, ein Hybride oder ein anderes übernatürliches Geschöpf beteiligt ist, von Scanguards untersucht wird, nicht von der Polizei. Das ist der Deal, den wir mit dem Bürgermeisteramt haben."

„Der Bürgermeister weiß es also." Sie schüttelte ungläubig den Kopf.

„Und ein paar andere Leute bei der Polizei."

„Ihr tut den Menschen wirklich nicht weh … ihr beschützt sie …"

In Scarlets Augen lag ein hoffnungsvoller Schimmer und Ryders Herz setzte einen Schlag aus. Fing sie langsam an, ihn zu akzeptieren?

„Nein, wir tun den Leuten nicht weh." Er trat ein wenig näher, sehr langsam, um zu prüfen, ob Scarlet ihn näherkommen lassen würde. Sie bewegte sich nicht, sondern blieb, wo sie war, auch als er noch zwei Schritte auf sie zumachte. „Als Wesley uns unterbrach, wollte ich dir gerade von dem Biss erzählen."

Ihre Lippen öffneten sich und ein Atemzug strömte aus ihrem Mund. „Ja, der Biss."

„Der Biss ist nicht nur eine Gelegenheit für einen Vampir, die Nahrung zu bekommen, die er braucht, es ist auch eine Gelegenheit, das sexuelle Vergnügen zu intensivieren. Blutgebundene Paare tun das fast täglich, wie meine Eltern …"

„Aber sie sind beide Vampire."

„Sogar Vampire trinken das Blut eines anderen Vampirs. Es erzeugt ein Hochgefühl sowohl bei dem Vampir, der beißt, als auch bei dem, der gebissen wird."

Er bemerkte, wie sich Scarlets Brust hob und wie ihre Brustwarzen durch ihr T-Shirt drückten. Er konnte seine Augen nicht von diesem erotischen Anblick abwenden, der Blut in seine Lenden schießen ließ.

„Ryder", murmelte sie.

„Ja?"

„Gibt es noch etwas, das du mir noch nicht erzählt hast? Irgendwelche anderen Geheimnisse, die du nicht mit mir geteilt hast?"

„Da sind noch zwei Dinge, die ich dir noch nicht gesagt habe." Er holte Luft. „An dem Abend, als wir uns im Nachtclub trafen und Sex hatten, hatte ich nur einen Schwanz."

Sie wich zurück. „Was? Das ist nicht möglich! Das ergibt keinen Sinn. Zwei Tage später hattest du zwei. Ich kann nicht glauben –"

Er legte einen Finger auf ihre Lippen. „Bitte, lass es mich erklären. Ein Satyr wird mit einem voll funktionsfähigen Schwanz geboren sowie mit einer Masse aus Fleisch und Haut, einer Art Missbildung, ein paar

Zentimeter darüber. Es ist grotesk und etwas, das ich keiner Frau zeigen wollte. Aber es führt kein Weg daran vorbei. Erst nachdem ein Satyr zum ersten Mal Sex mit seiner ihm bestimmten Gefährtin hat, wächst die Missbildung innerhalb von vierundzwanzig Stunden zu einem zweiten voll funktionsfähigen Schwanz heran. Ich hatte an dem Abend Sex mit dir. Und nur mit dir. Und einen Tag später hatte ich einen zweiten Schwanz."

Er hielt inne, um die Bedeutung seiner Worte einsinken zu lassen.

Ihre Augen weiteten sich. „Ist das das Zweite, was du mir nicht gesagt hast? Dass ich deine dir vorbestimmte Partnerin sein soll?"

„Das bist du, aber ich muss dir noch etwas anderes sagen." Eigentlich war es das Wichtigste überhaupt.

„Was ist es?"

Er füllte seine Lunge mit Luft. „Ich liebe dich, Scarlet, und wenn du mich haben willst, werde ich alles in meiner Macht Stehende tun, um dich zu beschützen und dich glücklich zu machen." Er senkte seinen Blick, damit er fortfahren konnte mit dem, was er sagen musste. „Aber wenn du nicht dasselbe für mich empfindest, werde ich dich gehen lassen, damit du das Leben führen kannst, das du dir wünschst. Du bist meine mir vorbestimmte Gefährtin, aber du hast einen freien Willen. Wenn du mich nicht liebst …"

Scarlet atmete hörbar ein. „Kannst du mich bitte jetzt nach Hause bringen?"

Ryders Herz blieb stehen. Scarlet wollte ihn nicht. Sie konnte nicht akzeptieren, wer er wirklich war. Aber er hatte ihr ein Versprechen gegeben, und er stand zu seinem Wort. Auch wenn ihm das das Herz brechen würde.

Er hob seinen Kopf und sah sie an, sein Körper spannte sich an, wappnete sich für den bevorstehenden Herzschmerz. „Ja, natürlich. Ich werde dich nach Hause bringen. Ich möchte dich nur um einen letzten Gefallen bitten. Bitte bewahre unser Geheimnis. Es tut mir leid, dass ich dir wehgetan habe und dass ich nicht bin, was du dir erhofft hattest." Er drehte sich auf dem Absatz um und ging zur Tür, die Hand am Schloss, als er Scarlets Hand auf seinem Rücken spürte.

„Ryder, sieh mich an."

Er drehte sich langsam um, unfähig, ihr auch nur den kleinsten Wunsch abzuschlagen.

„Als ich sagte, bring mich nach Hause, meinte ich dein Zuhause."

Sein Puls begann zu rasen. „Mein Zuhause?“

Scarlet strich mit dem Finger über seine Lippen. „Ich will mit dir ins Bett gehen. Und ich will deinen Biss spüren.“ Sie strich ihr Haar von ihrem Hals weg und neigte ihren Kopf. „Beißt hier ein Vampir die Frau, die er liebt?“

Sein Herz hämmerte in seiner Brust, als wollte es von seinem Körper zu ihrem überspringen, während seine Fänge sich ausfuhren und sich an seinen Lippen vorbeidrängten. Seine Atmung wurde plötzlich unregelmäßig. „Dort, oder an deinen Brüsten, oder der Innenseite deiner Oberschenkel, wo immer du willst.“

„Wie wäre es mit überall?“, flüsterte sie, ihr Gesicht nun nah an seinem.

„Versuchst du mir zu sagen, dass du Gefühle für mich hast?“

Scarlet brachte ihre Lippen bis auf einen Zentimeter an seine heran. „Warum gebe ich dir die Antwort auf diese Frage nicht, wenn du mit mir schläfst und ich spüre, wie deine Reißzähne meine Haut durchbohren?“

„Abgemacht!“

Ryder drückte Scarlet an sich, nahm ihre Lippen gefangen und küsste sie, darauf bedacht, sie nicht mit seinen Reißzähnen zu verletzen, aber sie verlangte sofort mehr, ihre Zunge leckte über seine Lippen. „Ganz ruhig, Baby, ich will dir nicht wehtun.“

„Das wirst du nicht“, murmelte sie und leckte mit ihrer Zunge über einen Fangzahn.

Ein Feuerblitz schoss durch seinen Körper und ein Stöhnen entrang sich seiner Kehle. Sofort ließ er ihre Lippen los.

„Tat das weh?“, fragte Scarlet mit besorgtem Gesichtsausdruck.

„Um Himmels willen, nein! Es fühlte sich an, als würdest du meine Schwänze lecken.“

„Oh!“ Ein Lächeln bildete sich auf ihren Lippen.

„Die Fänge eines Vampirs sind die erogensten Zonen seines Körpers.“

„Das muss ich mir merken.“ Scarlets Augen funkelten schelmisch. „Ich nehme an, das bedeutet, dass, wenn ich sie lecke, du hart wirst?“

„Baby, nur in deiner Nähe zu sein macht mich schon hart.“ Er glitt mit einer Hand ihren Hintern hinab und rieb seinen Unterleib gegen ihren Bauch. „Spürst du das?“

Sie holte tief Luft. „Was passiert, wenn ich weiter an deinen Fangzähnen lecke? Wirst du kommen?“

„Wie ein unerfahrener Teenager."

„Ich schätze, dann höre ich besser damit auf, bis wir zu Hause sind."

„Ich habe eine bessere Idee." Ryder löste sich aus der Umarmung und ging zur gegenüberliegenden Wand, wo er einen Knopf drückte. Das Schrankbett senkte sich und verwandelte sich in ein Doppelbett mit frischen Laken.

„Oh mein Gott", sagte Scarlet keuchend und überbrückte die Distanz zwischen ihnen mit mehreren Schritten. Dann fiel ihr Blick auf seine Brust. „Du musst deine Wunden versorgen. Der Sträfling hat dich wirklich schlimm erwischt."

Ryder sah auf seine Brust hinunter. Der V-CON hatte ihn mit seinen Klauen aufgeschlitzt und mehrere blutende Wunden hinterlassen. Auch an seinen Armen hatte er oberflächliche Schnittwunden von den Krallen seines Gegners.

„Ich hatte schon Schlimmeres." Er hob seine Augen zu Scarlets Gesicht. „Dein Blut wird mich heilen."

„Willst du damit sagen, dass menschliches Blut –"

„Ja, menschliches Blut heilt die Wunden eines Vampirs, genauso wie Vampirblut die Verletzungen eines Menschen heilt."

Ihre Augen weiteten sich und ihre rosa Zunge leckte über ihre Unterlippe. „Du meinst, Menschen können Vampirblut trinken?"

Er zog sie zu sich. „Ja."

„Werden sie dadurch nicht in einen Vampir verwandelt? Ich meine, die Sage legt nahe –"

„Nur wenn der Mensch am Rande des Todes steht. Wenn der Herzschlag des Menschen noch stark ist, selbst wenn die Verletzungen schlimm sind, wird das Vampirblut den Menschen heilen anstatt ihn zu verwandeln."

„Es gibt so vieles, was ich noch nicht weiß."

„Soll ich dir jetzt mehr erzählen? Das kann ich, wenn du –"

„Später. Jetzt möchte ich dich spüren." Sie gab ihm einen kleinen Schubs und er landete mit dem Rücken auf dem Bett.

„Ich glaube, dann halte ich lieber die Klappe."

„Gute Wahl", murmelte sie und senkte sich zu ihm hinab, um sich rittlings auf ihn zu setzen.

Ryder zog ihren Kopf zu sich und eroberte ihre Lippen für einen Kuss. Seine Reißzähne waren immer noch ausgefahren, aber er machte sich keine

Sorgen mehr darüber, Scarlet damit zu verschrecken. Sie hatte ihm bereits bewiesen, dass sie mit ihm umgehen konnte und dass sie alles erleben wollte, was ihn zu einem Vampir machte. Er erkundete ihren Mund, tanzte mit ihrer eifrigen Zunge und überließ ihr die Führung, als sie ernsthaft anfing, seine Reißzähne zu lecken. Das Gefühl ihrer Zunge, die die messerscharfen Instrumente berührte, schickte Wellen der Lust in jede Zelle seines Körpers.

Er fing an, sie auszuziehen, befreite sie von ihrem T-Shirt, ihrer Jeans und ihren Schuhen, während Scarlet ihn genauso hektisch entkleidete. Er hatte sie noch nie so heiß auf Sex gesehen, nicht einmal in den Momenten, in denen sie läufig war. Das war nicht die Scarlet, die von ihrer satyrischen Seite getrieben wurde, das war die Scarlet, die von etwas ganz anderem getrieben wurde: ihren Emotionen. Sie wollte ihn, nicht weil sie dazu bestimmt war, seine Gefährtin zu sein, sondern weil sie etwas für ihn empfand. Er konnte es mit jeder Faser seines Körpers spüren, obwohl sie die Worte, die er hören wollte, noch nicht ausgesprochen hatte.

Als sie schließlich nackt waren, rollte sich Ryder über Scarlet, sein Gewicht auf seinen Ellbogen und Knien abgestützt, sein unterer Schwanz an ihrer Muschi ausgerichtet, sein oberer an ihrer Klitoris. „Ich nehme dich später mit beiden Schwänzen, aber jetzt will ich, dass du mich siehst."

Er öffnete seinen Mund und zeigte ihr seine Fänge. Mit Faszination in ihren Augen sah Scarlet ihn an, ihr Herzschlag raste jetzt. Es pumpte ihr Blut schneller durch ihre Adern und er wusste, dass ihr Blut in seinen Mund strömen würde, sobald er ihre Haut durchbohrte.

„Sie sind wunderschön", murmelte sie.

„Oh, Scarlet, du hast keine Ahnung, was mir das bedeutet. Dass du akzeptierst, was ich bin. Dass du mich von dir trinken lässt und mir vertraust."

Er stieß seinen Schwanz in sie hinein und sank in ihre feuchte, warme Höhle. Scarlet schloss für einen kurzen Moment die Augen und atmete tief ein.

„Du fühlst dich so gut an", flüsterte sie und sah zu ihm auf.

„Bist du sicher, dass du das willst? Meine Fänge in deinem Hals?"

„Koste mich, Ryder. Ich will wissen, wie es sich anfühlt." Sie drehte ihren Kopf leicht, um ihren Hals anzubieten.

Er brachte seine Lippen zu ihrer geschmeidigen Haut und leckte mit seiner Zunge darüber, um sie auf seinen Biss vorzubereiten. „Ich liebe dich, Scarlet." Er trieb seine Reißzähne in ihren Hals und spürte ihr Blut auf seiner Zunge. Der Geschmack war berauschend. Mehr Blut strömte in seinen Mund und er schluckte es.

Er pumpte seinen Schwanz in ihre süße Muschi und Vergnügen breitete sich in jeder Zelle seines Körpers aus, Scarlets Duft und Geschmack nahmen ihn ein. Noch nie in seinem Leben hatte er etwas Besseres verspürt.

Scarlets Hände lagen auf seinen Schultern und seinem Rücken und sie stieß ihn nicht von sich, sondern zog ihn näher, akzeptierte ihn.

„Ich liebe dich, Ryder."

Als er Scarlets Liebeserklärung hörte, fühlte sich Ryders Herz an, als würde es explodieren. Scarlet würde ihm gehören.

37

Scarlet spürte sofort die erotische Wirkung von Ryders Fängen in ihrem Hals. Ihr ganzer Körper schwebte wie auf einer Wolke. Sie fühlte keinen Schmerz; seine scharfen Zähne hatten ihr nicht einmal Schmerz zugefügt, als sie ihre Haut durchbohrten. Stattdessen fühlte es sich an, als würde er ihre Klitoris streicheln. Und jetzt, wo Ryder ihr Blut trank und sein Schwanz tief in ihr steckte, während sein zweiter Schwanz über ihr Lustzentrum glitt, verließ jeder vernünftige Gedanke, jede Sorge, die sie jemals gehabt hatte, ihr Gehirn, um Platz für das Vergnügen zu schaffen, das sie vollkommen einnahm.

Wenn sie gedacht hatte, dass Sex mit Ryder aufgrund seiner beiden Schwänze und der Art und Weise, wie er sie benutzte, um sie zur Ekstase zu bringen, schön war, war dies nichts im Vergleich zu den Empfindungen, die sie mit seinen Reißzähnen in ihr erlebte, während er immer wieder in sie eindrang. Seine geschickten Bewegungen peitschten ihre Erregung noch höher. Sie legte eine Hand auf seinen Nacken und spürte, wie er erschauderte, bevor er ihre Hand packte, von sich zog und auf die Matratze drückte. Er knurrte und das Geräusch hallte in ihrem Körper wider wie ein unendliches Echo.

Sie keuchte, ihre Hüften bewegten sich, um seinen Stößen entgegenzukommen und zu spüren, wie sein zweiter Schwanz gegen ihre Klitoris glitt. Mit ihrer freien Hand griff sie nach seinem Hintern und zwang ihn, härter zuzustoßen. Das tat er, doch dann zerrte er auch ihre zweite Hand von sich und hielt diese ebenfalls auf die Matratze gedrückt fest. Nun war sie seiner Gnade ausgeliefert, gefesselt von seinen Händen, aufgespießt auf seinem Schwanz. Zu ihrer Überraschung konnte sie nicht genug davon bekommen. Sie wollte, dass er sie so nahm, wollte seine Macht, seine Stärke spüren. Und sie wollte noch mehr.

„Nimm mich mit beiden Schwänzen in mir“, bat sie.

Ein weiteres Knurren entrang sich seiner Brust und er löste seine Lippen von ihr. Sein Kopf bewegte sich ruckartig zurück, seine Augen waren grellrot, seine Reißzähne tropften vor Blut. Zu wissen, dass dieser mächtige Vampir sie liebte, sandte Wellen durch ihren Körper und ihr wurde schlagartig bewusst, dass sie ihren Höhepunkt erreichte.

Sie drückte ihren Kopf zurück auf die Matratze und bäumte sich ihm mit ihrer Brust entgegen. Die Wellen ihres Orgasmus waren so stark, dass sie ihr den Atem raubten. Einen Moment später rollte Ryder sie herum und sie fand sich auf ihren Knien wieder, mit dem Gesicht dem Kopfteil des Bettes zugewandt, die Hände dagegen gestemmt. Immer noch benommen von ihrem Orgasmus spürte sie, wie Ryder hinter ihr kniete und seine Finger in ihre Muschi eintauchte, bevor er ihren Anus mit den reichlichen Säften umrandete. Dann spürte sie wieder seine Schwänze, einen am Eingang ihrer Muschi, den anderen an ihrem Anus.

„Oh Gott, ja!“, schrie sie auf, als Ryder seine Schwänze bis zum Anschlag in sie stieß.

Sie verspürte keinen Schmerz, kein Unbehagen, nur Vergnügen, als er sie mit seinen Zwillingserektionen aufspießte. Er brachte seinen Kopf zu ihr zurück, wo er sie gebissen hatte, und leckte über die Einschnitte.

„Ich will mehr“, sagte er, seine Stimme ein tiefes Knurren. „Dein Blut schmeckt wie das pure Paradies.“

Der Klang seiner Stimme jagte einen Schauder durch ihren Körper und sie wusste, dass sie ihm niemals etwas verweigern könnte. „Dann beiß mich nochmal.“

„Magst du meinen Biss?“, murmelte er an der anderen Seite ihres Halses, die sie ihm jetzt anbot.

„Ja, ich habe noch nie etwas Besseres verspürt.“

Er strich mit seinen Reißzähnen über ihre Haut und die Berührung brachte ihre Klitoris zum Pochen.

„Wenn du das machst, komme ich wieder“, sagte sie.

Er zog seine Schwänze bis auf die Spitzen heraus, bevor er wieder in sie eintauchte. Gleichzeitig schlug er seine Reißzähne in ihre Haut und saugte an ihrer Vene.

„Ja!“

Ryders Schwänze verkrampften sich plötzlich in ihr und sie spürte, wie sich Wärme und Nässe in ihr ausbreiteten, als er kam. Sein Orgasmus entzündete ihren eigenen, und Wellen der Lust, so stark, dass sie dachte, sie könnten sie ertränken, brachen über sie herein, bis sie beide zur Ruhe kamen und Ryder seine Reißzähne von ihr entfernte und über die Stichwunden leckte.

Sie brachen gemeinsam auf dem Bett zusammen und Scarlet berührte instinktiv die Stelle, an der er sie gebissen hatte. Aber sie spürte nicht die Löcher, die seine Reißzähne hinterlassen hatten. Sie überprüfte die andere Seite ihres Halses, aber auch dort war ihre Haut unverletzt.

Ihre Augen flogen auf und sie schaute in Ryders Augen, die nun wieder ein sattes Braun hatten. Seine Reißzähne waren verschwunden. „Aber du hast mich gebissen. Wie –"

„Der Speichel eines Vampirs versiegelt solche kleinen Wunden sofort."

„Ich habe also nicht halluziniert, als ich sah, wie der V-CON über Lizzys Wunden leckte … Wow … Das ist … unglaublich."

„Du wirst nie Narben haben, egal wie oft ich dich beiße. Ich würde niemals etwas tun, das deine schöne Haut verunstaltet." Seine Augen schweiften über ihren Körper und er streichelte ihre erhitzte Haut mit seiner Hand, bevor er sich zurücklegte und sie mit einem zufriedenen Seufzer auf sich zog.

Als ihr Blick auf seine Brust und seine Arme fiel, wo der Sträfling ihn verletzt hatte, sah sie dort nur makellose Haut. Keine Anzeichen einer Verletzung, keine Narben.

„Du bist geheilt."

„Wegen deines Blutes."

Scarlet kuschelte sich an ihn, glücklich und zufrieden wie nie zuvor in ihrem Leben.

„Es tut mir leid, dass ich so grob war. Aber dein Blut zu kosten, hmm … bereust du es?", fragte Ryder und streichelte ihren Rücken.

„Bereuen? Nein, nicht in einer Million Jahren." Sie hob den Kopf und sah ihn an. Seine Augen schimmerten plötzlich golden. „Deine Augen, sie schimmern wieder. Ich habe sie schon einmal so gesehen. Damals im Nachtclub und jedes Mal, wenn wir Sex hatten."

„Die Augen spiegeln die Emotionen eines Vampirs wider. Wenn meine Augen so schimmern, kann das ein paar verschiedene Dinge bedeuten, entweder Erregung, Verlangen, Ekstase oder Befriedigung."

„Was bedeuten sie gerade jetzt?"

„Reine und vollkommene Glückseligkeit."

Sie kicherte leise. „Ich hatte eher auf Erregung gehofft", scherzte sie.

Ryder rollte sie im Bruchteil einer Sekunde unter sich, bevor sie überhaupt realisierte, was er vorhatte. „Du unersättliches kleines Luder." Er lachte und küsste sie. „Wie soll ich jemals mit dir mithalten?"

„Ich bin sicher, in der Abteilung wirst du keine Probleme haben."

Ein lauter Schlag gegen die Tür erklang. „Seid ihr da drinnen fertig?"

Scarlets Herz schlug ihr bis zum Hals. „Oh mein Gott, hat uns jemand gehört?", flüsterte sie Ryder zu.

Ein verlegener Ausdruck erschien auf Ryders Gesicht. „Ich habe vielleicht vergessen zu erwähnen, dass Vampire ein ziemlich empfindliches Gehör haben."

Scarlet spürte, wie Hitze in ihre Wangen stieg.

Ryder wandte den Kopf zur Tür. „Was ist dein Problem, Grayson?"

„Wir haben eine Nachricht von Brandon King bekommen. Er behauptet, du hättest Scarlet entführt. Und er wird dich verhaften lassen, wenn du sie nicht zurückbringst."

Scarlet verschluckte sich fast bei ihrem nächsten Atemzug. „Das ist … das ist …" Angesichts der unverschämten Behauptung ihres Vaters war sie sprachlos.

„Gib uns ein paar Minuten", sagte Ryder und schwang die Beine aus dem Bett. „Wir sind gleich draußen."

In Scarlets Kopf drehte sich alles, Wut und Unglaube kollidierten in ihr. „Das kann er nicht tun! Ich bin erwachsen. Er kann nicht einfach …"

„Wir regeln das. Das verspreche ich dir."

Ryder drückte ihr einen Kuss auf die Stirn und führte sie ins Badezimmer.

38

Als Ryder und Scarlet ein paar Minuten später Blakes Büro verließen, geduscht und angezogen, wartete Grayson ungeduldig im Flur.

„Na endlich!“, grummelte Grayson. Er bedeutete ihnen, ihm zu folgen.

„Was genau hat mein Vater gesagt?“, fragte Scarlet.

„Ich weiß es nicht. Ich habe nicht selbst mit ihm gesprochen.“

Ryder bemerkte, dass Grayson sie in Richtung Samsons Büro führte, und fragte: „Er hat mit Samson gesprochen?“

„Mein Vater ist mit meiner Mutter im Theater. King konnte ihn nicht erreichen, also wurde er stattdessen an Amaury durchgestellt.“ Grayson blieb vor Amaurys Bürotür stehen und klopfte.

Die Tür wurde aufgerissen und Amaury, ein riesiger Vampir, so groß wie ein Footballspieler, erschien in der Tür. „Warum zum Teufel hast du so lange gebraucht?“ Dann fiel sein Blick auf Scarlet. „Ich nehme an, du bist Scarlet King.“

„Ja, ich bin …“, begann Scarlet, aber ihre Worte erstarben.

Amaury atmete ein und richtete seinen Blick auf Ryder. „Meinetwegen hättet ihr nicht duschen müssen. Ich kann dich immer noch an ihr riechen. Was zum Teufel ist hier los?“

Er bedeutete ihnen mit einer schnellen Handbewegung einzutreten, doch als Grayson ihnen folgen wollte, hielt Amaury ihn auf. „Du bleibst draußen!“

Es sah so aus, als wollte Grayson etwas sagen – wenn Ryder hätte raten müssen, etwas in der Art, dass Grayson der Sohn des Chefs war –, aber er tat es nicht, blieb draußen und zog die Tür zu.

„Mr. Amaury, ich weiß nicht, warum mein Vater das tut …“

„Nur Amaury, kein Mister“, stieß er hervor. „Und Ryder weiß ganz genau, dass wir hier Regeln haben, und …“

Bevor Ryder etwas erklären konnte, hörte er eine bekannte Frauenstimme aus dem Sitzbereich kommen.

„Baby, beruhige dich“, sagte Nina, eine schöne Blondine mit Pixie-Haarschnitt, die jetzt von der Couch aufstand und ihr Oberteil zurechtrückte, das ein wenig zerknittert aussah. „Du warst früher auch leichtsinnig.“

Ryders Blick wanderte instinktiv zu Ninas Dekolleté. Sickerte dort ein Blutstropfen durch ihr Oberteil? Anscheinend hatte Amaury gerade von seiner Gefährtin getrunken, und so wie es aussah, nicht von ihrem Hals, sondern von ihren Brüsten.

„Ich nehme an, Kings Anruf hat dein Abendessen unterbrochen“, sagte Ryder, denn er hatte vor Amaury keinerlei Angst. Amaury war Wachs in Ninas Händen. Notfalls würde sie ihn zügeln.

„Pass auf, was du sagst, Ryder“, warnte Amaury.

„Scarlet weiß es“, sagte Ryder.

„Weiß was?“

„Wer wir sind, was wir sind.“ Er legte seinen Arm um Scarlets Hüften und zog sie näher an sich heran. „Das ist Amaury, er ist Damians und Benjamins Vater, und das ist Nina, seine Gefährtin und die Mutter der Zwillinge.“

Amaury atmete tief durch, während Nina Scarlet anlächelte.

„Schön, dich kennenzulernen …“, sagte Scarlet zögernd. „Ich habe deine Söhne schon kennengelernt. Sie sind nett.“

„Das sind Teufelsbraten. Du kannst ruhig ehrlich sein“, sagte Nina. Sie sah Amaury an. „Wirst du jetzt nett sein?“

„Ich bin immer nett“, behauptete Amaury. Er sah Ryder und Scarlet an. „So wie es aussieht, hast du deinen Schützling also nicht entführt, sondern *ver*führt und damit ihren Vater vor den Kopf gestoßen –“

„Eigentlich“, unterbrach Scarlet, „hat Ryder nicht mich verführt. Ich habe *ihn* verführt. Also, es ist alles meine Schuld.“

„Ist es nicht“, protestierte Ryder, erstaunt darüber, dass Scarlet die Schuld auf sich nehmen wollte. „Ich wusste, was ich tat, und tat es trotzdem.“

Amaury schüttelte den Kopf und lachte plötzlich. „Ryder, du hattest nie eine Chance, ihr zu widerstehen. Wenn eine Frau sich etwas in den Kopf setzt, sind wir machtlos.“ Seine Augen wanderten zu Nina, und Ryder konnte nicht anders, als den lüsternen Blick zu bemerken, den er ihr zuwarf. Die Behauptung der Zwillinge, dass ihre Eltern die Finger nicht voneinander lassen konnten, war definitiv wahr. Er wusste mit Sicherheit, dass Amaury in dem Moment, in dem Ryder und Scarlet Amaurys Büro verließen, mit Nina schlafen und sie erneut beißen würde, nicht wegen der

Nahrung, die ihr Blut lieferte, sondern weil der Biss ihre Erregung steigern und ihren Höhepunkt noch befriedigender machen würde.

„Jedenfalls", sagte Amaury, jetzt ruhiger, und wandte sich direkt an Scarlet. „Das Ausschlaggebende ist, dass dein Vater mich angerufen und damit gedroht hat, Ryder festnehmen zu lassen, weil er dich entführt hat. Hör zu, ich habe noch nie zuvor mit ihm gesprochen, aber glaub mir, wenn ich dir sage, dass er es absolut ernst meinte. Er wird seine Drohung wahrmachen."

„Wir können das mit der Polizei regeln. Sie werden mich nicht verhaften", sagte Ryder. „Der Bürgermeister lässt das nicht zu."

„Die Polizei ist nicht unser Problem. Die Presse aber schon", sagte Amaury. „Sobald das durchsickert, müssen wir Schadensbegrenzung betreiben. Ich würde uns das lieber ersparen, wenn wir es vermeiden können. Wir wollen nicht, dass die Presse in unserem Geschäft herumschnüffelt."

„Gut", sagte Ryder, „dann spreche ich mit King und erkläre die Situation."

„Aber Dad hat Unrecht! Er weiß, dass du mich nicht entführt hast. Du hast mit ihm gesprochen. Ich war dabei, als er dir sagte, du sollst dich um mich kümmern. Ich verstehe nicht, warum er plötzlich seine Meinung geändert hat."

Ryder sah Scarlet in die Augen. „Ich schon. Claudia hat es ihm eingeredet, nachdem du ihm ihre Affäre mit Derek verraten hast. Sie hat ihn gegen dich und mich aufgehetzt."

„Worum geht es?", fragte Amaury. „Wer sind diese Leute?"

„Claudia ist meine Stiefmutter", erklärte Scarlet. „Und Derek ist angeblich ihr Neffe. Nur hat sie noch nie zuvor einen Neffen oder Geschwister erwähnt."

„Ich habe gesehen, wie sie Sex hatten", fügte Ryder hinzu. „Scarlet hat es ihrem Vater am Telefon gesagt, ohne zu wissen, dass Claudia bei ihm war. Und natürlich leugnete sie es. Ich glaube, Claudia bringt King gegen Scarlet auf und will sie bestrafen, indem sie mich aus dem Bild nimmt."

„Und das darf nicht passieren", sagte Scarlet und drückte sich eng an Ryder.

Amaury nickte. „Habt ihr versucht herauszufinden, wer dieser Derek ist? Ich habe das Gefühl, dass Brandon King handfeste Beweise braucht, bevor er glaubt, dass seine Frau ihn betrügt."

„Ich habe bereits mit Thomas und Eddie gesprochen. Sie arbeiten daran.“

„Gut“, sagte Amaury, „aber in der Zwischenzeit bleibt dir nichts anderes übrig, als Scarlet zu ihm zurückzubringen und zu hoffen, dass du ihm erklären kannst, dass Scarlet freiwillig mit dir zusammen ist. Ich meine, du bist über achtzehn, oder?“ Er sah Scarlet an.

„Ich werde in drei Monaten fünfundzwanzig.“

„Tja, rechtlich kann er nichts tun, um dich davon abzuhalten, mit Ryder zusammen zu sein. Aber“, sagte Amaury, „er muss dich sehen, damit er nicht behaupten kann, dass Ryder dich irgendwo eingesperrt hält.“

„Er wird versuchen, mich zu erpressen, damit ich bleibe“, sagte Scarlet.

„Erpressen? Wie?“, fragte Ryder.

„An meinem fünfundzwanzigsten Geburtstag werde ich Zugriff auf meinen Treuhandfonds bekommen. Es gibt Auflagen … er kann versuchen, die Treuhänder davon zu überzeugen, dass ich psychisch labil bin, dann müssten sie mich rechtlich daran hindern, auf meinen Treuhandfonds zuzugreifen …“

„Du bist nicht psychisch labil“, protestierte Ryder und knirschte mit den Zähnen. „Es spielt keine Rolle. Lass ihn das Geld behalten, wenn das bedeutet, dass du dein Leben so führen kannst, wie du es möchtest.“ Frei, ihn zu lieben und für immer seine Gefährtin zu sein.

Scarlet hob ihre Augen zu ihm. „Das Geld ist mir egal. Ich möchte nur nicht, dass seine untreue Frau es bekommt. Denn wenn der Fonds auf meinen Vater zurückgeht, könnte er genauso gut ihr gehören. Sie gibt sein Geld sowieso schon mit beiden Händen aus. Ich bin sicher, sie wird dasselbe mit meinem Fonds tun, sobald dieser an meinen Vater zurückgeht.“

„Eins nach dem anderen“, sagte Ryder. „Lass uns zuerst mit deinem Vater sprechen und ihm beweisen, dass es dir gut geht und dass ich dich nicht gegen deinen Willen festhalte. Dann kümmern wir uns um den Rest. Sobald wir finden, welchen Dreck Derek am Stecken hat, wird dein Vater zur Vernunft kommen.“

Langsam nickte Scarlet. „Ich hoffe, du hast recht.“

39

Ryder fuhr durch den nächtlichen Verkehr vom Mission-Viertel nach Pacific Heights. Scarlet saß gedankenverloren auf dem Beifahrersitz seines SUVs. Es war fast Mitternacht. In den letzten sechs Stunden war so viel passiert. Es fühlte sich an, als wäre ein ganzes Leben vergangen, denn das Leben, das vor ihr lag, unterschied sich so sehr von allem, was sie bisher gekannt hatte. Der Mann, den sie liebte, war ein Vampir und Satyr, ein Geschöpf, das sie fürchten sollte, aber in ihrem Herzen machte sich kein solches Gefühl breit, weil es voller Liebe war, der Liebe, die sie für Ryder empfand, und der Liebe, die Ryder für sie empfand. Es gab keinen Platz für Angst, Zweifel oder Bedauern.

Scarlet sah Ryder von der Seite an, während er durch die Straßen der Stadt navigierte, die immer menschenleerer wurden, je näher sie ihrem Zuhause kamen.

Ryder warf ihr einen Blick zu, legte eine Hand auf ihre und drückte sie sanft. „Alles wird gut. Wir werden deinen Vater davon überzeugen, dass er Claudia nicht trauen kann, vielleicht nicht heute Nacht oder morgen, aber bald. Und sobald er sieht, dass du nur sein Bestes im Sinn hattest, als du ihm von Claudias Untreue erzählt hast, werdet ihr euch wieder versöhnen. Er war zuerst dein Vater, bevor er Claudia kennenlernte. Er liebt dich."

Scarlet stieß einen Seufzer aus. „Trotz der Tatsache, dass er dich verhaften lassen will, hast du nichts Schlechtes über ihn zu sagen. Du bist viel netter als ich. Ich bin so wütend auf ihn."

„Ich nicht. Ohne ihn würdest du nicht existieren, und das würde bedeuten, dass ich nie die wahre Liebe gefunden hätte."

Seine letzten Worte drangen tief in sie ein und erfüllten sie mit der Hoffnung, dass alle Hindernisse, die vor ihnen lagen, bald verschwinden würden.

„Du hast so ein großes Herz. Wie ist es möglich, dass ein Vampir, ein Geschöpf, das laut der Sagen gewalttätig und herzlos sein soll, so mitfühlend sein kann?"

Ryder lächelte und führte ihre Hand an seine Lippen. Er drückte einen Kuss auf ihre Knöchel. „Weil das Herz eines Vampirs genauso schlägt wie das eines anderen Geschöpfs, sei es ein Mensch oder ein Tier. Unsere Emotionen sind genauso tief wie die eines Menschen, vielleicht sogar noch tiefer. Und obwohl wir physisch fast unzerstörbar sind, können unsere Herzen genauso leicht brechen wie die der Menschen."

„Ich liebe dich, Ryder."

„Und ich liebe dich."

„Ich habe noch so viele Fragen über dein Leben, über andere Vampire, über … alles."

„Ich sage dir alles, was du wissen willst."

Sie zögerte. „Da ist etwas, das mich neugierig macht."

„Ja?"

„Es geht um die Frauen. Du sagtest, Nina sei Amaurys Gefährtin und Damians und Benjamins Mutter, und wie deine Mutter sieht sie so jung aus, also nehme ich an, dass sie eine Vampirin ist. Aber was passiert mit den menschlichen Frauen, die … ähm … in Beziehungen mit Vampiren sind? Wenn der Vampir aufhört zu altern wie du, was passiert dann, wenn die Frauen altern …"

„Du glaubst, Nina ist ein Vampir?"

„Ja, natürlich, wie würde sie sonst so jung aussehen und trotzdem zwei erwachsene Söhne haben?"

„Nina ist ein Mensch. Sie und Amaury sind seit zweiunddreißig oder dreiunddreißig Jahren zusammen, schon bevor Samsons erstes Kind geboren wurde."

Verblüfft starrte Scarlet Ryder an. „Aber wie bleibt sie dann so jung?"

„Durch den Blutbund, den sie mit Amaury teilt. Sie trinkt sein Blut. Dadurch bleibt sie so jung wie an dem Tag, an dem sie den Blutbund mit ihm einging."

„Oh." Würde Ryder wollen, dass sie sein Blut tränke? Und würde sie das wollen? Würde sie es so erotisch finden, wie sie es fand, wenn er ihr Blut trank?

„Wir sind da", verkündete Ryder und parkte das Auto auf dem ersten freien Parkplatz, den er fand.

Scarlet stieg aus dem Auto, und Hand in Hand mit Ryder überquerte sie die Straße und blickte zu dem stattlichen viktorianischen Haus auf, das seit drei Generationen im Besitz ihrer Familie war. Sowohl im Foyer als auch im Wohnzimmer brannte Licht. Ihr Zimmer oben war dunkel, aber hinter dem Fenster daneben, das zum Flur im ersten Stock gehörte, sah sie ein schwaches Licht.

Vor der Eingangstür blieb sie stehen, ihre Hand zitterte zu sehr, um den Schlüssel ins Schloss zu stecken. Ryder stützte ihre Hand.

„Er wird dich nicht beißen“, sagte Ryder. Dann schien er zu begreifen, was er gesagt hatte, und fügte hinzu: „Tut mir leid, dumme Redewendung. Du weißt schon, was ich meine.“

Scarlet atmete tief ein und schloss die Tür auf. Sie trat zusammen mit Ryder ein und er schloss die Tür hinter ihnen.

„Dad? Ich bin zu Hause.“ Sie wartete auf seine Antwort, aber im Haus war es still.

Sie warf Ryder einen Blick zu. Er zuckte mit den Schultern. „Vielleicht ist er beim Warten auf dich eingeschlafen?“ Doch seinem Gesichtsausdruck nach glaubte er das auch nicht.

Scarlet ging ins Wohnzimmer, Ryder auf ihren Fersen. Sie sah sich um. Auf dem Wohnzimmertisch stand ein Glas, in dem, wie es aussah, noch etwas Whiskey war. Daneben stand eine Whiskeyflasche.

„Das ist Dads Lieblingsgetränk.“

Aber er war definitiv nicht im Wohnzimmer.

„Ich habe oben ein Licht gesehen“, sagte Ryder.

Sie gingen zurück ins Foyer und Scarlet warf einen Blick zum hinteren Teil des Hauses, wo sich die Küche, eine Wäschekammer und das Arbeitszimmer ihres Vaters befanden. Aber dort war es dunkel.

„Dann schauen wir mal oben nach“, stimmte Scarlet zu.

Als sie die Treppe hinaufgingen, rief Scarlet noch einmal: „Dad? Wo bist du? Ich bin zu Hause.“

„Was war das für ein Geräusch?“, fragte Ryder.

„Was für ein Geräusch?“

„Ein Klickgeräusch, aber jetzt ist es weg.“

„Ich habe nichts gehört.“ Am Treppenabsatz im ersten Stock machte sich Scarlet nicht die Mühe, nach links abzubiegen, um in ihr Zimmer zu gehen. Sie wusste, dass er nicht dort sein würde. Außerdem war das Zimmer dunkel. Sie zeigte auf das Elternschlafzimmer am Ende des Flurs. Die Tür war angelehnt, und von dort strömte Licht in den Flur.

Ihre Stiefel machten ein Klick-Klack-Geräusch auf den alten Holzböden.

„Dad?“

An der Tür klopfte Scarlet, obwohl sie einen Spalt offen stand. Sie wollte ihren Vater nicht überraschen, wenn er sich gerade auszog.

Als er immer noch nicht antwortete, tauschte sie einen Blick mit Ryder aus. Er nickte, stieß die Tür auf und trat vor ihr ein. Als sie die Tür weiter öffnete, sah sie das ungemachte Bett. Die Nachttischlampen und die Deckeneinbauleuchten erhellten den Raum.

„Dad?“, rief sie in Richtung Badezimmer. Die Tür war geschlossen, aber unter der Tür konnte sie etwas Licht sehen. „Dad?“

Immer noch keine Antwort.

„Was, wenn er wieder gestürzt ist?“, fragte Scarlet.

„Was meinst du mit wieder?“

„Letzte Woche ist er in Palo Alto im Badezimmer ausgerutscht und hat sich den Knöchel verstaucht.“

„Ja, ich habe ihn neulich humpeln gesehen“, bestätigte Ryder.

„Genau, er hat mir erzählt, dass er auf verschütteter Lotion oder Shampoo ausgerutscht ist. Er wusste nicht, was es war. Claudia hat so viele verschiedene Flaschen. Was, wenn es wieder passiert ist?“

„Mr. King?“, rief Ryder an der Badezimmertür. „Ich komme rein.“ Er drehte den Knauf und drückte, aber die Tür bewegte sich nicht. „Es ist abgeschlossen.“

Jetzt bekam Scarlet ein mulmiges Gefühl im Magen. „Oh mein Gott, wir müssen rein. Wenn er sich den Kopf gestoßen oder einen Schlaganfall erlitten hat … bitte, Ryder. Da müssen wir rein.“

„Ich werde die Tür aufbrechen. Tritt zurück.“

Scarlet trat ein paar Schritte zurück und sah zu, wie Ryder direkt über dem Türknauf mit dem Fuß gegen die Tür trat. Mit einem lauten Knall zersplitterte das Holz, und die Tür löste sich vom Rahmen und schwang nach innen.

Ryder lief hinein. Scarlet eilte ihm hinterher. Angst schnürte ihr die Kehle zu und hinderte sie am Atmen. Aber als sie im Badezimmer mit der extragroßen Dusche, der Badewanne, dem Doppelwaschtisch und der separaten Toilette stand, wurde ihr sofort bewusst, dass der Raum leer war.

„Aber es war von innen verschlossen“, sagte Scarlet.

„Das geht einfach“, sagte Ryder. „Das Schloss im Knauf drehen, das Bad verlassen, die Tür zuziehen, und schon sieht es aus, als hätte sich jemand eingesperrt.“

„Aber wieso? Warum würde er das tun?“, fragte Scarlet.

„Das würde er nicht“, sagte Ryder. „Weil dein Vater nie hier war.“

„Aber sein Drink im Wohnzimmer …“

„Das ist alles nur gestellt.“ Ryder fuhr sich mit der Hand durchs Haar. „Scheiße! Es ist eine Falle! Wir müssen weg! Jetzt sofort!“ Er griff nach Scarlets Hand.

Scarlet bekam keine Gelegenheit, weitere Fragen zu stellen, weil Ryder sie bereits vom Badezimmer weg und zur Tür zum Flur zog.

„Scheiße!“, fluchte er, bevor sie diese überhaupt erreichten. „Ich rieche Rauch.“

„Was? Ich rieche nichts.“

Ryder riss die Tür auf. Endlich konnte auch Scarlet es riechen: Rauch. Er kam aus dem Erdgeschoß.

„Ach du lieber Gott!“, schrie Scarlet auf.

Als sie den Treppenabsatz erreichten, schlugen bereits Flammen von der Treppe hoch. Das alte Haus brannte wie Zunder. Sie blickte die Treppe hinunter, aber der Rauch wurde dichter und die Flammen hatten bereits die Mitte der Treppe verschlungen, was es unmöglich machte, sie zu begehen.

Panik durchfuhr sie. „Wir können nicht raus.“

Ryder schnappte ihre Hand. „Zurück ins Elternschlafzimmer. Wir müssen hinten raus.“

Als sie zurück ins Schlafzimmer rannten, zog Ryder sein Handy aus der Tasche und tippte eine Nummer ein. Fast sofort antwortete eine Stimme: „Scanguards, Notruf.“

Sie stürmten ins Zimmer und Scarlet knallte die Tür hinter ihnen zu.

„Ryder Giles. Notfallprotokoll Foxtrott, wir brauchen Feuerwehr und Krankenwagen bei der 2447 Pacific Avenue, dem Wohnsitz von Brandon King. Ich bin mit einem Menschen zusammen. Die Ausgangsroute ist kompromittiert. Ich wiederhole: Ich bin mit einem Menschen zusammen.“

Ryder schaute bereits aus den Fenstern, die Blick über den Garten boten.

„Verstanden. Notfallprotokoll Foxtrott ist initiiert. Lass die Leitung offen“, sagte die Frau am Ende der Leitung.

Er steckte das Telefon in seine Jackentasche. „Gibt es hier eine Feuerleiter?“

„Nein.“

„Okay, bring mir alle Bettlaken, die du finden kannst. Ich muss dich damit in den Garten abseilen."

„Und du? Wer wird dich abseilen?"

„Mach dir keine Sorgen um mich. Unsterblich, erinnerst du dich?" Er drückte ihren Arm. „Die Laken?"

„Okay." So schnell sie konnte, öffnete sie die Schubladen des antiken Wäscheschranks, durchwühlte den Stapel Bettwäsche und nahm die größten und dicksten heraus. „Hier." Sie wandte sich zu Ryder um, der versuchte, das Fenster hochzuschieben.

„Es ist zugenagelt", fluchte er.

„Wer würde –"

„Wenn ich raten müsste, würde ich sagen, dieselbe Person, die das Feuer gelegt hat. Wahrscheinlich Derek." Dann schnappte er sich ein Kissen von einem Sessel und hielt es ans Fenster. „Pass auf das Glas auf. Und fang an, die Laken zusammenzuknoten. Mach doppelte Knoten."

Ryder schlug mit der Faust das Fenster ein und schlug dann weiter die gezackten Kanten heraus, um eine Öffnung zu erschaffen, die groß genug war, dass eine Person durchkommen konnte, ohne sich zu schneiden.

„Wie kommst du mit den Laken voran?", fragte Ryder und kam Scarlet zu Hilfe.

Gemeinsam knüpften sie ein halbes Dutzend Laken zusammen. Ryder prüfte alle Knoten und zog kräftig, um sicherzustellen, dass sie sich nicht lockerten.

„Okay", sagte er und nickte Scarlet zu. „Streck die Arme über den Kopf."

Sie tat, was er verlangte, und er band ein Ende der Laken um ihren Bauch und testete dann die Festigkeit der Knoten, die er gebunden hatte. Sie hielten. Scarlets Blick schweifte zur Tür. Aus dem Spalt zwischen Tür und Boden drang nun Rauch ins Zimmer. Ryder sah es auch.

„Du musst jetzt raus", sagte er und küsste sie fest. „Ich bin gleich hinter dir. Versprich mir, sobald du im Garten bist, kletterst du über den Zaun zum Nachbarhaus. Mit ihrer Hilfe kommst du raus zur Straße. Wir treffen uns am Auto, okay?"

„Versprochen. Wie kommst du raus?"

„Geh jetzt." Er hob sie hoch und setzte sie auf die Fensterbank, sodass ihre Beine ins Freie baumelten. Das lange Ende der Kette aus Bettwäsche war bereits um seinen Rücken drapiert, und er hielt es mit beiden Händen fest. Scarlet wurde schwindelig, als sie nach unten blickte, und lehnte sich zurück.

„Ich hab dich, Baby, vertrau mir."

„Ich liebe dich, Ryder."

Langsam begann er sie abzuseilen. Mit jedem Meter, den sie dem Erdboden näherkam, fühlte sie sich zuversichtlicher, dass sie hier lebend herauskommen würden. Als ihre Füße schließlich den Boden berührten, seufzte sie erleichtert auf und drehte sich um, um zum Fenster hochzuschauen.

„Ich habe es geschafft!", rief sie Ryder zu, aber sie war nicht sicher, ob er sie hören konnte. Das Feuer im Haus klang jetzt wie ein Güterzug. „Ryder!"

„Lauf los!"

40

Ryder sah zu, wie Scarlet über den Zaun ins Nachbargrundstück kletterte.

„Ryder?"

Er zog sein Handy aus der Tasche. „Thomas?"

„Bist du verletzt?", fragte Thomas über die offene Notrufleitung.

„Nein. Es geht mir gut. Ich habe Scarlet in den Garten abgeseilt, sie kommt über den Hinterhof der Nachbarn raus", antwortete er.

„Die Feuerwehr ist in dreißig Sekunden da", mischte sich die Notrufzentrale ein. „Ich sorge dafür, dass sie sie finden."

„Danke", antwortete Ryder.

„Ryder", fuhr Thomas jetzt fort, „wir haben einige Sachen über Derek Helmsley herausgefunden. Es sieht nicht gut aus."

„Ja, dachte ich mir schon."

„Er ist mit Sicherheit nicht Claudias Neffe. Er und Claudia sind ein Betrüger-Paar. Sie führen langfristige Betrügereien durch und werden in Kanada und Texas gesucht. Sie sind hinter reichen Männern und Frauen her und schröpfen sie um all ihr Geld."

„Und anscheinend schrecken sie nicht davor zurück, Gewalt anzuwenden", vermutete Ryder. „Dieses Feuer ist Brandstiftung. Es war eine Falle, um Scarlet zu töten." Plötzlich fiel ihm ein, was Scarlet über ihren Treuhandfonds gesagt hatte. Und etwas anderes wurde ihm im selben Moment auch klar. „Du musst Brandon King warnen."

„Eddie ist schon dabei."

Ryder sah die ersten Flammen unter der Schlafzimmertür durchschießen. „Ich muss hier raus. Das Feuer kommt zu nahe."

„Brandon King geht nicht ans Handy", sagte Eddie durch die Leitung.

„Verdammt!", fluchte Ryder. Er befürchtete das Schlimmste – dass Claudia und Derek ihn bereits getötet hatten. „Orte sein Handy!"

„Bin schon dabei!", bestätigte Eddie.

Ryder steckte sein Handy wieder in seine Jackentasche. Er hüpfte auf den Fenstersims und schwang seine Beine durch die Öffnung, bereit zum Sprung.

„Scheiße!", fluchte Eddie. „King ist auf dem 2400er Block der Pacific Avenue!"

„Verdammt!"

„Er muss im Haus sein, Ryder!", fügte Thomas hinzu.

„Diese verdammten Bastarde!", fluchte Ryder und sprang zurück ins Zimmer. „Ich muss ihn finden."

„Die Feuerwehr ist jetzt da", meldete Scanguards' Notrufzentrale.

Ryder warf einen Blick zur Schlafzimmertür. Er konnte die Hitze spüren, die von dort ausstrahlte. Schnell rannte er ins Badezimmer, schnappte sich ein großes Badetuch und tränkte es mit Wasser. Dann legte er es über Kopf und Schultern und hielt den Kopf nach unten geneigt.

Als er die Tür erreichte, griff er nach dem Knauf und drehte ihn, wobei er ignorierte, dass das heiße Metall seine Hand verbrannte und Schmerzen seinen Arm hinaufschossen. Er zog den Kopf ein und riss die Tür auf. Flammen schlugen ihm entgegen, aber das nasse Handtuch half. Er rannte hinaus in den Gang. Alles Brennbare stand in Flammen. Er eilte zur ersten Tür zu seiner Rechten, einem der Gästezimmer, und riss diese auf. Die Flammen hatten den Raum noch nicht erreicht, leckten nun aber langsam hinein.

Das Gästezimmer war leer, das angrenzende Badezimmer ebenfalls.

Ryder verließ schnell den Raum und marschierte zurück in die Flammen. Als er das zweite Gästezimmer erreichte, stand dessen Tür bereits in Flammen, und der Raum dahinter brannte höllisch heiß. Der Boden gab nach und mehrere Dielenbretter waren bereits durchgebrannt. Der Unterboden war weg, und bald würden auch die Balken nachgeben.

Im Bruchteil einer Sekunde beurteilte Ryder die Situation. Er konnte weder das zweite Gästezimmer noch Scarlets Zimmer erreichen und konnte nur hoffen, dass Brandon King nicht hier oben war.

„Lasst die Feuerwehrleute ihre Schläuche auf das Foyer und die Treppe konzentrieren", rief Ryder und hoffte, dass das Handy in seiner Tasche seine Stimme erfassen konnte. „Ich komme die Treppe runter."

Die Treppe war weg. Es war klar, dass das Feuer irgendwo darunter begonnen hatte, um ihm und Scarlet den Fluchtweg abzuschneiden. Das

Klicken, das er gehört hatte, als er und Scarlet nach oben gegangen waren, hätte eine Art Auslöser sein können, der das Feuer entfacht hatte.

Ryder hörte eine verstümmelte Stimme durch sein Telefon, aber das Feuer erzeugte einen solchen Lärm, dass er die Worte nicht verstehen konnte. „Ich springe jetzt!“

Ryder sprang die drei Meter nach unten, landete auf den Füßen und rollte sich dann zur Seite ab. Unter ihm lagen heiße Glut, Reste von Dielenbrettern und Balken. Aber er fühlte auch Schlamm. Das Wasser aus den Schläuchen hatte einige der Flammen im Foyer gelöscht.

„Ich bin im Foyer“, rief er. „Auf dem Weg in die Küche und zum Arbeitszimmer.“

Das Wohnzimmer war leer gewesen, als er mit Scarlet angekommen war. Also blieb nur der hintere Teil des Hauses zum Suchen. Auch dort wüteten die Flammen. Die Toilette entlang des Korridors brannte. Gegenüber war das Arbeitszimmer. Die Tür war bereits durch das Feuer beschädigt worden und hing nur noch an einem Scharnier. Ryder trat sie ein und verspürte den Luftzug, den er damit verursachte, dann schossen die Flammen im Flur mit solcher Wucht an ihm vorbei in den Raum, dass er das Gleichgewicht verlor und nach vorne ins Arbeitszimmer fiel.

Trotz der Verbrennungen, die er sich bereits zugezogen hatte, kam Ryder wieder auf die Beine. Der Rauch und die Flammen machten es schwierig, irgendetwas im Raum zu sehen, aber seine geschärften Vampirsinne sagten ihm, dass Brandon King hier war.

„Er ist im Arbeitszimmer“, rief Ryder in Richtung seines Handys, „dem Raum hinter dem Wohnzimmer. Richtet die Schläuche darauf! Jetzt sofort!“

Ryder erreichte den schweren Mahagonischreibtisch und ging um ihn herum. Dahinter lag ein Mann auf dem Boden. Brandon King. Er bewegte sich nicht.

Ein schwerer brennender Balken krachte aus dem oberen Stockwerk herunter, wurde durch den Schreibtisch abgebremst und verfehlte Ryder und King nur um wenige Zentimeter. Ryder beugte sich zu King hinunter und legte ihm die Finger an den Hals, um nach seinem Puls zu suchen. Er fand ihn, doch er war schwach.

Jetzt wurde ihm auch klar, warum King nicht geantwortet hatte, als Scarlet nach ihm gerufen hatte. Er war geknebelt und gefesselt. Ryder zog den Knebel aus seinem Mund und hakte seine Arme unter Kings Achseln, als das Fenster plötzlich zersplitterte. Ryder drehte diesem sofort den Rücken zu und schützte King vor den umherfliegenden Glassplittern, die sich nun in Ryders Jacke bohrten.

Plötzlich strömte Wasser in den Raum und eine Gestalt in einem schweren Kevlar-Anzug sprang durch das Fenster. Obwohl Ryder das Gesicht des Mannes nicht sofort sehen konnte, erkannte er ihn.

„Dad! Hilf mir, ihn hinauszubringen!"

„Ich habe ihn", sagte Gabriel und packte King. „Raus, das Haus stürzt gleich ein. Ich hebe ihn durchs Fenster."

Ryder trat ans Fenster und sprang hinaus. Draußen drehte er sich um und streckte seine Arme durch die Öffnung, bereit, seinem Vater zu helfen, King durch die Öffnung zu heben, als er hörte, wie Balken krachten und Fensterscheiben explodierten. Das Holzgerüst des alten viktorianischen Gebäudes zerbrach wie ein Streichholz und brach unter dem Gewicht des ersten Stocks zusammen.

„Dad!", schrie Ryder.

41

Scarlet stand auf der gegenüberliegenden Straßenseite vor ihrem Elternhaus. Aus allen Fenstern schlugen Flammen. Von einem Feuerwehrauto aus zielten Feuerwehrmänner mit mehreren Schläuchen auf das Haus und übergossen es mit Wasser, aber die Flammen zeigten keine Anzeichen eines Nachlassens. Verzweifelt suchte sie nach Ryder, der genau wie sie durch das Nachbargrundstück herauskommen sollte. Aber er kam nicht.

Tränen schossen ihr in die Augen und Angst würgte sie, während sie zum Haus rannte. „Ryder! Ryder! Bitte!“, schrie sie über den Lärm des Feuers und die lauten Rufe der Feuerwehrleute hinweg, die versuchten, das Feuer unter Kontrolle zu bringen.

„Scarlet!“

Als sie ihren Namen hörte, wirbelte sie herum und sah Maya aus einem Krankenwagen springen und auf sie zurennen.

„Maya!“, rief Scarlet ihr zu und deutete auf das Haus. „Er ist immer noch drinnen. Ryder ist immer noch da drinnen!“

Maya zog sie in ihre Arme. „Ich weiß, Schatz.“

„Er sollte schon draußen sein. Warum ist er nicht draußen? Wir müssen ihm helfen. Bitte!“ Mit tränenüberströmten Augen sah sie Maya an.

„Hör zu, Scarlet, er ist immer noch da drin, weil er versucht, deinen Vater herauszuholen.“

„Meinen Vater?“ Sie befreite sich aus der Umarmung, wirbelte herum und starrte auf das Haus. „Oh Gott, nein!“ Sie würde sie beide verlieren. „Nein! Ich muss etwas tun!“

Sie versuchte, auf die Flammen zuzulaufen, aber Maya zog sie zurück. „Gabriel kommt ihm zu Hilfe. Bitte, du musst hierbleiben. Wenn dir etwas zustößt, wird Ryder es mir nie verzeihen.“

Mayas letzte Worte wurden von dem lauten Geräusch des einstürzenden Gebäudes verschluckt.

„Neeiiiinnnn! Neiiiiin!“, schrie Scarlet. Der Schmerz ihres brechenden Herzens ließ ihre Knie einknicken und die Schluchzer, die aus ihrer Brust brachen, verschleierten ihr die Sicht. Mayas Arme hielten sie aufrecht, sonst wäre sie zusammengebrochen.

Maya streichelte ihren Rücken und drückte Küsse in ihr Haar. „Sie sind am Leben, ich weiß es. Sie werden es schaffen. Bitte vertrau mir.“

Die Geschehnisse der letzten Tage spielten sich vor ihren Augen ab und machten den Schmerz noch intensiver. Alle, die sie je geliebt hatte, waren weg, ihre Mutter, ihr Halbbruder und jetzt ihr Vater und Ryder. Es gab keinen Grund für sie, weiterzuleben. Es war vorbei. Sie hob ihren Kopf von Mayas Brust und Maya lockerte ihren Griff. Scarlet drehte sich um und blickte zu den schwelenden Flammen.

„Ich liebe dich, Ryder“, murmelte sie und rannte an einem Feuerwehrmann vorbei auf das Haus zu. Die Hitze wurde intensiver, je näher sie dem Haus kam.

„Scarlet!“

Sie wirbelte den Kopf zu Ryders Stimme herum. Halluzinierte sie? Sie blinzelte und wischte sich die Augen, versuchte, ihre Sicht zu klären, als sie bemerkte, wie Ryder mit einem Mann in einem Ganzkörper-Kevlar-Anzug – wie ihn der Vampir-Gefängniswärter getragen hatte – einen dritten Mann trug. Sie eilten an der linken Seite des Gebäudes vorbei, wo ein schmaler Pfad es von dem Nachbarhaus trennte.

„Ryder!“

Maya zerrte sie jetzt weiter zurück und führte sie zum Krankenwagen. Zum ersten Mal las Scarlet die Schrift darauf. *Scanguards Emergency Response*, stand da. Dies war kein gewöhnlicher Krankenwagen. Ryder und Gabriel hoben ihren Vater auf die bereitstehende Bahre.

„Ich habe dir doch gesagt, dass sie es schaffen würden“, sagte Maya, bevor sie ihren Mann umarmte.

Scarlet warf sich in Ryders Arme. „Ich dachte, du wärst tot.“

Er küsste sie eine Sekunde lang intensiv, bevor er sich aus ihren Armen befreite und sich der Bahre zuwandte.

Scarlet beugte sich über ihren Vater. „Dad, bitte, du bist jetzt in Sicherheit.“ Aber ihr Vater rührte sich nicht, öffnete die Augen nicht.

Ryder legte seine Finger an seinen Hals. „Sein Puls ist schwach.“ Er blickte zu Maya, die mit Gabriels Hilfe bereits die Trage in den Krankenwagen hob.

Maya sprang mit der Bahre hinein und lauschte auf den Puls.

„Bitte, du musst ihn retten!“, rief Scarlet. „Ryder, bitte, du hast gesagt, dass Vampirblut einen Menschen heilen kann.“

Ryder nahm ihre Hand und tauschte dann einen Blick mit seiner Mutter aus.

„Steigt ein“, befahl Maya und sie sprangen beide hinein.

Gabriel schloss die Krankenwagentür hinter ihnen. Einen Moment später sprang er auf der Beifahrerseite des Krankenwagens hinein, und Benjamin – oder Damian, sie konnte die beiden nicht auseinanderhalten – fuhr los.

Scarlet war sich schmerzlich bewusst, dass Ryder auf ihre Bitte, ihren Vater mit Vampirblut zu heilen, nicht geantwortet hatte.

„Es tut mir leid, Scarlet“, sagte Maya, „es ist zu spät, um ihn zu heilen. Seine Verletzungen sind zu schlimm.“

„Nein! Ich darf ihn nicht verlieren. Du verstehst es nicht. Bei unserem letzten Gespräch habe ich schreckliche Dinge gesagt. Ich kann nicht … er darf nicht sterben.“

Ryder nahm ihre Hände in seine. „Scarlet, wir können etwas tun. Aber du musst eine Entscheidung treffen.“

Sie bemerkte, wie er seiner Mutter, die nickte, einen stummen Blick zuwarf.

„Was?“

„Wenn er seinen letzten Atemzug nimmt, können wir ihn in einen Vampir verwandeln“, sagte Ryder.

Scarlet starrte ihn mit klopfendem Herzen an.

„Aber es ist keine leichte Entscheidung. Er möchte vielleicht nicht als Vampir leben. Er wird nicht wie ich sein. Er wird wie meine Eltern sein und Sonnenlicht meiden müssen. Es wird viele Anpassungen geben, und er muss seine Blutgier unter Kontrolle bekommen. Das ist nicht einfach …“

Ryder sah sie mit gütigen Augen an, und erst jetzt bemerkte Scarlet die Brandwunden, die seinen Körper bedeckten. Aber er schien sie nicht einmal zu bemerken. Sie riss ihren Blick von ihm los und sah ihren Vater an. Die Verbrennungen an seinem Körper waren weitreichend, aber er hatte auch andere Verletzungen. Blut sickerte aus tiefen Wunden an seinem Oberkörper, wahrscheinlich verursacht durch herunterfallende Trümmer. Ein Bein war an zwei Stellen gebrochen. Seine Brust hob sich kaum mit jedem Atemzug, und sein Gesicht war grau unter dem Ruß, der seine Haut bedeckte.

„Wird er immer noch dieselbe Person sein?“

Ryder nickte. „Seine Persönlichkeit wird immer noch dieselbe sein, obwohl er sich anfangs anders fühlen wird. Aber wir alle werden ihm helfen, sich an sein neues Leben zu gewöhnen. Er wird damit nicht allein sein. Scanguards wird seine Familie sein. Wenn du das wirklich für ihn willst.“

„Wir haben nicht viel Zeit, Scarlet“, sagte Maya, ihre Finger an Brandon Kings Hals, um seinen Puls zu fühlen. „Wir haben nur noch ein paar Minuten. Wir können nicht mehr lange warten. Sobald sein Herz stehen bleibt, wird er für immer weg sein. Und nichts wird ihn zurückbringen.“

„Niemand wird dich verurteilen, egal wie du dich entscheidest“, sagte Ryder leise.

Scarlet wischte sich die restlichen Tränen aus den Augen und sah Ryder und seine Mutter an. Sie hatten ein Leben, ein gutes, eine liebevolle Familie, Freunde. Und sie hatten Jobs, sie hatten Scanguards und eine Mission, eine Berufung, anderen zu helfen. Und obwohl Scarlet erst vor ein paar Stunden von Vampiren erfahren hatte, wusste sie, dass ein Vampir glücklich sein konnte. Ihr Vater würde nochmals eine Chance auf Liebe bekommen. Und vielleicht würde es diesmal für immer sein. Sie wollte das für ihn, weil sie es mit Ryder für sich selbst gefunden hatte. Sie wollte dasselbe für ihren Vater.

Ihre Entscheidung war gefallen. „Verwandle ihn.“

„Okay“, sagte Ryder und hob sein eigenes Handgelenk an seine Lippen, seine Reißzähne bereits ausgefahren.

„Sohn, ich mache das“, sagte Gabriel vom Vordersitz und zwängte sich durch die Öffnung zwischen Fahrer- und Beifahrersitz in den hinteren Teil des Krankenwagens. „Deine Beziehung zu Scarlets Vater ist kompliziert genug. Wenn sich herausstellt, dass er das nicht will, lass ihn auf mich sauer sein, nicht auf dich. Ich werde sein Erschaffer sein.“

„Danke“, sagte Scarlet und beobachtete, wie Gabriel seine Kevlar-Handschuhe und seine Jacke auszog, damit er an sein Handgelenk herankam.

Gabriels Reißzähne wurden länger und für einen Moment bemerkte Scarlet, wie beängstigend Gabriel aussehen konnte, wenn er seine vampirische Seite zeigte, aber sie hatte keine Angst vor ihm.

„Puls?“, fragte Gabriel mit einem Blick zu seiner Frau.

„Dreißig und schnell fallend. Mach dich bereit.“

Gabriel führte sein Handgelenk an seinen Mund und stieß seine Reißzähne hinein. Blut tropfte von ihnen, als er seine Fänge entfernte.

„Es ist Zeit“, sagte Maya.

Gabriel bewegte seinen Arm, sodass sein blutendes Handgelenk direkt über Brandon Kings Mund war. Das Blut tropfte auf seine Lippen und Maya benutzte beide Hände, um seinen Mund sanft zu öffnen. Gabriels Blut tropfte in einem stetigen Strahl in den offenen Mund.

„Trink!“, drängte Gabriel. „Verdammt nochmal, trink!“

Scarlet spürte die Anspannung im Krankenwagen, als die drei Mitglieder der Familie Giles zusahen, wie das Blut Brandon Kings Mund füllte. Niemand atmete. Niemand sprach. Alle warteten. Scarlets Herz zog sich zusammen. Was, wenn es nicht funktionierte? Was, wenn es schon zu spät war? Hatte sie zu lange gewartet, eine Entscheidung zu treffen?

Plötzlich vernahm sie eine winzige Bewegung in der Kehle ihres Vaters, der Adamsapfel bewegte sich leicht, als er schluckte. Seine Augen blieben geschlossen, aber er nahm das Blut an, trank es.

Ryder stieß einen Seufzer der Erleichterung aus und warf ihr einen aufmunternden Blick zu. Er drückte ihre Hand und zog sie näher an seine Seite, während er weiter zusah. Scarlet konnte ihre Augen nicht von Gabriels Handgelenk und dem Blut abwenden, mit dem er ihren Vater fütterte. Es hatte etwas Faszinierendes an sich, einem Vampir wie Gabriel dabei zuzusehen, wie er selbstlos einem Menschen sein Blut gab, um ihn zu retten. Ryder hätte ohne Zögern dasselbe getan, einfach weil sie ihn darum gebeten hatte. Sie sah Ryder jetzt an, und er begegnete ihrem Blick.

„Ich liebe dich“, murmelte sie.

Er drückte seine Stirn an ihre. „Und ich liebe dich.“

Sie nahm eine Bewegung wahr und blickte zu Gabriel zurück. Er entfernte sein Handgelenk vom Mund ihres Vaters und wollte es gerade an seine Lippen führen, als Maya es nahm und ihren Mund darauf senkte.

„Lass mich.“ Sie schleckte mit ihrer Zunge über Gabriels Stichwunden, leckte das restliche Blut auf und versiegelte sie und stoppte somit den Blutfluss.

Fasziniert starrte Scarlet Maya an und bemerkte, dass ihre Augen golden schimmerten, genauso wie sie Ryders Augen hatte schimmern sehen.

Der Krankenwagen hielt plötzlich an. Der Fahrer – und sie konnte immer noch nicht erkennen, welcher der Zwillinge er war – sah über seine Schulter. „Wir sind da."

Scarlet sah nach draußen und stellte fest, dass sie sich in der Tiefgarage von Scanguards befanden.

Jenny, die Krankenschwester, die Scarlet schon einmal getroffen hatte, wartete auf sie und öffnete die Türen des Krankenwagens, um Ryders Eltern zu helfen, die Bahre mit Scarlets Vater zum Aufzug zu transportieren.

Ryder hob Scarlet aus dem Krankenwagen. Scarlet eilte zum Fahrstuhl, bereit, sich ihnen anzuschließen.

Aber Maya hob ihre Hand. „Nein, du darfst jetzt nicht in seiner Nähe sein."

„Was?" Panik stieg in ihr auf. „Warum nicht?"

„Ryder, kümmere dich um Scarlet", sagte Gabriel, bevor sich die Türen schlossen.

Scarlet wandte sich an Ryder. „Was ist los? Warum kann ich nicht bei ihm sein?"

„Es ist zu gefährlich."

Hinter ihnen fuhr der Krankenwagen auf einen Parkplatz weiter unten in der Garage.

„Dein Vater kann nicht in der Nähe von Menschen sein, wenn er aufwacht. Er könnte vom Geruch des menschlichen Blutes überwältigt werden und dich angreifen."

„Dad würde mir nie wehtun!", protestierte Scarlet, Tränen stiegen ihr wieder in die Augen.

Ryder zog sie in seine Arme. „Shhh, ruhig, Baby. Du wirst ihn bald sehen. Es wird nur für ein paar Tage sein. Er braucht Zeit, um sich an seinen neuen Körper zu gewöhnen."

„Aber er braucht mich."

„Meine Eltern werden sich um ihn kümmern. Mein Vater ist jetzt für ihn verantwortlich. Er wird nicht zulassen, dass ihm etwas passiert. Ich gebe dir mein Wort. Und sobald dein Vater in der Nähe von Menschen sein kann, bringe ich dich zu ihm."

„Er wird Fragen haben."

„Meine Mutter wird ihm alles erklären. Sie hat das selbst durchgemacht. Es war nicht ihre Entscheidung, ein Vampir zu werden. Sie wurde gegen ihren Willen verwandelt. Sie weiß, was er durchmachen wird. Wenn ihm jemand helfen kann, dann meine Mutter." Ryders Augen schimmerten golden. „Dein Vater ist in den besten Händen."

Langsam beruhigte sie sich und nickte. „Okay."

Ryder sah über seine Schulter. „Benjamin, kommst du?"

Der Aufzug klingelte und die Türen öffneten sich. Benjamin betrat mit ihnen den Fahrstuhl.

„Thomas hat mich gerade angerufen", sagte Benjamin. „Er konnte dich nicht erreichen. Er muss mit dir sprechen."

Ryder berührte seine Jackentasche. „Irgendwo im Haus muss mein Handy rausgefallen sein. Wahrscheinlich ist es jetzt Toast." Er drückte auf den Knopf für das oberste Stockwerk.

„Ziemlich verkohlter Toast, würde ich sagen", kommentierte Benjamin. Dann lächelte er Scarlet an. „Schön, dass es dir gut geht."

„Dank Ryder. Wenn er mich nicht mit einem Bettlaken aus dem ersten Stock abgeseilt und dabei sein eigenes Leben riskiert hätte …"

Sie sah Ryder an, und er schwankte plötzlich. „Ryder?"

Ryder wäre zu Boden gestürzt, hätte Benjamin ihn nicht sofort aufgefangen.

„Was stimmt nicht mit ihm?", fragte Scarlet panisch.

Benjamin hob seine Hand, die plötzlich blutgetränkt war, und schob Ryders Jacke zur Seite. An seiner Seite klaffte eine Wunde, die stark blutete. „Ach, verdammt! Er ist verletzt. Er verliert eine Menge Blut."

„Warum hat er nichts gesagt? Ach Gott! Wie kann ich ihm helfen?"

„Er braucht Blut. In Flaschen abgefüllt ist in Ordnung, aber direkt aus der Vene eines Menschen wäre besser."

„Ich mache es!" Sie zögerte nicht. Sie verdankte ihm nicht nur ihr Leben und das ihres Vaters, sondern sie liebte ihn auch.

Benjamin legte Ryder auf den Boden. „Ich werde Druck auf seine Wunde ausüben. Gib mir dein Handgelenk. Ich muss es aufbeißen."

Scarlet kniete sich auf den Boden und Benjamin drehte Ryder, sodass sein Kopf auf ihrem Schoß lag. Dann nahm er Scarlets Handgelenk.

„Tut mir leid", sagte Benjamin, bevor er in ihr Handgelenk biss.

Es dauerte ein oder zwei Sekunden, bis er seine Reißzähne entfernte, und sie konnte nicht anders, als zu bemerken, dass er etwas von ihrem Blut schluckte und seine Augen plötzlich golden schimmerten.

„Lass ihn jetzt trinken."

Sie legte ihr blutendes Handgelenk an Ryders Mund und spürte, wie er fest daran zu saugen begann. Ein zittriger Atem rollte über ihre Lippen.

Benjamin atmete tief aus, und Scarlet hob den Blick, um ihn anzusehen.

„Was für ein glücklicher Hundesohn", sagte Benjamin, während er einen letzten Tropfen von Scarlets Blut von seiner Unterlippe leckte, seine Reißzähne immer noch ausgefahren.

42

Ryder spürte, wie sich seine Sinne schärften und er sich seiner Umgebung wieder bewusst wurde. Er lag auf einer kalten Oberfläche, sein Kopf in einem warmen Schoß, und trank eine vertraute köstliche Flüssigkeit aus dem Handgelenk eines Menschen.

Scarlet …

Seine Augen flogen auf und er setzte sich mit einem Ruck auf, wobei das blutende Handgelenk in seinen Schoß fiel.

„Verdammt, Scarlet! Habe ich dich angegriffen? Es tut mir leid –"

„Nein", sagte sie, „du bist durch den Blutverlust zusammengebrochen."

Erst jetzt erkannte er, dass sie nicht allein waren. Benjamin drückte seine Hand in Ryders Seite, und Ryder merkte, dass er Druck auf die Wunde ausübte, die er sich zugezogen hatte, als sich beim Einstürzen des Hauses eine Metallstange in seine Seite gebohrt hatte.

„Scarlet hat angeboten, dir ihr Blut zu geben, damit du heilen kannst", sagte Benjamin und nahm seine Hand von Ryders Wunde. „Sieht aus, als würde es bereits helfen."

„Du hättest sie aufhalten sollen!"

Scarlet schnappte nach Luft und wich zurück. „Du willst mein Blut nicht?"

Er nahm ihren Arm und zog sie zu sich. „Natürlich will ich es, aber ich habe vorhin schon so viel von dir getrunken … als wir …"

„Aber du hast es gebraucht …", sagte Scarlet.

Er führte ihr Handgelenk an seine Lippen und leckte über die Einschnitte, um sie zu schließen. „Danke, Scarlet."

Benjamin half ihm und Scarlet auf.

„Danke", sagte Ryder, „und Benjamin?"

„Ja?"

„Wenn du Scarlet noch einmal beißt, werde ich dich bewusstlos schlagen."

Benjamin zuckte mit den Schultern. „Würde ich an deiner Stelle auch tun." Er drückte den Knopf, um die Fahrstuhltür zu öffnen. „Thomas möchte dich dringend sehen."

Ryder nahm Scarlets Hand in seine und gemeinsam verließen sie den Fahrstuhl und gingen zu Thomas' Büro.

„Warum hast du Benjamin gedroht?", fragte Scarlet. „Er wollte doch nur helfen."

Ryder warf ihr einen Seitenblick zu. „Er hätte dir nicht ins Handgelenk beißen müssen. Er hätte einfach seine Krallen benutzen können, um einen kleinen Schnitt zu machen. Aber er wollte dein Blut kosten, und er wusste genau, dass ich das nicht gutheißen würde."

Scarlet schüttelte den Kopf. „Sind alle Vampire so besitzergreifend?"

„Ich zeige dir später, wie Besitzgier aussieht", sagte er und warf ihr einen hungrigen Blick zu. Scarlets Blut heilte ihn nicht nur, es erregte ihn auch. „Aber jetzt haben wir etwas Wichtiges zu tun."

Thomas und Eddie warteten bereits auf sie, als Ryder und Scarlet das Büro betraten.

„Habt ihr noch etwas über Derek und Claudia herausgefunden?", fragte Ryder sofort.

Scarlet legte ihre Hand auf seinen Unterarm, damit er sie ansah. „Also war es Derek? Er hat das alles getan?"

„Nicht nur Derek", sagte Thomas und drehte seinen Monitor so, dass Ryder und Scarlet ihn auch sehen konnten. Auf dem Bildschirm waren zwei Fotos. Derek trug einen Spitzbart und sein Haar war blond. Claudia war fast nicht wiederzuerkennen. Auf dem Foto hatte sie langes glattes, rotes Haar anstelle von blonden Locken, und ihre Augen waren braun, nicht grau.

„Darf ich vorstellen? Claudia und Derek Ditmore. Sie sind verheiratet", fuhr Thomas fort.

Scarlet schnappte nach Luft.

„Es gibt noch mehr. Sie werden sowohl in Kanada als auch in Texas wegen Betrugs gesucht. Sie spezialisieren sich auf langfristige Betrügereien. Sobald sie jemanden im Auge haben, machen sie sich an die Arbeit. Wenn es sich um eine reiche Frau handelt, wird sie von Derek umgarnt und er bringt sie dazu, ihn zu heiraten. Dann schröpft er sein Opfer um so viel Geld wie möglich, bevor er verschwindet. Und im Falle älterer reicher Männer setzt Claudia ihren Charme ein, um den Typen zu verführen, und nimmt ihn dann aus. In dem Fall in Kanada gingen sie so weit, einen Unfall zu inszenieren, damit Claudia das Geld ihres Opfers erben würde, aber der Typ, den sie betrogen hatten, hatte Glück. Er überlebte den Anschlag auf sein Leben und verständigte die Polizei. Aber zu dem Zeitpunkt waren Claudia und Derek bereits mit falschen Pässen geflohen."

„Verdammt!" Scarlet fluchte. „Dad war kürzlich im Badezimmer gestürzt! Das kann kein Unfall gewesen sein. Sie hat wirklich versucht, ihn loszuwerden."

Thomas nickte. „Und dich auch. Wir haben Dokumente gefunden, die Claudia versucht hat, in deinem Namen einzureichen, um den Treuhandfonds an sich zu reißen, aber aufgrund eines technischen Fehlers wurden die Dokumente von den Treuhändern abgelehnt."

Scarlets Kinnlade klappte herunter. „Sie hat mir vor ein paar Tagen gesagt, dass ich Papiere für den Treuhandfonds unterschreiben müsste, damit ich ohne Verzögerung darauf zugreifen kann, wenn ich in drei Monaten fünfundzwanzig werde. Aber ich kam nicht dazu."

„Wahrscheinlich wurde ihr klar, dass die Unterlagen keiner genaueren Prüfung standhalten würden, deshalb haben sie und Derek sich den Plan zur Brandstiftung ausgedacht", überlegte Eddie und tauschte einen Blick mit Thomas aus.

„Ich glaube, sie hatten vorher noch einen anderen Plan", warf Ryder ein. Als Scarlet ihn ansah, fuhr er fort: „Sie wollten dich mit Derek verkuppeln, damit sie von verschiedenen Seiten an das Geld rankommen könnten. Und als Derek Claudias Plan vermasselte, indem er dich beinahe vergewaltigt hätte, mussten sie sich schnell etwas anderes einfallen lassen."

„Damit sie mir die fünf Millionen Dollar hätten stehlen können?", fragte Scarlet.

„Fünf Millionen?", fragte Eddie und deutete auf etwas auf seinem Bildschirm.

„Ja, das Geld bekomme ich in drei Monaten."

Eddie schüttelte den Kopf. „Nicht, wenn man diesem Kontoauszug glauben darf. Das ist dein Treuhandfonds, oder nicht?"

Scarlet beugte sich näher, damit sie den Namen auf dem Kontoauszug sehen konnte, den Eddie ihr zeigte. „Ja. Das ist mein Treuhandfonds. Wie bist du an das rangekommen?"

Eddie grinste. „Sagen wir einfach, dass Thomas und ich uns in so ziemlich alles reinhacken können, was wir wollen." Er zeigte wieder auf den Bildschirm. „Jedenfalls sind da keine fünf Millionen Dollar drin. Zumindest nicht mehr. Im vergangenen Jahr wurden riesige Abhebungen getätigt. Meine Vermutung? Claudia schaffte es, Geld abzuheben und nach und nach ins Ausland zu überweisen."

Ryder betrachtete den Kontoauszug und dann Scarlet, als ihm klar wurde, was das bedeutete. „Deshalb mussten sie schnell handeln. In drei Monaten hättest du gesehen, dass das meiste Geld aus deinem Treuhandfonds weg ist. Das konnten sie nicht zulassen."

Scarlet starrte ihn mit geweiteten Augen an. „Oh Gott. Ryder, mein Halbbruder hatte den gleichen Treuhandfonds. Aber er starb, bevor er darauf zugreifen konnte. Denkst du –"

Tränen stiegen ihr in die Augen. Ryder zog sie in seine Arme.

„Thomas? Eddie?", fragte Ryder. „Er hieß Joshua King."

„Wir werden uns das ansehen", sagte Thomas. „Ich sage es nur ungern, aber es ist möglich. Sie haben versucht, Brandon King und dich zu töten, Scarlet. Aber jetzt müssen wir Claudia und Derek finden. Die gute Nachricht ist, dass die Banken morgen und Sonntag geschlossen sind. Sie können keine Überweisungen ausführen. Das gibt uns die Gelegenheit, sie zu schnappen, bevor sie verschwinden."

„Hast du Claudias Handy nachverfolgt?", fragte Ryder.

„Hab ich versucht", sagte Eddie, „aber es ist ausgeschaltet. Ihr letzter Standort, bevor sie es abschaltete, war Palo Alto."

„Sie war vorhin bei Dad", sagte Scarlet. „Aber sie hätten Dad bewusstlos schlagen müssen, um ihn nach San Francisco zu bringen …" Sie sah Ryder an. „Wo im Haus hast du Dad gefunden?"

„Er war in seinem Arbeitszimmer gefesselt und geknebelt."

„Derek und Claudia könnten immer noch in San Francisco sein", überlegte Scarlet. „Jemand musste ja das Feuer entfacht haben, kurz nachdem wir hineingegangen sind. Sie mussten in der Nähe gewesen sein."

Ryder nickte. „Einer von ihnen, ja, obwohl es möglich ist, ein Feuer aus der Ferne auszulösen, aber ich habe keine Ahnung, ob einer von den beiden derartige Kenntnisse hat." Er dachte einen Augenblick darüber nach. „Das Problem ist, dass Claudia sofort als Verdächtige angesehen worden wäre, wenn du und dein Vater im Feuer ums Leben gekommen wärt, was bedeutet, dass sie ein Alibi brauchte. Sie wird also nicht einmal in der Nähe von San Francisco gewesen sein, als das Feuer ausbrach."

„Da stimme ich zu“, sagte Thomas. „Sie hätte sich in Palo Alto ein Alibi verschafft, irgendwo, wo sie gesehen werden konnte.“ Er wandte sich an Eddie: „Überprüfe ihre Kreditkarten und schau, wo sie sie in den letzten sechs Stunden verwendet hat.“

„Schon dabei“, sagte Eddie und tippte etwas auf seiner Tastatur. Augenblicke später teilte er seinen Fund mit. „Sie hat Pizza bei *Massimo's* in Palo Alto bestellt, und später gab es eine DoorDash-Bestellung von *Sinful Desserts*.“

„Die sind beide nicht weit von unserem Haus entfernt“, bestätigte Scarlet. „*Massimo's* liefert nur in einem Umkreis von zwei Meilen.“

„Wir fahren nach Palo Alto“, beschloss Ryder. „Ich brauche Verstärkung. Inzwischen ist Derek wahrscheinlich wieder bei Claudia.“

„Die Sonne geht in weniger als zwei Stunden auf“, warnte Thomas. „Du kannst jeden verfügbaren Hybriden nehmen, aber keine Vampire; zu riskant. Lass mich nachsehen, wer keinen dringenden Auftrag hat.“ Thomas setzte sich hinter seinen Schreibtisch und öffnete einen Zeitplan auf seinem Computer. „Nimm Grayson, Ethan, Isabelle und Benjamin. Ich schicke ihnen schnell eine SMS.“

„Und was, wenn Derek gesehen hat, dass Dad und ich lebend herausgekommen sind? Wären sie dann nicht schon auf der Flucht?“

Ryder schüttelte den Kopf. „Derek wird nur lange genug geblieben sein, um das Haus brennen zu sehen. Es wäre zu riskant für ihn gewesen, länger zu warten. Jemand hätte ihn sehen können, Nachbarn, Feuerwehrleute …“

„Ich hoffe, du hast recht“, sagte Scarlet.

„Ich auch“, antwortete Ryder. „Ich bringe dich zu Vanessa. Sie passt auf dich auf, bis ich zurück bin.“

„Nein! Claudia hat versucht, Dad und mich zu töten; sie hat uns hintergangen. Ich muss da sein, wenn du sie konfrontierst. Ich möchte ihr ins Gesicht spucken und sie treten, bis sie –“

„Okay“, sagte Ryder, denn er erkannte, dass es keinen Sinn hatte, Scarlet ihren Wunsch zu verweigern. Sie musste das bis zum Ende durchziehen. Und er auch. Außerdem waren fünf Hybriden gegen zwei Menschen ein Kinderspiel. „Du kannst mitkommen, aber keine Heldentaten, okay?“

„Okay.“

43

Eine Viertelstunde später saßen sie in zwei Geländewagen, die den Freeway in Richtung Palo Alto hinunterfuhren – Ryder, Scarlet und Ethan in einem mit Ethan am Steuer und Grayson im anderen mit Isabelle und Benjamin als Beifahrer. Als sie Brandon Kings Villa erreichten, war es noch dunkel, aber Ryder konnte spüren, wie die Sonne den Horizont durchbrechen wollte.

Die Residenz war ein weitläufiges einstöckiges Anwesen, umgeben von hohen Mauern, üppiger Vegetation und altem Baumbestand, mit einem Swimmingpool und einem Poolhaus hinter dem Haus. Laut Scarlet gab es eine Alarmanlage, aber Scarlet kannte den Code dafür und hatte einen Hausschlüssel. Der Schlüssel funktionierte sowohl für die Haustür und das Tor zum Grundstück als auch die Seitentür, die in die Küche führte.

„Hineinzukommen dürfte kein Problem sein", sagte Ryder über seine Freisprecheinrichtung, als beide SUVs einige Meter außerhalb der hohen Mauern des Grundstücks, wo sie nicht gesehen werden konnten, angehalten hatten. „Lasst uns das leise und schnell hinter uns bringen. Wir wollen nicht, dass Claudia und Derek uns kommen hören."

Als sie aus dem Geländewagen stiegen, wandte sich Ryder wieder Scarlet zu. „Bist du sicher, dass du nicht lieber im Auto bleiben und warten möchtest, bis …"

Ihr entschlossener Gesichtsausdruck verriet ihm ihre Antwort.

Ryder seufzte. „Dann bleib bitte hinter mir."

Sie nickte.

Ryder entriegelte das Tor und drückte es auf. Scarlet hatte ihm gesagt, dass das Tor nicht mit dem Alarmsystem verbunden war, damit Lieferanten in den Vorhof hineingelassen werden konnten. Alle sechs gingen auf die Haustür zu und hielten Augen und Ohren offen. Alles war ruhig.

An der Eingangstür steckte Ryder den Schlüssel ins Schloss und drehte ihn um, dann prüfte er den Knauf. Er war entriegelt. Er zog den Schlüssel heraus und gab ihn Grayson. „Küchentür."

Grayson wusste, was er zu tun hatte, und verschwand um die Ecke, Benjamin folgte ihm.

„Isabelle und Ethan, ihr deckt die Schiebetüren ab, die zum Swimmingpool führen, falls sie versuchen, durch die Hintertür zu entkommen", sagte Ryder leise. „Hinter dem Poolhaus ist ein Tor, das zu einem Wartungspfad hinter der Mauer führt. Sie könnten diesen Weg zur Flucht benutzen."

„Keine Sorge, die kommen nicht an uns vorbei", versicherte Isabelle ihm.

„Das macht null Spaß", beschwerte sich Ethan flüsternd.

Ryder funkelte ihn an. „Es soll auch keinen Spaß machen."

Ohne ein weiteres Wort drehten sich Ethan und Isabelle um und gingen um die andere Seite des Hauses herum, um zum Poolbereich zu gelangen. Ryder ließ noch ein paar Sekunden verstreichen, um allen ausreichend Zeit zu geben, ihre Positionen einzunehmen, und damit Grayson die Seitentür zur Küche aufschließen konnte.

Ryder nickte Scarlet zu, stieß dann die Tür auf und wandte sich der Alarmtafel zu. Es gab kein Piepen, das die eintretende Person darauf aufmerksam gemacht hätte, das System zu entschärfen. Scarlet hatte ihm gesagt, dass das Absicht war. Ryder gab den Code ein, den Scarlet ihm gegeben hatte. Aber das Licht auf dem Panel blieb rot. Er warf Scarlet einen Blick zu. Sie starrte ihn überrascht an, dann gab sie den Code selbst ein. Doch der Alarm war immer noch aktiv.

„Sie muss den Code geändert haben", flüsterte Scarlet.

„Verdammt!", fluchte Ryder.

Sie hatten jetzt nur noch Sekunden, bis ein lauter Alarm Claudia und Derek auf ihre Anwesenheit aufmerksam machen würde. Sie mussten schnell handeln.

„Wie lange dauert es, bis die Polizei hier auftaucht, nachdem der Alarm ertönt ist?"

„Mindestens fünf Minuten, aber die Wachgesellschaft ruft zuerst auf dem Festnetz an, um zu prüfen, ob es sich um einen Fehlalarm handelt. Wenn Claudia das verbale Passwort nicht geändert hat, kann ich dafür sorgen, dass die Polizei nicht gerufen wird."

Genau in diesem Moment durchbohrte ein ohrenbetäubendes Geräusch fast Ryders Trommelfell.

„Mach das!"

Als er zum linken Flügel des Hauses rannte, wo sich das Elternschlafzimmer befand, hörte Ryder das Telefon zweimal klingeln, bevor es verstummte. Er hatte keine Zeit, über die Schulter zu schauen, sondern vertraute darauf, dass Scarlet den Hörer abgenommen hatte und mit der Wachgesellschaft sprach, um die Polizei am Kommen zu hindern. Wären sie in San Francisco gewesen, wäre die Polizei kein Problem. Aber Scanguards hatte keine besondere Vereinbarung mit der örtlichen Polizeibehörde in Palo Alto. Hier konnten sie es nicht riskieren, in eine polizeiliche Ermittlung hineingezogen zu werden.

Inmitten des dröhnenden Alarms hörte Ryder andere Geräusche, Schritte, Schläge und Rufe. Bisher hatte noch niemand das Licht im Haus angemacht, doch das war Ryder egal. Er konnte in der Dunkelheit gut sehen, jedenfalls besser als jeder Mensch.

Die Tür zum Elternschlafzimmer stand offen, und dort erhellten die Nachttischlampen den riesigen Raum. Benjamin hielt einen um sich schlagenden und schreienden Derek, der nur mit einer weißen Unterhose bekleidet war, an die Wand gepresst.

Das Bett war benutzt worden, Kleider – Dereks und Claudias – waren auf dem Boden verstreut, ein Indiz dafür, dass sich das Paar hastig ausgezogen hatte, wahrscheinlich um den mutmaßlichen Tod von Brandon King und seiner Tochter mit einer Marathon-Sex-Session zu feiern. Eine leere Sektflasche lag auf dem Boden und auf dem Nachttisch standen zwei Gläser.

Aber Claudia war nirgends zu sehen.

Ryder stürmte auf Derek zu, und Benjamin zerrte ihn von der Wand weg und drehte ihn so, dass Ryder ihm einen harten Schlag in seinen Bauch versetzen konnte. „Wo ist sie? Wo ist Claudia?“

Derek schrie vor Schmerz auf.

„Grayson?“, fragte Ryder mit einem schnellen Blick auf Benjamin.

„Er durchsucht das Haus nach ihr.“

„Das könnt ihr nicht machen“, rief Derek. „Ich lasse euch verhaften! Die Polizei wird kommen und –“

Ryder schlug ihn erneut. Genau in diesem Moment hörte das dröhnende Geräusch auf. „Ich schätze, die Polizei wurde abberufen. Falscher Alarm. So was passiert ständig.“

„Lasst ihn los!“

Beim Klang von Claudias Stimme wirbelte Ryder auf dem Absatz herum und erstarrte vor Schreck. Claudia, die nur ein Negligé trug, hatte einen Arm um Scarlets Hals gelegt und hielt sie wie einen Schild vor sich, während sie mit der anderen Hand eine kleine Pistole an Scarlets Schläfe presste.

Verdammt! Er hätte Scarlet niemals erlauben dürfen, das Haus zu betreten. Er hätte darauf bestehen sollen, dass sie im Wagen oder, noch besser, in San Francisco wartete.

„Oder ich blase dieser kleinen Schlampe das Gehirn raus." Hass strömte aus Claudias Stimme. „Ihr beide hättet wie ihr Vater im Feuer umkommen sollen!"

Ryder hob die Arme. „Lass sie los und wir lassen Derek frei." Er tauschte einen Blick mit Benjamin aus und dieser nickte. Sie mussten sie hinhalten, bis Grayson von dort zurück war, wo er nach Claudia gesucht hatte.

Claudia kniff die Augen zusammen. „Glaubst du, ich bin dumm? Lass ihn jetzt sofort gehen."

„Nein!', rief Scarlet aus. „Du kannst ihn nicht gehen lassen! Er ist ein Mörder und Brandstifter, und sie auch!"

„Halt die Klappe!", stieß Claudia aus. „Ich habe dein ständiges Meckern und Jammern satt. Armes kleines reiches Mädchen!"

„Gut, du kannst Derek haben." Ryder machte eine Bewegung zu Benjamin, der Derek langsam losließ und ihn in Claudias Richtung schob.

„Derek", sagte Claudia und bewegte ihren Kopf, um ihm anzuzeigen, dass er zur Seite treten sollte.

Derek wandte seinen Kopf, um zu Ryder und Benjamin zurückzublicken, und funkelte sie an. „Dafür werdet ihr bezahlen, ihr verdammten Schweine!"

Claudia bewegte ihre Hand und schwenkte die Waffe von Scarlets Schläfe weg, um sie auf Benjamin und Ryder zu richten.

„Jetzt!", schrie Ryder und sprintete auf Claudia zu.

Scarlet hob plötzlich ihren Fuß und stieß ihren Absatz auf Claudias nackten Fuß, während sie Claudia mit dem Ellbogen in den Magen stieß und diese damit überrumpelte. Claudia schrie vor Schmerz und schwankte, als die Waffe plötzlich losging.

Ryder war nur einen Meter davon entfernt, Scarlet zu erreichen und sie aus Claudias Griff zu reißen. Hinter ihr tauchte jetzt Grayson auf und stürmte auf Claudia zu.

Ryder schnappte sich Scarlet und sprang mit ihr in den Armen zur Seite. Er wirbelte herum, um Scarlet mit seinem Körper zu schützen. Aus dem Augenwinkel sah er, wie Grayson mit Claudia zusammenstieß, und die Hand, in der sie die Waffe hielt, nach oben zu ihrem eigenen Gesicht zuckte, als ein weiterer Schuss fiel.

Blut spritzte und Claudia fiel zu Boden, ihr Gesicht schlug auf dem Plüschteppich auf und enthüllte den Schaden, den die Kugel angerichtet hatte. Der Aufprall der Kugel hatte ihren Hinterkopf zerschmettert und Gehirnmasse war herausgespritzt. Grayson hatte das meiste davon abbekommen.

„Scheiße!“, stieß Grayson angewidert aus. „Diese Jacke ist ruiniert.“

Normalerweise hätte Ryder Grayson wegen der unsensiblen Bemerkung getadelt, aber er konnte sich nicht dazu überwinden, Mitgefühl für Claudia zu empfinden. Außerdem hatte er gesehen, dass Grayson lediglich versucht hatte, Claudia zu entwaffnen, als sie sich versehentlich selbst erschoss.

Ryder drehte sich mit der zitternden Scarlet in seinen Armen um. Als ihr Blick auf Claudias Leiche fiel, schrie sie nicht, weinte nicht, sondern nickte nur.

Ryders Blick schweifte zu Benjamin und Derek. Benjamin war unverletzt, aber Derek lag auf dem Boden, Blut quoll aus seiner Brust und gurgelte aus seinem Mund. Er erstickte an seinem eigenen Blut. Niemand im Raum bewegte sich.

„Claudia …“, murmelte Derek kaum hörbar. Einen Augenblick später hörte sein Herz auf zu schlagen. Er war tot. Von seiner Komplizin versehentlich erschossen.

„Sieht für mich wie Mord und Selbstmord aus“, sagte Benjamin.

„Ja, ein Liebesstreit“, stimmte Grayson zu. „Claudia erschießt Derek, sieht, was sie getan hat, und bringt sich dann selbst um. Funktioniert für mich.“

Ryder nickte. „Lasst uns von hier verschwinden. Ich bin sicher, sie werden bald genug gefunden werden.“

Auf dem Rückweg nach San Francisco hielt Ryder Scarlet in seinen Armen. Beide saßen auf dem Rücksitz, während Ethan fuhr.

„Es ist vorbei, Baby“, murmelte er und küsste sie auf die Stirn.

„Ich bin froh, dass sie tot sind. Es wird für Dad einfacher sein, wenn er sie nie wieder sehen muss.“

„Du warst sehr mutig. Ich hätte dich rechtzeitig erreicht, auch wenn du Claudia nicht getreten hättest. Vampire sind schneller als Menschen.“

„Das wusste ich nicht. Ich hatte nur gehofft, dass mein Herz lange genug schlagen würde, damit du mich verwandeln kannst, wenn sie es geschafft hätte, mich zu erschießen. Ich möchte, dass du weißt, dass ich nicht sterben möchte, sollte mir jemals so etwas passieren. Ich gebe dir meine Erlaubnis –“

Er legte einen Finger auf ihre Lippen. „Ich werde dich niemals gehen lassen, Scarlet. Denn ohne deine Liebe habe ich nichts.“

Er küsste sie und spürte, wie sie auf ihn reagierte und wie ihre Liebe und ihr Vertrauen sein Herz füllten.

„Nehmt euch ein Zimmer, ihr beiden. Ihr seid schlimmer als Mom und Dad“, sagte Ethan und kicherte vom Fahrersitz aus.

44

Zwei Wochen später

Die V-Lounge, die Scarlet an dem Abend besucht hatte, an dem sie zum ersten Mal von Vampiren erfahren hatte, war gerammelt voll. Scanguards hatte eine Party organisiert, um das neueste Mitglied ihrer Gemeinschaft willkommen zu heißen: Brandon King.

Seit der schicksalhaften Nacht, in der ihr wunderschönes viktorianisches Haus in Flammen aufgegangen war, hatte sie ihren Vater fast jeden Tag gesehen. Er hatte die letzten zwei Wochen in einer komfortablen Suite verbracht, die an die Klinik in Scanguards' Hauptquartier im Mission-Viertel angeschlossen war. Während Scarlet so oft sie wollte mit ihrem Vater sprechen durfte, hatte sie seine Suite nur unter dem Schutz eines anderen Vampirs betreten dürfen.

Die Sorge, dass Brandon King versuchen würde, sie zu beißen und ihr Blut zu trinken, war der Grund, warum sie ihn nicht umarmen durfte. Zuerst hatte sie gedacht, die Vorsichtsmaßnahme wäre übertrieben, aber als sie bemerkt hatte, dass die Nasenflügel ihres Vaters bebten, als sie zum ersten Mal in Begleitung von Gabriel und Maya sein Zimmer betrat, war ihr klar geworden, dass er von seinen Vampirinstinkten getrieben wurde.

Aber er hatte in den letzten zwei Wochen große Fortschritte gemacht, seine neuen Umstände akzeptiert und sich damit abgefunden, dass Claudia ihn betrogen und dafür mit ihrem Leben bezahlt hatte. Scarlet hatte ihm nichts von dem Gen erzählt, das sie von ihrer Mutter geerbt hatte. So wie sie ihren Vater kannte, würde er sich selbst die Schuld für den Selbstmord ihrer Mutter geben, sobald er die ganze Wahrheit darüber erfuhr, was sie wirklich dazu getrieben hatte, sich das Leben zu nehmen: Sie war als Satyr geboren worden, hatte aber ihren ihr bestimmten Partner nie gefunden und war deswegen in eine Depression verfallen, aus der sie keinen Ausweg sah. Ryder und Scarlet hatten beschlossen, ihm zu einem späteren Zeitpunkt die Wahrheit über Scarlets Mutter zu offenbaren.

Aber heute Abend war nicht der richtige Zeitpunkt.

Heute Abend war die Scanguards-Großfamilie, von der Scarlet viele Mitglieder in den vorangegangenen Tagen kennengelernt hatte, zusammengekommen, um zu feiern.

Scarlet trug ein kurzes rotes Kleid, das sie in der vergangenen Woche gekauft hatte, zusammen mit einem ganzen Stapel anderer Kleidungsstücke, da ihr gesamter Besitz im Feuer zerstört worden war. Vanessa und Isabelle hatten sie begleitet und ihr bei der Auswahl einer neuen Garderobe geholfen. Sie behandelten sie wie die Schwestern, die sie nie gehabt hatte.

Scarlet fing Samsons Blick auf und er machte eine Handbewegung, um sie zu sich zu bitten. Der Gründer und Besitzer von Scanguards sah in seinem dunklen Anzug und weißen Hemd schneidig aus. Er war groß und schlank, mit fast schwarzen Haaren und haselnussbraunen Augen. Neben ihm wirkte seine Frau Delilah zierlich. In ihrem königsblauen Kleid sah sie umwerfend aus, und viel zu jung, um drei erwachsene Kinder zu haben. Würde Scarlet sich jemals daran gewöhnen, dass die Vampire und ihre blutgebundenen Gefährtinnen und Gefährten nicht alterten?

„Du siehst heute Abend wunderschön aus“, sagte Delilah und nahm Scarlets Hände in ihre.

„Und du siehst umwerfend aus, Delilah.“ Scarlet lächelte und richtete ihren Blick auf Samson. „Ich weiß nicht, wie ich euch dafür danken soll, was ihr alle für meinen Vater tut.“

„Dein Vater ist ein guter Mann“, sagte Samson. „Und er passt sich besser an als erwartet.“

„Es sieht so aus, als hätte er nach all dem, was passiert ist, eine neue Lebensfreude gefunden“, antwortete Scarlet. „Ich kann immer noch nicht verstehen, wie Claudia es geschafft hat, ihn so lange anzulügen.“

„Es ist eine Tragödie“, sagte Delilah. „Aber wenigstens sind sie und Derek nicht mehr da.“

„Und die Polizei?“, fragte Scarlet und blickte zurück zu Samson. „Haben sie euch die Mord-Selbstmord-Geschichte abgekauft?“

Samson nickte. „Ja. Es hat enorm geholfen, dass beide Schüsse aus der gleichen Waffe abgefeuert wurden und dass Claudia die einzige mit Schussrückständen auf der Hand war. Sie suchen nicht nach anderen Verdächtigen. Und das Feuer, das euer Haus zerstört hat, wurde als Brandstiftung eingestuft, begangen von Derek. Unsere Kontaktperson bei der Polizei in San Francisco nahm die Aussage deines Vaters entgegen, dass Claudia ihn unter Drogen gesetzt hatte und ihn dann nach San Francisco transportierte, wo sie ihn gefesselt und geknebelt zurückließ, damit er im Feuer umkommen würde. Das SFPD leitete die Aussage an die Behörden in Palo Alto weiter."

„Was, wenn die Polizei in Palo Alto meinen Vater vernehmen will? Ich meine, er kann nicht einfach zum Revier gehen, wenn sie ihn dort hinbestellen …"

„Wir haben dafür gesorgt, dass das nicht passiert", sagte Samson zuversichtlich. „Der Polizei in Palo Alto wurde mitgeteilt, dass dein Vater am ganzen Körper, einschließlich des Gesichts, so schwere Verbrennungen erlitten hat, dass er monatelang, wenn nicht sogar jahrelang in ärztlicher Behandlung bleiben und sich einer rekonstruktiven Operation unterziehen muss."

Scarlet holte tief Luft. „Danke, dass du das alles machst. Ich weiß nicht, wie ich mich bei dir und allen bei Scanguards jemals für diese Güte revanchieren kann, die ihr alle uns entgegenbringt."

Aus dem Augenwinkel sah sie ihren Vater näherkommen. „Ich glaube, ich weiß, wie wir Scanguards danken können", sagte Brandon King.

„Hallo, Dad."

Er sah gut aus, besser denn je. Sein Körper war vollständig geheilt. Er hatte keinen einzigen Kratzer, keine Verbrennungen, keine Brüche. Er sah robust aus und sein Gesicht hatte eine gesunde Farbe. Was etwas war, das sie auch überraschte: Keiner der Vampire, denen sie bisher begegnet war, hatte eine blasse Haut, wie sie es von Geschöpfen erwartet hätte, die die Sonne meiden mussten.

„Wirst du mich endlich umarmen?", fragte er mit einem Lächeln.

Sie strahlte ihn an. „Kann ich das?"

Er nickte. „Ich bin gut ernährt und mag das abgefüllte Blut. Also bist du ganz sicher vor mir."

Scarlet legte ihre Arme um ihn und umarmte ihn zum ersten Mal seit langer Zeit. „Oh Dad, ich bin so glücklich."

Ihr Vater schmunzelte. „Ich auch, Honey." Er löste sich aus der Umarmung und sah dann Samson an. „Was die Vergeltung deiner Güte betrifft, Samson –"

„Das ist nicht nötig", unterbrach Samson.

„Ist es doch", beharrte Brandon King. „Ich habe einen Vorschlag für dich. Ich kann dir helfen, Scanguards zu erweitern."

„Inwiefern?“, fragte Samson.

„Indem ich in dein Unternehmen investiere. Mir ist klar, dass ich mein bestehendes Geschäft nicht weiterführen kann, nicht wenn ich nicht so frei reisen kann wie zuvor. Aber ich möchte trotzdem etwas Sinnvolles tun. Darüber möchte ich mit dir sprechen. Aber ich will nicht nur stiller Investor sein. Ich möchte aktiv daran teilhaben.“

„Aber Dad, denkst du nicht, dass du dir so schnell zu viel vornimmst?“, unterbrach Scarlet. „Du wirst damit beschäftigt sein, unser Haus wieder aufzubauen. Es wird mindestens ein Jahr dauern, bis es wieder zu seinem ursprünglichen Glanz zurückkehrt.“

„Scarlet, das Haus gehört mir nicht mehr.“

Schock durchfuhr sie. „Du hast es verkauft? Aber du hast das Haus geliebt.“ Und sie auch.

Er lächelte sie an. „Das habe ich. Aber es ist Zeit für eine neue Familie, es sich zu eigen zu machen. Es ist in guten Händen.“

Scarlet schniefte.

„Also, wie du siehst, kann ich meine ganze Energie einem neuen Projekt widmen“, fügte er hinzu.

„Nun, Brandon, dann sollten wir uns unterhalten“, sagte Samson. „Morgen Abend. Heute Abend zählt nur die Familie.“

Brandon King schüttelte Samsons Hand.

„Darf ich Scarlet entführen?“, fragte Vanessa hinter ihr.

„Sicher“, sagten Samson und Brandon gleichzeitig.

„Großartig!“, sagte Vanessa und zog sie weg.

„Was ist los?“, fragte Scarlet, als Vanessa sie durch den Raum zum Kamin führte, immer noch schockiert von der Nachricht, dass ihr Vater ihr Haus in San Francisco verkauft hatte.

„Du hast mich neulich gefragt, wie es Lizzy geht, und ich weiß, dass Luther Neuigkeiten zu berichten hat“, erklärte Vanessa.

„Geht es Lizzy gut?“, fragte Scarlet, gerade als sie Luther neben Wesley, seinem Schwager, vor dem Kamin stehen sah.

„Ja, es geht ihr gut“, antwortete Luther, der trotz der Musik und der vielen Gespräche im Raum ihre Stimme vernommen hatte.

Auch daran musste sie sich gewöhnen: die Tatsache, dass Vampire ein viel empfindlicheres Gehör hatten als Menschen.

„Hi, Luther“, begrüßte ihn Scarlet und warf seinem Schwager dann einen schnellen Blick zu. „Ähm, Wesley.“

Als Wesley sie mit einem Lächeln begrüßte, fühlte sie, wie ihre Wangen vor Verlegenheit heiß wurden, da sie sich daran erinnerte, dass er derjenige gewesen war, der ihr Gespräch mit Ryder belauscht hatte, in dem zwei Schwänze eine herausragende Rolle gespielt hatten.

„Hallo Scarlet", sagte Luther, „ich dachte, es interessiert dich vielleicht zu hören, dass es Lizzy gut geht und sie jetzt tägliches Besuchsrecht im Gefängnis hat, bis Phil Miller entlassen wird."

„Das freut mich sehr. Habt ihr jemals herausgefunden, wer sie angegriffen hat?"

„Wir haben ihn letzte Woche erwischt. Ein kürzlich entlassener V-CON, Richard Gleason, der mit Miller im Clinch lag und sich an ihm rächen wollte, indem er Lizzy verletzte. Er ist jetzt wieder im Gefängnis."

„Wird das nicht ein Problem für Miller und Lizzy darstellen, wenn sie zu Besuch kommt?", fragte Scarlet, besorgt um die Sicherheit der Frau.

„Wir halten sie getrennt. Gleason wird im Flügel für Wiederholungstäter bleiben und keinen Kontakt zu Miller haben."

„Viele Dinge haben sich geändert, seit Luther dort seine Zeit abgesessen hat", fügte Wesley hinzu. „Viele Verbesserungen –"

Scarlet war schockiert. „Luther war im Gefängnis?" Sie warf Luther einen Blick zu. „Ich meine, du warst eingesperrt?"

„Schön von dir, Wes, so eine Bombe platzen zu lassen", sagte Luther mit einem Seitenblick auf seinen Schwager.

„Es ist nicht so, als wäre es ein Geheimnis", sagte Wes achselzuckend.

„Ich glaube, du und ich, wir sollten darüber sprechen, welche Geschichten in gemischter Gesellschaft geteilt werden können und welche nicht."

„Wo liegt daran der Spaß?", fragte Wesley. „Ich finde, alles sollte erlaubt sein."

„Oh, wirklich?", fragte Luther und wandte sich dann wieder Scarlet zu. „Scarlet, hast du schon die Geschichte gehört, wie Wesley zwei Labrador-Welpen in Ferkel verwandelt hat, weil er was mit seinen Zaubertränken vermasselt hat?"

„Ah, das ist nicht fair", beschwerte sich Wesley. „Da war ich erst noch dabei, mein Handwerk zu lernen. Außerdem habe ich es geschafft, sie wieder zurück zu verwandeln."

Scarlet lachte.

„Ja, aber ihre Spitznamen sind geblieben“, sagte Vanessa. „Speck und Wurst, kannst du das glauben, Scarlet?“ Dann winkte sie jemandem in der Menge zu. „Entschuldigt mich.“

Scarlet folgte ihr noch mit den Augen, da entdeckte sie endlich Ryder. Sie waren zusammen in der V-Lounge angekommen, aber kurz darauf hatte Gabriel ihn wegen dringender Geschäfte weggeholt, und seitdem hatte sie ihn nicht mehr gesehen. Sie bemerkte, dass er gerade Brandon King die Hand schüttelte, und ihr Vater klopfte ihm auf die Schulter. Scarlet war glücklich zu sehen, dass die beiden Männer, die sie am meisten liebte, eine freundschaftliche Beziehung eingingen.

„Gut aussehend“, sagte Maya neben ihr.

Scarlet drehte den Kopf, um Maya, die sich zu ihr gesellt hatte, anzusehen. „So gut aussehend wie seine Mutter.“

Maya kicherte. „Danke, Scarlet, aber ich meinte deinen Vater.“

„Oh.“

„Eines Tages, wenn er über Claudias Verrat hinweggekommen ist, wird er eine Frau finden, die ihn wirklich liebt“, sagte Maya und legte ihren Arm um Scarlets Taille.

„Hoffentlich. Er verdient Liebe.“

„Sobald er bereit ist, werden jede Menge Frauen Schlange stehen, in der Hoffnung, dass er auf eine von ihnen aufmerksam wird“, prophezeite Maya.

„Ich hoffe, er ist okay“, sagte Scarlet. „Ich mache mir nur Sorgen, dass er voreilige Entscheidungen trifft.“

„Was meinst du damit?“

„Er will unser Haus nicht wieder aufbauen. Er hat mir gerade gesagt, dass er es verkauft hat. Er liebte das Haus. Dort haben wir alle gewohnt, als meine Mutter noch lebte. Ich kann nicht glauben, dass er dem den Rücken gekehrt hat …“

„Zu viele Erinnerungen. Manchmal können sie für die Seele erdrückend sein. Dein Vater braucht einen Neuanfang. Das musst du respektieren.“

„Ich weiß. Ich mache mir nur Sorgen um ihn …“

Scarlet bemerkte, dass Ryder sich einen Weg durch die Menge bahnte und auf sie zukam.

„Mach dir keine Sorgen um ihn. Ganz Scanguards passt auf ihn auf. Es ist an der Zeit, dass du dein eigenes Leben führst.“ Maya beugte sich näher und flüsterte: „Ich hoffe, Ryder ist alles, was du dir in einem Mann wünschst."

„Alles und mehr", sagte Scarlet.

„Das freut Gabriel und mich sehr." Maya drückte Scarlet einen Kuss auf die Wange, bevor sie wegging.

Ryder blieb vor Scarlet stehen, seine Augen schimmerten golden. „Hattest du genug Zeit, um dich unter die Leute zu mischen?"

„Ja. Bist du fertig mit dem, was dein Vater von dir wollte?"

Ein Flackern flammte plötzlich in Ryders Augen auf. „Ich habe für heute Nacht keine Verpflichtungen mehr. Wärst du mir sehr böse, wenn wir diese Party früher verlassen?" Sein Blick fiel auf ihr Dekolleté und sie bemerkte, wie seine Reißzähne zwischen seinen Lippen hervorlugten.

„Ryder, deine Fänge", flüsterte sie leise. „Was werden die Leute denken?"

Er zog sie an seinen Körper und brachte seinen Mund an ihr Ohr. „Sie werden denken, dass ich ein Glückspilz bin, weil ich das Blut der schönsten Frau, die ich je gesehen habe, genießen kann, während ich meine Schwänze in ihr vergrabe und ihr Vergnügen bereite, bis sie es nicht mehr aushalten kann."

Scarlet schnappte nach Luft, als Hitze durch sie schoss und sie von innen versengte. „Ich glaube, wir gehen lieber."

„Das glaube ich auch." Er entließ sie aus seiner Umarmung und nahm dann ihre Hand. „Komm, ich habe eine Überraschung für dich."

„Beinhaltet deine Überraschung ein Liebesspiel?"

Ryder gluckste und das Geräusch hallte tief in ihrem Körper wider. „Ich glaube, du hast das Konzept einer Überraschung noch nicht ganz erfasst."

45

Ryder hatte von Samson einen Schlüssel erhalten. Dieser öffnete die Tür zu einem winzigen Häuschen in Sausalito, umgeben von einem üppigen Garten und alten Bäumen. Die Hanglage bot einen atemberaubenden Blick über die Bucht und die Skyline von San Francisco. Jenseits des Wassers funkelten die Lichter der Stadt. Im Inneren des Häuschens erhellten Lichter einer anderen Art das gemütliche Interieur: Dutzende von Kerzen verliehen dem Haus eine magische Atmosphäre.

Im Kamin, wo einst Holzfeuer brannten, waren Kerzen in Form eines Herzens angeordnet. Auf dem Couchtisch wiederholte sich das Muster. In einer anderen Ecke stand ein Kingsize-Himmelbett mit strahlend weißen Laken und einem Baldachin aus weißer Spitze.

„Ryder", murmelte Scarlet, während sie ihre Augen umherschweifen ließ. Sie drehte sich zu ihm um und er sah Freudentränen in ihren Augen. „Als du sagtest, dass du eine Überraschung hättest, habe ich nie so etwas erwartet. Es ist so romantisch. Wem gehört das Haus?"

„Scanguards. Sie überlassen es ihren Mitarbeitern für besondere Anlässe. Wie heute Abend."

Scarlet sah ihn an, ihr Atem stockte. „Heute ist ein besonderer Anlass?"

Mit klopfendem Herzen trat Ryder näher an sie heran, ohne seine Augen von ihr zu nehmen. Das kurze, rote Cocktailkleid betonte ihre schönen Rundungen perfekt. Er hatte mehrere der ungebundenen Vampire und Hybriden in der V-Lounge bemerkt, wie sie Scarlet bewundernde Blicke zuwarfen, und obwohl ihn bei dem Gedanken, dass andere Männer sie ansahen, eine heftige Besitzgier überkam, verdrängte er dieses Gefühl. Jeder wusste, dass Scarlet ihm gehörte. Jeder Vampir im Raum konnte riechen, dass er nur wenige Stunden vor der Party mit ihr geschlafen hatte, um seinen Anspruch auf sie zu untermauern.

„Ich habe vorhin mit deinem Vater gesprochen", sagte Ryder, und seine Kehle war plötzlich trocken.

Scarlet nickte. „Ich habe gesehen, wie ihr einander die Hände geschüttelt habt. Er mag dich, und das nicht nur, weil du und dein Vater ihm das Leben gerettet habt."

„Ich bin froh, dass wir ihn rechtzeitig herausgeholt haben, sonst hätte ich nicht seine Erlaubnis einholen können, um dich das zu fragen …" – Ryder fiel auf ein Knie und zog ein kleines Schmuckkästchen aus der Tasche seines Blazers – „… Scarlet, willst du den Blutbund mit mir eingehen und für alle Ewigkeit meine Frau und meine Gefährtin werden?"

„Ryder …" Scarlets Kehle schnürte sich zu und sie presste ihre Hand an die Lippen, ihre Brust hob sich und füllte sich mit Luft.

Mit großen Augen blickte sie auf den Ring, den er für sie ausgewählt hatte – einen Saphir, der zu der blauen Farbe ihrer Augen passte –, bevor sie ihm in die Augen sah.

Sie ließ sich ihm gegenüber auf die Knie fallen und griff in ihre winzige Clutch. Als sie ihre Hand wieder herausnahm, enthüllte sie einen einfachen Ring aus Platin.

„Ich wollte dich dasselbe fragen", sagte sie leise. „Ich trage diesen Ring schon seit fast einer Woche mit mir herum und versuche, den Mut aufzubringen, dich zu bitten, mich zu Deiner zu machen."

Ryders Herz war so voller Liebe, dass er dachte, es würde platzen. „Du wolltest mich fragen?" Er lächelte und unterdrückte eine Freudenträne. „Ich habe mich gezwungen, zwei Wochen zu warten, wegen allem, was du durchgemacht hast, dem Feuer, der Verwandlung deines Vaters … Ich wollte nicht noch mehr Stress hinzufügen …"

„Stress?", fragte sie leise und legte ihre Handfläche an seine Wange. „Oh, Ryder, ich wollte schon dir gehören, seit du mich zum ersten Mal berührt hast …"

Ryder schmunzelte und nahm ihre Hand. „Ich interpretiere das als *Ja* zu meiner Frage." Er steckte den Saphirring an ihren Finger.

Sie betrachtete ihn, nahm dann den Platinring und steckte ihn an Ryders Ringfinger. Er passte perfekt.

„Ich möchte mich an dich binden", murmelte sie, „mit allem, was du bist, dem Satyr und dem Vampir."

Er stand auf und zog sie mit sich hoch, dann hob er sie in seine Arme und trug sie die paar Schritte zum Bett, wo er sie auf die Bettdecke legte.

Scarlets schulterfreies Kleid hatte die Farbe frischen Blutes. Es kontrastierte mit den weißen Laken, und ihr langes schwarzes Haar umgab sie wie ein Heiligenschein. Das Kleid war aus Seide und schmiegte sich an ihren Körper, ohne zu eng oder zu locker zu sein. Er griff in ihren Nacken und löste den Knoten, mit dem das Top befestigt war. Einmal geöffnet, zog er das Kleid einfach über ihren Oberkörper hinab und legte ihre Brüste frei.

Sein Mund wurde beim Anblick ihrer plötzlich steif werdenden Brustwarzen trocken.

Hinter seiner schwarzen Hose spürte er, wie sich seine Schwänze vor Erwartung verhärteten. Während Scarlet ihren Blick auf seine Lenden senkte und ihre pralle Unterlippe leckte, zog Ryder das Kleid über ihre Hüften und Beine hinab und befreite sie davon. Sie trug einen winzigen Tanga in der gleichen Farbe, und der Duft ihrer Erregung wehte bereits zu ihm. Er zog das winzige Kleidungsstück ihre Beine hinunter und warf es hinter sich.

„Spreiz deine Beine für mich, Baby“, verlangte er und sie tat es.

Scarlet trug immer noch ihre hochhackigen roten Sandalen, aber er wollte, dass sie sie anbehielt, weil sie darin noch sexyer aussah als ganz nackt. Sie zog ihre Knie hoch, ihre Beine weit gespreizt, damit er seine Augen an ihrer Muschi weiden konnte.

„Jetzt du“, murmelte sie, während sie eine Hand an ihr Geschlecht legte und damit ihre Spalte entlangstrich, um die Säfte aufzufangen, die bereits aus ihr sickerten.

Ryder zog seine Jacke und sein Hemd aus, dann seine Schuhe und Socken, bevor er seine Hand auf seine Hose legte und sie aufknöpfte. Er zog den Reißverschluss nach unten und sah Scarlet ins Gesicht. Dann ließ er seine Hose fallen und stieg heraus.

Scarlet schnappte nach Luft. „Du trägst keine Boxershorts.“

Ryder grinste. „Meine Schwänze brauchten etwas mehr Platz.“

„Das sehe ich“, murmelte sie und leckte sich über die Lippen, während sie mit der Fingerspitze ihr Lustzentrum umkreiste und leise stöhnte. „Sie werden immer größer.“

„Weil du mich so geil machst“, antwortete er und trat näher. „Sieh dich an. Du bist schon nass und bereit für mich, oder?“

„Ich warte nicht gern.“

Ryder griff zum Nachttisch und nahm die Tube Gleitmittel von dort. Damit schmierte er seinen unteren Schwanz ein, denn heute Abend, wenn er sich mit ihr verband, würde er sie mit beiden Schwänzen nehmen, während sie einander zugewandt waren.

„Oh“, seufzte sie, „ich habe mich gefragt, ob du jemals meinen Po mit deinem größeren Schwanz nehmen würdest.“ Sie leckte sich über die Lippen und die Hand auf ihrem Geschlecht bewegte sich plötzlich in einem schnelleren Tempo.

Als er sah, dass der Gedanke an seinen größeren Schwanz in ihrem Anus sie anmachte, sagte er: „Wenn du das wolltest, hättest du einfach fragen sollen …“ Er zog an seinem unteren Schwanz und fügte mehr Gleitmittel hinzu. „Du weißt, dass ich dir nichts abschlagen kann.“

Ryder legte die Tube beiseite und gesellte sich zu Scarlet aufs Bett, ergriff ihre Schenkel und drückte sie zurück zu ihrem Oberkörper, wodurch ihre beiden Öffnungen freigelegt wurden. Er richtete beide Schwänze so aus, dass sie ihren Körper berührten.

Scarlet erschauerte sichtlich. „Ryder, bitte, lass mich nicht warten.“

Ihr letztes Wort hatte ihre Lippen noch nicht verlassen, als er bis zum Anschlag in sie eindrang. Scarlet drückte ihren Rücken durch und stieß ein Stöhnen aus. Verdammt, sie war eng! Es gab einen Grund, warum sein oberer Schwanz etwas kleiner war als sein unterer, denn die bevorzugte Paarungsposition des Satyrs war, seine Frau von hinten zu nehmen, also würde sein größerer Schwanz ihre Muschi nehmen. Aber so, Scarlet zugewandt, dehnte und streckte sein größerer Schwanz Scarlets Anus bis zur Kapazitätsgrenze. Er wusste, dass er ihr Zeit geben sollte, sich an ihn zu gewöhnen, aber das konnte er nicht.

Er zog sich zurück und tauchte wieder in sie ein, liebte es, wie ihre Muskeln sich um ihn schlossen und ihn fest drückten.

„Ja!“, rief Scarlet plötzlich aus, verkrampfte sich und kam ohne Vorwarnung zum Höhepunkt.

„Verdammt!“

Ryder ritt sie hart und schnell, konnte sich jetzt nicht mehr stoppen und hielt ihre Schenkel fest, um ihre Beine weit gespreizt zu halten.

„So gut“, murmelte sie, ihre Lider halb geschlossen, ihr Körper schweißbedeckt. „Ryder … beiß mich bitte …“

Er würde noch mehr tun. Denn heute Abend würde er nicht der Einzige sein, der Blut trank.

Er ließ einen ihrer Schenkel los und zwang seine Hände, sich in Klauen zu verwandeln, dann schnitt er dort in seine Haut, wo seine Schulter mit seinem Hals zusammentraf, sodass Blut aus der Wunde tropfte.

Scarlet starrte darauf, ihre Augen voller Begierde und Verlangen. Er senkte sich zu ihr hinab, seine Reißzähne hatten sich bereits zu ihrer vollen Länge ausgefahren, als Scarlets Lippen die offene Wunde berührten und sie ihren Mund darauf legte. Als er spürte, wie sie an seiner Vene saugte, schauderte Ryder und schlug seine Fänge in ihren Hals, um von ihrer Halsschlagader zu trinken.

Sattes, warmes Blut füllte seinen Mund und er schluckte es gierig hinunter wie nie zuvor. Die Bestien in ihm, der Satyr und der Vampir, übernahmen nun die Führung. Seine Zwillingserektionen spießten sie immer wieder auf, und mit seinen Fängen in ihrem Hals trank er das süße Blut, das sie ihm so bereitwillig gab. Währenddessen trank Scarlet sein Blut, das Blut, das sie für die Ewigkeit miteinander verband, das Blut, durch das sie jung bleiben würde, solange Ryder lebte.

Sie waren jetzt eins. Sie gehörte ihm und er gehörte ihr.

Ryder fühlte, wie Scarlet wieder zum Höhepunkt kam, und dieses Mal machte es ihr sein Körper gleich. Seine Zwillingsorgasmen schickten Schauer durch seinen Körper, bis er auf dem Bett zusammenbrach. Irgendwie schaffte er es, von Scarlet herunterzurollen, und einen Moment später fand er sich auf dem Rücken wieder, mit Scarlet auf ihm, beide atemlos.

Als Scarlet ihren Kopf hob, bemerkte er, dass er ihre Bisswunde noch nicht geschlossen hatte, also brachte er seine Lippen zu ihrem Hals und leckte über die Stelle.

„Fuck, Scarlet, ich habe in meinem ganzen Leben noch nie etwas so Erstaunliches verspürt."

Sie hob den Kopf und sah ihn an. „Nachdem du mich zum ersten Mal in Blakes Büro gebissen hast, dachte ich nicht, dass es besser werden könnte." Sie atmete aus. „Ich hatte unrecht."

Er lachte, absolut glücklich. „Ich hoffe, du wirst dich immer so fühlen."

„Ich liebe dich jeden Tag mehr."

„Du kannst mich unmöglich mehr lieben als ich dich", sagte Ryder und rollte mit Scarlet in seinen Armen herum, sodass sie wieder unter ihm lag.

Sie grinste. „Oh, so schnell wieder bereit?"

„Ja, aber bevor ich es vergesse, da ist etwas, was mich dein Vater gebeten hat, dir auszurichten."

Sie hob ihre Augenbrauen. „Stimmt etwas nicht?"

„Nein. Im Gegenteil. Er bat mich, dir zu sagen, dass er ein Hochzeitsgeschenk für dich, für uns hat. Das Anwesen an der Pacific Avenue gehört jetzt dir, zusammen mit genug Geld, um es wieder aufzubauen und dem Haus seinen früheren Glanz zurückzugeben."

Tränen schossen in Scarlets Augen. „Aber er hat mir gesagt, dass er es verkauft hat."

Ryder schüttelte lächelnd den Kopf. „Er hat dir gesagt, dass es Zeit für eine neue Familie ist, es sich zu eigen zu machen. Unsere Familie."

Scarlet schniefte und lächelte. „Unsere Familie … ich weiß nicht, was ich sagen soll."

„Ich habe ihm gesagt, dass du überglücklich sein wirst … aber er wollte, dass ich ihm etwas verspreche."

„Was?"

„Er will Enkelkinder, ganz viele." Ryder grinste. „Ich habe ihm gesagt, dass ich mich sofort darum kümmere – solange du das auch willst."

„Eine Horde Jungs mit zwei Schwänzen? Was könnte da schon schieflaufen?"

Scarlet lachte und Ryder gluckste und eroberte ihre Lippen mit einem sengenden Kuss.

Lesereihenfolge der Scanguards Vampire & Hüter der Nacht

Scanguards Vampire

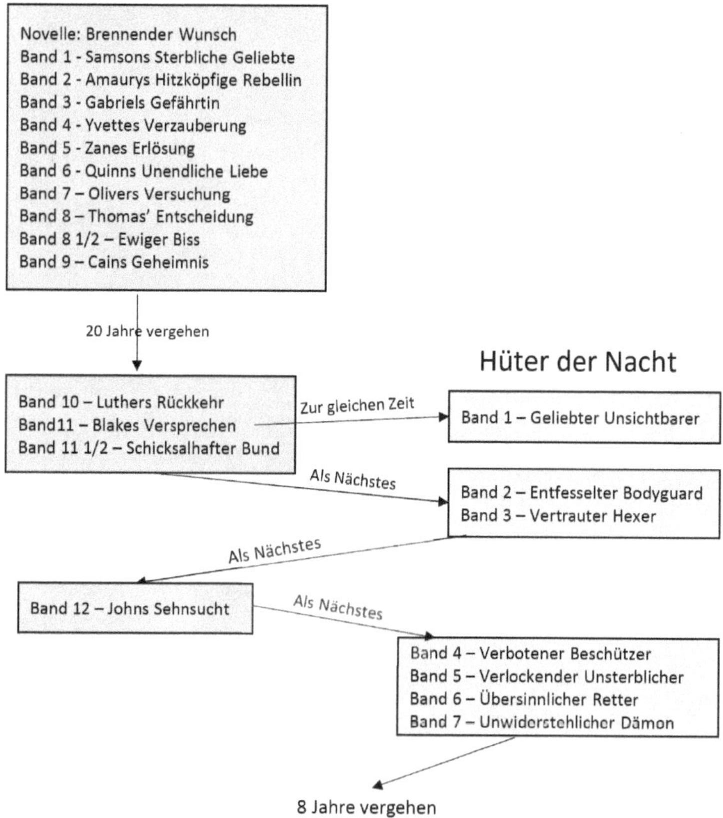

Scanguards Hybriden

Die Bände in der Scanguards Hybriden Serie werden zusätzlich auch in der Scanguards Vampir Serie nummeriert. (SV Band 13 = SH Band 1)

Band 1 (SV 13) – Ryders Rhapsodie
Band 2 (SV 14) – Damians Eroberung
Band 3 (SV 15) – Graysons Herausforderung
Band 4 (SV 16) – Isabelles Verbotene Liebe

ÜBER DIE AUTORIN

Tina Folsom ist gebürtige Deutsche und lebt schon seit über 25 Jahren im englischsprachigen Ausland, seit 2001 in Kalifornien, wo sie mit einem Amerikaner verheiratet ist.

Im Herbst 2008 schrieb sie ihren ersten Liebesroman.

Vampire haben es ihr schon immer angetan. Mittlerweile hat sie 46 Bücher in Englisch sowie Dutzende in anderen Sprachen (Französisch, Spanisch und Deutsch) herausgegeben.

Webseite: https://tinawritesromance.com/deutscheleser/
Instagram: http://www.instagram.com/authortinafolsom
Facebook: http://www.facebook.com/TinaFolsomFans
YouTube: https://www.youtube.com/c/TinaFolsomAuthor
Sie können ihr auch eine Email schicken: tina@tinawritesromance.com

Zeitfracht Medien GmbH
Ferdinand-Jühlke-Straße 7
99095 Erfurt, Deutschland
produktsicherheit@kolibri360.de